似不且绅了
而迎衣源川

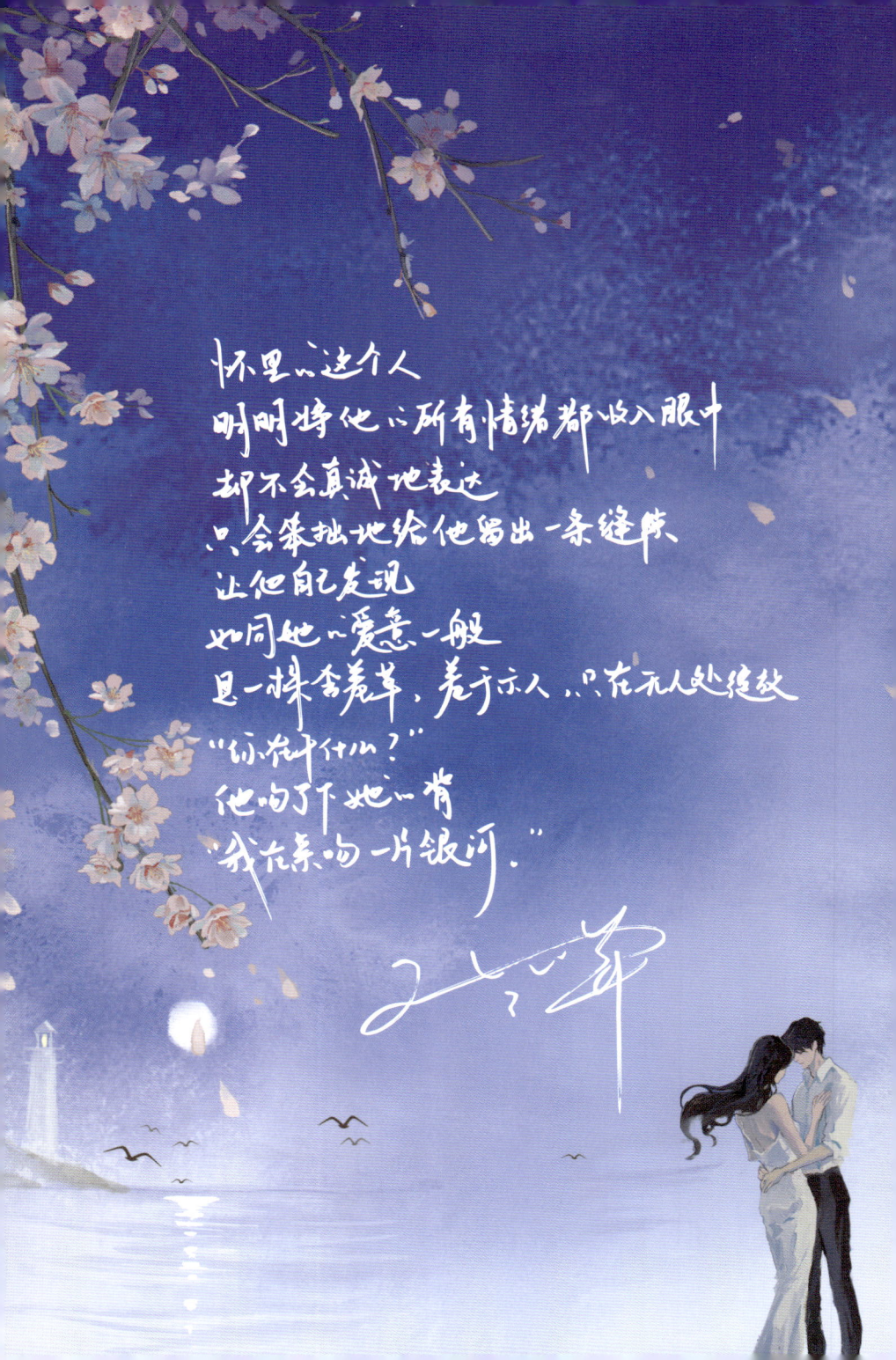

严雪芥 著

天津出版传媒集团

天津人民出版社

图书在版编目（CIP）数据

坠落春夜 . 2 / 严雪芥著 . — 天津：天津人民出版社，2023.8
　ISBN 978-7-201-19542-1

Ⅰ . ①坠… Ⅱ . ①严… Ⅲ . ①长篇小说－中国－当代 Ⅳ . ① I247.5

中国国家版本馆 CIP 数据核字（2023）第 117701 号

坠落春夜 2

ZHUILUO CHUNYE 2

出　　版	天津人民出版社
出 版 人	刘　庆
地　　址	天津市和平区西康路 35 号
邮政编码	300051
邮购电话	（022）23332469
电子信箱	reader@tjrmcbs.com
责任编辑	苏　晨
特约编辑	丐小亥　夜白白
封面设计	苏　荼
印　　刷	湖南天闻新华印务有限公司
经　　销	新华书店
开　　本	880 毫米 ×1230 毫米 1/32
印　　张	9.75
插　　页	2
字　　数	302 千字
版次印次	2023 年 8 月第 1 版 2023 年 8 月第 1 次印刷
定　　价	46.80 元

版权所有，侵权必究
图书如出现印装质量问题，请致电联系调换（0731）88282222

第一章 反杀 /001

第二章 从悬崖纵身一跃 /013

第三章 我在亲吻一片银河 /039

第四章 不留情面 /055

第五章 小孩儿，我也想你 /071

目录

第六章 飞吧　　　　　　/091

番　外　双人床　　　　　/131

番　外　饲鸟日记　　　　/177

番　外　夜车　　　　　　/241

番　外　从前慢　　　　　/285

第一章 —— 反杀

乌蔓结束蹦极后回到开机宴的包房时,大家都吃得差不多了,给她烟的演员好奇地凑过来问:"你抽个烟抽到哪儿去了,半天不见人。"

她只是笑笑,端起酒杯,走向魏景华。

魏景华瞥了她一眼,直言道:"我今儿酒喝得够多了,不宜再喝。"

乌蔓毫不介意地说:"没关系的,魏老,您不用喝,因为这是我的道歉酒。"她一饮而尽,放下酒杯,"这个角色,我自认为不是很合适,临到开机突然这么说,确实很不对。我知道您对我也不满意,与其拍摄的时候两个人都痛苦,不如放开。您再找个合适的,我就不奉陪了。"

甩下这一席话,她不顾众人脸色,扬长而去。

她回到别墅时,郁家泽已经回来了,正在书房处理文件。

乌蔓端了杯牛奶,抓了一些坚果,走过去敲了敲门,郁家泽说了声"进来",一边处理电脑上的文件一边分心问她:"听说你推掉了角色?"

她像是知道自己做错事了一样,把牛奶放到他手边:"你最近睡眠不好,给你泡了热牛奶。"

他瞥了她一眼:"我问你话呢。"

"魏景华不尊重人,我不想受他的气。"乌蔓顿了一下,又道,"况且我也不想演那种角色,没意思。"

"那你想演哪种?"他沉声问道,"邓荔枝那样的?"

"怎么又扯到这个了?"

"真有意思,某人八百年不回国一趟,一回来你们就能搞到一起。"郁家泽面无表情地把她准备的那杯牛奶打翻,说道,"还是在老钟面前,你可真给我长脸。"

乌蔓蹲下身,默默地将摔成碎碴的玻璃杯收拾到托盘上,把流得满地都是的牛奶擦干净。

"我去给您重新倒一杯。您先冷静一下吧。"

她掩上门出去,过了一会儿重新拿了一杯牛奶进来。

郁家泽冷冷地睨了那杯牛奶一眼:"你靠这个讨好我?"

"这不是讨好,我只是担心您的睡眠。"

他脸色阴晴不定:"不要岔开话题,刚才的账,我还没跟你算完。"

"蹦极是老钟让我蹦的,我不敢蹦,所以他拉着我一起,就这么简单。"

"就这么简单?"

"有些事情还是不要算计得太清楚比较好。比如我知道了您是为了什么给我接的这个角色,我不也睁一只眼闭一只眼地答应了吗?"

"为了什么?你倒是说说看。"

"您和唐映雪要在过年期间订婚,没错吧?"乌蔓微微垂下眼睛,说出的话如一记重锤,"为免节外生枝,您当然要在这几个月把我支开。"

郁家泽操作着鼠标的手忽然一顿。

他站起身,撑起手臂将她困在书桌和他之间。

"你果然是我肚子里的蛔虫。你那么了解我,为什么总要做让我不高兴的事?"

"您放心,我说这些,并没有别的意思。只是想告诉您,您要订婚用不着这么遮遮掩掩。"乌蔓语气淡淡的,"毕竟,除了这儿,我还能去哪儿呢?"

郁家泽微微眯起眼,凝神看了她几秒。

然而,越是从她身上读出这种无所谓的软弱态度,郁家泽的脸色就越阴沉。

他收紧双臂,将她圈在怀中,说道:"你有这个觉悟就好。"

乌蔓从郁家泽的书房离开,回房躺在床上,直愣愣地望着天花板,像是单纯因为睡不着而发呆,但其实她的脑子里正在一遍又一遍地过着接下来的计划。

她算了算时间,郁家泽还没从书房出来。

看样子,他是把那杯放了安眠药的牛奶喝了。

谢天谢地,她还以为这次不会那么顺利,可能要坚持一段时间才能让郁家泽上钩,没想到他居然真的乖乖地喝了。

她轻手轻脚地下了床,如夜行的鬼魅般走到书房前,敲了敲门。

里头没有任何动静。

她又喊了一声:"您还在里面吗?"

依然没有动静,于是乌蔓放心地推开门。郁家泽合着眼,靠在椅背上,只发出轻浅又有规律的呼吸声——他手边的那杯牛奶已经空了。

她放在牛奶中的，是她的药品库里最管用也最不常用的一种安眠药。她实在睡不着的时候才会吃，药效非常迅速，且容易让人进入深度睡眠，不易被吵醒。

但即便如此，乌蔓靠近郁家泽时还是浑身紧张，生怕下一秒，他就突然睁开眼睛冷冷地看着她。

电脑因为他的突然睡过去没来得及关，还停留在他处理的那一页合同上。

她一边注意着郁家泽的动静，一边将U盘插在电脑上，在电脑里翻找着她要的资料。

郁家泽和唐映雪订婚的日子在大年初五，是一个良辰吉日。

他和之前的很多年一样，大年三十晚上回来后就一直和乌蔓待在一起。自从那一年除夕他从郁家临时折返之后，就保持着只在老宅吃个饭的习惯，之后便会回来找她。而她即便有戏，也会专门请假回来待几天。

就好像两个不受欢迎的人，结伴凑在一起，在年味最重的一天彼此聊以慰藉。

乌蔓知道总有一天这种微妙的平衡会被破坏，能撑到今年，也算是奇迹了。

今年，郁家泽除夕回到郁家老宅后，便再没有回来。

乌蔓独自一人留在他的别墅里，机械地回复着圈内人发来的新年祝福。其中有一条来自追野。他已经回到M国，为宣传他的新片在各州路演。

他发过来的是一张照片，照片上的他站在停在加油站的车前，戴着牛仔帽，穿着牛仔裤，一个毫无违和感的西部男孩。

他那边此时正是白天，天很高，显出冬日的辽远。柏油路被阳光烘烤得特别清透，连带着将他一起显得无比干净。

"我现在在怀明州。"他发来消息说，"帮我们给车加油的女人是个华裔，她抽的烟是你喜欢的那个牌子，苏烟。你那边是除夕夜吧？新年快乐！"

很简单的几句话，乌蔓缩在飘窗前盯着对话框，翻来覆去看了好几遍。

初五这一天，乌蔓起了个大早，其实她根本就是整晚没睡。她对着化妆镜仔仔细细地画了个全妆，穿上顶奢的私人高定礼服，配上珠宝，一身极为惹眼。

她拿起手包，里面是一张订婚宴的邀请函。

举办时间是今天，地点在郁家。

能被邀请去的，都是郁家或者唐家的熟人，也都是有头有脸的人物。因此，当乌蔓款款走到郁家的花园里，出现在众人眼前时，着实震惊四座。

是惊艳，也是惊讶。

她缓缓地抬起头，视线和花丛尽头的郁家泽交会。

他的眼中闪过晦暗不明的情绪。

郁家泽的身旁，坐着一位和他有几分相似的老人。

乌蔓曾在医院里与他有过一面之缘，他就是郁家泽的父亲。想必他也认得她，眉头微皱，脸上露出极为明显的不悦神情。

他招招手，对着弯下腰的郁家泽耳语了几句，随后，郁家泽便朝她走过来。

乌蔓姿态优雅地从侍者的托盘上取了一杯香槟，靠在玫瑰色的花架下一口一口地啜饮，目视着郁家泽踏着花瓣来到她面前。

从旁人的角度看，仿佛这个女人才是郁家泽要迎娶的人。

乌蔓细细地打量着他，这个她从二十一岁起，就把整个青春耗费在他身上的男人。

若讲究等价交换，仅从外形而言，她是不亏的。在圈子里待了这么些年，她可以断言，能够与郁家泽的外貌匹敌的男明星一只手就数得过来。

尤其是他穿上这身订婚的高定西服，更显得矜贵。

乌蔓开口便说道："这身衣服很衬你。"

郁家泽抓起她的手腕道："你跟我来。"

他挡住背后大部分人探究的视线，带着她往一旁隐蔽的花房走去。

一切枯燥的冬季，花房里无比温暖，大朵的芍药、山茶、蔷薇、野百合争奇斗艳，装饰出一个虚假的春天。

郁家泽掐着她的腰，沉默地将她拉近，垂下头，将她抱紧。

"我以为你不会来。"郁家泽的声音从头顶传来，"没想到……你最后还是违背了我的意志。"他的语气喜怒难辨。

乌蔓看不见他的表情，挣了挣，退出他的怀抱。

"酒会洒到你衣服上的。"乌蔓轻描淡写地道,"你放心,我今天不是来捣乱的。"

他敏感地注意到她的语气变了,神色阴鸷:"那你来到底想干什么?"

乌蔓微笑着举起手中的酒杯道:"当然是来恭贺你了。"

时间倒流,唐家的高级会所内。

唐嘉荣和乌蔓相对而坐,乌蔓素面朝天,脸色比起镜头前是不多见的憔悴。

唐嘉荣因为女儿进入娱乐圈的关系,本来对圈子不甚在意的他或多或少有了些了解,但是他年纪渐长,圈内的这些人和事他看过就忘。然而,乌蔓是为数不多他能记住的人。

这当然不是因为乌蔓是一线大花,而是因为她那张脸,的确和他的女儿有些相像……同时,她也让他觉得有些眼熟,好似一位故人。

因此,除了关注唐映雪,他会顺便关注一下乌蔓,于是知晓了她是女儿未婚夫的女朋友。但是,他并不在意。

他相信郁家泽的手段,知道郁家泽会在婚前,将一切都处理得利落干净,不必他操心。

只是他没想到,这个小明星会自己找上门来。

她的野心也未免太大了些,一个郁家泽还搞不定她?

唐嘉荣慢条斯理地喝了口茶,暗中审视乌蔓,开口说:"乌小姐,我不知道我们有什么见面的必要。"

"当然有。"乌蔓气定神闲,"毕竟呢,这事关你女儿的婚事。"

果然。

唐嘉荣心中冷笑,盖上茶杯,直接给她来了个下马威。

"你们这种人我见多了,由俭入奢易,就开始起贪心妄念,去盲目追求不属于自己的东西。戏唱完了,戏台倒了,人呢,就该识趣地放开手,不要不识抬举。"

乌蔓脸上神色未变,点头称是:"您说得对,这种人您当然见多了,吴语兰就是您看不起的人中的一个,对吗?"

吴语兰……

唐嘉荣神色微变。听到这个名字,他感觉仿佛是上一个世纪的事情了,太多年没有听人提起过了。

"您不记得也正常,这都多少年过去了。"乌蔓平心静气地说,"她就是您口中的那种蠢货,只不过有所不同的是,她从您那儿奢求的是这世界上比钻石更昂贵的东西——真情。"

唐嘉荣沉默下来,他的大脑是生了锈的放映机,吱吱嘎嘎地转了半天,终于播放了一张老胶片。

胶片上的女人,和乌蔓有几分相似,有一张蔷薇花般的脸,让人第一眼看到,就会想到十九世纪欧洲的庄园。余晖洒满她雪色的脸,丰腴又柔软,让人想狠狠采撷,又让人想远远旁观。

而他,选择了前一种。

以唐家的财力,他想要俘获一个小明星简直易如反掌。但他在她身上碰了壁。

带刺的蔷薇,远比一碰就折的花朵更让人心痒。

他更加兴致高昂,整整两年,他在她身边保驾护航,沉迷于一位浪荡公子遇见真爱的俗套剧本当中。

他骗过了吴语兰,因为他差点连自己都骗了进去。

直到吴语兰说想退圈和他结婚,他才惊觉,自己玩得太大了。

蔷薇再美,也是淤泥中种出来的。而配站在他身边的,只能是昂贵的景观盆栽。

唐嘉荣凝神再度看向乌蔓的脸,终于明白了那股熟悉感从何而来。

他喝了口茶,掩饰回忆里泛上来的慌乱:"你是她的女儿?"

"乌是我自己改的姓,我原本姓吴。"乌蔓直视着唐嘉荣,"我不仅仅是吴语兰的女儿,也是您的女儿。"

唐嘉荣的手一抖,茶杯摔碎在地。

茶水温度高,却不及这句话来得滚烫。

唐嘉荣声音微颤:"怎么可能?!当年的孩子我已经让她打掉了!"

乌蔓没有多解释,从包里抽出一份检测报告放到桌上。

这份报告被撕毁过,又被重新粘起来,上面满是拼接起来的裂缝。

唐嘉荣迫不及待地翻开来看，是他和她的亲子鉴定。

"这是我妈当年留存的报告，您如果不相信，我可以随您去医院再次检验。"乌蔓垂下眼，"您当年看到的流产病历，是她买通了私立医院伪造的。"

唐嘉荣捏着报告的一角，好半天都没说话。

"她为什么要这么做？"

"像您这种尊贵的人，当然不会理解在尘埃里的戏子最看重的是'情'字。戏演得多了，也就真的会相信世界上存在这样一种感情。而您恰好给了她这种错觉，她怎么舍得打破这个美梦。"乌蔓轻轻地笑了，那笑容包含了太多唐嘉荣看不懂的情绪，"而我呢，就是这场美梦的纪念品。"

她刻意咬重了"美梦"这两个字。

唐嘉荣语塞，半晌，微微叹息："她太倔强了……"

他后知后觉地捂住烫伤的手，让服务员拿冰块和药膏过来。

乌蔓拦住服务员的动作，温顺地说："我来吧。"

她半蹲在地，接过唐嘉荣苍老却养尊处优的手，细致地拿冰块在上面滚。

唐嘉荣一愣，道："让服务员来吧。"

乌蔓摇头，语气诚恳地道："这么多年都未能给您尽孝，做这么点小事，是应该的。"

"她……还好吗？"迟疑片刻，唐嘉荣还是忍不住问起吴语兰。

乌蔓微笑着说："这些年，她一直没忘记您。"

无数个喝醉酒的深夜，她醉醺醺地盯着乌蔓，口中念念有词："你的耳朵真像他，看了就让人恶心。"

"她说，她不后悔生下我，因为这是您和她唯一的羁绊。"

无数次乌蔓不想被逼着学习才艺惹恼她，都会被关进厕所面壁。她阴沉着脸站在门外，在毛玻璃上印出一抹虚虚的黑影。她轻声呢喃："我已经很后悔生下你了，你知道我为了你放弃了什么吗？我的事业，我的前途。我恨不得把你塞回肚子里，让你和他从没出现在我的世界里。"

"她现在已经嫁到国外了，有了新的幸福。但她说，我的父亲依然是您。她不限制我来找您的自由。"

她当然限制不了，被关在洛城的养老院，连你是谁都不知道了。

乌蔓内心和嘴里经历着冰火两重天，神色却看不出丝毫破绽。

似乎她说的，都无比逼近真实。

唐嘉荣神色怅惘："你们还是恨我的吧……不然为什么这么多年都不来找我。"

乌蔓终于在此时泄露了一点真实的情绪，为了让这场戏看上去更加完美。

"恨……其实是有的，所以我本来没打算再来找您。"

唯一一句真心话说出来，乌蔓忍不住舒了一口气。

"但为什么还是来了，这就是我刚才提到的，和您女儿的婚事有关。"她拧开药膏盖子，挑出一点，专心致志地涂抹在他手上，说道："您也知道我和郁家泽的关系，其实我已经想结束了，但郁家泽不允许。"

"什么？！"唐嘉荣皱紧眉头，"他怎么会这么不懂事？"

"您毕竟不太了解郁家泽，他是个比较固执的人。"乌蔓放下药膏，吹了吹那块松垮垮的皮肤，接着道："唐棠是我的妹妹，我怎么能心安理得地继续待在郁家泽身边呢？只是这些年，我被绑得太死了，我的合约都在他那儿。如果想要和他割裂，以后都靠自己，无异于自毁前程。这些年我一直没来打扰您和唐家，因为我知道我对您而言是负担，所以我克制住了想来找您的念头。尤其是您的夫人还在世时，我的出现只会更碍眼。"

她的语气很平静，可越是平静，越让唐嘉荣觉得难堪。

"为了和郁家泽断干净，也是为了唐棠考虑，我希望您能认下我。"

唐嘉荣沉声说："你先起来吧。"

乌蔓见好就收，她敛眉低头坐回原位，任凭沉默在室内叫嚣。

唐嘉荣沉吟片刻，斟酌道："这些年，真的委屈你了。如果我知道她生下了你，不会这么多年置你们母女俩于不顾的……"他话锋一转，"但是你母亲当年毕竟没名没分，这么多年过去，我贸然将你认进家门……"

乌蔓早就知道，这老狐狸绝不会因为自己的示弱和讨好就被打动。她也并不指望打感情牌能一举成功，在她的计划中，这只是块敲门砖罢了。

"我听说……唐夫人是死于肾衰竭，对吗？"乌蔓冷不丁问出口。

当初从何慧语那儿听到这个消息时，她并没太在意，关于唐家的一切她并不想知道。

如今仔细打听了她才知道，唐棠的母亲患有家族遗传性肾炎，唐棠自然也有很高的患病风险。

所以这么多年，唐家小心地将唐棠养在温室中，生怕她哪里磕了碰了，似乎热一度的阳光，强一级的微风，这世上剧烈一点的万物，都能伤害她。

至于她后来为什么会进入娱乐圈，乌蔓无从得知。但她猜，一个被"关"久了的人，是会被致命的人潮吸引的。

而那么宠她的唐嘉荣，自然会满足宝贝女儿的愿望。

提及这个，唐嘉荣神色阴郁地点了点头。

"棠棠这些年……她从小体质就很弱，过得非常不容易。"唐嘉荣微微叹息，"所以我更加不能刺激她，突然把你领进家门，她会受不了的。"

乌蔓不知道该怎样去描述听到这句话时的感受。

这个人虽然和她有着血缘关系，但她完全不会把他同"父亲"这个词联系在一起。

在她眼中，这个人曾是她避之不及的深渊。

如今，她在郁家泽的深渊中艰难地往上爬，四处都是平原，她随时都会被他从身后击倒。因此，她必须尽快找个洞跳进去，那么，从前的那个深渊也可以是一条生路。

只不过，她若往下跳，当然无法避免会摔得惨烈。

就像如今这样，她清晰地感受到他对另一个孩子充沛的爱意。

不患寡而患不均，她宁可从未目睹过，好说服自己，他是个多么恶心冷血、自私自利的父亲。

可这样的人，原来也是有父爱的。

她恍然间想起那年的慈善晚宴，一直攥紧的手掌有些发酸。

仿佛有一条带火的鞭子直往天灵盖抽，乌蔓死命地咬着牙忍着，借着从包里抽出一份报告的工夫，将那无法克制的颤抖掩饰过去。

"这是我的体检报告，肾功能都是完好无损的。姐妹之间肾脏的适配成功概率很大，如果她真的发病了，我可以将我的一个肾移植给她。以此作为我进入唐家的交换，您看如何？"

她的身体，就是她的筹码。

十年前是这样，十年后亦如是。她只是个小人物，无法主宰天主宰地，但她至少要主宰自己的人生。

"我只是需要一个名头，其他的身外之物，我都不需要。因此，这样丝毫不会损害唐棠的利益。实际上，她还是您唯一的女儿。"

这当然不是说她有多大度，她只是从自己的角度出发——既然已经走入了这个旋涡，那么至少她不想陷得太深，只是尽最大可能为自己争取更多的自由。

唐嘉荣半晌没说话，他顿了一下，才慢慢问："你想好了？"

乌蔓毫不犹豫地点头，笑得毫无芥蒂。

"作为姐姐，对妹妹付出关心，想必唐棠也愿意接受吧。"

除了《春夜》之外，这大概是乌蔓第二次演得如此出神入化。

在这场人生剧本中，她扮演了一个没有任何怨言的私生女，渴望回归家庭，对父亲和妹妹都怀有天真和无私的期待。

"这件事，不能提前告诉棠棠。"唐嘉荣沉吟着，最终拍板，"要恢复身份，就要选一个万众瞩目的场合。你委屈了这么多年，至少这一次，爸爸要让你体体面面，风风光光。"

听着唐嘉荣捞了好处还故作体面的虚伪言辞，乌蔓配合地扬起一抹感激的笑容。

"谢谢爸爸。"她将之当作台词，如此念道。

午后三点，一辆装饰着鲜花的迈巴赫从郁家老宅的大门口驶入，停入车库。

接着，唐映雪，也就是唐棠，挽着唐嘉荣的手臂从车上走下来。

而此时，在花房内，郁家泽还拽着乌蔓不放，满脸阴沉地盯着她。

"这是什么意思？"

乌蔓神色未变："字面意思。"

"你在故意恶心我？"

"我还是那句话，我不擅长意气用事。"乌蔓不想多言，挺直腰板，擦过他身侧，"一会儿你就知道了。"

郁家泽抓住她的臂弯，还想说什么，花房的门被叩响了。

"大少爷，老爷催您过去，唐小姐和唐老都已经到了。"

郁家泽的手合拢，五指在乌蔓的大衣上深陷下去。

乌蔓迎上他凶狠的眼神,一点一点将自己的手肘从他的手中抽出来。她笑容灿烂,踮起脚,在他耳边轻声呢喃——

"别迟到了,我的……妹夫。"

第二章 —— 从悬崖纵身一跃

郁家的花园内，管弦乐团正在为这场订婚典礼演奏浪漫的祝福曲子。

过了片刻，郁家泽从花房出来，朝着花园中心走去。

花园中心，唐映雪已经就位。她看着郁家泽缓缓向自己走来，脸上闪过一抹得偿所愿的满足。

她第一次见到郁家泽，也是在这个花园中。

那是七年前盛夏的一天，两家刚刚交好，唐嘉荣带着她来郁家喝下午茶。

午后两点的蝉噪声此起彼伏，混合着花园里喷泉的水流声，还有大人们的高谈阔论，让一切都变得非常慵懒倦怠。

她打了个哈欠，被郁父注意到了。

郁父拍了拍身旁少年的肩头："晨阳，带小棠去客房休息。"

郁晨阳，也就是郁家泽同父异母的弟弟，乖巧地点头，走过来想拉她的手带她离开。

他大她一岁，但在唐映雪看来，这个年纪的男孩子都皮如毛猴，身上有种未进化完全的轻浮。

她嫌弃地瞥了眼他伸过来的手，任它悬在那儿，自顾自地往前走。

郁晨阳有些尴尬，连忙追上她，拉住她说："棠妹妹别走得那么快，我来给你带路。"说着他便快步走到前面。唐映雪没有异议，却在他背后暗自翻了个白眼。

两人一前一后穿过丛丛矮蔷薇，忽然之间，郁晨阳停下脚步，差点让她一下撞上他并不宽阔的脊背。

"怎么不走？"她嘀咕着催促，抬起头，看见了郁家泽。

他戴着墨镜，黑色的丝绸衬衫袖口卷起，露出青筋毕现的胳膊，那是完全不同于少年人的、只属于成熟男人的脉络。如田里的稻穗那般饱胀，微风吹过，送来花香，还有男人身上辛辣的木质香水味道。

郁晨阳低着头，轻轻地喊了一声"哥哥"。

男人漫不经心地推了一下墨镜，露出底下神情淡漠的眼睛。他的视线扫过她，和扫过地上的草叶没有区别。

他重新放下墨镜，问："老头子在里面？"

郁晨阳紧张地点点头。

男人越过他们往里走去，和她擦肩时，她仰着头，从他冰冷的墨镜反射光中看到了慌神的自己。

他走了,她却还盯着他的背影。

郁晨阳皱起眉,提醒她:"我哥哥脾气不好,你别招惹他。"

她冷哼一声,娇纵又自信地道:"招惹他会怎么样?"

郁晨阳撇了撇嘴,说了四个字——他没有心。

和郁家泽的短暂相遇,驱散了夏日午后沉闷的困意。

她脑海中翻来覆去的是那一刹那仰头看到的男人颈侧的绒毛,在金色的光晕里有一种难以言说的性感。

她睡不着,从床上爬起来,赤着脚在房间里来回踱步,像个失了魂魄的女鬼。最后飘荡到阳台上,她终于知道自己丢的魂去了哪儿。

郁家泽此刻正站在她的阳台底下,侧着身子打电话。

他和刚才撞见她时差不多,依旧是一副冷冷的样子。他一只手拿着手机,另一只手拨弄着花架下延伸出来的藤蔓,语气中隐隐带着压迫感。

"吻戏?可以啊,我不阻止。"他话锋一转道,"只不过在你拍戏前,我会让它肿到不能看。"

电话那头不知说了什么,他拖长音"嗯"了一声,忽然笑了一下。

"真乖,我的小乌鸦。"

金黄色的阳光穿透树叶的屏障,零碎地散落在他的发梢、眉间、唇边。这让他看上去有了一点不合时宜的温柔。

残酷的恶魔流露出的温柔,格外稀缺,也就格外动人。这让她萌生了据为己有的念头。

甚至,她对电话另一端连面都未见过的人产生了浓重的嫉妒。

后来她终于知道了他当日给谁打的电话,一个电视上随便转台都能看到的小花。

她盯着电视里的乌蔓,莫名就有一种熟悉感。

这人和自己长得还有点像。但是她长大之后,一定会比这个女人更漂亮。

如果郁家泽喜欢这一款,那他也一定不会拒绝自己吧。他能对这样一个小明星释放柔情,对她不得倍加呵护吗?

抱着这样的想法,在几次难得能见到郁家泽的家族宴会上,她借机靠近他,却依旧没能得到他一个正眼。

除了有一次,他忽然定定地看了她半晌,从头到脚,玩味地点着头呢喃着"有意思"。

她紧张得浑身出汗,小心翼翼地问:"怎么了,家泽哥哥?"

他勾起嘴角:"没什么。"

那是他第一次对她笑。

这个笑容加剧了她的痴念。她忍不住渴望他带着笑意的目光更多地在她身上停留,如果郁家泽只对娱乐圈的女孩感兴趣,不喜欢水晶宫里的公主,那她就浓妆艳抹地为他杀到凡间。

她想要的,最后一定会属于她,小到一件珠宝,大到一座海岛。父亲总是那么疼她,因为她的家族遗传病就是一枚定时炸弹,不知道什么时候就会引爆,父亲总是会给她最好的。

因此,这个男人也不会例外。

而这一天,也终于到来。

唐映雪望着郁家泽一步步朝自己走来,仿佛和七年前的身影重叠。

可是他的眼神,也和七年前的重叠。他看着她的时候,就像在看一片凋零的树叶。

乌蔓一直待在花房里没有出去,她的主场还得稍稍等待,现在出去,就真的是砸别人场子,这不是她的本意。

她伫立在花房内,听着悠扬的管弦乐缠缠绵绵。

现在在外头订婚的,是她跟了十年的男人。

她轻抿了一口红酒,感觉自己这些年来从没有这么平静过。即便她知道,下一刻自己的人生将天翻地覆。

这一次,她和郁家泽是真的要分道扬镳了。

她倾斜杯口,将仅剩的一点液体倒入土壤,作为割舍与郁家泽共同度过的漫长时光的祭奠。

管弦乐已经换成了 *Por Una Cabeza*(《一步之遥》),乌蔓整了整被郁家泽揉乱的衣摆,迈开步伐,走出花房,如从悬崖纵身一跃。

最先注意到乌蔓的人，是唐映雪。

她此时正乐陶陶地被郁家泽半抱在怀里，跟随着他的舞步跳一支探戈。裙摆飞扬又飘落的瞬间，她在缝隙中看见了那个浑身雪白的女人。

她当即慌了心神，舞步凌乱，踩到了郁家泽的脚。

他顺着她的视线看过去，也跟着停了下来。

唐映雪抓着郁家泽的肩头，又惊又怒："家泽哥哥，你不是说已经把她处理掉了吗？为什么她还会跟过来？"

郁家泽沉默不语，越过她和乌蔓对视。

乌蔓迎着他的目光，继续走近，像顶着一场暴风雪前行。

她每走近一步，唐映雪就紧张一分，似乎生怕她抢走她的男人。

跳舞的这些上流人士，此刻跟寻常巷弄中闲话八卦的碎嘴货色没有区别，都伸长脖子往三人身上瞟。唯独管弦乐团成员还兢兢业业地演奏着探戈舞曲，一曲《闻香识女人》成为最浪漫的战歌。

然而，乌蔓的目标根本不是唐映雪眼中的那个男人。

她越过他们，走向唐嘉荣。

唐嘉荣慢吞吞地从藤椅上站起身，拍了拍乌蔓的肩头。

他面容严肃地道："诸位，今天是我女儿唐棠的喜庆之日。但其实，还有一件喜事，我要和大家分享。"

随即，他将乌蔓展示到众人面前。

"我们唐家有个孩子一直流落在外，她在三岁时被拐卖，我们都以为她已经不在人世。这件事也成为我和夫人的心病，从没对外人提起……但老天待我们唐家不薄，那个孩子最后还是平安健康地长大了。"

他声音颤抖，克制了一下情绪，接着道："经过我证实，乌蔓就是当年走丢的那个孩子。她——是我唐嘉荣的女儿。"

没有一个人说话，只有音乐演奏得跌宕起伏。

乌蔓神色淡然，内心却对唐嘉荣佩服得五体投地。

这个时候，她心中终于有了一点自己和他血脉相连的真实感。毕竟能将谎话说得如此逼真，连说到"心病"那两个字时的哀痛都入木三分，看来自己演技中的那部分灵气，应该有一半是来源于他。

唐夫人已死，随便他怎么说都死无对证，如此一来，就能把她私生女的身份移花接木，变成真真正正的唐家大小姐。

虽然，她获得这个身份的代价是三十多年的委曲求全，还有一只待定的肾，以及忍下对唐家的恶心。

真不是什么划算的买卖！

可当她对上郁家泽苍白的脸色，心里从没有这么畅快过。

所有的郁结都一扫而空，她一颗心轻盈地飞上云霄。

这无关赌气，而是她终于看见了自由。

唐映雪花容失色，难以置信地用手指着她道："爸……你在跟我开玩笑吗？她怎么可能是我……亲姐姐？！"

唐嘉荣柔声安慰道："怎么不可能呢？棠棠，你刚出道时就有人说你们俩像呀。"

"我不接受，让她滚！"

唐映雪颐指气使，语气间是满满的无礼和傲慢，完全不考虑这会不会让乌蔓在众人面前下不了台。

但她下不了台无所谓，这拂的，其实是唐嘉荣的面子。

乌蔓楚楚可怜地垂下眼，道："对不起，我的到来确实太突然了，妹妹不接受我，我完全能理解。"

呵，论演技，她怎么会比唐嘉荣差呢？

唐嘉荣果然脸色一沉，道："姐妹之间就应该互相体谅。你姐姐经历了这么多波折，更应该多关心她，你这样子像什么话？！"

唐映雪惊怒地瞪大眼，许是从小到大她就没被唐嘉荣如此训过，一时不知道该如何反应。

"好了，今天是个双喜临门的日子，却让大家看笑话了，真是对不住。总之，以后乌蔓就是我们唐家人了，还请大家多照顾着点啊。"

唐嘉荣语气歉然，底下震惊的众人纷纷点头应着，看着乌蔓的目光已经和刚才她进来时截然不同。

从俯视到仰望，只一首歌的时间。太好笑了。

一旁一直作壁上观的郁父终于出声："这是喜事。家泽，以后乌蔓也是你姐姐了。"

郁家泽漠然的脸色微变，在听到郁父的话时，掌心不动声色地握紧，用力地咬了下牙。

他没有动作，郁父神色一沉，敛起眉，压低声音又叫了一遍："家泽！"

郁家泽眉心一动，深吸一口气，终于缓步走到乌蔓跟前，像崩塌的琼楼，低下了他高贵的头颅。

他那深黑的瞳仁里，全是乌蔓带着嘲讽的容颜。

他一字一顿地叫她，咬牙切齿地道："姐、姐。"

这天早上，微博上一条热搜直接爆了——乌蔓和郁星解约。

网络上铺天盖地都是关于这条信息的讨论，匿名论坛更是嗅到了非同寻常的味道。

主题帖："是要变天了吗？乌蔓离开郁星了！！"

"天哪，活久见！"

"你们不知道吗？她男友要订婚了啊！而且订婚的对象你们都认识，哈哈哈！"

"不可说，反正也是圈内人，过一阵子你们看看谁退出娱乐圈就是谁了。"

"我下巴都惊掉了，那乌蔓离开郁星要去哪儿？"

"好像她要开个人工作室吧，我看微博简介改了。"

网络上的议论乌蔓管不着，她现在连打开微博看一眼的工夫都没有。

首先，告别这件事就需要花费太大的精力。

她得跟过往做个了断，无论是工作，还是生活。

她急切地想从郁家泽那儿搬出来，但也不想搬进唐家。毕竟她只是借唐家的壳和郁家泽抗衡，可没有真的想鸠占鹊巢。

唐嘉荣自然希望她能搬进来，不然显得唐家亏待了她似的，伤面子。预料到这点的乌蔓早有打算，她拿唐映雪作为借口，善解人意地表示不想因为自己介入而破坏他们的父女关系，等到唐映雪接受自己了，再考虑回去住的问题。

但是想要唐映雪真的接受她，唐嘉荣有生之年估计是等不到这一天了。

唐嘉荣越发愧疚，忍不住说："棠棠这些年被宠坏了，你不要和她计较。这些日子我多给她做做思想工作。"

乌蔓笑得非常温婉，摇摇头说："没关系，爸，不急于一时。"转过脸的瞬间，一张脸变得面无表情。

她特意挑了郁家泽陪唐映雪去给她妈扫墓报喜讯的这一天回别墅收拾东西，属于她的都打包带走，不属于她的，比如脖子上的那条"Y"字项链，她对着镜子取下来的那一瞬间，浑身的毛孔都舒展开了。

若此时让她去演孙悟空摘下金箍的那一瞬间，没有人会比她诠释得更好。

她把郁家泽这些年送给她的礼物分门别类地放在桌上，逐渐地堆成小山那么高。

她呆呆地站在那座"金山"前，内心忽然有些怅惘，仿佛灵魂失重。

"把这些垃圾留给我做什么？"

郁家泽的声音森然地在门口响起。

乌蔓吓了一跳，侧过身，看见郁家泽靠在墙边，似乎看了她有一会儿了。

"你怎么会在这里？"

"当然是来为我的小乌鸦送行。"

乌蔓只是慌乱了一瞬间，那已经变成了身体的本能反应，她随即镇定下来，语带嘲讽地说："妹夫贵人多忘事，忘记该怎么叫我了吗？"

郁家泽平静的伪装顿时支离破碎，他大步上前，挥手将那堆东西噼里啪啦地扫到地上，把乌蔓压在空荡荡的桌面上。

他压低身子，几乎是贴着她的嘴唇呢喃："乌蔓，你真的可以。为了离开我……居然可以走出这一步，投向你这么厌恶的唐家。"

乌蔓侧过脸，他的唇便贴着她的脸滑过。

"我们现在这个姿势说话不太合适，还请你起来。"

郁家泽的眼中有什么东西像流星一样快速地闪过，又迅速陨落，漆黑一团。

"别说还没结婚，就是结婚了，我也可以离。"他望着她，眼中没有任何温度，"你把自己献祭给唐家，那么我把联姻对象从妹妹换成姐姐，似乎也可以？"

"不可能的。"乌蔓连眉毛都没抖一下,说道,"我的真实身份是什么,你难道不知道吗?见不得光的私生女,怎么能登上台面。"

"唐嘉荣已经偷天换日,我有什么不能?"

乌蔓转回视线,直直地盯着他:"因为你是理智的郁家太子爷。"

郁家泽发怔的瞬间,乌蔓伸手把他从身前推开,支着桌子站了起来。

她指着桌面上的三张银行卡,对他说了三句话。

"这一张,是我从郁星离开的违约金。"

"这一张,是这么多年你为我花的钱,我都记着。"

"这一张,是我给你的答谢。无论如何,那一年如果你没有带我走,我也不会有今天。"

她拎过一旁的箱子,微微叹息。

"郁家泽,我们就走到这里吧。"她环视了一圈房子,手不自觉地发紧,"这十年间的日子,谢谢你。我希望以后你能幸福。"

郁家泽用指尖拈起一张卡,往角落里一撇。第二张,被他掰断。第三张,他塞进她手心。

他的眼睛自始至终恶狠狠地盯着她,眼里布满血丝。

"你忘了十年前你说过什么了吗?'你想要的不是钱吧。''你难过的时候我可以陪着你。'"郁家泽声音凉薄,脆得仿佛一折就断,"乌蔓,你是个食言而肥的人。"

乌蔓的瞳孔微微一缩。

她悲哀地捏紧行李箱握杆,看着满地狼藉道:"是,你难过的时候,我用我人生最好的十年当你的垃圾桶。那么我难过的时候,谁来陪我呢?你吗?恰恰相反,你是让我难过的那个人。"

语毕,她毅然决然地转身,拉着行李箱推开大门。

她一次也没有回头,也就不知道郁家泽是以怎样的姿态给她送别的。

但她恍惚间听到他说,小乌鸦,你以为你真的能离开我吗?不遵守诺言的人,是要付出代价的。

知道她和郁星解约之后,微信上太多朋友争先恐后地来探她的口风。何慧语就是其中之一。

乌蔓言简意赅地表示两人闹掰了。

何慧语意有所指地问："是因为唐映雪吧？这小姑娘好像身份不得了啊，大家都在传她和郁家泽订婚了，是不是真的？"

乌蔓只道："你八卦的天性还真是改不了。"

何慧语并不知道个中的豪门秘密，以为是她被郁家泽无情地踢出局，"对方正在输入中"持续了好一会儿，才发过来一句话："你们终究不是一个世界的人。"

乌蔓直接岔开了话题，问她有没有合适的房源可以推荐的，眼下急需。

何慧语还真的给她找了几套，都是那种圈内人爱住的大别墅，她实在无感。何慧语发来几串省略号，说："你这人怎么比我还挑？这些房子你都看不上啊？"

乌蔓很无辜，不是看不上，而是太好了。她现在就想要一个小房子，衣帽间可以大一点。其余的她不挑，有个可以抽烟的阳台就好。

何慧语一听，那还不简单，火速又发了几个链接过来，还真有一套让乌蔓看上的。

那是五环外的新楼盘，那一栋还没几户入住。阳台特别敞亮，她那间在顶层，因此额外附赠一个逼仄的小阁楼。

那本来是储物用的，却成为乌蔓的心头好。

她在阁楼里开了一扇窗户，这样睡不着的晚上就可以躺在地板上数星星。

把住处收拾好之后，她便着手处理工作室的事情。赵博语毫无意外地辞职跟着她，继续做她的经纪人。其他的则全部需要招新。

这得耗费很多精力，因为乌蔓坚持亲力亲为，每个人她都亲自面试。

她想要打造完全属于她的团队，从此不会再被人摆布，被人监视。

因此，虽然忙得脚不沾地，但她沉浸其中，也不怎么有空刷手机，错过了网络上最近热议的两大话题。

第一个，是唐映雪退出娱乐圈的消息。

一众八卦人士立刻联系到之前听到的风声，猜到了郁家泽的订婚对象就是她，不少人调侃男人果真很专一，永远喜欢同一款脸，但年轻的总是更胜一筹。

也有人感慨说，奈何你我牵过手，没绳索。哪怕倾注了十年最好的光阴又如何呢，终还是落花流水两相忘。

第二个，则比唐映雪退出娱乐圈还要轰动。

因为话题的中心是自带腥风血雨体质的追野。

尽管这一次不是什么桃色新闻，但吸引了更多人的眼球。

——国内第一个登上《Z时代周刊》封面的青年演员。

这可让追野粉丝得意坏了，当别家还在吹什么金九银十开年大封，撕什么合集站位时，追野粉丝一句轻飘飘的"不好意思啊，我们追野上了《Z时代周刊》呢"，把小生粉鼻子都气歪了，还说不出话反驳。

他这次能上《Z时代周刊》，靠的是那部竞技双男主片《败者为王》，上映首周就在北美拿下了票房冠军，热度可见一斑。不过这次追野并不是独自上封面，和他一起上的还有电影的另外一位男主角德兰克，国外发展势头正猛的一位男星。

之前很多观望着追野去国外发展就等着他没落的别家粉丝无比失望，但还是垂死挣扎，嘲讽追野就是运气好，被德兰克这个王者带了一波好感罢了，不然仅凭他哪有什么票房号召力，更别说一步登天直接上《Z时代周刊》。

但这些跳脚的人并不知道追野为这部电影付出了多大的努力，因为他们连杂志都没买就开喷。

乌蔓知道这件事之后，立刻托在M国的朋友给她买了一本《Z时代周刊》寄回来。她看到了里面关于这部电影的一些报道，深刻地明白了一个道理，那就是运气真的不是凭空来的。

这部电影里有相当激烈的搏击场面，而追野饰演的败者甚至有一幕需要被打到半残。而这些场面，他没有用替身，全是自己上。

杂志里有对导演的采访，他说道："在试戏的时候有很多人来面试，这个角色因为是亚裔，还挺不好挑。我选择追野不是因为新环线的推荐，而是那么多人里面，只有他敢用真拳头去挑战当时的专业搏击运动员，而不是装装样子。他的勇气可嘉，完全就是我想要的那个形象。"

而在正式拍摄时，导演表示其他场面用真身，但打残的那场戏还是用替身吧，风险太大。但出乎他意料的是，追野仍坚持自己上。

导演回忆说："'这是角色被打趴下的一场戏，我必须直面这种痛苦，才能释放出巨大的力量。如果用不痛不痒的伪装遮掩过去，观众也感受不到激情。'这是追野当时的原话。我被这个亚洲小子震撼到了。"

那场戏被放在了最后拍摄，确实拍得太精彩了，达到了可以载入影史经典场面的程度，吸引了一拨又一拨慕名而来的观众。经过观众的口耳相传，《败者为王》才会在上映第一周就坐上了票房冠军的宝座。

而这背后的代价，是追野当晚被送进了 ICU。

看到这一句时，乌蔓心惊肉跳。

她仔细回忆起上一次见面时他的样子，确实看着有点恹恹的，当时她以为他只是被饭局的应酬所困而束手束脚……原来是这样，原来是这样啊。

乌蔓胸口一阵郁结。

追野的粉丝看完采访也眼泪直流，即刻把那一页翻译好发布到网上，想让更多人看到这部电影背后追野的巨大牺牲。

如果用天才定义他，对他是一种不公。

他更像一个敢于豁出去的疯子。能走到这一步，他真的是拿命换来的。

追野回国当天，许多狗仔和媒体得到风声，蹲在机场堵人。粉丝们更是大规模组织起来去接机，疯狂的人潮将首都机场围得水泄不通。

乌蔓那天没别的安排，在家里刷微博，一点进去就是追野回国的热搜，机场图上他戴着黑色的海绵口罩、黑色墨镜、黑色鸭舌帽，裹得严严实实。两边都是开道的保镖，为他保驾护航。

小天王的既视感无比强烈，和之前相比，确实是更上一层楼的大明星了。

乌蔓翻看着没有提示的微信，心头泛起一股难言的失落。

这人回国了也不给她发条消息，还说什么无时无刻不在想她。

男人的嘴，骗人的鬼！

她神情一冷，把手机一扔，接着就听到了门铃声。

应该是她叫的外卖送到了。

乌蔓高声喊道："放门口就行啦！"

外头的人顿了一下，又锲而不舍地按了两下。

搞什么呀。

乌蔓无奈地戴上口罩，扣了顶帽子压住乱糟糟的头发，匆忙赤着脚去开门。

门外,那个将机场和微博搞得沸反盈天的"大人物"赫然出现在她面前。

他依然是她刚才刷到的图上的装扮,风尘仆仆,还来不及换一身衣服便赶来见她。

"阿姐。"

追野把墨镜摘了下来,露出一双水光潋滟湿漉漉的眼睛,里头倒映出呆愣的她,显得有几分傻气。

他看着她这因为惊讶而生出的傻气,忍不住笑了起来,弯下腰,摘掉她的帽子,似乎是为了能更清楚地看她的表情。

"你……"

乌蔓刚开口,嘴里的话便被他迫不及待地堵住了。

他隔着口罩,将自己的嘴唇若有似无地贴上她嘴唇的位置。

一个无比干燥,却令人心发痒的吻。

追野隔着口罩蜻蜓点水地碰了一下便直起腰,快速得不让她有拒绝的余地。

他胡诌说:"这是见面的问候吻,M国那边都这样。"

乌蔓瞪了他一眼:"你当我没去过M国?"

他神情调皮,说:"对不起,阿姐,因为我太开心了。"他喃喃道,"这一天比我想象中来得要早太多……"

他的声音压得特别低,像是稍微大声点,就容易将这场梦惊醒。梦醒时分,他的阿姐还属于别人。

乌蔓倚在门框上轻笑:"所以你一下飞机,就跑过来向我确认这件事?"

"这是头等大事。"

追野不再克制自己,上前一把将乌蔓抱个满怀。这还不够,他的双手顺着她细弯的腰线往下移,扣住她的大腿根,一下子将她双脚离地半抱起来。

乌蔓睁大眼,猝不及防之下抓住追野的肩头,慌张地道:"快放我下来。"

追野微微仰起脸望着她,双手愈加收紧。

她似乎被当作了一个小孩儿,被他举着在原地转了半个圈。她不得不抱紧他,两人因为这种姿势紧密相贴,她软软的小腹贴着他那层在毛衣下依然很有存在感的结实腹肌,怀抱里还充斥着寒冬的凛冽,两片衣角的摩擎却带起了盛夏的山火。

乌蔓抓在他脖子后的手指不自觉地屈起,她被抱着转得晕头转向,那感觉就像发烧。

他们谁都没有说话,楼道里的灯灭了,黑暗中,她看不到他环住她的手臂上暴起的筋脉,他在忍耐着些什么,而罪魁祸首还在他怀里扭动。

她颤巍巍地问:"还不放我下来?"

"不放。"他将她更紧地往自己身侧贴,咬着她的耳朵道,"从今天起,我要正大光明地追你。"

他这一句低语令乌蔓如全身过电,让她一下子乱了呼吸。

她轻捶了一下他的背:"你这不是追人,是耍流氓。"

"那阿姐惩罚我好了。"追野将她直接抱进门内,放到沙发上,这才松开手臂,以蹲着的姿势看着她,"我什么都听你的。"

"那我让你现在走?"她故意道。

追野呼吸一滞,轻咬着牙皱了皱鼻子:"阿姐,你不想我吗?"

他干脆撒起了娇。

乌蔓被这语气一磨,顿时没了脾气。

"你是不是还没吃饭?我叫了外卖,你留下来吃完再走吧。"

门外适时地传来了门铃声,乌蔓抬起脚尖若有似无地踢了踢他的膝盖:"去开门。"

他顿时从地上蹦起来,小跑向门口,回来时拎着袋子,好奇地问:"点了什么?"

"牛油果三文鱼饭和沙拉。"她想了想,又道,"沙拉给我,饭就给你吧。"

"这你怎么吃得饱?"

"我平常晚饭也只吃一份沙拉,今天心情不错才多点的。"

"这不行。"他皱起眉,"我重新叫一份火锅吧,顺便再叫点酒。"

"不用了吧……"

"乔迁新居得吃一顿热腾腾的饭,阿姐不知道吗?"追野掏出手机碎碎念,"该有的仪式感还是要有的,更何况是这么值得庆祝的一件事儿。"

乌蔓呆坐在沙发上,注视着他认真搜索附近火锅外卖的样子,即便低着头,站在那儿还是那么挺拔,瞬间将她的小房子撑得满满当当的。

见她没反应,追野转过脸,看着她柔声问:"好吗,阿姐?"
她微微点了下头。
追野便弯起笑眼扳着指头说:"不要辣,虾滑、山药、鸭血必备的,对吗?"
乌蔓的脸上闪过一抹诧异之色,追野太可怕了,比她的助理薇薇都记得清楚。
"你怎么知道?"
"录《演技派》吃火锅的时候,你坐在我对面,专爱夹这几样菜,我都记着。"
乌蔓无话可说了,她的心在这一刻化作一池春水。
追野三两下点完,把手机往旁边一搁。
"大概半个小时送到吧,我趁这个时间洗个澡。"
乌蔓睁大眼:"我这里可没有给你换的衣服。"
追野拍了拍背上的单肩包,笑道:"我都带了。"
她琢磨着这似乎不太对劲儿啊,他这是有备而来。
"卫生间在哪儿?"
见他指着拐角,乌蔓无奈地点头:"不要给我搞得到处湿答答的,柜子下面有新的毛巾,你可以用。"
"遵命。"
他认真听话的模样让乌蔓感觉自己是个幼教,正在教小朋友如何洗澡。
一个背部宽阔到可以把毛衣的肩线撑得无比平展的小朋友。乌蔓支着头看他走进卫生间的背影,不禁想笑。

很快,里头传来哗啦啦的水声,像是整个房间都被笼罩在一场氤氲的雨中。
她的耳膜被水柱的声响砰砰地敲击着,让她觉得心里很躁动,坐立难安。她干脆站起来,在落地窗前来回踱步,但是连脚底板都在发痒,好像湿热的水汽从那个小房间中飘散出来,对她紧追不舍。
乌蔓索性打开了电视机,里头是她昨夜看完的电影,她就任它放着,想让人物的对白和潮湿的水声抗衡,好分散她的注意力。
过了一会儿,水声停止,这场磨人的雨终于下完了。
乌蔓的手指在沙发上画着圈,故意不去理会身后向她走来的脚步声。
"阿姐在看什么,这么入神?"

他站在沙发后,一边擦着头发一边问。

湿发飞溅的水珠有几滴溅到她的脸颊上,乌蔓仰起脸,正对上他垂下来的脸。他背对着顶灯,阴影将他脸部的轮廓线条雕刻得很危险,让她瞬间感觉仿佛要窒息了。

她伸出手,摸到他湿滑的头发,撇到一边说:"好好擦,不要跟只小狗似的乱摇头。"

追野两只手往沙发上一撑,声音带着刚出浴的潮湿:"我带来了《败者为王》的碟片,阿姐干脆看这个吧。我希望国内第一个看到它的人是你。"

"看你怎么被揍得没个人样吗?"

"我最后赢了的!"

"笨蛋,你剧透了。"

追野鼓起嘴巴,脸上露出懊丧的神色。

"再说吧,我对那部电影不是很感兴趣。"

这当然不是真话,其实她好奇得不得了。但是自从知道了电影的拍摄花絮,知道那段是怎么拍的,她就特别害怕目睹那一场面。

她看不得他被欺负,她知道自己忍受不住。

乌蔓的视线从他黑色的T恤上扫过,这副身体看上去如此青春蓬勃,但衣服底下大概是无数块沉积的瘀血和乌青。

追野却以为她是真的不感兴趣,怏怏地"哦"了一声,听到门铃声便耷拉下眼皮说:"火锅到了,我去拿。"

接下来,他便只字未提《败者为王》。

乌蔓没有察觉到小朋友情绪的低落,她太久没有吃火锅了,被三鲜的汤底勾去了魂,一心扑了进去,食指大动。

她抬眼扫过桌边的一大扎啤酒,说道:"买得太多了吧。"

他取出一罐推给她:"其实阿姐你可以试一下喝醉的感觉。"他顿了一下,又道,"不用害怕失控,因为有我在。"

她拉开易拉罐,毫不犹豫地咕咚灌了一大口,轻描淡写地说:"我已经不害怕失控的感觉了。"

追野微微一怔,举起啤酒,与她的那罐轻轻一碰。

"那看来我今天一定得把阿姐灌趴下。"

火锅的蒸汽弥散开来,小小的客厅充斥着香浓的气息,但吃完之后这股味道就糟糕了。她支使追野把窗户都打开。

结果,一只小蚊子趁此机会偷溜进来。

乌蔓诧异道:"怎么大冬天还有蚊子?"

追野镇定自若:"放心吧,阿姐,有我在,蚊子一般来咬我。"

"蚊子也很喜欢咬我啊。你是什么血型?难道是O型?"

人们都说蚊子最喜欢吸O型血。

"我是B型。"

"我也是B型啊。完了,蚊子指不定对我俩谁先下手。"乌蔓一拍脑门,说道,"阁楼上有电蚊拍,你去拿一下。"

"咦,还有阁楼。"

小朋友眼睛亮亮的,三两步就从转角的楼梯跑上去,好半天才下来。

乌蔓已经在空中对着蚊子合掌无数次,说道:"你怎么去这么久,我身上已经起了好几个包了……"

追野的表情有一丝怪异。

他慢吞吞地朝她走近,忽然张开手臂,如同动作迅猛的猎豹扑上他梦寐以求的麦田。

乌蔓被他扑得整个人后仰倒在沙发上,手边的啤酒差点洒了一身。

"喂……"她恼怒地用手肘挡住他,瞪着他,"突然发什么神经。"

追野埋下脑袋,在她肩头轻蹭,呼吸着她身上的味道,痴痴地笑起来。

"我看到了。"

乌蔓纳闷道:"你是看到流星了还是怎么的?"这么兴奋。

"《Z时代周刊》,你放在阁楼上,我看到了。"追野撑起上身,紧盯着她的眼睛,不错过她脸上任何一种情绪,"关于我的那几页你翻了好几次吧,页面都有褶皱了。"

"……"乌蔓失语。

不知道该说什么的时候,转移话题就对了。

她扬了扬手中的啤酒:"你再不起来,我倒在你身上了啊。"

追野无赖地说:"倒吧。我再蹭到你身上。"

乌蔓还是不想承认，随口胡扯："工作室新招的人里有你的粉丝，是她买的。"

"哪个人？我下次见见。"

她被他磨得实在没脾气了，只好投降："我买的，行了吧。"

追野脸上却没有她预想的笑或是那种显而易见的开心。

他轻轻皱起眉，将头挨到她心脏的位置，说了一句《断背山》里的台词。

"I wish I knew how to quit you（我想知道该如何戒掉你）。"他的声音低下去，"在你还和他在一起的时候，在你一次次远离我的时候，我总会忍不住这么想。但我知道，我毫无办法。"

她的喉咙被莫名的沉闷堵住，好像那是他的情绪，被她一并感知了。

"生日那一次，你想送给我的，其实是一首诗，对吗？"乌蔓用手指轻轻摩挲着他后颈上的绒毛，说道，"我认真看完了你给我的书，稗子和稻子是不同的，我现在知道了。"

它们非常相似，却从根本上不同。

稻子是被春天迎接的庄稼，按部就班地长大，一路顺风顺水。

而稗子是长在农田里的一种杂草，它必须和稻子争夺生存的养分，一旦被发现，就意味着生命的终结。因此，稗子的生存非常艰难。

追野拱在她的怀中，享受着她的抚摸，闭着眼睛呢喃："稗子是不是很卑鄙的植物？要靠抢夺别人的生命源泉野蛮生长。不光如此，他还要抢夺别人的爱人，不然他就只能独自一人离经叛道地长在这个世界上。"

"可我不觉得你是稗子。"乌蔓放软语气道，"你知道吗，你其实是一片广袤的土地，能救活奄奄一息的藤蔓。"

追野抬起眼，目不转睛地凝视着她。

好像她这么简单的一句话，就将他救赎了一样。

乌蔓很少会说这么好听的话，刚说完，一张脸就泛出赤色，她将他从自己身上推开，结结巴巴地说："你不是说带来了《败者为王》吗？拿出来看看吧。"

追野立刻蹦起来："我去拿！"

他兴致勃勃地从包里拿出碟片，关上灯，只留下电视机里的白色荧光。

乌蔓抓了一个抱枕在怀里，免得自己看到那个惨烈场面时手足无措，她需要一个东西在手心里蹂躏,以便释放心中那股憋闷。

追野这回倒挺老实的,安分地坐在一边,像个被检查作业的小学生。

他们一边看,一边喝着酒。当她看到他被德兰克揍得奄奄一息时,心脏猛地一抽,易拉罐都被捏变了形,爆出酒沫子。

追野被她吓得浑身一抖。

她已经在不知不觉中喝得上了头,一个个空的易拉罐被她随意地往地板上一扔,滚得到处都是。

追野只能一边帮她收拾一边有些后悔地说:"阿姐,要不……少喝点吧。"

她跑下沙发,醉醺醺地凑近电视机,指着德兰克那张脸怒骂:"你虐待小孩儿,我要报警让警察把你抓起来!"

追野:"……"

他确信她已经喝高了。

原来阿姐喝多的时候,会发酒疯。

怎么办,她胡言乱语的样子看着更加可爱了。

追野怀抱着一堆空酒罐子,站在原地傻傻地注视着乌蔓。电视机的荧光在黑暗中将她的侧脸照亮,她清透得像一只萤火虫。

乌蔓对着荧幕上的德兰克翻了个大大的白眼,恼怒地关掉了电视机。

整个房间陷入黑暗中。

她大着舌头说:"不看这么糟心的东西了,我要去看星星!"

她东倒西歪地往阁楼的方向走,追野赶紧把空罐子往垃圾桶里一扔,冲上去半搂住她,免得她在黑暗中磕磕碰碰,或者从楼梯上摔下来。

在他的保驾护航之下,她得以安全地上了阁楼。

只是很可惜,今晚不是什么花好月圆夜,天空像楼下那台被关掉的电视机,一片漆黑,什么都看不见。

乌蔓躺倒在她布置的懒人沙发上,扶着她的追野被一起带了下去,两人的四肢在天窗之下纠缠到一起,他的黑T恤被她扯皱了,露出底下一块又一块的瘀紫。

乌蔓的动作停住了。

夜空的乌云走开了,露出了月亮,在月光下,她傻愣愣地盯着那些伤口,嘴唇微抖。

她的眼神非常认真，认真到追野怀疑这一刻她的酒劲似乎过去了，已经清醒了。

然而，下一刻她又迷糊地胡言乱语："原来星星跑到你那儿去了。一颗、两颗、三颗……"

她冰凉的指尖抚摸着他的伤口，一道道地摸过去。

"怎么这么多星星啊，都数不完了……"

她从他的腰摸到肩胛骨，咬住嘴唇，忽然就哭了。

她的眼泪滴落在他的皮肤上时，追野还以为夜空中突然下起了细雨。

接着他才后知后觉地发现，是乌蔓在掉眼泪。

她的情绪转变得如此剧烈又不知所起，让追野刹那间就慌了神，连忙小声哄她："怎么哭了？"

乌蔓却什么都没说，只是静默地流眼泪，泪水像一道流过许多岩石的山泉，磕磕绊绊地流入平缓之地。但对追野来说，这细密的山泉堪比尼亚加拉大瀑布，他是被兜头淋到的那个人。

他忍不住有点难过地想，是不是阿姐还对郁家泽残留着眷恋。

虽然他认为郁家泽不是个好人，他不尊重他的阿姐，因此他不配拥有她，但两个人的事情，第三个人又怎么能够真的看清楚？到底乌蔓对郁家泽抱着怎样的感情，他始终看不透，她也从来避而不谈。

但他们之间有过十年的相处，这是不容回避的事实。

追野其实觉得无所谓，对他而言，他只要往前冲就够了。

一次不行就两次，两次不行就三次。被拒绝也无所谓，他要给她选择的机会，而不是让她无路可退。

他没想到这一天会如此快地降临，虽然这结果不是他促成的。

——何慧语告诉他，是因为郁家泽订婚了，对象不是乌蔓。

所以，她才下定决心离开他的吧。

他虽然一直对自己说无所谓，但目睹乌蔓似乎是为了郁家泽而流泪，他才发觉自己其实是那么介意。

就好像是明明知道春天快来了，他满怀期待地跳进水中，结果河里的冰层还没化开，他被冰撞得头破血流。

次日醒过来的时候,乌蔓发现自己躺在卧室的床上。

脑袋还在隐隐作痛,她对着天花板发怔,心里嘀咕,原来这就是喝醉断片儿的感觉吗?她只记得自己在看《败者为王》,但电影内容具体是什么她都记不清了。

至于后来的事,她就更加没有印象了。

她低头看了看自己身上,没有任何黏腻的感觉,换上了一套崭新的睡衣。

追野给她洗的澡,换的衣服?!

乌蔓心头一惊,有点不敢走出这个房间去确认。

虽然在拍《春夜》亲密戏部分的时候,她也算半裸上阵,但这回……

她的脸都绿了,心里懊悔不已,醉酒果然还是误事,体验了一回,她绝不想来第二回。

乌蔓深吸了一口气,还是推开门出了房间。

客厅沙发上坐着一个人,乌蔓定睛一看,居然是薇薇。

"蔓姐,您醒啦!"薇薇正在玩手机,见乌蔓开门出来,立刻把手机一放,指了指厨房,"我熬了粥,您赶紧喝点儿吧。"

"你怎么在这儿?"

"我昨晚就来了……"薇薇遮遮掩掩,语气诡异,"追野哥给我打的电话,说您喝醉了,让我来照顾您。"

"所以……"乌蔓指了指自己身上的衣服。

薇薇点头:"没经您允许我还是帮您清理了,不然睡得会很难受呀。您别介意哦。"

乌蔓垮下肩头,不由得松了口气:"哦,没事的。"

她掏出手机给追野发去消息问道:"昨晚回去的?"

那头几乎秒回:"嗯,阿姐醒得好早啊。头有没有不舒服?"

"还好……但我下次绝对不会再喝这么多了。"她犹豫了一会儿,还是问道,"我昨晚喝醉没出什么洋相吧?"

"当然有啊……我都拍下来了。"

"嗯?删了!"

"逗你玩的,阿姐喝醉的时候很可爱。"

最后三个字看得乌蔓起了一身的鸡皮疙瘩。

薇薇缩在角落里,观察着乌蔓时而皱眉时而无语时而又露出一点点笑意的川剧变脸表演,不禁感叹,美女就是好啊,刚和有钱有势的男友分手,转头就有年轻影帝深夜上门……希望自己三十岁的时候也能有如此艳福。

乌蔓草草地吃了碗粥,混沌的脑子终于清醒了些,想起晚上要回唐宅吃家宴就打心眼里厌烦。

一个道貌岸然的父亲,一个心比天高的妹妹,以及……

思及郁家泽也应该会到场,乌蔓的眉头就一直没松开。

夜晚七时,乌蔓提前半个小时开车进了唐家。

这座偌大的豪宅,是和她血脉相连的父亲和妹妹生活的地方。

她下了车,粗粗地扫了一眼,再次确认,她很讨厌这种空旷的大房子。这会让她联想到恐怖电影里的老洋房,阴暗,腐败,死气沉沉。

管家从大厅走过来,迎接她道:"大小姐,请随我来。"

乌蔓愣了愣,说:"叫我乌蔓就可以。"

管家充耳不闻,自顾自道:"天有点黑,您小心脚下。"

这人有聋疾吗?

乌蔓无奈地跟着他走进大厅后,脸上表情顿时一变,笑意盈盈的。

唐嘉荣已经入座,穿着青色的唐装,好让自己那副庸俗的皮囊沾点仙气。

他满意地朝乌蔓招了招手:"来得挺早,棠棠和家泽一起过来,马上就到了。"

"您真的觉得我在这里合适?"乌蔓垂下眼,假装很不安地说,"毕竟我和郁家泽……"

"他现在是你妹夫了,还能有什么想法!"唐嘉荣蹙起眉头,"放心,我会多提点他两句,以后都是一家人,总会见到,收心才是根本。"

"嗯,爸说得是。"

乌蔓藏在阴影里的嘴角轻轻往上扬——这就是今晚她同意来参加家宴的原因。

她要让郁家泽更清晰更深刻地认识到,她不再是任他摆布的笼中鸟了。

乌蔓拿出其中一个包装袋递给唐嘉荣,说道:"这是我给您准备的礼物。"

唐嘉荣面色一喜："来吃饭还带什么礼物，真是的。"手上却迫不及待地拆开了盒子，看见里头装了一罐茶叶。

"这是黄玉茶，年纪大了容易血糖高，经常喝这个能降血糖，利水益气。"

像唐嘉荣这个年纪这个背景的人，什么稀奇玩意儿没见过？所以乌蔓也没挑什么贵重的东西。

实实在在的关心，对他来说才是稀罕的。

唐嘉荣微微叹了口气，这口气里包含了太多的情绪。

他招手对管家说："现在就给我泡一杯。"

当管家把冲好的黄玉茶端上桌时，郁家泽和唐映雪也到了。院子里隐隐传来汽车熄火声，接着，高跟鞋和皮鞋的交错声越来越近。

乌蔓背对着门口，却立刻感受到了来自身后的两道视线。

唐嘉荣笑道："来了啊，快坐吧。你姐姐已经先到了。"

乌蔓扫了一眼二人，唐映雪状似亲密地抱着郁家泽的手臂，而郁家泽仿若一个供残疾人复建的支架，毫无生气地被她搭着。

两人的视线在空中交会，乌蔓立刻移开了目光。

唐映雪听到唐嘉荣的话，没应声，却也没有跟乌蔓针锋相对。

乌蔓猜唐嘉荣已经把移植交换的事情和唐映雪通了气了，唐映雪虽然高傲，但她不傻，谁不希望自己活得久呢？有命，才可以继续享乐人间。再世为人，可不一定能投到这么好的胎了。

她在唐映雪眼中已经不是什么姐姐，而是移动的储备器官。

乌蔓对她的态度丝毫不介意，拿出早就准备好的两个礼盒，将其中一个推给唐映雪，另一个则推给郁家泽。

她一字一句地道："这是给唐棠和妹夫准备的同心结，祝你们百年好合。"

唐映雪闻言，脸色终于没有那么臭了。

她一直介意乌蔓郁家泽前女友的身份，甚至以为她千方百计进入唐家是为了继续纠缠郁家泽，毕竟她无法再以女朋友的身份待在他身边了。

但如今乌蔓送出这份礼物，还当着郁家泽的面这么说，还算识相。

至于这个同心结……呵。

唐映雪冷哼了一声，把礼物扫到一边，说："我饿了，刘妈呢？赶紧上菜啊！"

唐嘉荣皱了皱眉，暗叹一声，最终却什么也没说。

郁家泽打开了包装，垂眸注视着那个同心结，表情莫测。

"蔓蔓作为姐姐，这礼物送得很用心了。"唐嘉荣趁势说道，"家泽，你才和棠棠订婚，之前接触得也不多，可能还不是很了解她。我们棠棠脾气大，小孩儿性子，你要多包容她。夫妻之间，就和这个同心结一样，只要心在一起，其他的都好说。"

唐映雪立刻高声说："爸，你怎么尽在家泽哥哥面前贬低我。我才不是这样的！"

唐嘉荣失笑："你看你看，说着说着就来了。"

郁家泽捏着同心结的红须，笑得非常得体。

但乌蔓和他处了十年，清楚他的眼角眉梢流露出的情绪都在表达什么。所谓的得体笑容，其实是在极力克制厌恶和暴躁之后流露出来的一种倦怠。

"伯父说得是。"

"还叫伯父呢？"

郁家泽顿了一下，喊了声："爸。"

唐嘉荣满意地品了品杯中的黄玉茶，郁家泽定定看向乌蔓，扬起嘴唇道："也要谢谢姐姐送的这份大礼，我很喜欢。"

乌蔓承受着他的眼神，他就像神明在万人之中抓到了背叛他的信徒。

但不好意思，今天她就是要造反。

谁叫她从来都不是信仰神明的人！

乌蔓视若无睹地开始吃饭，想着早点吃完早点撤。

郁家泽收回阴郁的目光，脸转过去时，已经一片温柔。

他拿起唐映雪的空碗，替她舀汤，关切地道："天气冷，吃饭前先喝汤暖暖胃。"

唐映雪怔了怔，双手捧过他端来的汤，笑眯眯地道："谢谢家泽哥哥。"她也不顾汤还热着就往嘴里灌。

"喝慢点。"他直接上手用指腹擦掉唐映雪嘴边的汤汁。

乌蔓不动声色地看着这一幕，说不上来心里是什么感觉，就像是猝不及防地被人用力捏了一把，心里轻轻一抽。

身体的自动记忆将她带回了过去，眼前是郁家泽逼着她吃辣的画面。

印象里，他何曾有过这样温柔的时候？

仿佛她这个底层人的胃就不是胃，而是铜墙铁壁，经得起鞭笞，比不得这种高级温室里种出来的花，喝口凉水都怕冰坏了。

即便乌蔓深知，这所谓的温柔也不过是郁家泽极为低劣的伪装，但这并不妨碍她觉得可笑和可怜。

毕竟她连这种低劣的温柔也不配享有。

甚至她的那位便宜父亲，也紧跟着给唐映雪夹了一筷子菜，这已经是他的身体本能，熟练地就这么做了。

他夹了好几筷子之后，才想起来左手边还有一个女儿，于是意思意思地夹到乌蔓碗里。

乌蔓礼貌地说着"谢谢"。

不知道是因为回忆起了吃辣的画面，还是眼前的画面太令人作呕，她的胃又开始不舒服，突然没了胃口。

明明是很好的菜。她忍不住觉得可惜。

口袋里的手机振动了两下，她低头一看，是追野发过来的消息。

"阿姐，你不在家吗？"

她将手机隐在桌底，单手打字回复："我在外头吃饭。"

过了片刻，手机又振起来。

乌蔓点开来一看,他发过来的是一张自拍照,可怜兮兮地蹲在她家大门口,像只流浪的小狗认准了她家的门，便守在那里。

她看着那张照片，心头一下子充满欢欣的饱胀感，赶跑了刚才所有的矫情。

空旷的大厅更加空旷，暖气和中央空调都挡不住外头猎猎的冷风。此时此刻，她只想飞奔回她的蜗居。

想见他。

想和他头挨着头，在那个狭小的客厅里分食热气腾腾的火锅。

想和他肆无忌惮地喝酒，哪怕喝醉了，所有的洋相他也会照单全收。

"蔓蔓？"

听到唐嘉荣叫她,她方才回过神。

他微微蹙起眉:"低头干什么呢?我叫你好几声都不应。"

乌蔓捏着手机,嘴角不自觉地流露出笑意。

"哦……刚刚我男朋友来消息了,我在回复他。"

话音刚落,郁家泽的筷子不小心摔到了地上。

猝不及防的声响吓到了餐桌上的众人,郁家泽冷冷地说了一句"抱歉,手滑了"。

用人立刻上前将筷子捡起来,给郁家泽换了一副新的。

郁家泽却说:"我要原来那一副,帮我清洗一下。"

唐映雪还沉浸在乌蔓的那一句"男朋友"当中,脸上显而易见地开心起来。

这下她似乎彻底放下心,不再对乌蔓送的那个同心结疑神疑鬼,看着它也觉得顺眼了许多。

唐嘉荣皱起眉,又展开,说:"挺好的,如果觉得不错,下次可以带回家来,爸爸帮你把把关。"

乌蔓四两拨千斤地道:"不着急,我们才刚开始交往。"

郁家泽捏着筷子的手上露出青筋。他将菜里的辣椒放到口中,无甚表情地细嚼慢咽。

这顿晚餐吃得非常拖拉,快吃完时,唐嘉荣还要留他们享用饭后点心,被乌蔓推拒了。

唐映雪在一旁帮腔道:"爸,人家得赶回去见男朋友呢,宁拆十座庙不毁一桩婚,你就别拦着她了。"

唐嘉荣原本还想再挽留几句,听唐映雪如此说,也只能点头道:"那好吧,蔓蔓,路上注意安全。"

乌蔓实在是要感谢唐映雪,她最好更厌恶她一些,这样她就不必和唐家绑得太紧。

乌蔓勾起唇,披上大衣,点头道:"你们慢慢吃。"

她转身踩着高跟鞋向门口走去,经过郁家泽身侧时,飘起的衣摆拂过坐着的他的手臂,一如他们初见时,只不过,彼此的位置已经对调。

第三章

—— 我在亲吻一片银河

乌蔓匆匆上了车，终于得空拿出手机回复追野的消息。

"走了没？"

追野又发过来一张照片，依然是在她家门口的自拍，只不过这回换了个姿势。

乌蔓看着不由得笑出了声。

"我现在回来了。"犹豫片刻，她把门锁的数字密码一并发送了过去。

追野秒回了三个感叹号。

车子驶出沉闷压抑的豪宅，往市区驶去。乌蔓的心情随着沿路越来越多的灯逐渐明亮起来。

从冰冷的灌木丛开到叫卖的烤冷面摊，夜色中的街道上有了越来越多带着烟火味儿的东西。无数的车屁股拖着流光在高架桥上穿梭，似乎都急着归家，而她也是其中之一。

这种有奔头的感觉，让冬夜都变得热气腾腾。

乌蔓输入密码进门，房间里静悄悄的，似乎没有人在的样子，但好像到处都留下了追野的痕迹。

客厅里没有开大灯，只开了一盏茶几上的小夜灯，但因为房间面积不大，这点灯光已经足够照亮这方小天地。茶几上还放着一台他带来的收音机，放着一首蓝调的爵士。乌蔓觉得好听，便打开手机识别了一下，跳出来的是《改变者》。

> 野火烧不尽啊，
> 春风吹又生，
> 让时光流逝吧，
> 总要抓住春天再次生长，
> 要赶上下一个春天。

乌蔓下意识地跟着音乐轻哼，同时走向二楼的阁楼，上面没有开灯，月光下男孩子窝在懒人沙发里，正入迷地看着手机。

"在看什么？"

她冷不丁出声,追野手一抖,手机差点脱手。她一瞥,看到了自己和追野的脸。

"这是《春夜》的预告片?"

追野笑着用力点头:"刚才汪导发给我的,要在戛城电影节上放映的国际预告版。"

虽然迟到了一年,但《春夜》和下个春天很快会一起到来。

楼下的歌声依然在响着:

> 火车从我身旁经过,
> 我被大雨淋成落汤鸡了,
> 一块钱掉进了下水道里,
> 一切都在好转,
> 我在等待着变化,
> 它终于来了……

乌蔓雀跃地皱了皱鼻子,说:"是个好消息。"

"那是不是应该庆祝一下?"

小年轻总能变着花样地整出仪式感来。

乌蔓挑眉问:"怎么庆祝?"

追野探过半边身子,在她的侧脸上亲吻了一下。

他无辜地说:"是陈南想阿姐了。"

原以为这样乌蔓就无话可说,他没想到乌蔓揪住他的衣领,一副兴师问罪的架势——亲上了他的额头。

她快速而含糊地说:"不关我的事,是邓荔枝也在想陈南。"语毕,她转身就往楼下跑。

追野哪里肯放过她,在原地捂着额头愣了一会儿,便起身追了上去,轻笑着喊道:"被我抓到你就完了。"

两个人幼稚地在房间里追逐,不一会儿乌蔓便被追野追上了,他两只手一撑,将她困在门板之间,低下头在她耳边低声说:"你还要往哪儿逃?"

乌蔓的耳朵感受到气流,她讨饶说:"行了,不闹了。"

追野单手摸上她的腰线,在侧边游走。

光线昏暗,音乐美妙,一切都暧昧得恰到好处。

乌蔓缓慢地闭上了眼睛,眼皮还在微微颤抖。

这个时候,她背后的那扇门忽然传来了动静。一声响亮的门铃声驱散了满室的旖旎。

追野忍不住爆了句粗口。

乌蔓也有点无语:"你订了什么东西吗?"

他皱着眉摇头:"没有啊。"

"那是?"乌蔓转过身,透过猫眼看向门外。

这一看,她的心脏陡然加快跳动。

黑色大衣,浸着寒霜的眼睛。是郁家泽。

乌蔓顿了一下,对追野说:"你先到阁楼上去。"

"是谁来了?"追野敏感地意识到她的情绪不对,"难道是他?"

"你先上去吧。"

"我不。"

乌蔓很冷静地说:"这是我和他之间的恩怨,由我和他解决就可以了。"

追野很坚决地道:"至少这一次,让我保护你。"

门铃锲而不舍地响着,乌蔓叹了口气,说:"那随你吧。"

她对着门默数了一二三,然后干脆地按下了门把手。

门内的两个人和门外的郁家泽相对而立,隔着薄薄的门框,像是天堂和地狱被拉到了一个平面。

郁家泽的视线从追野身上扫过,最后落在乌蔓的身上,一言不发。

于是她冷淡地先开口问道:"你怎么知道我住在这里?"

郁家泽仍是那副高高在上的口吻:"怎么,不欢迎我吗?"

追野毫不遮掩地揽过乌蔓的腰,嗤道:"算你有自知之明,的确不欢迎。"

郁家泽瞥了一眼追野手放的位置,光洁的额头上一根青筋暴起。

"我们之间应该没什么好说的了。你大晚上还来我这里,不怕唐映雪误会?"

"你又要拿唐映雪压我?"他冷笑,"你还真是好姐姐。"

"姐姐?"追野疑惑地低喃了一句。

郁家泽的脸上浮现出嘲讽的神色："你连乌蔓成了唐家的人都不知道吗？她现在出息了，认下了唐嘉荣。一跃梧桐枝头，乌鸦变凤凰。"

乌蔓感觉到追野放在她腰间的手忽地收紧了。

"阿姐有自己的隐私，她想告诉我的时候，自然会告诉我。"

郁家泽扬起嘴角："说再多漂亮话，也不过是个什么都不知道的局外人。"

乌蔓打断他："那我当然是跟你关系更近了，毕竟是亲戚，对吧，妹夫？"

郁家泽立刻上前逼近她，追野一把将乌蔓揽过来，三人位置交错，剑拔弩张。

追野目光暗沉："如果要打架，我奉陪。但我的人，你别想动。"

郁家泽一双如鹰隼般凶狠的眼睛看向追野。

"你的人？"他一字一顿地道，"我可没同意。"

追野捏紧了拳头，反复深呼吸才遏制住想往那张脸上揍的欲望，他不想让乌蔓难堪。

"你给我听好了，她是人，不是物品，她离开你，不需要你的同意。"

乌蔓从追野身后站出来，说道："你这话不如去和唐映雪说，或者唐嘉荣也行。"

"你这么笃定他们会帮你……"郁家泽意味深长地道，"你是拿什么跟她做了交换？"

乌蔓的太阳穴突突地跳了起来。

"唐映雪那样的人，今晚居然没有怎么对你冷嘲热讽。还有唐嘉荣，他可不是那种会对流落在外几十年的私生女抱有多余情感的大慈善家，你们今晚上演的那幕父女情深，可着实把我看吐了。"

郁家泽像是要把她看穿了，嘴角带着笑，一种极为疯狂、狠戾又悲哀的笑容。

"让我来猜一猜……你给出的条件是一只肾，对不对？"

这话一出，三个人都默然无声。

乌蔓脚下微微踉跄，她稳住身形，若无其事地说："我不知道你在说什么。"

"小乌鸦，你别跟我装。利益远比情感更能绑架人，这还是我教你的，不是吗？"

追野看向乌蔓，神色中满是震惊和疑惑。

郁家泽欣赏着追野的表情，继续用语言的尖刀往他身上狠扎："她背叛我，和你苟且在一起，需要付出这么大的代价，你难道都不知道？你就像一颗毒瘤，在别人的体内疯长，还自以为给别人带去生机，其实就是扩散的癌细胞，会将人摧毁。"

他的声音像淬了毒，让人遍体生寒。

乌曼忍无可忍地打断他："郁家泽，你颠倒黑白的本事真的很厉害。到底谁是毒瘤，你到现在还不清楚吗？！你以为我离开你是因为他吗？那你真是错得离谱！"

"如果不是他，你确定你会不惜伤害自己也要离开我？"

"我和你在一起的每一天，都是在自我残害。"

她终于敢在他面前说出自己的真实感受。这么多年的委曲求全、讨好示弱，统统粉碎在这几个字中。

郁家泽的瞳仁剧烈一震。

"乌蔓，你有心吗？我对你还不够好？！这些年你要什么我给你什么，你不要的我也给你。残害？你说出这两个字你不臊得慌？"

乌蔓无声地笑了起来。

"所以我说的是自我残害，自我。是我一直没有勇气离开你，是我自作自受！我贪恋你给我的便利，还有那些似是而非的类似于爱情的幻觉。所以再多的伤害我也活该受着，我也遭到报应了不是吗？因为你，我这辈子都不可能再有孩子了，再扔掉一个肾有什么关系？"

"孩子"这个词一出，像上帝伸出一只手，摁住了躁动的郁家泽，也震撼了一边的追野。

乌蔓曾经怀过孕，她记得很清楚，是在她跟了郁家泽的第三年。

那是一次意外，避孕套破了，但他们没发现。她也因此没有及时吃紧急避孕药。

面对这个突然降临的孩子，乌蔓的第一反应是深深的恐惧。

她从中看见了另一个自己，一个不被期待、因为意外而降临的孩子。

不知不觉，她竟然在重蹈母亲的覆辙。就像一个轮回，欲念演化成了一种命数，奔涌的血液带着她注定要走上这条老路。

摸着肚子，明明一片平静，她却仿佛能感知到里面已经有一颗心脏在跳动。那个生命是如此鲜活，极力叫嚣着渴望来看一眼人间。

二十出头的年纪，她还是忍不下心，抱着一丝天真，去试探郁家泽的态度。

他慢条斯理地看着一份文件，处理完手头的事才抬起头，毫不意外地说："这种伎俩我见多了，小乌鸦，怎么连你也落入俗套。"

她声音发颤："什么意思？"

他支着下巴，冷眼看向她："避孕套，真的是自己破的？"

他毫不遮掩地怀疑，是她做了这一出戏。

而他明明已经知道她的身世。

他不懂得共情，便以为私生女就会如法炮制那一套。

那一刹那，乌蔓仿若被摁入看不见尽头的深海里，无法呼吸，浑身冰冷。腥咸的海水顺着子宫涌入，将那个孩子重重叠叠地包围，硬生生将它溺毙。

失去孩子的那一年，她经常做与之相关的噩梦。

最可怕的一个梦境是在颁奖台上，她拿着奖杯在发表获奖感言，台下坐着的各路名流突然间全部变成没有脸的婴儿，他们一边拍手一边大喊，妈妈妈妈，恭喜你。

饶是她不信神明，也病急乱投医地去寺庙求神拜佛，寻求安宁。

但是没有用，噩梦仍旧纠缠着她。

她走投无路，最后做出了一个无比极端的决定——永久结扎。

她意气用事地想向郁家泽证明，她从来不曾想过利用孩子算计他，从前不会有，以后更不会有。

郁家泽知道后也的确震惊了。

他无言地看着那份结扎报告，似乎是第一次用正眼看她。

郁家泽因为乌蔓提到孩子而短暂地愣了一下。

他回过神，皱起眉头，语气莫测地道："那是你自己的选择，怎么搞得跟我逼你结扎似的？"

乌蔓闻言，只觉得一阵凄然。

但凡这人对她有过一丝愧疚，她也不会觉得这十年完全是泥潭深陷。

追野揽着乌蔓的腰轻轻晃了晃，示意此刻有他在身边。所以，她用不着难过。

他接受了这巨大的信息量，却非常平静，平静到甚至让乌蔓觉得古怪。

他安抚完她，抽回手，长腿一迈就来到郁家泽跟前，没有一秒多余的停顿，踹向他的下体。

速度之快，如同行星撞上地球。

力道之狠，如同活火山喷发出漫山遍野的岩浆。

一边的乌蔓都看愣了。

郁家泽反应算快的，惊险地躲过了这一下，才没被踹废。但他躲得不够彻底，还是被踹到了大腿根。

参加过搏击训练的追野力道不用说，直接令郁家泽被追半跪了下去。

追野居高临下地看着他，眯起眼，就像费劲地为了看清地上的蝼蚁。

"结扎是她一个人的选择，你可以心安理得地说和自己无关。那么现在乌蔓离开你，也是她一个人的选择，和你还有什么关系？"追野的拳头捏得咔嚓作响，"如果你觉得她一个人做不了这个决定，那当年的事儿你也担下责任吧，比如先把自己命根子剁了表示一下决心？你下不了手没关系，我来！"

郁家泽额间青筋一跳，他缓了缓劲儿立刻直起身，拳头就着起身的姿势恶狠狠地上钩击向追野的下巴，咬着牙一个字一个字地往外迸："偷抢了别人的东西，还反过来挑衅主人？"

追野躲闪的速度比他快得多，郁家泽的拳头堪堪擦过他的下颌。

他怒极反笑："第一，我不想再强调，乌蔓她是自己的，不属于任何人。第二，如果不是你们两个人之间出了问题，我就算能搬山移海也抢不来人。第三，你最好别说话，省点力气，不然等下我怕你得横着从这儿出去。"

追野边说边卷袖子，轻描淡写地对乌蔓道："阿姐，你现在进屋。这是男人之间的谈话。"

郁家泽脱掉大衣，沉默地暗示自己要和追野玩真格的。

乌蔓被他俩互殴的场面震得傻眼，被他一点才回过神，迅速扯了扯追野的袖子，不赞同地摇摇头。

追野朝她露出一抹安抚的笑容："放心，我不会过火的。乖，你进去。"

自始至终，乌蔓都没分给郁家泽一个关切的眼神。她蹙着眉，担忧地注视着追野。

郁家泽望着这一幕，身体的疼痛相比心脏传来的绞痛，简直不值一提。

这场战争，他似乎已不战而败。

乌蔓最终还是拦不住他们，两个人气势汹汹地上了天台。

大约半个小时之后，就在乌蔓考虑要不要打 110 之时，追野回来了，带着满脸的伤。

他嘶着气骂骂咧咧地说："那老东西太阴毒了，专挑我的脸打。"

乌蔓赶紧拿出早就准备好的医药箱，把追野拉到沙发上替他处理伤口。

"你不是很厉害吗，怎么还会被打成这样？"

追野枕上她的膝头，闭着眼睛说："他比我惨多了。以为我拍《败者为王》是白拍的吗？和他那种健身房练出来的花架子不是一个量级。集训的时候我可是连德兰克都可以打败的男人。"

乌蔓用棉棒蘸了碘伏，轻柔地涂抹在他的眼周。

"他就这么回去了？"

"我们打了赌。"追野一边因被疼痛侵扰而皱眉，一边又因为语气里的自豪而展颜，他的脸呈现一种奇怪的扭曲模样，"谁打赢了，就下来见你，打输了，就有多远滚多远。"

乌蔓叹了口气："为什么二三十岁的男人还可以像十多岁那样，为一个女人争风吃醋打架，幼不幼稚？"

追野一本正经地道："这是男人的本性。"

"就是幼稚。"乌蔓拿着棉棒狠狠地往下摁压他的脸，换来追野的一声低吟，她认真地道，"我是不想让你三番五次受伤，你懂不懂？是，你这回打架打爽了，他占不了什么上风。但下一回呢？他会不会记恨上你？我不想你再受伤了。"

追野听完她的话，却倏然静默下来。

他眉间微颤，尽量让自己的语调听起来平稳。

"我受的伤，比起阿姐的，根本不算什么。"

乌蔓拿着棉棒的手一顿，故作轻松地说："你不要被郁家泽的话影响了，我做的决定都是我自己一个人的事情。而且，我认为这是我迄今为止做得最明智的决定。"

"阿姐，考虑换个房子吧。我怕哪天我不在，他又来纠缠你。"

乌蔓笃定地摇头："不会，郁家泽自有他的骄傲。今晚他之所以会这么莽撞地上门，大概是被我气昏头了。"

"所以你们今晚是在一起？"

"我回唐家吃饭了，他也在。然后在餐桌上，我收到了你的信息。"

追野无语道："这就让他气疯了？他是一条疯狗吧！"

乌蔓笑着再次摇头。

她帮追野涂完药，不紧不慢地将箱子收拾好，准备起身的时候，才慢吞吞地说："是因为唐嘉荣问我在看什么。当时，某人正在给我发蹲在我家门口的自拍照。我就回答唐嘉荣说，看我男朋友发来的消息。"

追野维持着躺在沙发上的姿势，直愣愣地看着天花板，看了有一分多钟。

人被巨大的幸福袭击的时候，往往会不知所措。

乌蔓以为他会激动得跳起来抱住自己，或者叽里呱啦地乱叫宣泄自己的兴奋情绪。

甚至连追野本人也这么以为。

事实上，他的身体背叛了他。他非常窝囊地把胳膊抬到自己的眼前遮挡住，肩膀克制不住地轻颤。

他哑着嗓子说："阿姐，你转过去，别看我。"

很难想象，这个无比脆弱的大男孩刚刚还气势凌人地跟人斗殴。

乌蔓又心疼又好笑地蹲下身，戳了戳他的胳膊："笨蛋，哭什么？"

他吸了吸鼻子说："我才没有流眼泪，是春天结冰的河水化了。"

乌蔓体贴地说："我去洗澡收拾。"她把客厅的空间留给了追野消化情绪。

过了不一会儿，等她出来时，追野脸上已经看不出哭过的痕迹。

他有些拘谨地坐在沙发上，欲言又止地望着乌蔓。

两个人默默对视，不知为何都有点不知所措的尴尬。

似乎突然换了身份，彼此都像在梦游，有点恍然，但又带着一种毫不设防的淳朴傻气。

追野迟疑地说："那……那我先回去了。"

乌蔓微微一怔，没说话，追野就当她默认了，起身往门口走去。

他走得很慢很慢，和树懒差不多速度。

眼见他就要拧开门把手，乌蔓清了清嗓子出声道："今晚留下来吧。"

追野一个紧急刹车，快步往回走到她面前说："这不合适吧！"他说得铿锵有力，没有半分不合适的味道。

"你还带着伤，别乱跑了。"乌蔓指了指客房，说道，"正好空着一间，你可以睡那儿。"

追野肉眼可见地泄气道："哦……"

乌蔓失笑，打趣道："你这小脑瓜子在想什么？"

他出乎她意料地直言道："我在想我能不能和你一起睡。"

乌蔓的双颊噌地成了高压锅，冒着噗噗的热气。

她瞪他："你想得挺美啊。"

追野故作天真地说："阿姐在想什么？我的意思是单纯抱着你睡而已。"

乌蔓冲他翻了一个白眼，将柜子里的一套新被褥拿出来，铺在客房的空床上。

追野跟在她身后，语气有些哀怨："阿姐，我今天来找你，是因为明天就要进组拍摄合拍片了……你会有一段时间见不到我。"

乌蔓收拾床铺的手一顿，说道："我可以去探班。"

"真的吗？"追野蓦然雀跃起来，却又忍不住微微叹气，"可这是……意义很不同寻常的一个晚上。真的不一起睡吗？"

乌蔓没有接话，把床铺铺好，利索地道了声晚安，耳朵硬得堪比铜墙铁壁。

追野坐在床边，眼睁睁地看着乌蔓走出去，回了自己房间。

他泄气地垮下肩，不一会儿眼角眉梢又染上痴痴的笑意，冲淡了那点儿无奈。他起身往卫生间走去，打算把自己收拾干净就认命地睡觉。

然而，等他洗完出来，经过乌蔓的房间时，意外发现她的门并没有关严实，露出了一丝欲迎还拒的缝隙，里头甚至还开着小夜灯。

他擦着头发的手顿住了。

乌蔓睡得有些迷糊的时候，感觉身后有一股潮热钻进被子，汹涌地贴了上来。

她恍惚间觉得自己好像浸在温泉里,水很烫,却又不会将人烫伤,非常舒适地熨帖着每一寸肌肤。

她穿着吊带睡衣,那水便漫过她的肩头,顺着背脊线漫到腰间。

乌蔓慵懒地掀开眼皮,往下一瞧,是追野的胳膊伸了过来,将她箍住,揽进他的怀里。好像他们是两块拼图,天生就该以这样的姿势相拥。

"谁让你进来的?"

乌蔓虽然这么问,但语气并不意外,也并没有真的兴师问罪的意思。

追野像对待易碎品一样,将下巴靠近她的肩头轻蹭,理所当然地说:"因为阿姐忘记关门了。"

他情不自禁地收紧手臂,无法形容自己心底的柔软。

怀里的这个人明明将他的所有情绪都收入眼中,却不会真诚地表达,只会笨拙地给他留出一条缝隙,让他自己发现。如同她的爱意一般,是一株含羞草,羞于示人,只在无人之处独自绽放。

如果不是今晚郁家泽上门这么一闹,他根本不知道她在背后付出了这么多。

到今日他才明白,她说的那一句"我们一起跳"背后到底藏了什么深意。

"阿姐,我们还唐家一笔钱不行吗?或者再找人适配肾型。总之,我不愿意……唐映雪根本配不上。"他收紧手臂,不甘心地道。

乌蔓拍了拍他的手,说道:"没关系的,少一只肾也能正常生活啊,更何况八字还没一撇呢,唐映雪现在还活得好好的。"

"这个时候你还跟我打马虎眼?"

"我都跟唐嘉荣签协议了,这事儿定了,没什么好说的。"她的声音渐渐变软,反倒宽慰起他来,"再说救人一命也是功德啊,我这些年做的损阴德的事儿可多了,也算为自己积福吧。"

她从前是不信神明的,所以天不怕地不怕,觉得只要能活得好就行了。

但如今,她被幸福环抱,竟愿意相信神明。怕因果报应,但行好事,只愿怕发生的永远别发生。因此吃点亏,她觉得也挺好。

"真的不用紧张,这就是张空头支票,也许唐映雪这一生就平平安安的没发病呢?乐观点吧,没关系的。"

追野不知道该说些什么，心头堵得慌。

他的阿姐就算被人折磨数年，依然是他当年初见时那个桀骜的少女，永远锋利，永远不甘心折下羽翼，呼啸着飞过，在他的荒野上投下浓重的影子。

带着伤痕盘旋的阿姐，远比当年更加动人，也更加让人心疼。

他闭上眼，嘴唇贴上她蝴蝶骨上的那片痕迹。

床头开着的小夜灯是镂空的，光被孔隙分割得细碎，晶莹地投射到她纤瘦的背上，那胎记看上去格外迷人。

乌蔓感觉有些痒，嘟囔道："你在干什么？"

"我在亲吻一片银河。"追野呢喃，语气里带着无限温柔，更紧地拥住了他的宇宙。

在这极浪漫的时刻，乌蔓的肚子"咕"地响了一下。

追野一愣，闷闷地笑出声。

"阿姐饿了？"

乌蔓摸了摸肚子，说道："晚饭没怎么吃。"

他起身道："冰箱里有什么？我去给你做。"

乌蔓连忙拉住他道："大半夜的别折腾了……而且冰箱里也没有什么东西。"

"不能让我的阿姐饿着肚肚睡觉啊。"他的语气像哄小孩儿一样，"我点个外卖吧，现在这个点……麦当劳？肯德基？你是不是不吃……"

"我现在当然不吃。"乌蔓眨巴几下眼睛，和他分享道，"不过告诉你一个秘密，其实我小时候可馋肯德基了。"

她还记得初中的时候，街口开了第一家肯德基。

盛夏的傍晚，她背着书包路过肯德基门口，店里扑过来的凉气冲散了她身边的热浪，还裹挟着一种特殊的香味，炸鸡、淡奶……她深吸了一口气，停在那儿走不动路。

妈妈给的零花钱太少，她攒了好几天，终于够买一个汉堡。

她咬了一口，觉得太好吃了，舍不得咬第二口，小心翼翼地把它塞进书包里，想着晚上再慢慢地吃掉它。

结果第一次"作案"没有经验，很快就被她妈发现了。

她黑着脸说："你知不知道这种垃圾食品会让你变胖？上镜最重要的就

是身材!这种东西,你就不应该碰。"

于是,她只能眼睁睁地看着她妈毫不手软地把只咬了一口的汉堡扔进垃圾桶。

"后来我又偷偷买了几次,并且越来越有经验,知道藏在花盆后面不会被她发现。"乌蔓有些得意地说,"道高一尺,魔高一丈。"

追野紧紧地抱住她。

"好想有一架时光机……"他在她肩头呢喃,"让我穿梭回那家肯德基门口,带着小小的你把那家店吃空。"

乌蔓不由得想象着现在的追野带着十几岁的自己进肯德基,那画面很诡异,又有种奇妙的趣味。

她一本正经地打趣说:"哇,那就谢谢哥哥了。"

追野一愣,按捺不住地扑身上床,将她压住,咬牙切齿地说:"你再喊一遍?"

"喊什么?"

"别装傻,你刚才喊我的。"

乌蔓故意大声地打个哈欠,闭上眼睛迷迷糊糊地说:"哎呀困了,睡咯睡咯。"

"……"

追野恨得牙痒痒,只能无奈地掐了把她的腰。

虽然追野睡在身边,但乌蔓睡到半夜的时候还是惊醒了。

她摸出手机一看,此时才凌晨四点。

她轻手轻脚地将自己从追野怀里抽出来,二十出头的青年人睡得真沉,乌蔓凝视着他的睡颜心生羡慕。

她轻手轻脚地下床,在楼下跑了几圈,拎着豆浆油条上来,发现小朋友还在睡。

她只好风卷残云地把自己的那份吃光,没等追野醒,门铃就响了。

来的人是赵博语,因为晚上要举行成立工作室的新闻发布会,两人需要提前对一下流程。

乌蔓没想到他会来得这么早,想到房间里还在睡的追野,她不禁有些烦闷，因为她没想这么快将两个人的关系公之于众。

赵博语抱着一大箱子东西进来，说："在你门口看见的快递，顺道给你拿进来了。"

"快递？"

乌蔓蹙起眉，她没有在网上买过东西，更何况是这么一大包。

她心里隐隐有了猜测……这大概是郁家泽寄过来的。

她快速地拆开一看，果然是她当时留在别墅里面没有带走的东西。他送给她的车钥匙、包、首饰，甚至有这些年她获得的奖杯。

赵博语看了眼箱子，心中也猜出了七八分。

乌蔓合上箱子，波澜不惊地说："晚上举行发布会的时候把这些东西带上吧。"

"带这些干什么？"

"既然他寄过来了，就废物利用吧。"

赵博语嘀咕道："你卖什么关子？"他看了眼桌上的早餐，眼前一亮，"可以啊，知道心疼我了，还提前给我买好了早餐。"

他坐下来，拿起吸管往豆浆杯上一插，便听到有个低气压的声音传过来："那是我的。"

赵博语手一抖，怀疑自己没睡醒，出现了幻听，直到一个人在他面前坐下。

睡眼惺忪的面孔，蓬乱的发，一看便知道昨晚追野在乌蔓房里过夜了。

这位爷怎么会突然冒出来？！

赵博语的视线扫过他，又扫过神色尴尬的乌蔓……

她清了清嗓子道："原本不想那么快跟你说的，但是既然你撞见了，就不瞒你了。他……"

她刚要接着说下去时，追野抢过话头，精神抖擞地挺直背脊，一脸骄傲地道："我是她的男朋友。"

赵博语消化了几秒，冷静下来问："啥时候的事儿？"

"昨晚。"

赵博语瞬间从八卦转变成了老父亲护犊子的心态：追野这么年轻，又负盛名，关键是绯闻还多，怎么看都不像是靠谱的恋爱对象。

他真想揪着乌蔓的耳朵让她清醒一下。

他在心里暗暗想着,不出三个月,两人一定会分手!

他试探性地问:"你们对这段关系是什么态度?"

可别跟他说想和何慧语一样公开。他心脏受不了。

乌蔓看了追野一眼:"还没聊过。"

追野却毫不犹豫地回答:"我的态度是得藏。这是保护阿姐的最佳手段。她和郁家泽的绯闻最近在网络上传得沸沸扬扬,我不想让她因为我遭受非议。"

乌蔓闻言,只觉得心脏又被他揉捏了一把。

她的本意自然是越低调越好,但她怕直说会伤害追野,便含糊其词一语带过去。

她不想给他一种,他永远是不能被正大光明承认的,只能是退而求其次的选择的感觉。

可他完全不在意。

他学会了将那柄敢于和世界厮杀的刀藏起来,尽可能地不让它卷起的气流割伤他的爱人。

第四章 —— 不留情面

追野本想跟着到发布会现场支持乌蔓，但两人既然已经选择了保护这段关系，他就绝不能出现，离开乌蔓家后直接进了组，开着手机准时收看现场直播。

赵博语则让人把那一大箱子东西拉到了发布会现场，也不知道乌蔓葫芦里卖的什么药。

晚上八点零八分，发布会准时开始。

按部就班地走完流程，正式宣布和郁星解约之后，乌蔓将那一大箱子奖杯拖上舞台。

她握住话筒，看着台下黑压压的媒体，抬起眼直视镜头。

"下面我要讲的这段话，可能会伤害到喜欢我的人，但正是因为你们喜欢我，我才必须得说出来。"

"我出道至今，获得过大大小小的荣誉、奖项，我曾经以它们为荣，但如今，我以它们为耻。"

她伸手从箱子里把那些奖杯一一拿出来，每拿出一个，她便跟着念出奖项的名字。

最后那些奖杯都陈列在桌上，摆放成了"耻辱柱"。

"这些奖，是我利用不光彩的手段，从本该真正获得它们的演员手中抢夺过来的。"

此话一出，无论是场内的媒体，还是屏幕前的观众，都倒吸了一口凉气。

台下站着的赵博语更是一个踉跄，被薇薇扶住才没有倒下。

乌蔓平静的视线掠过他们，而后，她深深地鞠了一躬。

"在此，我必须向这些人道歉。我也愿意承受大众对我的一切评价。"

"我不否认我的过去，从前我的确做了不公平的事，我也不知道该如何才能够弥补。这些年的大部分所得我都已经捐给了公益机构，不是为了获得谅解，而是不属于我的东西，我不会再据为己有。"

"从今以后，我会用我真实的演技去争取。"

她举起美工刀，无比坚定地将自己的名字从奖杯上抹去。

别墅书房内，郁家泽支着平板电脑，面无表情看着乌蔓近乎疯狂又决绝的举动。

她抹去的不光是她的名字,更是他留存在她生命中的印记。

他怒极反笑,伸手一把将平板电脑扫到桌下,屏幕顿时四分五裂,将他的面孔倒映得支离破碎。

那张破碎的脸此刻贴着手机,拨出了一通电话。

漆黑的倒影宛如修罗。

房间里回荡着来自地狱的呼唤——

"那个视频,发吧。"

"她既然这么喜欢自我毁灭,我就不给她留情面了。"

凌晨两点,微博上有一个小号发布了一条视频。

视频画面光线昏暗,画质也很糟糕,镜头对准的是一个女人的腰部。

这让原本点开想关掉的人立刻精神一振,顿时不困了。

女人裸露的背部和男人的喘息,就这么拍摄了十秒钟,视频就断了。

这似乎只是一个平平无奇的自制小视频,也许是哪对情侣闹着玩儿的。然而,它的转发量竟然达到了上万次。

原因就在于最后五秒钟,镜头短暂地往上移了一下,露出了女人瘦削的后背。

那后背上有一块独一无二的、形状似被折断的羽毛的胎记。

因为是凌晨,这个视频侥幸地多"活"了一会儿。于是这个视频被转发得越发疯狂,不一会儿便登上了热搜的"爆"。

等微博方面后知后觉地反应过来将该视频清理掉,已经有很多人将视频保存到手机上了。

搜微博实时广场,全部都是早睡的网友说:我有一个朋友想看看……

匿名区内,讨论这个视频的话题已经刷版。

——"天哪天哪,那个视频你们看了吗?"

主题:她真的完了吧,前脚刚自己锤自己,口碑差到扑进地心,后脚又传出小视频,她怎么办啊?我看只能退圈了吧……

"那个视频中的女人真的是她吗?来晚了没看着。"

"看到了,就凭那个胎记,绝对是她啊……那个男的是谁?完全看不见,人都被挡住了。"

"不会是传说中的那位郁家太子爷吧？"

"所以说女人谈恋爱千万不能拍这种视频，再爱也不行。"

乌蔓是在凌晨三点的时候被赵博语的电话吵醒的。

她看着那个视频，差点怀疑是不是郁家泽哪次偷拍下来的，但仔细一看，那个女人根本不是她。

但女人有着和自己几乎一样的体型、一样的胎记，加上这种粗糙的画质，完全能够以假乱真。

她呆愣了一瞬间，冷静下来，说："视频里的人是傅静雅。"

赵博语恨声道："这女的，随随便便跟人拍这种视频，还不小心泄露出去，这不是给我们找麻烦吗？我们好端端在平地上走着，飞来一个广告牌砸在身上，这叫什么事儿啊！"

乌蔓长长吐出一口气，问道："赵哥，你认为这是一次偶然吗？"

他语塞："啊……那不然……"

乌蔓翻出傅静雅的联系方式，《春夜》杀青后不久，傅静雅就离开了团队，因此两人很久没联络了。

她开门见山地说："视频里的主人公是你。"

一直到早晨，傅静雅才回复："那个难道不是蔓姐吗？"

乌蔓发完信息一直没合眼，就等着她的动静，一见有回复直接拨了个语音电话过去，被对方拒接了。

她在微信里收到一条消息。

"蔓姐，发生这种事我很同情你，但你不能为了洗白自己而把我拉下水吧？"

"为什么不敢接我语音，心虚，对吗？因为那是郁家泽授意让你拍的。"

"我不接是因为我知道你现在情绪很糟糕，蔓姐，你冷静一下吧。不要见谁就咬，毕竟我很尊重你的，不要毁了你在我心里的形象。"

乌蔓本就是试探傅静雅的态度，通过一番对话，她几乎可以肯定那个人就是傅静雅。

傅静雅的反应就像一早就预料到会有这一天，因此盘算了很久，回复得又快又滴水不漏。

乌蔓无比肯定地打下五个字:"我知道是你。"

回答她的,是一张照片。

照片上是傅静雅的背,原本刻着羽毛胎记的地方已经洗掉了,重新文了一枝玫瑰。

傅静雅接着又发来一段文字:"这还是你当初劝诫我的,让我洗掉文身,摆脱你的影子,才有可能成为一名真正的演员。如今我按你的话做了,怎么你还反倒来纠缠我呢?"

乌蔓握住手机,内心燃烧着一股怒火。

随之而来的,是郁家泽的消息,给这把火添了柴,烧得更旺了。

——"小乌鸦,需要我帮忙吗?"

——"前提是,你回来求我,说你错了。"

看到消息的那一刹那,乌蔓捏着手机的手指顿时用力到发白。

她强忍着内心的愤恨才没有把手机甩出去。

她对此做出的回应非常干脆简单,拉黑郁家泽。

但即便如此,她还是不解气,胸口一团火烧得旺盛。

门口突然响起急促的门铃声,她顿了一下,走过去看向猫眼,门外站着的是风尘仆仆的追野。猫眼将他的脸放大变形,额头上的汗水格外显眼。

那些汗水滴滴答答地打在她心头,乌蔓心中那团暴躁的火都被打湿浇灭了。

她迫不及待地拉开门,但在和他面对面的瞬间,她又忐忑地站在原地,惴惴不安地说:"你……"

她不知道他看到那个视频会怎么想,会认为是她吗?如果真的是她,他又会怎么看待?

这些疑问纠缠在她内心,让她觉得自己像是站在老师面前被诬告的小学生,恼怒又敏感地垂下头。

迎接她的,是一个温暖的亲密拥抱。

额头的汗滴下来落到他的眼睛里,他像是被清水溅到的小狗,晃了晃脑袋,眼神澄澈无比地看着她说:"阿姐,别担心,我来想办法。"

乌蔓仰头望着他,道:"你不问我真相吗?"

"我只关心你会不会受伤。"

乌蔓咬紧嘴唇道:"那不是我。视频中的人是傅静雅,我之前的那个裸替。"

"原来是她……"追野喃喃道,"她不承认吧?"

"当然。她现在已经不是裸替了,有正儿八经的作品,就算把刀架到她脖子上,她也不会认的。更何况……她身后有人撑腰,更加不慌。"

追野眼神沉郁,握紧手,咬着牙挤出几个字:"是郁家泽搞的这一出?"

乌蔓反倒平静下来,说道:"除了他,还会有谁?"

乌蔓看着他眼神变了,踮起脚够到他的头拍了拍:"你不要冲动,听到了吗?"

追野捂着头道:"他为什么不放过你,我忍不了!"

两人进了屋,乌蔓从茶几上拿起烟盒掏出一支烟,点燃,吸了一口。

她慢吞吞地道:"我会让他知道他这么做到底是不放过我,还是不放过他自己。"

"阿姐……"追野担忧的目光看过来。

"放心,我有分寸。"她抓着他的手,就像紧握着一根定海神针,乱糟糟的思绪慢慢变得清晰,一边说一边理清自己的思路,只是手机一直不停地振动,实在让她无法忽视。

她拿出来一瞧——唐嘉荣的来电。

她看了一眼,便直接摁掉关机,继续道:"新环线的宣发,你能帮我联系一下吗?这个消息,恐怕只有他们敢发。"

追野愈加不安:"你到底在盘算什么?"

"其实很简单,当一个丑闻出现的时候,最快遮掩的方法,就是出现另一个……更具爆炸性的丑闻。"

"你要放郁家泽的料?可是他又不混娱乐圈,能转移什么注意力呢?"

"他怎么不算娱乐圈的?郁星可是圈内的大公司。"乌蔓说到"大公司"三个字,不免语带嘲讽,"这里面的水深着呢。"

"就算你这个方法真的可以转移大众视线,但……"追野忽然摇头道,"不对,时机不对。"

"怎么了?"

"这种方法确实可以让大众的视线从你身上转移到别处。但是，这个视频永远跟你挂钩，留在你身上的污点是不会随着大众视线的转移而消失的。总会有人隔段日子就把它挖出来鞭尸。"

"我怎么可能不知道这个后果，但是没有更好的办法了。"乌蔓烦躁地抖了抖烟灰，说道，"傅静雅现在已经洗了文身，就算她没洗，我拉她出来也会被指摘说我拿她顶锅。世人爱偏袒弱者，更别说我一直被骂仗势欺人。除非她亲口承认，但是这又不可能。"

"那我们就干脆承认。"

乌蔓一口烟憋在肺里，被呛得剧烈地咳出声，引得追野无奈地替她顺背。

"这就把阿姐吓到了？"

"你在说什么……"

"这个视频里的人原本是谁不重要。既然大家认为是你，那就让他们认为是你。而那个被挡得严实的男人，是我。"

"不行！"乌蔓立刻打断他，不自觉地大声说，"你疯了吗？我一个人被拖下水就算了，你还跟着跳下来一起淹死吗？！"

追野安抚地用拇指摩挲她的肩头："阿姐，我还没说完。既然你说大家对你的印象是仗势欺人，那么他们对我的印象呢？体验派，对吧？尤其是现在《Z时代周刊》一出，他们都知道我为了演好搏击戏连命都可以豁出去半条，那么为了演好电影里的情色戏，我和你真的有什么，又怎么样呢？"

乌蔓被他说得一愣一愣的。

"我们叫上汪城，重新照着视频演一个片段。《春夜》即将报审夏城，再过一阵子就是宣传期，大家更会理所当然地认为这是我们为了票房提前进行的炒作。我们对外只要宣称那段十秒钟的视频是有人用手机偷拍的，便能解释清楚为什么视频质量会是那个样子。为此，汪城将不会把那个片段剪进正片。郁家泽也不敢拿新的片段出来，因为再多一些就会暴露那人本来就不是你，那样谣传就不攻自破了。"

乌蔓呆愣了半天，终于消化了追野话里的意思。

她难以置信地摇头："这太离经叛道了……我们还自己拍素材上赶着给全网观摩？！"

"对，但我们得用电影的规格去拍，假装在做，机位带上我们的脸就可以。"

那些人看到这个片段之后,就会自动把这个片段和'偷拍'视频联系起来。"追野的脑子转得非常快,完全是电影的蒙太奇思维,"这样等我们洗白了这视频,阿姐您就可以再放出你想放出的消息,转移大众视线,那样他们就不会再过多讨论我们。"

追野的语气始终很平缓,使得这件匪夷所思的事听起来变得稀松平常。

乌蔓又仔仔细细想了一遍他说的话,简单地概括追野的办法,就是再假装拍一场《春夜》剧本上莫须有的亲密戏。

这样确实能蒙混过关骗过观众,只不过这样一来,会让观众误以为他们所有的亲密戏都是实打实拍的。

但若和泄露性爱视频这个名头相比,两害相权取其轻,说不定还能博得一个"为艺术献身"的名声……

乌蔓不太确定地问道:"这……真的可以吗?"

"怎么不可以,因为和你演对手戏的那个人是我,他们会相信的。"追野笃定地道,"这个办法唯一的坏处大概是,我俩的清白都没了,葬送在彼此手中。"他摸了摸鼻子,忽然傻笑道,"照这么说,其实我还赚了。"

乌蔓有些无语:"这个时候了还想不正经的。"

他委委屈屈地小声道:"真正不正经的,我还没敢和你提呢……"

乌蔓思考了半天,追野见她犹豫不决,了然道:"还是担心我?"

"我真的不想让你承受无妄之灾。"

"我浪荡的形象早都被人熟知了,不差这个。而且,其他人说什么根本影响不到我。所以你放心,我没什么损失。"

追野垂下眼,心里想说的却是:去他的这些冠冕堂皇的说辞,就算把天捅破了,我也要保护你。

两人达成共识后,拿这件事同汪城商议,毕竟她出事,《春夜》也会受影响。所以即便汪城有别的想法,在这件事上他们已经变成了一条绳上的蚂蚱,必须得相互配合。

老人家头发都白了不少,愁眉苦脸地哀叹:"《春夜》的命运怎么这么坎坷哟。"

他这句感叹听得乌蔓格外心虚。

追野拍了拍他的背,安慰说:"您没听过否极泰来吗?挺过这一波风波,就是触底反弹的时候了。我有预感，《春夜》会拿大奖的。"

他三两句话便把汪城说得精神一振，连连点头，又冒着长针眼的风险仔仔细细地看了一遍那个视频。

他们研究着背景是什么地方，至少得找个九成相似的，要是同一个地点就更好了。

幸运的是，《春夜》的摄影大哥认出了那个地方："这地儿看着像是环洋酒店的房间。"

事不宜迟，等确定好地点，他们立刻赶往环洋酒店，摄影大哥用他的身份证开了间房，几个人偷偷摸摸地溜进了房间。

汪城计划安排三个机位，一个带到她腰背以上的中景，其余两个人的正反打特写。

为了拍得和那个视频一样，乌蔓要将整个背部裸露出来。

但乌蔓在卫生间里脱到只剩下内衣时，她披上浴袍，整个人还是紧张了起来。

门外传来轻轻的叩门声。

"阿姐，你好了吗？"

"他们在催了吗？"

"没，他们去楼下拿设备了。现在这里只有我和你，我看你这么久没动静，怕你怎么了。"

乌蔓听到他这么说，心里忽然改了主意。

她猛地拉开卫生间的门，出现在追野面前。

他微微睁大眼，眼睛立刻盯住地面，假装很冷静地问："怎么了？"

乌蔓却从镜子里瞧到他耳垂上的那一点红。

她挑起眼角说："帮我解一下浴袍的带子。"

他无意间展现出来的纯情，让人很想欺负他。

似乎因为觑见了他的紧张，她反而变成了那个掌控全局的人。她不需要紧张，不会有人凌驾于她之上了。

追野应了一声"好"，声线像被调试过度的琴弦，有些紧绷。

他从背后向她靠拢，但是手伸到她后脖颈的那一刻，乌蔓就察觉到了不对劲。

他的指尖顺着她后背深陷下去的那条背沟，似碰非碰地挨着蹭，一路往下滑。乌蔓浑身一激灵，就发现镜中他的眼神已经变了。

他毫不避讳地透过镜子直视着她，嘴角勾起微小的弧度，像是在嘲笑她将他看扁了。

"唰"一下，他解开了她的浴袍带子，垂下头，凑到她耳边说："阿姐，可以脱下来了。"

这下，她的耳垂迅速泛红。

她昂起头，不甘示弱地盯着镜子，两个人在镜中互相较劲，她一把将浴袍扯了下来，推开他："我出去了，你自便。"

她侧身准备出门，却被他一把拽住手，向后一扯，裹在温热的怀中。

他上身还好好地穿着黑色的羊绒衫，她上半身陷在里头，像从黑色土壤里开出的雪白山茶。

追野从镜子中将这一幕尽收眼底，乱了呼吸。

他咬牙切齿地低喃："阿姐，我不想放你这样子出去。"

乌蔓仰面看着他失神的样子，心里的那点蠢蠢欲动又开始作祟。

她踮起脚，轻轻啄了一口他高挺的鼻尖。

追野圈在她腰部的手上青筋毕现。

乌蔓向下扫了一眼，从他怀中抽身，离开前靠在门边坏笑。

"他们好像回来了。你最好快点。"

晚上八点，网络上出现了乌蔓和追野交颈缠绵的视频片段。

视频由《春夜》电影的官方账号发布，指明近日的那条偷拍视频实为这部电影的片段，被有心人恶意剪辑，偷拍物料，诋毁演员，他们将严厉追究泄露者的责任。

乌蔓的工作室官方账号转发了这条微博，表示将会追究造谣者侵害乌蔓名誉权的法律责任。

追野则是本人转发，言简意赅地发了几个字："《春夜》就是这么火辣，敬请期待。"

围观众人纷纷叹为观止。

匿名区热帖——"绝了绝了绝了,我命令所有票房遭遇滑铁卢的文艺片速速前来观摩学习《春夜》的营销手段。"

主题帖内容:最绝的是追野转发的那条微博,绝对是自炒。这招真的太成功了,我身边所有人都说到时候要去买票看《春夜》。

"我感觉我被玩儿了……"

"宣传总监是谁?你真是个人才。"

"不懂就问,电影里的亲密戏真的都是真的吗?我震惊了!"

"据我所知,目前只有《春夜》……"

"汪城是疯了吗,为了拿奖已经变态到这个地步了吗?"

"以为我们汪导没有粉丝吗,乱甩锅!你怎么知道不是俩主演来感觉了天雷勾动地火不受控制了呢?"

"别说还真有可能,追野在戛城电影节接受采访的时候不是还说他啥都来真的吗,我觉得八成是他提出来要这么演的。"

"至于吗,拍个戏牺牲这么多?"

"要不人家怎么这么年轻就成影帝了呢?《败者为王》我也看了,他在里面演得真好。如果能拿出成绩来我觉得无所谓啊,我挺佩服他的,再看看纪舟,接个吻都借位,废物啊!"

"别忘了乌蔓之前也全部是借位的好吗?十年间一场吻戏都不来真的,要来就来一场真枪实弹的亲密戏,谁看了不说牛!"

"两人真的没在谈吗?我不信,那场亲密戏的氛围也太到位了,但又觉得很温馨,咋说呢,就感觉很有爱。"

"想太多了,完全是拍摄的问题,那个偷拍的物料看看就很倒胃口,完全没有氛围。只能说汪城还是汪城,厉害!"

"《春夜》如果这样都拿不下戛城大奖的话,真的丢人现眼。"

"孩子傻眼了!我嗑这对已经一年半载,都饿到啃树皮了!怎么会这样!啊,我的偶像!居然明面上连微博都没有互相关注!"

视频发布之后,乌蔓特意把郁家泽从黑名单里拖了出来,将几个非常过火的动作截图发给他。

"谢谢你帮我们想的这个营销手段。"

郁家泽几乎是立刻发了通话请求。

乌蔓不紧不慢地把手机扔到一边,任它像个惹人厌的闹钟般丁零作响,自顾自地切了盘水果,插好牙签,从厨房端到客厅。眼见着手机依然顽强地吵闹,她终于大发慈悲地按下了接听。

手机那边传来郁家泽慢条斯理的鼓掌声。

他压抑着某种暴戾的愤怒,因此声音听上去很古怪。

"出息了,这招用得真是漂亮。"

"比起你,还是差了些。"

"我已经手下留情了。"郁家泽阴恻恻地道,"没有让你真的拍下视频,只是伪造,我对你还是心软了,小乌鸦。"

乌蔓刚才吃下去的苹果泛上来一股胃酸,事到如今这个人依旧将伤害包装成温柔,大言不惭地肆意伤害她。

"很遗憾吗?我没有如你所料被千夫所指,只能卑躬屈膝地求你高抬贵手?真对不起,这个画面你下辈子都别想看到。"乌蔓眯起眼,将手中的果核对准垃圾桶,远远一掷,精准地扔进了垃圾桶,冷笑道,"你有闲心阴阳怪气地胡说八道,不如看看现在网上的风向怎么样了。"

她算了算时间,此时追野应该已经将她U盘里的东西给了新环线,舆论起来就是几分钟的事。

郁家泽的呼吸微微一滞,他半是玩味半是危险地问:"小乌鸦,你学会啄人了?"

"你真以为我笨到无可救药了吗?高调地离开你却不给自己留个后手?我太了解你的性子了……但我还是尊重你,我尊重这些年你对我的恩惠,我不想做得太绝。"乌蔓说到最后,停了停,平复下情绪才继续道,"我现在放出来的料只是一个警告。有些合同我还没放出来,郁星一旦被查,得元气大伤吧?"

电话那头传来什么东西被打碎的剧烈声响。

乌蔓只是淡定地把手机拿远了些,说道:"我的诉求很简单,你走你的阳关道,我过我的独木桥。郁家泽,接下来的话,请你一定给我听清楚。"

"——别再来烦我。"

不给他回答的机会,乌蔓干脆利落地挂断电话,把他的号码和微信再次统统拉黑。

乌蔓将郁家泽拉黑后,调整了一下心情,才给追野打视频电话。

此时她已经将他的微信消息置顶,当时把他加回来又怕郁家泽知道,她便此地无银三百两地把他的备注改成了"春夜同事"。

后来她忘记改回来,直到现在都留着这个备注。

此刻看着这个滑稽的备注,乌蔓反倒觉得有些好玩儿,干脆不改了。

于是这位"春夜同事"在几秒后接起了视频,入目就是乌蔓忍俊不禁的样子。

结果,他也跟着傻乎乎地笑了起来。

追野此时正坐在保姆车内,他刚离开新环线,马不停蹄地赶去剧组。窗外的霓虹灯隔着黑色的车窗还是透过一点打在他脸上,因此暴露了他的傻样。

两个人都没说话,盯着镜头不知所谓地看着彼此。

最后还是乌蔓先出声说:"我刚刚把郁家泽彻底拉黑了。"

追野迅速变脸:"我特别想建议微信出一个粉碎功能,光拉黑不过瘾。"他眉头紧皱,"这人太没脸没皮了,这事儿完了不知道又会闹出什么幺蛾子。"

"不会了。"乌蔓很笃定地摇头道,"他是个商人,舍不得对我付出的沉没成本,心有不甘。但如果继续下去,我对他的警告会超过已经付出的沉没成本,他什么也收不回来,为了那点报复的快感不值得。就算他真的想闹个鱼死网破,他也得顾虑他爸的感受。现在公司出了这么大的事情,他爸不可能不知道。"

乌蔓懒懒的往沙发上一躺,胸有成竹地道:"郁家泽最大的弱点就是他爸。他畏惧他爸。"

"可我怎么就是不放心呢……"追野听她说得头头是道,说道,"要不我现在回去吧。"

"你待个一两晚也没什么用,还是安心回组里好好拍戏,突然请假出来已经很任性了。别忘了这是老钟都很重视的合拍片。"

追野揉了揉眉心,轻轻地叹了口气,说:"我知道。但我这一回去,大概又要两个月。"

"两个月？怎么会这么快？"

他似乎有点懊恼自己说漏嘴，支支吾吾地道："我让统筹调了通告，把我的戏往前集中拍。"

乌蔓扳着手指头认真地数了一会儿，说道："那也不够吧？"

见瞒不过去，他老老实实地承认："我每天又主动加了四个小时。"

"一天拍十二个小时，你是不是找死？"

加上化妆造型时间，一整天下来，休息根本不够。

这个人也太任性了吧。

追野缩了缩脖子，好像她的瞪视近在咫尺。

"我就想早点回去见你，正好赶上春天。"他调整了一下坐姿，身体斜靠在椅背上，手机屏幕一晃，再回来时对着他自下往上的脸，但即便这个刁钻的角度也让人觉得赏心悦目。

这个姿势让他非常放松，他微微眯起眼睛继续念叨："那时候目黑川的樱花就开了，这一次，我们一起去看吧？带两瓶小酒，铺张毯子，坐着赏樱花。"

说着说着，他打了一个哈欠。

他从组里拍完没几个小时便一路奔波赶回来，替她出主意，收拾烂摊子，又去新环线放消息，到这个时候才得空喘两口气，但很快又要投入拍摄，没多少时间休息。

听到他的哈欠声，乌蔓觉得鼻酸。

好像和他在一起之后，她就变得很脆弱，动不动就想掉眼泪，但并不是因为难过。

手机屏幕突然一黑，追野以为是信号断了，刚生出的那点倦意立刻跑掉，他慌张地凑近手机一看，发现时间还在继续往前走。

"阿姐，你能听见我说话吗？"

就在他以为是手机卡住的时候，那边传来乌蔓闷闷的声音。

"嗯，我就想这样聊一会儿。"她把手机翻转倒扣了。

"你是不是生我的气了？"追野瞪着黑屏干巴巴地道，"我保证下次不那么拼命了。"

乌蔓又短促地"嗯"了一声，然后才说："我没生气。"

"真的吗?"

"真的。"

两人沉默下来,视频里只有汽车的引擎声,间或有很嚣张的摩托车驶过街头,发出轰隆隆的声响,划破了寂静的夜。

追野立刻问她:"那声音有没有吓到你?"

乌蔓趴在沙发上,脸向下压着胳膊,只觉得这个人怎么这么过分,她的眼泪刚憋回去,只因他的一句问候又止不住地泛上来。

她与那声音隔着十万八千里,要吓到也是离那么近的他被吓到。

可他下意识挂念的是她。

"没有啦。"

听到她的语气,追野这才放松下来。

"我快到机场了。"

"嗯,那我挂了?"

"你太狠了吧?"追野哭笑不得,"我的意思是,你既然都不气了,那让我看看你啊。"

他的声音黏糊糊的,像小狗伸出爪子耍赖般在她心间挠了一下。

乌蔓抽了张纸巾擦了擦脸,这才重新出现在手机屏幕里,但还是隔了点距离,怕他看出来什么。

"路上平安,进组就专心拍戏吧,两个月后见。"

"那阿姐这两个月就忙工作室的事情吗?"

"差不多。"

两人又聊了一会儿各自的琐碎安排,车子慢慢开进首都国际机场,追野望了眼窗外,说道:"我得走了。"

乌蔓点点头:"你挂吧。"

他凑近手机屏幕,偏过脸,指了指:"亲我一下。"

乌蔓翻了个白眼:"车上还有人呢,你害不害臊。"

"亲一下嘛。"

乌蔓心狠手辣地一把关了视频。

下一刻,这位春夜同事发了一张小黄耷拉着耳朵的表情包过来。

乌蔓缩在沙发上,对着那个表情包笑出了声。

她打开手机摄像头,自拍了一张"Mua"的亲亲照,冲动之下给他发了过去。

结果发完不到三十秒她就后悔了,火速撤回。

"你撤回了什么?"

"[小黄打滚]。"

追野一连发了三条信息,乌蔓却铁了心不让他看,从相册里把那张照片删除,然后默不作声地订了一张几天后飞往他那儿的机票。

无论是视频里亲,还是照片里亲,都没意思。

她要人肉快递,给他一个滚烫的亲吻。

第五章

—— 小孩儿，我也想你

郁星疑似被调查的消息取代了乌蔓和追野的那个视频，成为网络上的热议话题。毕竟比起猎奇的大尺度电影，上流社会的金钱交易更让人好奇，更容易勾起大众的仇富心理，因此一石激起千层浪。

为了防止事情进一步闹大，惊动有关部门来调查，郁家泽只能想方设法地压热搜，甚至也如法炮制地用乌蔓的那套方法——转移视线，将郁星旗下艺人的八卦卖给狗仔。

而被毫不留情地出卖的牺牲品，就是导致这一系列风波的打码视频里的真正女主角——傅静雅。

她被狗仔拍到和一个已婚导演进出酒店，演艺事业刚有点水花就背上"小三"的骂名。

与虎谋皮就是这个下场，"老虎"觉得你有利用价值想捧你的时候，也乐意捧你一把。"老虎"不高兴了，就会在背后给你一箭，绝不手软。

因此，当乌蔓知道视频里的人是傅静雅后，连报复的想法都没有。

她早料到有一天傅静雅会跌得很惨。这不，现世报就来了。黑吃黑，都是活该。

只可惜，傅静雅就是个三十六线小明星，就算做出了这么伤风败俗的事情，大众也就讨论一下便过去了，没过多久又把视线转回到郁星被调查的事上。

也许郁家泽真的是气运太好，没过多久，《春夜》入围戛城金柏奖的消息传到国内，替他分担了火力。

本来这个消息不会有这么大的关注度，但因为有之前"精彩纷呈"的视频反转，话题度就不可同日而语。电影的宣发方乐开了花，还没投多少钱进去，就已经万众瞩目。

当然，最开心的人非汪城莫属。虽然他一直对《春夜》很有信心，从一开始就放出豪言是奔着大奖去的，但这部电影命运坎坷，不到尘埃落定的那一刻，谁都不知道它是不是真的能够入围。

因此，消息一出来，他当即无比激动地在《春夜》的群里发了个大额红包。而且他还特别厚道，红包的数量顾及每一个人。

不到一分钟，平常几乎是一潭死水的群里，领了红包的消息顶了一长串，到最后，红包居然还剩下两个没有人领取。

汪城眉头一皱："谁还没有领？"

群里大家纷纷发言："乌蔓、追野，你俩干啥呢！"

没有及时领红包的两位，此刻正忙着打电话。

追野刚完成了一幕的拍摄，趁着场工调试灯光的空隙躲到了化妆间里给乌蔓打视频电话，却被她转成了语音。

追野从刚开始接通的兴奋到看见黑屏后的憋闷，心情来了个一百八十度大转弯。

他闷闷地道："好几天没见了，你还不让我看你。"

乌蔓轻描淡写地敷衍了一句："我这边不太方便。"

事实上她快吓死了。

追野一通视频电话打过来的时候，她的车子刚好开进机场，去往他那儿的飞机将在一个小时后起飞。

而这些追野毫不知情，她不能在最后关头将准备带给他的惊喜泄露出去，本来想直接挂断，但她又不舍得，于是转成了语音。

追野没有刨根问底，默默地接受了她的说法，又重振精神道："恭喜阿姐，入围戛城金柏最佳女主角！"

乌蔓轻笑着摇头："这算什么入围啊，电影入围我自动就入围，不算是我的成绩。"

"你这话可不对。电影难道不是你演的吗？换个人来演就不一定会有这个效果了。"

这话勾起了乌蔓的好奇心。

"那如果当时我没有被汪城选中，换了别人，你会怎么样？"

剧本里那么多的亲密戏，你会和另一个女人一起演绎吗？

这是她话里的潜台词。

追野顿了一下，说："如果他不选你，我会极力说服他。如果他还是不选你，那我也得尊重他。我会接着演，他很早就定下了我，无论是出于感谢他对我的认同，还是出于做好属于我的工作，我都会演好'陈南'这个角色。"

乌蔓沉默了半晌，"嗯"了一声。

"阿姐，你是不是生气了？"

她是有些生气，但气的对象是自己。

他是一个演员,无论是亲密戏还是别的什么戏,都没有任何区别,因为这是他的本职工作。就和她一样,他也会面临相似的处境。

在此之前,她从来没有交往过任何一个演员,所以这个问题她从来没有考虑过。相反,她是被要求的那一个。

事到如今,当角色对换时,乌蔓发现自己居然有点被郁家泽同化了,她的心底也生出了想要禁锢追野的欲念。

哪怕只是在脑海里想象以后他和别的女人逢场作戏的画面,她也会觉得心里不舒服。

但乌蔓很清楚这是她的私欲在作怪,所以只能压下心中所有的不痛快,说:"没有的事。我也是演员,我明白。"

气氛因为这突如其来的提问而变得有些诡异,两人一时间似乎都陷入了自己的思绪中,并没有急着说话。

于是,追野便清晰地听到了从乌蔓那边传来的一道女声播报:"……的旅客准备登机了。"

他诧异地问道:"阿姐,你在机场?"

乌蔓一个激灵,急中生智说:"《春夜》不是入围金柏奖了吗,我打算去洛城告诉我妈这个好消息。"

她确实也是这么打算的,只不过这事排在探班之后。

追野恍然道:"原来咱妈在洛城啊……那我之前去看她其实很方便的,可惜了。等你拿了奖,我陪你再去一次,正式地拜访一下她。"

乌蔓犹豫了一下,说道:"她神志不清,住在疗养院。就算你陪我去,她也不知道你是谁。现在她连我也不认得。"

追野沉默下来,似乎因为自己无意间戳到了她的伤疤而有些不知所措。

乌蔓又故作轻松地笑着说:"再说我能不能拿奖还不一定呢,你说得好像我已经被内定了一样。"

追野立刻争辩:"无论你拿没拿奖,你已经是我心里的最佳女主角。"

乌蔓坐在空旷的贵宾候机室里,听着他笃定的回答,脸蓦地就烧红了。

乌蔓私下里联系了追野的助理,以寄东西的名义打听到了追野入住的酒店。等下了飞机取完行李,她估摸着追野应该也下戏回酒店了,便马不停蹄地打车赶过去。

在车上时,她的手机时不时就振动一下,每一条信息都是追野发来的。

"我刚刚又去补拍了,没看到你发的登机信息,你现在在飞机上干吗?在睡觉吗?"

"看样子是睡着了。颈枕和腰枕带了没啊,坐那么久你会难受的。"

"我卸完妆回到酒店了,今天拍得很轻松,一点不累。我就说过我可以的,一天工作十二个小时不算什么。"

乌蔓看到这条消息冷笑了一下,另一个聊天框里是追野的助理发来的图片——追野坐在保姆车上歪着头睡觉,眉眼间都是倦色。

"那我准备去睡了。你睡醒后就发条消息告诉我。哦对了,不要嫌麻烦就不吃飞机餐,你的胃需要多注意。"

"晚安,阿姐。想你。"

这小子絮絮叨叨发了一大堆琐碎的话,乌蔓却不厌其烦地反反复复看了好几遍,甚至产生了想要回复的冲动。

她非常克制地摁灭手机,看向窗外快速倒退的树影,急切的心情比这些流动的残影还要迅猛。

"小孩儿,我也想你。"

"很想见你。"

车子开到了追野下榻的酒店,她拉上口罩,做贼心虚地开了个与追野同楼层的房间,拿着房卡刷电梯上楼。

电梯平稳往上运行的过程中,突然在中间某层停下,一个金发碧眼的外国妞穿着惹火地走进来。乌蔓多瞧了她两眼,觉得她有点面熟。

直到电梯停在乌蔓想到的那层,两个人一起走出去,乌蔓才恍然想起来,自己好像在某部外国的动作片里看到过她。所以,她也参演了这部合拍片?

乌蔓漫无边际地想着,却忽然发现这位身材火辣的美女和自己走向的方向完全一样。

她不由得放慢了脚步,看着那个外国妞大踏步往前走,直到停在某间客房门口。

那正是乌蔓此行的目的地——追野的房间。

乌蔓下意识地将自己隐在角落，探头探脑地看向她——外国妞抬手敲了敲门，那个在微信里跟乌蔓说准备睡了的人不一会儿就开了门。

她的呼吸微微一滞。

他们相隔有些距离，乌蔓并不能听清他们在说什么，只能模糊地感觉到追野的态度非常冷淡。但这抵挡不了外国妞的热情，看样子她甚至想直接冲进房间。

这还了得。

乌蔓拳头握紧，干脆地从角落里走出来。

追野立刻注意到了她，神情震惊，结结巴巴地道："阿……姐……"

他都不知道自己是该惊喜还是惊恐，不知所措地瞅了眼外国妞，身子往门框边贴了贴，又拉远了几厘米，以此表明清白。

"阿姐，你听我说……"

乌蔓做了个"暂停"的手势："这种老掉牙的开场白就算了吧。你还是闭嘴。"

外国妞转脸看向她，目光中带着探寻的意味，询问地看向追野："Who is she（她是谁）？"

乌蔓抢先一步答道："I got a package over here for him（我给他送包裹）."

外国妞一脸莫名其妙："You are a courier（你是快递）？"

追野也茫然地小声问："阿姐，你送什么快递过来？有什么东西放在前台了吗？"

乌蔓翻了个白眼，上前一步，拉住他的衣服领子，向下一扯。

她在他垂下来的侧脸上轻轻一咬，然后又贴着亲了亲，含糊地说："这是乌蔓小姐托我快递给你的。"

她放开他，继而挑衅地看了一眼外国妞："He is my boy."

他是我的男孩。

"Yep…"追野愣了片刻，继而反客为主，俯下身抱住乌蔓，笑得一脸灿烂，"She's my owner."

对，我属于她。

外国妞灰溜溜地离开之后，乌蔓瞬间就变了脸。

她没有追问为什么大半夜会有女人来他的房间,他又为什么给她开门,而是一脸事不关己的样子,说:"既然乌蔓小姐托付给我的东西已经送达,那我今天的工作就结束了。这位先生,晚安。"

她抓着口袋里的房卡扭头就去找自己的房间。

追野立刻慌张地追上去,像说唱一样语速超快地说道:"阿姐,这真的是个巧合,我一直很乖的,别说我和那个瑟琳娜有一腿了,就是连半根腿毛都找不出来啊。我本来是真的要睡了,她突然联系我说我有个东西落在她那儿了,还说她已经在我门外,我也没办法,只好出门看一眼……"

乌蔓走到自己房间门口,一边听着一边不动声色地勾起嘴角。

她刷了房卡,回头笑逐颜开地冲他眨了下眼睛:"傻瓜。"

追野微微一怔,随即反应过来,眼疾手快地挡住乌蔓即将推上的门。

他好气又好笑地说:"这位小快递员,我要投诉你。"

"你投诉我什么?该送的我都送到了。"

他诱哄道:"那你再帮忙加个班好不好?不然我就投诉你工作不积极。"

乌蔓挑起眼角,揶揄着问:"好吧,那你要寄什么?"

追野一下子拉开门,闪身进去后把门踢上,顺势将乌蔓摁在一侧的墙上,整套动作一气呵成。

乌蔓还没来得及插房卡,房间里一片黑暗,他呼吸着她脖颈间的香气,暧昧地低语:"麻烦也帮我寄一个回吻给乌蔓小姐,可以吗?"

她故作为难地说:"让我想……"

她话还没说完,追野便低头吻住了她的嘴唇。

她的舌尖不受自己控制,被这个入侵者挟持,凶狠又温柔地破开牙齿的城墙。

她揪乱了他的毛衣,手指上起了一波波的静电,让她下意识地瘫软在他的怀中。

追野连忙托住她,那双保护的手却在下一刻起了坏心思,偷偷拨开内层的针织衫,意乱情迷地触碰她的肌肤。

他压抑着嗓音里涌上来的情与欲,微微喘着气说:"对不起,我能不能更换一下要寄的东西?"

乌蔓整个人也神志不清,迷迷糊糊地看着黑暗里他的虚影。

两具身体之间几乎没有缝隙,他蹭着她的脸颊轻笑:"一个吻不够,我要把我整个人送给她。"

乌蔓用仅剩的一点理智挣扎了半秒钟,内心就决定挥白旗投降。

但面儿上,她还是放不下架子,不诚实地扭捏着说:"不行,你超重了。这么大件的东西我们公司不接收。"

她以为追野会缠着她耍赖,那样她就可以顺坡儿往下继续,水到渠成,结果……

"那算了,还是按照原来那样送给她一个吻吧。"

追野的手从她的针织衫里退出来,替她拉好,转而双手捧住她的脸,轻柔地在她的额头上印下一个吻。

他的呼吸还是很急促,但他往后退了一点,留出了空隙。

追野苦笑着说:"阿姐……我去下卫生间。"

直到卫生间里传来哗啦啦的水声,乌蔓才恍惚地清醒过来,这……这怎么不按她的剧本来呢?他难道以为她真的不愿意吗?

她无语了。

二十出头血气方刚的年纪,难道他脑子里不都是那档子事儿吗?总不能让她一个三十岁的成熟女人那么饥渴地说要吧!怎么还真的急刹车了呢!

乌蔓气鼓鼓地踢了一脚卫生间的门,门就好像自动感应一样从里面打开了,追野围着下半身就出来了,浑身还泛着一股冷冷的水汽。

她从头到脚扫了他一眼,哼了一声:"洗冷水澡了?"

他不自在地擦着头发,支支吾吾地道:"嗯……"

乌蔓嫌他碍眼似的把他拨到一边,说道:"赶紧回自己房间,等我出来时别让我看见你还在我这里。"

乌蔓洗完澡收拾干净出来的时候,某人还没脸没皮地赖在她的房间里,甚至已经脱掉浴袍,躺在了唯一一张大床上。

他此时已经很困,半张脸陷在柔软的枕头里,不远处的落地灯给他的身体打上浓重的阴影,整个人像一张素描画。

乌蔓这才后知后觉地反应过来,追野今天拍戏足足拍了十二个小时,不光是今天,之前的每一天都是如此。回到酒店也不能完全放松休息吧,看他的身材就知道他没有放弃每天的健身。

她的心顿时软得像一朵云，暗骂自己真是被美色蛊惑的禽兽。

乌蔓放轻了脚步，关掉了灯，窸窸窣窣地上了床。一进被窝，一双手就准确无误地缠上了她的腰，将她往他的身边拖。

"我还以为你睡着了。"

追野懒懒地掀开眼皮，说道："只是假寐，我的体力才没有阿姐想的那么差。"

她说道："快睡吧，明早八点你是不是就得起来？"

"我真的不累，已经习惯了。"他的眼神确实很清明，这让乌蔓心里又犯起了嘀咕。

哎，青春少男的心思太难猜了。

追野凑过来，用鼻尖轻蹭她的鼻尖："阿姐在想什么？"

她脱口而出："我在想刚才……"

哎呀，说漏嘴了。

乌蔓两眼一闭，双颊在黑暗中烧得发烫。

她假装打了个哈欠，呢喃着："我困了，晚安。"

她急速地翻了个身，将脸埋进被子里。

追野轻轻笑了笑，说："好，晚安。"

室内陷入寂静，直到乌蔓发出安稳的吐息，追野才小心翼翼地吻了吻她的头发，自言自语道："阿姐，我不想那么快。"

他肖想了她太多年，打从他还不知道什么是"喜欢"这种感情的时候就开始了。

那个时候，学校里有个别女生已经发育成熟，小男孩们虽然对性还很迟钝，但天性会让他们好奇地盯着她们隆起的胸部看。

体育课上打完篮球，他们会凑在一起，对着边上围观的女生指指点点，眉飞色舞地议论。

"还是咱们班花料最足了！"

追野对这些话题不感兴趣，把球遥遥地往筐里一扔，塞上耳机，随意地擦把汗便准备去小卖部买水。

而刚才他们口中的人，忽然挡住了他的去路，递过来一瓶早就准备好的矿泉水。

他愣在原地,不知所措地左右看了看,所有人都盯着他们。

班花涨红了脸,伸出的胳膊还在微微发颤。

"给……"她的声音细如蚊蝇。

追野顿了一下,接过她的水,说道:"谢谢。"说着要从口袋里掏钱给她,但她在他接下水的那一刻便欢天喜地地蹦蹦跳跳走开了。

她一走,旁边虎视眈眈的男孩们便起着哄围上来,挤眉弄眼地撞了撞他的肩。

"哇,她是不是喜欢你啊?"

"啧啧啧,你是不是看上人家了啊!"

追野有些莫名其妙,他接下那瓶水只是因为那么多人看着,他不想因为自己拒收而让那个女生难堪。

他只好撒了个谎:"你们想多了,这是我托她买的水。"

"少来了你,你难道不喜欢她吗?"

追野反问了一句:"什么是喜欢?"

男孩被问傻了,支吾了半天才说:"当然是做梦都会想着她啊。"

追野平静地"哦"了一声:"那我就是不喜欢她。"

这句话传到了班花的耳中,却被误会成他太害羞。

毕竟,他亲手接过了她送的水。

她上大学的姐姐告诉过她,判断一个男生喜不喜欢你,不要看他说了什么,要看他做了什么。

因此,追野的那句话就被她过滤掉了,只是在她心中留下了"追野这个人有点腼腆"的标签。既然如此,她可以大胆一些,没关系。

后来学校组织看电影时,她在黑暗中悄悄换了座位,坐到了追野的旁边。

然而,他似乎对她的到来毫无所觉,只顾着仰头看电影。

什么电影啊,就这么吸引他吗?

她有些怨怼地从他的侧脸上分出眼神,移到大屏幕上。

学校组织的是红色革命纪念日活动,因此给他们看的电影是关于抗战的题材,她心里纳闷:难道男生就喜欢看这种战争片吗?然而,此刻见他看得那么认真,她也打算看一下,等电影结束了可以借电影内容打开话题。

她想得美滋滋的，顺着他的视线看向大屏幕，上面出现了一个穿着旗袍的女人。

这是一个无足轻重的配角，一个反派军阀的小情人，整部电影大概也就这几秒的镜头。

她烫着小卷儿，碎发用啫喱膏平整地贴着鬓角，多余的便用一支艳丽的牡丹簪子盘在脑后。旗袍也是相同的花色，高开衩到大腿根，对着镜头风骚地媚笑，只一眼便能勾魂摄魄。

追野仰着头，眼睛一眨也不眨。

因为那是他暗恋的阿姐。

班花看着他仿佛迷恋的眼神，心顿时凉了半截。

电影结束之后，所有男生的话题便集中在了乌蔓的身上。

"那个女人好白啊！"

"啧啧啧，她那个腿……"

"班花和她根本没得比啊。"

他们乐此不疲地将乌蔓和身边的女生一一对比，聊得起劲，没注意到旁边一直沉默的追野。

他双手一用力，捏爆了塑料可乐瓶，四溅的水珠喷了那些人一脸，粗暴地中止了这场闲聊。

"喂，你发什么神经？"

他们回过神，骂骂咧咧地跳着脚抱怨，其中一个人恍然大悟地说："啧，是不是聊班花惹你生气了啊，太别扭了吧你，还说不喜欢！"

追野没有辩解，只是把可乐瓶往那人头上一扣，转身走了。

那个时候，他还不知道到底什么叫作"喜欢"。

他的反应非常奇怪，听到他们肖想阿姐就觉得暴躁。

至于班花……不好意思，根本不在他的心里。至少有句话他们说对了，班花和阿姐没有可比性。

正因为如此，他的那点小心思更加无法言说。谁会相信呢，几年前他和屏幕上的那个女人有过一面之缘，他甚至抱过她的腰。

他和他们这些连阿姐的衣摆都摸不到的人是不同的！

他有些落寞又不甘,也不太明白这种突如其来的占有欲是怎么回事,像把火快把他烧透了。

看完电影的那天夜里,少年追野做了一场梦。

在梦中,他变成了那个身姿挺拔的军阀,不再是身高只到乌蔓腰际的小男孩。他从老式四轮车上下来,乌蔓身姿袅娜地站在二楼阳台上,俯下身子,冲他勾了勾手指。金粉两行花劝酒,酒不醉人人自醉。

早上六点,他躺在床上,脑海里忽然闪过那句话:当然是做梦都会想着她啊⋯⋯

那个人说得没错,喜欢就会有欲念。

可那个人没告诉他,喜欢会令人心空空的。

他的阿姐不是送个豆浆油条风里来雨里去就能追到的女孩,她高高在上,被框在 1.33∶1 的屏幕中,就像是活在另一个世界。

因此,当他居然能真的将她抱在怀中,就像现在这样,一张床,一条被子,赤裸裸肌肤相贴,她的味道,交缠的一切,都让追野恍惚,又格外珍惜。

漫长的岁月里,他一直对她心怀欲念。可到了真的可以完全占有她的这一天,他却舍不得下手。

他怕她疼,怕自己一窍不通,会在她面前丢脸,也怕缺乏天时地利,气氛不够好,让她回忆起来觉得不美妙。

他的欲望与她的感受相比,真的不值一提。

时至今日,他逐渐明白,喜欢是很容易的事,可以就地亲吻,播撒欲望。

而爱,是哪怕欲火焚身,也得分裂出另一个自己,将就着隔岸观火。

同一个夜晚,有人在相拥而眠,也有人在相互撕扯。

千里之外的某栋别墅内,郁家泽坐在没有开灯的客厅里,开了一瓶酒,已经喝了大半。

但这点酒似乎对他没什么影响,他的脸依旧是苍白的雪色,如同暗夜里的血族,独守空寂的城堡一隅。

自从乌蔓离开后,整栋房子变得丝毫没有人间烟火气。

料理台边似乎还有她做饭的身影,沙发的左边是她喜欢的位置,好像她刚刚离开,还在地毯上没有声息地走动。

因此，当他听到大门口传来锁匙的动静时，整个人一惊，立即扭头向门口望去。

进来的人和他的小乌鸦有着三分相似的脸孔，却是一个假冒的劣质品。

他的视线潦草地在唐映雪脸上扫了一圈，便转回了头。

唐映雪不太开心地说："你怎么搬回来了也不和我讲一下？"

她自顾自地打开灯，骤然亮起的光线让郁家泽不由得眯起眼睛。

他用命令的口吻道："关掉。"

唐映雪微微一怔，而后撒娇道："可是家泽哥哥，我怕黑。"

郁家泽扬起一抹没有温度的笑容，拍了拍旁边的位置："那就坐到我身边来。"

唐映雪微微一怔，随即雀跃地关掉灯，依偎到他身边。

她挨上郁家泽的肩头，他的手有一搭没一搭地顺着她的发丝，这让她心跳加快，感觉到一种过分的亲昵。

郁家泽在黑暗中忽然冷不丁地问她："你为什么想和我结婚？"

"因为我爱你。"唐映雪毫不犹豫地回答。

郁家泽轻笑了一声："哪怕我根本不会爱你？"

她倚在他肩头的侧脸微微一僵，抬起头看向郁家泽，咬着牙问："那你爱谁？别告诉我是乌蔓！"

郁家泽闻言，闷闷地笑了起来。

"谁告诉你人一定要爱人？"他怜悯地摸了摸她的头，"迄今为止，我只爱过一只鸟。"

"鸟？"唐映雪蹙着眉，恍然地想起了什么，说道，"是郁伯伯提到过的那只八哥吧？你要是喜欢，我再买一只送给你。"

"不是每只鸟都能像它那么有趣的。"

郁家泽伸出手反扣住一个高脚杯，形状宛如一个鸟笼。他点着空荡荡的杯壁外沿，呢喃道："就是因为太有趣了，如此昂贵的水晶杯也困不住它。"

唐映雪有点发毛地揉了揉自己的胳膊，总觉得他的语气不像是在说什么鸟，而是在说一个人。

她不乐意地扳过郁家泽的脸，强迫他的视线从杯子上移到自己的脸上。

她要他只看着她。

郁家泽冷冷地看了一眼她的手，唐映雪犹豫了一下，还是收了回来，转而挽住他的胳膊撒娇道："家泽哥哥，这几天我好闲啊。郁伯伯不是说你要去 M 国吗，带我一起去吧？婚后蜜月我们再去别的地方。"

"老头子没告诉你我是去出差处理正事吗？"郁家泽快速地转着手中的戒指，说道，"你很闲是你的事，我没逼着你退圈。"

"可我这是为了你啊……你难道希望你的妻子、郁家未来的夫人抛头露面，被别人评头论足吗？"

郁家泽背靠在沙发上，淡淡地瞥了她一眼，说："我无所谓。"

唐映雪被他这句话说得一愣。

但她很快安慰自己，郁家泽和她年龄差得很多，在她眼里很重要的事情，也许在他眼里并不值得一提。她想要全身心奉献于他，可也许他希望自己也能有事业？

不愧是她看中的男人，成熟又有思想。

唐映雪展颜道："但我还是更想陪在你身边。"

话音刚落，郁家泽神情一凛，阴冷的眼神猛地慑住她。

"不要让我听到第二遍。"他干脆地下了逐客令，"我累了，你回去吧。"

唐映雪也恼了："为什么你一直不愿意让我留下来陪你过夜？"

"这是你爸的意思，结婚后才同住。"

"可是我们已经订婚了啊。"唐映雪狐疑地左看右看，说道，"你是不是又养了别的女人？你上次就在骗我！"

郁家泽坦然地扬了扬下巴："随便你上楼找，你能找到就是你的本事。"

唐映雪盯着他的眼睛："你如果骗我，我就去向郁伯伯告……"

这一回，她话都来不及说完，便被郁家泽掐住了脖子，剩下的话被卡在了喉咙里。

"我的忍耐是有限度的，对你，我已经用了很大的耐心。"郁家泽缓声细语，"如果你认为每次搬出老头子都有用，那你就去。"

郁家泽的手离开了她的脖子，唐映雪却还惊魂未定。

那一刻，他仿佛真的是一只吸血鬼，而她的动脉会断于他的手中。

他眼中的狠戾更是透过她，投向了她话语背后的那个人。

凌晨四点，乌蔓的老毛病又犯了，她依旧在这个时间点儿惊醒。

身后的追野睡得很沉，把她抱得很紧。她不想吵醒他，于是强迫自己再度闭上眼睛，试图催眠自己。

但是这挺难的，如果没有吃药，自然睡着之后醒来的话，她便很难再次入睡。

于是她痛苦地维持着同一个姿势半天，最终实在觉得难受，想起来去阳台上抽支烟。

她小心翼翼地用升格镜头的速度将自己从追野的怀抱中抽出来，不想却在这个缓慢的过程中扭到了小腿。

乌蔓当即痛叫出声，反应过来后又立刻咬住嘴。

不知道是不是真的因为年纪大了，筋络和骨头似乎都有些脆弱，她也不是一次两次扭到了。这么想着，乌蔓突然觉得有点搞笑的悲伤。

身体在这半夜突然涌上来的伤感和依旧还在抽搐的痛苦中来回反跳，却不料忽然听见身后那个睡得死沉的人迷迷糊糊地说："怎么了，阿姐？"

乌蔓忍不住懊恼自己还是吵醒了他，回过身一看，这人眼睛还闭着……

"没事，你睡吧。"

她轻声哄他，他却似乎感应到了她贴着他腿的地方在抽搐，一下子从床上爬起来，将她的腿贴在自己暖和的小腹上，半闭着眼替她揉。

这一系列动作使他看上去像是在梦游。

他勉强半睁开眼睛，迷迷瞪瞪地说："是不是这个地方抽筋了？"

乌蔓愣愣地看着他，小声地"嗯"了一下。

想她二十来岁的时候，好不容易完成拍摄任务，能抽出几个钟头睡个觉，别说房子着火，就算世界末日了，她也要闭着眼和床缠绵。

她怎么可能会因为身边人忽然抽了个筋就从睡梦里惊醒，下意识爬起来心甘情愿地给对方揉腿。

她根本抑制不住胸腔里那股无法言说的感动，猛地直起身抱住他的腰。

两人摇摇晃晃地倒到了床尾。追野在下，她趴在他的胸口，抬起眼一眨不眨地盯着他。

追野终于被这姿势弄得清醒了，抬手搂住她的腰，哑着声音说："我现在在做梦吗？"

"嗯？"

他笑得恍恍惚惚："阿姐在主动抱我。"

乌蔓板起脸，认真且严肃地叫了声他的名字："追野。"

"啊？"他的身体顿时紧绷起来，不知道自己哪里惹毛她了。

"是不是到现在为止，我都还没主动跟你说过……"她突然收声，过了好半天才挤出三个字，但掷地有声，"我爱你。"

追野微微张着嘴，心脏仿佛在身体里蹦了个极，重重地沉了一下，又迅速飞跃到嗓子眼儿，接着又往回荡，来回跳得那么剧烈，久久不能平息。

阿姐的嘴巴就像一颗封闭千年的蚌类化石，总是那么固执又坚硬，从不轻易露出里头的柔软。

他也不急着逼她打开，就打算和她死磕，从边缘撬起，一点一点地擦掉外头风化凝固的沙子。

而现在，这颗小化石就这么猝不及防地对着他投降了。

其实从头到尾，小化石就是纸糊的脆弱堡垒。面对她鼻酸时会将她压向胸膛的怀抱，还有她抽筋时慌张伸过来的双手，她就会溃不成军。

她要的，就是这么一点点独属于她的温暖。

追野深深地吸了一口气，在乌蔓来不及反应的瞬间翻过身，将她压在身下，两人位置颠倒。

他的眼睛在黑暗的房间里明亮得如同星星。

"阿姐，我也爱你。"他的回答没有任何迟疑，"这一生不会再有第二个人了。"

乌蔓在听到这句话的瞬间，毫无疑问是感动的，但是理智告诉她，不要太过当真。

三十岁的人说的我爱你，和二十岁的人说的我爱你，分量是完全不同的。

少年人总是喜欢在第一时间将自己充沛的感情表达出来，想要天长，想要地久，想要这一刻成为永恒。可是，这世界上哪里存在什么永恒呢？

曾经有一次，有家媒体采访她，其中一个问题是：这世界上你最讨厌的一个词语是什么？

她的回答是：永恒。

"一生没有你想象的那么短。"乌蔓摸着他的侧脸道，"拥有眼下就够了，不用给我什么承诺。"

"你不相信吗?"他有些孩子气地问。

乌蔓没有回答,只是笑着仰起头,亲了亲他藏着不甘心的眼睛。

"阿姐,对我而言,人的一生真的很短。"他反手将她抱住,揽进自己怀里,下巴抵着她的头呢喃道,"我妈在我八岁那年去世了,她走之前还那么年轻有活力,如果拿起鸡毛掸子收拾我,可以追着我绕着屋子跑十圈那种。"

"她走之后,我和我爸相依为命,我就是在那时候学会的煮饭,因为我爸被我妈惯坏了,什么都不会。所以她一走,他连怎么活都不会了。"

"我十二岁那年,他也走了。他为了我硬生生又坚持了四年,很了不起。"

"后来我就被接去和爷爷奶奶一起生活。奶奶在我十五岁那年突发疾病走了,她走后不到半年,爷爷也跟着走了。从此,我就是一个人,一直到现在。"

凌晨四点,天空还一片漆黑,房间里一片昏暗,他抱着她的双臂不由自主地收紧:"你看,人的一生是不是很短?甚至一把瘾都过不了就得死。"

那些尘封的艰难往事被他三言两语轻描淡写地讲出来,乌蔓摸了摸眼角,发现自己竟然感动得流出了眼泪。

太苦了,饶是她的童年那么艰难,她也无法想象他的苦难。

从来没得到过,总比得到过又失去来得好。

更何况是一次又一次失去,如同一场旷日持久的地震,伴随着经年的余震,冷不丁地将他的挚爱从他的人生里夺走。

就像一个人被打开了心脏,又挖去肉。

"在青泠,他们都传我是扫把星转世。"追野满不在乎地说,"那就扫把星好了,反正我的人生也没什么可以失去的了。"他语气一顿,声音突然低下去,露出了潜藏在满不在乎背后的脆弱,"但阿姐,其实我心里很怕,尤其是在抱着你的时候。"

乌蔓知道他想说什么,她快一步伸出手,捂住了他的嘴。

"你不用害怕。"她吸着鼻子,在他的颈窝轻蹭,故作轻松地道,"我可是不被期待来到这个人间的,命硬得要死,正好和你天生一对。"

追野许久没说话。

良久,他很坚定地开口,声音很轻:"如果哪天你真的离开了,那我会跟着你离开。"

乌蔓的灵魂被猛烈地敲打了一下。

她有些来气，道："我比你年长那么多，比你早离开是很正常的。你别那么任性！"

他带着浓浓的鼻音，笑了一下。

"我不管，我已经被他们丢下了，不要再被你丢下了。"他吻了吻她的头顶，"我爱你，所以你不要丢下我一个人，好好活着，和我一起。"

乌蔓再次醒来的时候，已经临近中午。这一回她居然没有依靠药物，在他的怀抱里在清晨时分又睡了过去。

旁边的床铺已经空了许久，他已经拍戏去了，微信里又给她留下了长长的一串消息：早餐吃了什么，上妆又睡了几分钟，对手演员又NG了几条⋯⋯

她一条条认真看完，好像自己就在片场跟着他经历这一切一样。

乌蔓简单地梳洗了一下，把散开的行李收拾起来，准备一会儿就去机场赶往洛城。

探班待久了会打扰他工作，也容易暴露他们的关系。片场是绝对不能去的，待在酒店房间更是无聊，因此她不打算久留。

她在去机场的路上给追野发了自己离开的消息，一直到飞机起飞都没有等来他的回复，他应该在拍一场并不轻松的戏。

乌蔓关掉手机，拿出他之前就叮嘱过她要带着的腰枕和眼罩，头一歪，逼迫自己熬过漫长的机上时光。

等她再次回复追野的消息已经是十几个小时后了，果不其然他念叨她就这么狠心地抛下他，也不多待两天。

"我待着也只能在酒店，什么也不能做。"

"真想把你变成拇指姑娘，揣进兜里带到片场。"

两人又没营养地聊了半天，她到了酒店倒了会儿时差，醒来时追野那边已经休息了，两个人被时差强制分开了。

她按照往常的习惯，买了蔷薇前往疗养院。

路上她忍不住滑稽地想，如果自己这次告诉她妈关于唐嘉荣的事情，她会不会多少有点反应呢？

然而，事实证明，她想多了。

她妈听到"唐嘉荣"三个字时的反应，还不如听到"汉堡肉"三个字来得有激情。

乌蔓不知道该用可怜还是庆幸去形容她妈。

她推着轮椅上的妈妈在草丛上散了会儿步，继续碎碎念道："上次和你提过的男孩子，我和他在一起了。"

"我和他一起主演的电影入围戛城大奖了,你说……我有可能拿奖吗？"

"如果你不是现在这样就好了，真想带你走一次戛城的红毯。"

到了饭点，乌蔓将她妈推回房间，对专门照顾她妈的华裔护工道："她今晚似乎想吃汉堡，可以给她准备一份汉堡吗？"

"没问题！"

护工脸上洋溢着热情的笑容，着手去准备。

乌蔓以前基本都是嘱咐一句就走了，但不知道为什么，这次她的心境稍稍有些不同。似乎和追野在一起之后，她变得更加有耐心了。

于是她便打算等护工回来，陪妈妈吃了晚饭再走。中途她去了趟厕所的工夫，护工就已经拿着汉堡回来了，速度出乎意料地快。

护工一脸疑惑地问乌蔓："她真的想吃汉堡吗？"

乌蔓一愣。

原来她妈接过汉堡后，只是将它放在了花盆的后面，一个非常古怪的位置。

但是这个位置，乌蔓并不陌生。

她迷恋肯德基那阵子，被她妈没收了几次汉堡后就打起了游击战，到处找地儿藏，最后选择了花盆后，屡试不爽。

她一直以为，她妈始终没有发现。

护工见乌蔓一直不说话，出神地想着什么，便只好转头又轻声细语地询问吴语兰。

头发半白的吴语兰慢吞吞地伸出手指，在虚空中比画了一下，护工便跟着猜她的意思。

"你说你不吃……有人会来吃？"

谁啊？护工非常茫然，求助地扭头望向门口的乌蔓，却见她神情呆滞，然后一点一点地红了眼眶。

　　她的眼泪像积攒了几十年,越落越凶猛。她脚步跟跄地跑到外面的走廊上,像个孩子一样号啕大哭了起来。

第六章 —— 飞吧

在吴语兰用手指比画的那一刻，乌蔓觉得自己这些年对她的怨气似乎就这么消散了。

活到她曾经的这个年纪，活到她曾经的这个位置，乌蔓忍不住想，如果自己生下了当初怀上的那个孩子，并因此退出了娱乐圈，会是什么心情？

她想，大概自己也不会对那个孩子怀有什么母爱吧，一定是充满了憎恨、遗憾，还有不甘。

每到这个时候，她就会试图劝服自己，理解母亲一下吧。

吴语兰也是个人，母性是人性的一部分，但不是人性的全部。因此，吴语兰不爱自己，她得学会理解。

但理解是一回事，接受又是另一回事，她始终过不去自己心里那道坎。

她想，她到底凭什么要受这份委屈呢？真是莫名其妙的原罪。

因此，她将吴语兰接到了洛城，在物质上不亏待她，又不会让自己和她接触过于频繁。

你养育我长大，我反哺你晚年，她们这辈子的母女情分也就这样了。

这些年乌蔓从未好好地待在她身边，哪怕一个小时，不是光顾着对着她像对着垃圾桶般倾倒心事，说完了就急匆匆地离开，而是认认真真地凝视她。

凝视她褪去了那些压垮她一生的仇恨之下，隐藏在她心底深处的那些爱意和温柔。

她也曾想好好爱她，对吗？

乌蔓魂不守舍地从疗养院出来，此刻她很想念追野，想找他说说话。但此时已是M国的傍晚，他那边应该已经在拍戏了。

她只好作罢，沿着街头胡乱游走。

她深陷在自己的情绪中，因此没有注意到自她从疗养院出来，身后就不远不近地跟着一辆低调的黑色轿车。

那辆车在她走入人烟有些稀少的地带后，突然停下，车门打开，接着上面跳下两个人，一个从背后架住她，另一个将沾有乙醚的手帕捂上她的鼻子。

乌蔓只来得及发出一声短促的尖叫，四肢便瘫软下去，被那两个人半抱着拖上车。

乙醚的剂量并不大，过了一会儿乌蔓便恢复了意识。

她的双手双脚已经被黑胶布牢牢粘住，连同嘴巴、眼睛。手机也被对方拿走了。

她隐约感觉到旁边坐着人，但对方一声不吭。

车内寂静得只能听见自己快要跳出胸腔的心跳声，乌蔓尝试着动了动，但绑得太死，挣扎完全是徒劳。

短暂的眩晕和心慌过后，她在心里默念要冷静，一定要冷静，同时大脑高速运转判断目前的情况。

他们只是将她绑上车，不劫财，不劫色，似乎要带她去往一个地方。

至少暂时是安全的。乌蔓如此盘算着，心头却泛起更强烈的不安。

车子在诡异的沉默中往前行驶，从熙攘的街头穿过，开向了毗邻港口的偏僻郊区，最终在一栋庄园别墅前停下。

但乌蔓完全不知道自己被带到了哪儿，她的眼前依旧一片漆黑，跟跟跄跄地被带下车。

对方的动作非常粗暴，直接一把将她扛到肩上，像扛一头牲畜。

乌蔓感觉自己一直在往前，她此时已经没有时间概念，以倒立的姿势被扛着，头部一直充血……她隐隐感觉太阳还未完全落山，眼前的黑胶无法遮挡火红色的夕阳，渗出几缕稀薄的光线。

就在她根据夕阳计算她上车到这儿花费的时间之际，耳边传来一个苍老的声音。

"将她放下吧。"

蹩脚的中式英语。

接着，乌蔓被放了下来，娇嫩的眼皮感受到一阵剧烈的撕扯——黑胶被人从皮肤上硬生生撕扯下来，接着便是嘴上的黑胶。

那种疼痛就像是去到街边无证经营的黑心脱毛美容馆，被人用极为粗暴的土方法进行了一场惨无人道的脱毛。

乌蔓眨了几下眼睛，适应了周边的光线，发现自己正在一栋巨大的别墅内，整个别墅豪华到了苍凉的地步，别墅的花园直通向私人港口，此时港口静静地停着一艘摩托艇。

而开口说话的那个人，刚从摩托艇上下来。

他背光而立，一时之间乌蔓看不清他的脸。但那毫无生气的诡异气质，立刻让她意识到此人是谁。

郁家泽的父亲！

乌蔓内心一震，不敢贸然开口。

郁父不急不缓地转过身，身旁的保镖立刻为他呈上准备好的垂钓椅子和相关工具。他怡然自得地坐下，似乎当她不存在，甩动钓竿将鱼钩沉入水中，眼观鼻鼻观心，进入无人之境。

乌蔓的手脚依然被绑着，狼狈地跌在地上，窒息的沉默让她实在按捺不住地问出声。

"你以为这是M国，就可以随意绑架人吗？"

"嘘——"他头也不回地道，"别嚷嚷，吓走我的鱼了。"

他的语气和神态简直与郁家泽如出一辙，甚至更甚，让乌蔓顷刻间就起了满身的鸡皮疙瘩。

但她并不会乖乖束手就擒，若是他让她闭嘴她就闭嘴，那她就真的只能任人宰割了。

乌蔓沉吟片刻，冷静地试探道："郁老，你绑我来这儿，是因为前阵子郁星的事情吧？你知道是我放出的消息了。"

他语气淡淡地道："算你聪明。"

乌蔓咬了咬牙，说道："我手里还有更关键的证据，要我销毁也不是不行，我只有一个条件，你放我离开，从此我们井水不犯河水。但如果我出了事，那些消息不受我控制，如果流出去就不干我的事了。"

郁父这时才懒懒地回过身，看了她一眼。

"有趣。都这个时候了，你还有资格和我讲条件？"他闷笑出声，"不愧是家泽养在身边这么多年的东西。如果我年轻一些，恐怕也会对你有兴趣。"

乌蔓不由自主地打了个冷战。

"你以为这个消息会对郁星造成很大打击吗？用这个威胁我，呵，你太嫩了。"

郁父甩下手中的鱼饵,冷冷道:"要下好一盘棋,得提前知道什么是最致命的漏洞。吃准了这个将,其他的车马损失都是一时的。"

左侧的保镖突然上前,对着郁父一阵耳语。

郁父微微点头,视线移到手中的钓竿上,颇有兴味地看着微微起了波澜的海面,自言自语道:"鱼就要来了。"

他说完不久,乌蔓就听到身后响起了脚步声。她勉强扭过半边身子,就见郁家泽的黑色大衣角在她的眼皮底下摆动。

郁家泽看到地上缩成一团的乌蔓,眼神中闪过一抹惊愕,随即垂下眼,再看向郁父时已神态如常。

"爸。"他没有任何情绪地叫道。

郁父眼皮也没抬,依旧专心致志地看着海面,漫不经心地说:"你来得真不是时候,这鱼刚刚都快上钩了,你一来,鱼就跑了。"

"是我来迟了。"郁家泽摩挲着指关节,"因为我刚刚去找她了。"他指向乌蔓,"不是您让我处理这件事吗?怎么劳烦您特地跑一趟。"

"因为你办事效率实在太低了,家泽。"郁父慢条斯理地撒了一把鱼食,说道,"前几年,你做了糊涂事儿也就罢了。怎么到这个岁数了,还能捅出这么大娄子?还是因为一个女人,我对你很失望。"

郁家泽垂在身侧的手轻轻握成拳。

乌蔓不动声色地观察着两人的交锋,此时不掺和他们两人的谈话,保持缄默才是最明智的选择。

她必须得想办法自救。

郁家泽面无表情地道:"这只是个意外,我会处理好的。"

"意外?你旁边的这个女人,我提醒过你多少次?"郁父眯起眼,"意外,从来就不是真的意外。"

"我保证不会有下次了。"

"那你知道如何保证吗?"

"……"

"我不是教过你吗?"

乌蔓的心脏剧烈一缩，大脑发出极为强烈的预警。

她微微睁大眼，惊惧地听到郁父不带感情的声音响起。

"毁掉，以绝后患！"

郁家泽的身体一震，从牙缝里挤出一句话："需要我提醒一下您吗？她现在不是我身边的小明星了，她是唐嘉荣的女儿。"

"私生女罢了，唐嘉荣玩的把戏，骗骗别人还行。"郁父冷哼，"虽然处理起来是有点麻烦，但是死人的肾也可以用来移植，不是吗？"

郁家泽皮笑肉不笑："爸，从现实层面考量，这也不是最理智的做法。我觉得您有点意气用事了。"

郁父将钓竿重重一摔，鱼钩被甩飞到了离乌蔓不远的草坪上。

机会来了！

乌蔓眼睛一亮，又瞬间垂下头，不让他们发现自己的情绪变化。现在所有人的注意力都集中在针锋相对的父子俩身上，她得尽量弱化自己的存在感，去靠近那个鱼钩。至少先给自己松绑，再寻找逃脱的机会。

郁父怒喝："我难道不知道什么才是最得利的吗？！但我为什么要这么做，你到现在还不知道？！"

郁家泽的喉头剧烈地滚动了一下，嘴边逸出一丝讥讽的轻笑。

"我怎么不知道？我再清楚不过了。折磨我不就是您毕生的乐趣吗？"

"你昏了头吗？说什么胡话！"

"难道不是吗？你恨我，所以你要毁掉一切我爱的东西，这就是你折磨我的方式。"

郁父仿佛听到了天方夜谭，冷冷地扔下四个字："执迷不悟！"

"究竟是我执迷，还是你呢？你恨我妈，连带着也恨我。这些年，你与其用这种方式不断折磨我，还不如给我个痛快，就像你亲手掐死我妈那样！"

正在向鱼钩靠近的乌蔓听到郁家泽撕心裂肺的诘问，顿时惊住了。

"我说过了，那只是一个意外。"郁父淡然解释，"你只要记住，你是郁家的血脉，我做的一切，都是为了你好。"

如血的残阳即将落下去了，如风烛残年的老人。

郁父看了一眼天色，对着保镖扬了扬下巴。保镖立刻走过去，将身上的配枪交给郁家泽。

郁父不耐烦地道："快点解决吧。后续的事你不用管，和唐映雪的婚事也不用担心会受影响。我会替你处理好的。"

郁家泽看着手中沉甸甸的枪，声音冰凉："您真为我操心。"

疯子，两个疯子。

在枪被交到郁家泽手里的那一刻，乌蔓不管不顾地加大动作，使劲朝着尖锐的鱼钩靠近，差一点，还差一点……

她急得满头大汗，像濒死的鱼，在草丛里打着滑前行，却始终不得要领，跨不出一步。

郁家泽举起已经上膛的枪，对准乌蔓的脑袋，拉开保险。

只听"咔嗒"一声，她便看到黑洞洞的枪口朝向了自己。

郁父已经背过身，坐了下来，拿了根新的钓竿继续钓鱼。

他打了个哈欠，说："在下一条鱼被钓上来之前，解决她。"

郁家泽咬紧后槽牙，挤出几个字："我非得这么做吗？"

"你只有这么做，才能扛起郁家的未来。"

"为什么非得是我来扛？"郁家泽充满血丝的眼睛盯着乌蔓，但已经完全洞穿了她，看向虚空，问道，"郁晨阳呢？"

郁父摇摇头："他不如你聪明，不如你有能力，性格软弱，不好。"

"那为什么他所持的郁家的股份仅次于我？"

"你做哥哥的，这么斤斤计较吗？他已经没有什么能力了，自然需要那些股份安身立命。"

郁家泽沉默了，乌蔓见他许久不开枪，又睁开眼，从他空洞的眼睛里，窥见他没有流出来的眼泪。

她从他们寥寥几句对话里，发觉郁家泽和自己的命运是如此相似。

只不过他比她更悲哀。

她是个私生女，这些年来和唐嘉荣就是两个陌生人，唐嘉荣袒护唐映雪理所当然。

可郁家泽呢，和父亲在同一个屋檐下生活，却被以泯灭人性的方式打造成了一把家族的冷兵器，亦是一把挡在弟弟面前的保护伞。

从来没人教他该如何去好好爱人。而他看到的、习得的，从来只有毁灭。

亲手毁掉的八哥，被父亲毁灭的母亲。

所有他挚爱的，都被毁灭了。

现如今，该轮到她了。

郁家泽颤抖地举起手，吞咽了一下口水，只觉得耳畔轰鸣。

那个苍老的声音如同撒旦附身般邪恶，朝他发出最后的指令。

"鱼来了。"

一道惊雷。

"砰——"

第一枚子弹擦着她的腿，飞到了草丛里。

"砰——"

又是一枪，这一回打中了，但打得太偏了。

乌蔓颤巍巍地低下头，见腹部汩汩流出热血。

也许今天，她真的要命丧于此了。浑身的无力感和大势已去的苍凉感将她扼住——她终究被与恶魔订下的契约反噬，不得善终。

逼近死亡的这一刻，乌蔓却感觉不到恐惧。

她唯一想起来的，是那一夜的蜗居，追野捂着胳膊喜极而泣的画面。

她才刚刚被他拥有，那个小笨蛋多开心啊。

他如果听到自己的死讯，该多难过啊，一定会哭得比那天还要丑。

但你千万千万不能做傻事，在人生这么好的时光中随我来。

若再世为人，我会在黄泉路上多等你几十年，不想让你再那么辛苦地追逐我了。

所以，你别急着跟过来。

不知不觉中，乌蔓的嘴角勾起一抹温柔至极又无比哀伤的笑容，刺痛了郁家泽的眼睛。

无数和她有关的回忆像万花筒一般，在这一瞬间旋转涌现。

初见时小心翼翼试探，惊惶的眼神。

烟火之下冲他微笑的，绚烂的眼神。

故意撒谎却又露怯时，不安的眼神。

送他礼物又假装不在意，暗自观察的眼神。

失去他们唯一的孩子后，心如死灰的眼神。

十年间唯一陪着他的这个人，有关她的点点滴滴，他以为自己不在意的每一个眼神竟然都那么清晰地成为底片，刻在他的回忆里。

而这些，最后将泯灭于她轻轻合上的双眼。

他捏着扳机的指节已经发白。

郁父皱着眉，催促道："怎么还打不中？以前学的射击术都还给我了吗？"

"砰——"

中了。

"砰——"

"砰——"

"砰——"

"砰——"

有人应声倒下，郁家泽连开了数枪，直到弹尽。

海面剧烈翻滚，鱼儿惊魂未定地溜走。火烧云布满天际，与空中迸溅的飞血争奇斗艳。

乌蔓不知道自己昏过去多长时间。

昏沉之中，她并没有感受到任何死亡的痛苦。

没死？

她恍惚地睁开眼，四周一片寂静。

郁父和他的保镖们已经消失不见，只看到郁家泽沉默地蹲在地上，面前有一摊血迹。

他似乎在哭泣，过了一会又忽然狂笑起来。

他已经没有眼泪了，只会笑，笑到虚脱，才看向乌蔓。

乌蔓的身体下意识地发颤。可她还是用尽力气，让自己直视着他。

两个人隔着几米距离，远远地对视。

天空里最后一点阳光也没了，他的面目变得模糊，他直起身，一步一步朝她走来。

他一只手握着枪，另一只手褪掉皮手套，露出底下干净的皮肤，抚上她的伤口。

尽管染上血液的温热，他的手还是那么冰冷，怎么也暖和不了她。她的血液在不停地流失。

他用尽最后一点温柔，语气轻软地问："疼吗？"

乌蔓哆嗦着唇，说不出一个字。

他从大衣里掏出瑞士军刀，割断绑缚她的黑胶，盯着她道："你永远不能忘记我。"

"飞吧。"他说。

乌蔓做了个很混乱的梦。

她梦到自己还住在郁家泽的别墅里，窗户都被封死了，所有透光的部分都被木板一块一块地遮掩起来，不见天日。

她慌张地跑向大门，然而那里比窗户更加夸张，铁合金将门板重新包出了一层没有锁孔的门，没有路可以逃了。

她仓皇地倒退两步，咚的一下，撞上了一个人的胸膛。

鼻端传来异常刺鼻的血腥气味，乌蔓浑身僵硬，不敢回头。

郁家泽的声音从身后响起："小乌鸦，你要去哪儿？"

她竭力遏制住自己因为恐惧而发颤的声音："我要离开你。"

原本以为会等来他的狂怒，他却俯身到她耳边，声音淡淡地说："行啊，那你走吧。"

话音落下，四面的墙壁像剧场搭建的纸棚忽然往下塌陷。

她终于看见了外面的世界，依然一片漆黑。四周是一幢连环别墅，错落的树木连成一片黑黢黢的剪影，脚下的地板变成了柔软的草丛，她呆滞地坐在其中，面前蹲着身穿黑色大衣的郁家泽。

血腥的气味更加浓重了。她弄不清是来自他身上，还是她自己身上。

不知道是因为适应了那股味道，还是恐惧到了极点，她战栗的身体逐渐麻木。

她面色苍白，盯着他问："你真的肯放我走？"

郁家泽简单地"嗯"了一声,说:"因为我得先走了。"

"你要去哪儿?"

不远处,呼啸的警笛声响起,但听起来非常失真,像局部地区的一场雷阵雨,能感知到,然而下不到这儿。

郁家泽却对那个声音格外敏感,他抬起手,捂住了乌蔓的耳朵。

她的世界瞬间一片死寂,连一丝风声都没有。

身体唯一的感官,来自眼睛接收的画面:郁家泽嘴唇张合,无声地说着话。

但他说了什么呢?乌蔓分辨不清,只感觉到眼前天旋地转,出现了无数个重影。

一切都是破碎的。

要将人吞噬的黑暗里,上天忽然用力撕开了一条缝隙,扔下了旋转着的蓝红色微光,随着那急促的警笛声越来越近,一切都变得鲜明起来。

远处港口的汽笛声,大门破开的嘎吱声,纷纷扰扰的脚步声……一群穿着洛城警署制服的警察举起枪,声势浩大地朝两人逼近。确切地说,他们是朝着她身边的郁家泽逼近。

接着,那把没有子弹的手枪抵上了她的太阳穴。

枪口还散发着余热,郁家泽毫不留情地往她柔嫩的肌肤上压,眼睛一眨也不眨,冷声道:"不要过来,不然这个女人会死在我手上!"

警察闻言不敢冒进,眼睁睁地看着郁家泽勒着乌蔓的脖子就要往外走。

乌蔓一寸一寸地偏过头,和郁家泽对视,目光撞进他没有任何情绪的眼睛。

他的眼中没有喜,没有怒,没有悲,甚至没有生机。

她听到一句撕心裂肺地大喊:"不用怕,他的枪里没有子弹了!"

奇怪,那个声音和她的特别相似,好像就是她自己发出来的。

"砰——"

巨大的声音传来,身边的人瞬间松开了她。

她机械地转过头,又回到了郁家泽的别墅里。

这一次,窗户洞开,大门也敞着。郁家泽抱着一桶烟花进门,他黑色大衣的衣角还残留着洁白的雪花。

客厅的日历显示今天是大年三十，时钟即将指向十二点。

郁家泽嫌弃地把烟花桶往她的怀里一扔，说道："给你买的，要放快点放。"

"谢谢，要一起过来看吗？"

郁家泽皱眉："都说了我不喜欢烟花。"

"好吧，那我自己去门口放啦。"

她兴致不减，乐颠颠地抱着烟花桶出了门，走到皑皑的雪地中。

"算了，我陪你去吧。"郁家泽嘟囔一声，还是跟了上来。

"砰——"

那声音和枪声重叠。

时钟走到了十二点，烟花一束又一束腾空升起，璀璨得不似人间。

落下的烟灰纷纷扬扬地飘到了郁家泽的头顶，穿透他的身体，迸出一丝一丝的血迹。

烟花燃尽，满地寥落。

他躺在血泊中，看着她，脸上透出一丝安详的满足。

四周变得那么安静，只有残留的烟灰在风里嘶响。

于是乌蔓听见了，他捂住自己耳朵时说的那两句话。

——"我说过，我最后去的地方，一定会是你的身边。"

——"你看，我是个守信用的人。不像你，骗子。"

"子弹击中了肾脏，伤口不致命，但病人失血过多，已经错过了最佳抢救时间……"

"我们会全力救治的，但是你也要做好心理准备……"

此时，乌蔓还深陷在那片纯白的雪地里。

郁家泽临死前留下的那两句话像一把刺刀，从她的腹部穿透到后腰，捅出大量的鲜血，滴落在雪上，开出妖冶的曼珠沙华。

好冷啊。

她哆哆嗦嗦地环抱住自己，想取暖，却依然感觉到生命的流逝，就像面前这栋失去生气的别墅。

明明已经逃出来了，为什么却一步也走不动了呢？

她好不甘心。

随着血一起滴落的,是她滚烫的眼泪。

阿姐,阿姐。

朦胧中,夜空里传来非常缥缈的呼喊,那声音辽阔又高远,就像是从九霄云外传来的。

她拼命地仰起头,望着一片漆黑的夜空。

阿姐,不要睡。

那声音坚持不懈地呼喊她,带着温润的湿意。

于是,天空淅淅沥沥地下起了雨,浇灌了龟裂的伤口。

那个声音开始语不成调地嘶吼。

如果你离开,我也会跟着你离开!你听见没有!

……

"病人的脉搏开始回升……"

"除颤器准备……"

……

乌蔓咬着牙,从血和雪交融的地面上摇摇晃晃地站起身。

雨越来越大,那个声音断断续续的,夹杂着哽咽。

阿姐,我是认真的。你不要丢下我一个人。

不要丢下我。

我盼了你十多年,才拥有你十多天,你不要这么残忍地对待我……

乌蔓鼻头一酸,疯狂地摇头。

她忍住浑身痉挛的剧痛,深一脚浅一脚地朝着与别墅相反的方向走去。中途跌倒,她再也站不起来,也要爬着继续向前。

血蜿蜒流了一路,时间不知不觉走得越来越快,天空露出了鱼肚白,驱散了暗涌,使得呼唤她的声音越发清晰。

她终于累得无法再前行,脸贴着雪地,喘着粗气,却没有预想之中的寒冷。

原来身下的积雪随着日出的到来渐渐融化了,露出一朵伶仃的樱花。

乌蔓望着那朵花,伸出手,想抓住。

她想让它带自己逃离这个荒凉又血腥的冬夜。

她伸长胳膊,只差零点几毫米的距离,就差么一点点了。

乌蔓使出了最后一丝力气。

……

病房里,苍白的四壁如同梦境中的雪地。

乌蔓轻轻掀开眼皮,弄不清自己到底是身处梦境还是现实。

她隐隐约约看到一个满脸胡茬、邋里邋遢的人影抓住她的手,用与梦境中相似的声音喊她:"阿姐!"

她的手掌被他贴在脸侧,还有点扎手,可是如此暖和。

乌蔓无法扭动头,只能稍微转动瞳仁,斜斜地看向床边。

追野挨在床头,整个人落魄得如同街头流浪汉,根本看不出他是上一期《Z时代周刊》封面上那个意气风发的青年。

他声音喑哑,平静的语气中露出一丝极恐惧的颤抖。

"你差一点点就丢下我了。"

她微微扯动嘴角,对上他因过度疲劳和担忧而充血的眼睛,气若游丝地道:"怎么会,我还欠我的小孩儿……一场目黑川的樱花没看呢。"

追野听到她的回答,眼眶中一直憋着的泪水唰地流了下来。

他立刻低下头,粗暴地拭去。

两个人就这么沉默了一会儿,乌蔓慢慢张开嘴,内心似乎在挣扎。

最后,她还是问出口:"郁家泽呢……"

追野微微一怔,而后压抑着万千情绪简单地说:"他死了。"

乌蔓呆呆地盯着天花板,保持这个姿势看了一分钟,眼神没有焦点。

半晌,她轻轻地说了一句:"我在梦里,好像听见烟花的声音了。"

乌蔓的病情刚稳定下来,就迎来了不速之客——唐嘉荣和唐映雪。

追野没让这两个人接近阿姐的病房,将他们拦在了外头。

他带来的保镖和他们的保镖对峙,唐嘉荣沉声说:"我是她父亲,你没资格拦我。"

"恐怕你不需要她这个女儿了。"追野的嘴角勾起一抹嘲讽的弧度,眼睛扫过唐映雪,"你们还不知道吧?她被枪击到的部位,是她的肾。"

刹那间，唐嘉荣脸上血色尽失。

唐映雪听闻这个消息却没什么反应，只是恶狠狠地盯着追野："你给我让开！我要亲自问问她到底发生了什么事！"

追野一动不动地堵在她跟前，冷漠地垂下眼睛看她："开枪的人是警察，你去问他们。"

"我偏要问乌蔓！"唐映雪一字一顿地道，"我未婚夫死了，我连质问的权利都没有了吗？！"

"你未婚夫朝我阿姐开枪，她差点死了，你哪儿来的权利质问她？！要质问，就去质问你死去的未婚夫。"

追野瞬间被惹恼了，丝毫不客气地指着医院大门口的方向让她滚："她很有可能会触发创伤后遗症，因此有关绑架的任何事情，我绝不会再让她回忆一遍，懂吗？这是二次谋杀。"

唐映雪被他训得颜面尽失，下意识地看向唐嘉荣，气急败坏地求助："爸……"

唐嘉荣拍了拍她，蹙着眉头对追野道："你到天台上来，我们单独说。"

追野让赵博语带着保镖守在乌蔓的病房门口，一定不能让唐映雪进去，这才和唐嘉荣上了天台。

追野开门见山道："如果你们是来探望她的，那么你们已经知道她脱离危险了，可以走了。如果你是来替唐映雪要什么所谓的'真相'，那也请你们立刻离开，出门左转便是警察局。"

唐嘉荣笑了笑："你就是上次蔓蔓提到的男朋友吧。我也知道你，最近不论在国际上还是国内风头都很盛。但年轻人啊，一旦飘了，就很容易栽跟头。"

"别和我扯那些冠冕堂皇的，我现在没耐心听这些话。"追野完全不吃他这一套，"如果你是以乌蔓父亲的身份来和我说教，那么就请你最起码先做出一点父亲的样子，行吗？"

唐嘉荣三番五次被他驳斥，脸色青白，终于伪装不下去了。

"你什么意思？你是在斥责我父亲当得不够格？"

"你哪里够格？你了解这些年乌蔓的遭遇吗？你去认真调查过吗？关于

她的童年生活，你又知道多少？"

唐嘉荣语塞，过了半天才缓缓道："我……她都说给我听过啊，她童年过得不错。"

"不错？"追野哂笑，"你认为宁愿辍学也要离家逃开她妈妈，跟着三流歌舞团在穷乡僻壤厮混，被目不识丁的猥琐老男人灌酒揩油算是过得不错？！"

唐嘉荣愕然："离家出走？语兰不是对她很好吗？"

"好？她是这么跟你说的吗？"追野从怀中掏出一支烟，急于吐出胸中郁结的闷气，"作为唐家之主，见过那么多人，你会不知道什么是真话什么是假话吗？你只是选择相信你想听的好话。"

唐嘉荣被追野一言戳穿，强作镇定说："你才和蔓蔓认识多久，说得好像你很了解她一样。"

"她十九岁那年，我就认识她了。当时她对我说过一句话，这世上不是所有的爸妈都爱自己的小孩。那时候我不懂，但现在看到你，我懂了。"追野向空中吐出烟圈，烟圈遮住了他的表情，"原来这世界上真的有爸妈对孩子可以如此残忍，一个逼女成凤，小时候连顿肯德基都不让她吃。另一个不惜将她的身体作为自己女儿的'储备粮'，别说女儿了，他有将她当作一个人来看待吗？"

说到"一个人"这三个字时，追野的声音忍不住微微发颤。

他剧烈地吞咽了一下。

"我的阿姐没有一天享受过作为小孩子的任性时光，可即便这样她也坚强地长大，想活得更好。她不是没错，依附郁家泽是她做得最错的事。但这不能全怪她吧？我不知道具体的情况，但也许，那个时候，只有郁家泽能给她一点温暖。如果一个孩子从来不知道爱是什么样子，那她就很容易被似是而非的爱打动。而这一切的源头，就是你。"

唐嘉荣张了张口，发现自己竟然无法反驳一个字。

追野挥散空中的烟雾，露出倦怠的脸色。

"她的身体已经无法满足捐献的要求了，协议作废，她身上没有可以被榨取的部分了，那么从今往后你们就不要来打扰我们了，可以吗？你们都不心疼她，不爱她，没有关系，也不重要了。"

"在这个世界上,她还有我。她是我的阿姐,也是我的小女孩。"

追野离开天台之前,给了唐嘉荣最后一击。

"你如果觉得我的话是夸大其词,那就看看这个。"

他拿出手机,展示了相册里的一张照片。

照片上,一个神情呆滞的老妇人坐在床边,床头是乌蔓上回带去的蔷薇花,她看着那束花,没有什么表情。

她甚至不知道,给她送完花的女儿,下一秒就被人绑架了,差点丢掉性命。

她无忧无虑,但这份无忧无虑令人痛心。

追野还没来得及去看望吴语兰,他一直守在乌蔓的病床边。赵博语知道疗养院的地址,替他去了一趟,这是赵博语拍下来的。

唐嘉荣在看到那张照片的刹那崩溃了,一直紧抿的嘴唇剧烈地抽动了两下,像是被什么东西压垮了。

他难以置信地摇头:"这不可能是……"

追野毫不留情地道:"这就是吴语兰。"

唐嘉荣一把抢过追野的手机,放大照片上的那张脸。

他只潦草地看了一眼,便仓促地移开目光,惴惴地停在那朵蔷薇花上。

仿佛她还是当年的那个样子。

好像那是二十来岁的时候吧,她跟在他身边,他去探班,他们在片场偷偷接吻,保姆车里,化妆间里,人来人往的幕布后头。她每被他亲一次,就像一朵盛开的蔷薇,摇摇欲坠地从枝头垂下来,最终义无反顾地落进他的怀里。

而如今这张照片上的吴语兰,满脸的皱纹,混浊的双眼,有些苍白的头发,她不再是他怀里那个神情灵动的小姑娘了。

尽管她那个时候也非常单薄,像一块一折就断的木板,但其实再大的力气都折不断她,只是绵软地靠近,轻轻拥抱一下,她却断了。

但现在的这份单薄,却是连碰都不必碰一下,她已经是强弩之末,折断的缺口上带着的尖刺,穿透的是他的心脏。

他以为自己这颗搭着支架、饱经风霜的心脏不会再有任何波动了。

经年过去，吴语兰也许是世界上唯一纯粹爱过他的人，不是因为他曾经的唐家大少爷的身份，她默默地生下了属于他的孩子，几十年来从没打扰过他，哪怕沦落到这种境地。

从前到现在，他从来不相信爱情，认为那是用来诓骗人的。

可原来，他真的遇见过这样一个人，在他们人生最美好的时候。

追野见他发怔，面色冷淡地准备拿回手机，但唐嘉荣一直紧紧地抓住不放。

渐渐地，他的双手开始颤抖，忽地松开手，转而揪住自己的胸口。

他的身体摇晃了几下，在追野的面前跪了下去。

这完全出乎追野的意料，他没想到一张照片居然会引发唐嘉荣的顽疾。他顿了一下，随即飞快地跑下楼梯，对着走廊上的护士大喊："天台上有人心脏病犯了，需要急救！快！"

唐嘉荣立刻被推进了手术室急救，唐映雪慌了神，也无心再探询所谓的真相。

毕竟她任性的底气都来自唐嘉荣，唐嘉荣倒了，她就是只纸老虎。

追野根本不关心唐嘉荣的手术成没成功，对他而言，第一时间找人救治唐嘉荣已经仁至义尽。他当天就替乌蔓办理了转院手续，想离那对讨人厌的父女远一点。

至于那部合拍片，他只能婉拒了。好在他只拍了几天，片方还可以及时止损。

只是可惜了他自己，那是好不容易争取到的角色，如今拍摄无法继续，他还得赔一大笔违约金。

但比起乌蔓，那些都是身外之物。

然而，乌蔓并不这么想，她精神头刚好点就不停地念叨："你是不是傻啊？有赵博语照顾我就够了，你该干什么干什么去啊！"

追野任凭她念叨，知道她是为自己好，也不动气，拿勺子舀着手里的红枣粥，"啊"了一声，像哄宝宝吃饭一样示意乌蔓张嘴。

乌蔓说到一半，喋喋不休的嘴巴下意识地跟着张开，被他送进口的一勺粥堵住了话头。

追野这才慢条斯理地说:"电影可以有很多部,但一生中你很需要我的时候就这么一次了。"

以后我不会再让你受伤,但这句话他没说。

关于那些悲伤的过往,他统统不想提起,那随时会变成打开她回忆之门的钥匙。

他也患有创伤后遗症,在八岁那年过生日的餐厅发生坍塌之后。

他知道那种感觉是怎么样的,从此他见不得任何旋转木马。只要一看到,大脑就会拖着他再次回到那个座位,想起那坍塌的瞬间。

那一幕对他而言已经不是回忆,大脑已经对这段记忆失去了处理的功能。然而,眼睛会在看到旋转木马的一瞬间提醒大脑还有一段可怕的记忆没有归档,因此那段经历会再次被拖出来,当作一段真实的感受去经历,所有的感官再次被调动。

就像活在一场噩梦里一样,自己却不知道自己还在做梦。这十几年里,那一瞬间循环往复地自动播放,暂停键早已失灵。它比鼻炎还令人崩溃,不会轻易发作,但只要一发作,就如同鼻子接触粉尘的时候会堵塞。

这就是后遗症。

但好在发作的时候,那个美丽可爱的少女总会在黄昏时分风风火火地骑着电摩托闯入,一次又一次地载着他逃离。因为有了她,那恐怖的坍塌事件没能再次将他压垮。

如今,那个曾带着他逃离的人也身陷动荡之中。

他很确定,她这次被绑架,面临死亡威胁又目睹郁父在自己眼前被杀害,很可能也会患上后遗症,只不过她可能会隐藏这方面的困扰,怕别人担心而不表现出来。所以他得更加小心,轻易不去触碰她的伤口。

想到这里,追野觉得自己从来没有这么恨过一个人。

他恨郁家泽不仅让阿姐去鬼门关游荡一趟,还在她心里留下难以磨灭的伤痕。从身到心,她都被恶狠狠地"洗劫"一通。

幸而,郁家泽死了。

他的仇恨就像胀大的气球,而打气的人拍拍屁股就走了,躲进了时间的洪流。

乌蔓转入普通病房有一阵子，可以下床走动之后，追野便打算带她回国。

他谨记着心理医生的话，相似的环境很容易触发后遗症，洛城已经不是适合疗养的地方了。

和阿姐商量过后，他给吴语兰也办理了出院手续，让赵博语在京城找了一家合适的疗养院，将她也接回国。

他们离开洛城的那一天，是个阴天。

所有回忆和旧伤，都被卷进云层，落下一场大雨。

赵博语开着车来接他们，下车时车门轻轻关合，乌蔓听到那声音，胸口不受控制地剧烈一跳。

她无助地抓紧了追野的袖子。

追野立刻想到了什么，把箱子和自己的包扔上车，揽住乌蔓说："我陪阿姐坐地铁去机场，麻烦赵哥把这些行李送过去吧。"

赵博语一头雾水，还想问什么，却见追野已经牵着乌蔓的手走了。

乌蔓想解释说那只是一瞬间的心悸，不碍事，但追野晃了晃她的手说："这样好像跟你在约会啊。"

他一副若无其事的模样，好像真的只是想和她去挤一挤地铁。

乌蔓把解释的话吞进肚中，更紧地握住他的手，颤抖的心平静下来。

他一路保护着她，从上地铁开始，就把她护在人潮拥挤的角落。

他很高，比一堆人高马大的外国人还高出一小截。

乌蔓被他圈在怀里，仰起脸来比画了一下，说道："你这些日子是不是又蹿高了？"

追野弯下腰看了看车窗内的剪影，说道："好像有一点吧。"

乌蔓揪了一把他的耳朵："你再长高，我以后主动亲你都不方便了。"

追野顺势在她脸颊上亲了一口，笑眯眯地道："没关系啊，那我亲你。"

地铁到了站，车门一开，人流像泄洪一样往外冲。有个白人女性趁机挤到他们身边，小声惊呼："你是追野？"

两人都是一愣，乌蔓差点忘了，追野在M国还是小有名气的。

追野有点不好意思，又有点骄傲，臭屁地点头说："我是。"

对方竖起大拇指说:"你在《败者为王》里演得太好了,我和我妹妹都很喜欢你!她还说以后想嫁给你呢。"她的视线扫过追野揽着乌蔓腰侧的手,悻悻地道,"不过看样子她的梦想破灭了。"

追野笑着说:"谢谢你们喜欢我。"

那个影迷不好意思又羞涩地问:"可不可以跟你合影啊?我想发给我妹妹。"

追野点头:"当然。"

乌蔓主动拿出手机说:"我帮你们拍吧。"

那个影迷小声地请示乌蔓:"我可以抓他的胳膊吗?"

乌蔓笑着说:"你揽他腰都行。"

两人摆好姿势,乌蔓打开手机准备调出相机,微信里赵博语的消息突然跳了出来,是一张图片。

"我不知道该不该发给你……刚刚我从车上拿行李,从追野包里掉出来的。"

"我之前还觉得他不靠谱,认为不出三个月你们一定会分手,现在我只想说,好好珍惜彼此。"

乌蔓点开大图,整个人晃了两下,勉强站稳,回过神,重新调出了相机。

她不知道自己该怎么表现,才能显得若无其事。

赵博语发过来的那张照片,是追野的结扎报告。

日期就在她住院这段时间,就在她住院的那家医院做的。

乌蔓试图将视线集中到镜头上,她看着镜头里的追野,那么年轻,身姿挺拔,无与伦比的美好小伙儿。

他就没想过,他们以后会分手吗?

他也许还会碰上别的女孩子,那个女孩子不会像她这样,有残缺的身体。

他们可以有一个可爱的宝宝,将他温柔爱人的品质延续下去。

为什么要这么傻呢?

自断后路,不声不响地想要证明永恒吗?

这个世界上,真的会有永恒吗?

"咔嚓——"

乌蔓颤抖着手指，按下了拍摄键。

二十二岁，意气风发又意气用事的追野，永远地定格在洛城吵嚷的地铁站，定格在乌蔓酸软的心头。

神明啊，我依旧不敢相信永恒。

我活在这世上的每一天，就让我陪在他身边好了。

就让神明去爱世人，而我只爱这个人。

三个月后，已是春天的尾巴。

汪城带着《春夜》的主创班底前往戛城准备参加电影节。

因为戛城没有机场，飞机只能在珀斯机场降落。

说来也遗憾，乌蔓出道这些年，因为参加时装周活动和拍杂志来过法国几次，但都只在巴黎逗留，没有抽出时间来一趟南法。她也很少给自己放假，一般就是去洛城看吴语兰，或者飞往东南亚，飞行时间短，能多休息两天。

因此，对于南法，乌蔓还是第一次踏足。

而追野是第二次来了，比起她算是有经验，因此在飞机上一直以过来人的口吻对着她喋喋不休，语气里满是兴奋。

"五月的南法真是美得和油画一样，阳光透明得跟什么似的。上次我没准备，汪导特别坏，自己戴了副墨镜慢条斯理地下飞机了，我傻乎乎地跟在他后头，好家伙，阳光差点没把我眼睛闪瞎！"

汪城在前排听到了，笑呵呵地说："行了，这事儿你念叨了两年了。这回提早一天带你们过来，你们可以随便走走放松放松。到时候大家在戛城集合。我这算是将功补过了吧？"

追野趴上汪城的座椅靠背上，贱兮兮地笑道："汪导，您明智得我都想亲您一口。"

汪城意味深长地看了眼乌蔓："你这两口还是让乌蔓代我受罪吧。"

乌蔓咳嗽了两声，害羞道："您别乱说啦。"

汪城心照不宣地笑了笑。

追野在摊开的小桌板下偷偷地勾了勾她的小拇指。

窗外是珀斯万里无云的蓝天。

一行人出了珀斯机场，汪城他们便搭火车先行去戛城，乌蔓和追野两个人装模作样地说自己想去其他地方转转，和他们挥手道别后，两个人便从向左转向右转默契地拐了一大圈回到原点。

"这位先生，你有点面熟。"

"姐姐，你搭讪的方法有点老土。"

两人相视一笑，牵着手往外走，搭上航站楼外的大巴去往市区。

由于乌蔓是第一次来，她一坐下就好奇地望着窗外飞逝的景色，追野则低下头拿出手机不知道在看些什么，忽然闷声笑起来。

乌蔓的注意力这才被他分回去一点，她不由得问："你在看什么？"

他头也不抬地回答："我在刷微博。"

乌蔓好奇地探过脑袋瞥了一眼，发现了他的秘密。

——这小子在大号上看上去高冷得很，原来是因为他都用小号在刷！

乌蔓差点喷出一口老血，亏她那时候还因他发不发微博思量半天……

虽然圈里大家几乎人手一个小号，有的还不止一个，但追野莫名给她一个奇怪的印象，似乎他是不屑用小号上网冲浪的，该看什么直接上大号。

她按着他的小号昵称上微博一搜，彻底无语了。

发博数一千多条。这也太话痨了吧！

她往下拉，发现她用大号发的每条微博他都要转发好几遍，仿佛那种自动转发微博的机器人。

"你转发好几遍干吗？"

"帮你做数据！"

"我又不是'偶像'！"

"阿姐的微博必须有排面！"

乌蔓翻了个白眼，又指着他的头衔那块问道："'春夜夫妇超话粉丝大咖'又是个什么东西？"

说到这个，追野就更来劲了。

"这是我前阵子发现的好东西！"他眉飞色舞地说道，"我们那条洗白的视频发出去之后，有人建了这个超话，把你和我组成一对了，叫作'春夜夫妇'。这帮人特别有才，我天天签到去里面看一眼。"

他滑动手机，翻到某一条给她看："这就是我刚刚刷到的，太厉害了。"

乌蔓点开图片，上面是两个小孩子：小女孩抱着一只小公仔，小男孩则抱着小女孩。

这个小女孩乌蔓当然不陌生，因为那是小时候的她，而这个小男孩……

她看看图片，又看看追野。

"这是你？"

追野点点头："粉丝把我们当成青梅竹马了。我当时手上捏着根冰棍呢，现在冰棍就变成你了。"他哈哈笑起来，"如果这张照片是真的就好了。"

乌蔓盯着那张照片，被他的语气感染到，也生出了那么一丝怅惘。

如果……如果他们真的是从小一起长大，而不是隔着十一年交错的光阴……

她摩挲着图片边缘，说道："也许在另一个平行时空，我们就是这样子的，你会保护我，我也会保护你，我们一起扶持着长大。"

追野用力点头："也许第三个平行时空中的我们已经结婚好多年了。"

乌蔓故意道："你想得倒挺美，两个平行时空的我都和你在一起了，第三个平行时空中的我还栽在你身上吗？"

追野抿了抿唇，揽在她腰上的手不动声色地掐了把她的软肉。

他对着她咬耳朵："我相信那一个时空中的我也会不顾一切地去把你抢回来。"

乌蔓脸色一赧，作势要把手机还给他，却又忍不住多看了一眼那张照片。

小时候的追野，总让她有一种说不出的熟悉感。

这样看来，她的确曾在青泠见过他。

这张稚嫩的脸庞唤醒了她大脑深处一点久远的记忆，却依旧像隔雾看花，不甚分明。

他们到达珀斯的那一天是星期一，老城区的萨雷亚广场正好开放一周一次的跳蚤集市，他们便直奔老城区而去。

珀斯很小，但还是挺绕的，追野就像一个人体导航设备，带着乌蔓七拐八弯地就摸到了地方。

乌蔓诧异地道："你来过一次就记得？"

他很自豪地道:"我从十六岁开始就到处跑了,别的本领没有,走过一次的路就能记住的本领我还是有的。"

"导游界失去你真是莫大的损失。"

乌蔓调笑着,将注意力放到了五花八门的小物件上。

摊位上卖什么的都有,油画,工艺品,奢侈品,首饰衣物,没有哪个女人能抗拒得了这些优雅又充满年代感的东西,乌蔓也不例外。

追野就和世界上所有陪女朋友逛街的男生一样,任劳任怨地跟在她身边。

两人路过一个摊位时,看到摊主的脚边拴着她的狗狗,狗狗汪汪地冲路过的人叫,摊主无奈地摇头,拿过一边的价格便签写下20欧,贴了狗狗毛茸茸的背上。想想又觉得不对,她把便签撕下来,在"20"后面加了很多个0,重新贴在狗狗的脑袋上。

狗狗呜咽了一声,挨着她的脚脖子蹭。

摊主笑了笑,抱起狗狗,在它圆滚滚的脑袋上亲了一口。

乌蔓忍俊不禁地注视着这一幕,下意识地停下了脚步看着这一人一狗。

追野直接笑出声:"这一招好啊,小黄下次再在我床上拉屎,我就把它抱到集市上,在它身上贴张价格标签,让它知道不乖就会被卖掉。"

乌蔓煞有介事地点头:"我也得准备一打价格标签,如果你做了让我感觉不爽的事情,我就给你贴上,然后带着你去街上溜达一圈。"

"阿姐的意思是……我是你的小狗吗?"

追野有样学样地弯下身,下巴挨到她颈间轻蹭。他嘴角往下一撇,委委屈屈的,眼睛里却带着笑意。

乌蔓伸手揉乱了他的头发。

"你这身高怎么说也是大狗,威风凛凛的那种。"

他闭上眼睛,享受着和风、阳光,还有她手掌的温暖。

"我就要做小狗,赖在你怀里。"说着他却把她往自己怀里揽。

他们看了一圈,最终什么玩物都没有买,只买了两个口味听上去很奇怪的冰激凌。店员小哥递冰激凌时还向乌蔓抛了一个媚眼,乌蔓礼貌地回他一笑,被追野瞧个正着。

他暗暗哼了一声,站在柜台前迫不及待地尝了口手里的冰激凌,似乎想压压火,让自己看起来大度一些。

"好吃吗?"乌蔓指了指他手里的仙人掌味冰激凌,这味道真的够奇特的。

他继续哼哼:"还不错。"

乌蔓伸出手,好奇地道:"那给我尝一口。"

他把手中的冰激凌球递过去,在她快接到的刹那,另一只手忽然揪住她的袖口,将她往身前一拉,低头啜了一口冰激凌送到她的唇边。

老城区的教堂响起了钟声,悠扬又肃穆,从十几世纪开始,一直延续到二十一世纪的今天,跨越数百年,响在他们双唇相碰的那一刻。

庄严的气氛被冰激凌的甜味融化,他们只是短暂地碰了一下嘴唇,乌蔓神情恍惚地闭上眼又睁开,看见斑驳的墙壁上投射出青年翘起的稍长的发丝,像一团春日的蒲公英,裹着蜜飘到了她的嘴巴里。

追野幼稚地斜睨了一眼店员,这才吹起胜利的号角,得意扬扬地拉着她离开。

乌蔓假意懊恼地弹了下他的脑门,舌尖却轻轻探出,舔舐唇边残留的"蒲公英的种子"。

之后他们便沿着老城区的街道一直漫无目的地游走,五月的暮春连接着初夏,气温在温暖和炽热之间,但吹来的风是爽快的,它拂过肌肤上的绒毛,如同拂过地里的麦子。两股麦浪在风中翻涌,是因为他们的双手在交缠。

沿路有慢跑的行人,坐在街头拉着手风琴的老绅士,还有卖泡泡的商贩,几个头发卷曲的孩子好奇地围在他的脚边,围观他拉开两根细长的棒子,一颗巨大、梦幻的泡泡便出现在他手中。

孩子们在惊呼、欢笑,声音遥遥地传过来,还有追野在她耳边絮叨。

乌蔓想,她此前的人生中,没有比这个午后更温柔和煦的时光了。

傍晚时分,他们搭乘火车前往夏城,半个小时后,火车进站。

这是一个非常小的车站,但谁能想到这出站口曾经出现过无数名流呢?

乌蔓的脚一踏上这里,心情已和半个小时前在珀斯的时候截然不同。她的心情和脚步一起变得沉重,但她掩饰了这种情绪,故作轻松地走出车站,环视了一圈被山和海包围的这座小城。

此时已是华灯初上，远处飘来海洋的气息，环山的房子层层叠叠，亮着暖黄色的灯光，建筑都很矮，并不壮阔，让戛城这座听起来如雷贯耳的小城看上去如此平实。

但一来到海岸线，无数奢侈品店和林立的豪华酒店昭示了它的尊贵。

他们的行李已经事先被带到了酒店，两人双手空空地准备去吃晚饭。

追野要带她去那家他觉得饭菜很好吃的餐厅，乌蔓想起了那个采访，打趣地问："不知道老板会不会给你打折？"

追野摸了摸鼻子："我那个时候一个人嘛……带女朋友去的话还是别嚷着打折了，多伤我面子啊。"

不一会儿，两人就走到了他说的那家餐厅，就在戛城影节宫对面的那条街上。

他们坐在二楼露台上的餐桌边，正好可以看到影节宫的一角。

很快，他们就会穿上华服，走上红毯，迎来生命中最荣耀的一天。

她不知道这一天会不会是一个转折点，这些年她背负的骂名，她对自己天分的预估，她为这部电影做出的牺牲，是否能够得到洗刷、验证和回报。

又或许到最后，只是一场空欢喜。

这一天，迎来了戛城电影节的闭幕式，也是颁奖之日。

戛城影节宫里，各国媒体记者站在红毯两侧，扛着长枪短炮用镜头凝视着从全世界涌来的优秀电影人。

而此时，乌蔓他们正在酒店内进行最后的妆发准备。

她在无数种款式的礼服中选择了露背款，欲将自己背上的胎记大大方方地展示给全世界的人。

从前，她试图用这种叛逆的方式来证明自己的存在。

如今，她再度露出那块印记，只是出自坦然。那是她的一部分，她不介意隐藏或者展示。

追野的服装没有多少选择余地，依旧是一套黑丝绒的西装。只不过这一回，他认真地挑起了领结。

乌蔓见状，调侃了他一句，以缓解自己的紧张。

"从不好好穿衣的小王子,今天规规矩矩地穿衣服了?"

无论是之前的戛城红毯,抑或是新环线的签约发布会上,她都没见他好好穿过正装,最上方的两粒扣子总是解开,好像扣起来会勒死他一样。

追野边挑边回答她:"因为扣起来真的很难受,你知道我不喜欢被束缚的。"

"那你……"

她还没说完,就见他拿起一个颜色跳脱的领结,拍到她手中。

追野轻轻歪头一笑:"阿姐,帮我系一下吧?"

"故意为难我啊?"乌蔓愣了愣,无奈地接过来,说道,"你蹲下!"

追野坏心眼地只微微屈起膝盖,她便得努力踮起脚替他把领结系上。

"调皮鬼。"乌蔓缩回手,满意地拍了拍他的肩头。得体的装束一下子让他挺拔许多,他身上再没有那股吊儿郎当的痞气。

追野系好了领结,却更大幅度地弯下身子,和她平视。

他望着她的眼睛,毫无预兆地道:"我和这个领结一起,心甘情愿被你扣住。"

乌蔓本就因为紧张而加快的心跳在这一刹那失控,犹如一辆被甩出轨道的高速列车,发出投降的汽笛声。

在他直起身前,她拉住他的领结,迫使他向自己靠拢。

"那我就盖章了。"

她不客气地送上戳印,闭上眼,吻在他的唇边。

出了酒店,乌蔓和追野还有汪城坐进同一辆车,前往影节宫。

酒店距离影节宫不过几百米,转瞬就到。但这短短的几百米,花费了她三分之一的人生。

车子停到一边候场,前面就是红毯区了。

薄薄的黑色车窗遮不住外头攒动的人头,乌蔓能够清晰地听到快门按动的咔嚓声,围观游客手机的拍照声,还有混杂着各国语言的交谈声。

这一切都让她的大脑无比混乱。

"阿姐,不要紧张,没事的。"一道熟悉的声音在她耳边响起,将周围的声音全部驱散,只剩下他。

追野转头又去安慰紧张到脸色有点发白的汪城:"汪导,您也是,放轻松。"

充满低气压的车里,似乎只有他像来游玩的路人,而不是即将要走红毯的主竞赛单元入围的主创人员。

注视着如此轻松自如的追野,乌蔓快跳出来的心脏终于落回去了半颗,剩下的半颗还悬垂在嗓子眼。

终于,前面一个剧组走完,到了《春夜》剧组踏上红毯的时间。

车门一开,乌蔓挺起胸膛,扬起训练了十多年的微笑,从容地从车内迈出长腿,十厘米的高跟鞋稳稳地踩上红毯。

下一刻,追野已经从另一侧走到她身边,十分绅士地伸出自己的胳膊。

乌蔓冲他礼貌又故作疏离地一笑,虚虚地环上他的胳膊,两人并肩走到汪城旁边。

另一边,钟岳清和丁佳期也打开车门下来,两人同他们的姿势一样,走到汪城空着的那边。

五个人站成一排,走上星光熠熠的红毯,此起彼伏的亮白镁光灯闪烁成一张密不透风的网。

此时此刻,国内对这届的戛城金柏奖关注度奇高,微博热搜和门户网站都推送头条消息,相关话题阅读量持续攀升。

视频平台上也开设了相关专题,并全程直播本届戛城电影节颁奖典礼。

实时观看人数力压同一时段的所有综艺节目,此时弹幕密密麻麻地不停飘过。

这些网友不仅仅冲着《春夜》,还有些是各部入围电影的演员粉和导演粉。

"《比目鱼》走了没?我等我女神半天了!"

"啊啊啊啊!《深宵》来了!!让我们看看今天蛋哥选了哪顶假发!"

"轮到咱们的《春夜》了!!!"

"造型不错,场子算是镇住了。"

"追野居然好好打领结了,神奇……"

"春夜夫妇给我冲——"

相比弹幕里的一片赞美和期待,匿名论坛里则是一片嘲讽之声。

主题帖:"李涛,《春夜》or 主创会拿奖吗?"

"难。"

"最有可能拿奖的就追野了,但我觉得这部电影他演得不算很出彩吧,戏点不在他身上。"

"谁都有可能,就乌蔓没可能,她去走红毯根本就是丢人现眼好吗?她这人心比天高,以为靠限制级电影就能拿奖吗?"

"楼上说话也太难听了……虽然我也不觉得乌蔓这次能拿奖,但她演得并不差,只是这次入围对手都太牛了,我押注阿塔琳亚,她在《比目鱼》里的表演太惊艳了。"

"我也觉得阿塔能拿奖,戛城评审团亲女儿的实力不是吹的。"

"《春夜》就是一部只会营销炒作的垃圾电影,能入围都已经是撞大运了。"

网络上的纷扰如同南半球刮起的一阵微风,对追野和乌蔓没有丝毫影响。

乌蔓的眼前只有那条直通电影殿堂的十几米长的红毯。她眺望远处,围栏的印画上贴着电影史上历届前来参加戛城电影节的巨星:1946……1978……1994……2002……

黑白画报,永垂不朽。

而如今,她也站在这里了。

不是蹭红毯混脸熟,而是真正的作品傍身。

她反复深呼吸,身板直得能看到皮肤底下紧绷的血管。四面都是镁光灯和镜头,每一个毛孔都被捕捉到,她的胎记更不用说,引起了注目。

有人指着她的背呼喊:"Cool!"

乌蔓感受到很多人齐齐向她看来,她抓着追野的手指不由自主地收紧。

追野抬手理了理领结,收回来时,暗暗地蹭了一下她挂在他胳膊上的手指。

两人没有对视,甚至连余光也没有接触,但只是那一秒的触碰,乌蔓就像吞下了一颗定心丸。

两个人相互扶持着,勇敢往前走。

他们走上阶梯,和组委会成员一一握手。乌蔓的手心湿滑得和海鲜市场的鱼工没差多少,头发花白的老人和她握手时却毫不意外,只是温和地冲她微笑,拍了拍她的肩头。

"Good Luck。"

乌蔓舌头打结地说了一句"谢谢"。

走红毯到这里差不多就结束了,他们走到大厅入口,转过身来,对着台阶下的媒体和众人挥手,最终画面定格。

转播的媒体已经切向下一个剧组,他们跟在汪城身后准备走进金碧辉煌的颁奖大厅。

乌蔓跨进大厅的一瞬间,没出息地呆愣了一秒钟。

她情不自禁地屏住呼吸,场内黑压压的人群鼓掌迎接《春夜》剧组的到来。

座下客全是有头有脸的国际大咖,她并不陌生。一瞬间她想起二十年前的小女孩缩在拥挤逼仄、烟熏雾绕的网吧,一脸神往地注视着屏幕里的人。

她从未奢望过有一天,这些人会从屏幕里走出来,走到她面前,回她以注视。

乌蔓鼻头一酸,仰起脸,炫目的顶灯连成一圈银河,仿佛一场盛大又逼真的幻梦。

匿名区:"开一栋颁奖直播楼,来下注了。"

"马上颁发最佳男女演员奖了,紧张!"

"提前搬好小板凳。"

"终于要来了吗?我都看困了……"

"前排兜售瓜子零食咯!"

……

"女配奖项颁完了,恭喜罗姨!"

"最佳男演员结果出来了吗,我在外边没流量看。"

……

"啊啊啊……"

"拿到了?"

"居然是那么小的小孩!"

"这年纪刷新历史纪录了吧!"

"哈哈哈哈,我笑了,我就说追野这回没可能!"

"接下来可以不用看了吧,没有悬念了。"

戛城影节宫现场。

当最佳男主角奖项花落别家时,乌蔓的心猛地沉了下去。

她不由得侧头去看隔了一个座位的追野,他俩被汪城隔开了,她没法儿触碰他、安慰他。

其实在来会场的路上,追野就特别淡定地说过:"《春夜》里我的角色本就不是最复杂的那个,出彩的人物是邓荔枝,所以我大概率拿不了奖。"

她还问他:"你觉得谁会拿奖?"

他指了指名单上的一个小男孩:"他吧。他和当年的我很像,太有灵气了,年纪却比我还小。"

事实如他所料,拿到奖项的是个德国的小男孩,今年十二岁,挑战的是一个人格分裂的少年杀人犯角色。

他在电影中的表现,以假乱真到让人怀疑他真的有精神病的地步。

乌蔓无话可说,抬头仰望,听到小演员在舞台上的发言,内心五味杂陈。

在讲究艺术天赋的圈子,想要混口饭吃,也许靠努力,外加一张皮囊勉强可以。但若要走上最高的领奖台,缺了那点昙花一现的惊艳,便只能与皇冠失之交臂,成为一朵壁上花,再不甘心也只能成为别人的陪衬。

她知道自己从来没有那么高的天赋,这些年一直故步自封,把自己包裹在厚厚的茧里,非常辛苦才能走到今天。

她不是上天眷顾的宠儿,所以她不知道错过这一次,还有没有机会再次回到这里。

当看到委员会主席准备宣读最佳女演员的获奖名单时,她的双手无意识地交叉,形成了祈祷的姿势。

她的手心里紧攥着一张纸条,是她自从知道《春夜》入围之后就一直在脑海里盘旋的获奖感言。前夜失眠了一整晚,她趁机把这些话理顺,认真地写了出来。

虽然她猜测这张纸条大概率派不上用场,但万一有奇迹发生呢?

手心里的汗濡湿了字迹,她抿紧唇,眼睛一眨也不眨。

追野比刚才宣读最佳男演员名单时紧张上万倍，频频看向她，看得汪城都不好意思了，忍不住念叨："我真该要求主委会给我换一下位置的。"

"最佳女演员是……"主席的语速慢下来，环视了一圈，视线扫过乌蔓这一排。

乌蔓已经不会呼吸了，十指用力地抠进两个指节之间塌陷的软皮。

"尼格拉斯·阿塔琳亚！她主演的电影是《比目鱼》。"

听到结果的一瞬间，乌蔓一直跳得很快的心脏瞬间停止了跳动。

乌蔓像被人操控的傀儡，下意识地假笑鼓掌，字条在手里发出沙沙的声响，掌声停息，唯独这充满讽刺意味的沙沙声在她的耳朵里被无限地放大。

她没有焦点地目视着距离她几个座位之外的女演员欣喜地站起身，往台上走去。

追野也在鼓掌，但他身体微微后仰，目光越过汪城，专注地看着乌蔓。他眼神里没有失望，也没有安慰，有的只是淡淡的喜悦，好像就这么沉默而坚定地告诉她，她已经做得很好了。

热闹的会场里，送给最佳女演员的掌声之中，有一份是只属于乌蔓的。

乌蔓感知到这股灼热，视线终于有了焦点，落在追野的眼睛上。

她在他流光溢彩的瞳仁中看见了自己，那个不再怯弱、不再伪装、不再虚荣的自己。

就算她依旧没有被全世界认可，那也没关系，有个人会站在她的身边，给她最大的肯定和无限的温柔。

乌蔓眼波闪动，释然地展颜，更加用力地鼓起掌。

不过，这掌声，送给的是她自己。

一步登不了天，但她已经来到了人间。

匿名区："开一栋颁奖直播楼，来下注了。"

……

"哎，我就说会是阿塔琳亚。"

"乌蔓粉死心吧，离开了郁星，她啥也不是。"

"现在开始颁发最佳导演奖了。"

"镜头扫到汪城了，老人家不容易啊，感觉下一秒要晕过去了。"

"好惨,汪导我就不嘲弄了,说实话他挺不容易的,连续两部作品入围已经很牛了。"

"哎,果然最佳导演奖没能拿上。"

"这次就是陪跑呗!"

……

"人都走光了吗?最后的金柏奖要来了啊!"

"我还在。"

"我蹲一个,说不定就见证历史了呢!"

"我也蹲,老天保佑我们春夜夫妇留名戛城!信女愿未来一生都荤素搭配!"

戛城影节宫现场。

到最后的压轴时刻了,主委会即将宣布本次戛城国际电影节的最大奖项——最佳影片金柏奖。

台下的众人几乎都是屏息凝气,而乌蔓这一排的人,其实多少都有点灰心。

一整晚下来,他们不断地替别人鼓掌,目送他们拥抱荣耀,而自己颗粒无收。

乌蔓身边的汪城低下头,肩膀抖了几下。

她关切地低声问道:"汪导,您没事吧?"

汪城重新抬起头,叹息说:"我现在好想吐。"

追野从昂贵的西装裤兜里掏出一个呕吐袋递给汪城:"喏,要不要?"

乌蔓瞪大眼:"嗯?!"

追野很无辜地说:"他上一次来就说想吐,我这不记住了,给他备了一个,我贴心吧?"

汪城黑着脸推回去:"我谢谢你。"

被追野这么一闹,原先的紧绷感就被打破了。

三人仰起头看向台上,两位颁奖嘉宾说了很多,最后很有技巧地停顿了一下,卖起关子。

转播的镜头扫过一张又一张明星的脸,最后随着嘉宾念出来的名字,镜头停在了汪城三人身上。

"让我们恭喜来自汪城导演的电影——《春夜》。"

全场掌声雷动，巨大的声浪似乎要将顶棚掀翻。

汪城呆若木鸡地陷在座位里，第一个蹦起来的人是追野，他笑得无比灿烂，又如孩童般兴奋地把汪城拉起来，嘴上念念有词："我说什么来着，最大的奖肯定属于《春夜》！"

而乌蔓，已经听不见周遭的声响。

她仰起头，再次凝视着顶灯，视线里是圣洁的白光，刺目得让人想要流泪，切实的触感提醒着乌蔓——这不是一场幻梦，它真真实实地发生在此时此刻。

刚才与最佳女演员奖失之交臂的遗憾在此刻尽数消弭，有什么能比得上他们共同造就的电影获得了戛城的头奖呢？

从拍摄初期的躲躲藏藏，后期申请发行证被耽误导致延期一年，到临报奖又遭遇演员污点危机，每一道关卡他们都闯过来了，九死一生。

最终，这一天到来了。所有的磨难，好像都只是为了等待这一刻的圆满。

汪城终于反应过来，双手发颤地和他们拥抱。准备上台领奖时，他分别拉了一下追野和乌蔓，让他们跟着一起上去。

乌蔓愣了愣，在犹豫的瞬间，被追野一把拉住手。

他看着她，笑着说："阿姐，走吧。这是我们的春夜。"

匿名区："开一栋颁奖直播楼，来下注了。"

……

"我人傻了。"

"天哪，这是真实的吗？"

"我激动得把我82年的可乐打翻了！"

"恭喜《春夜》！《春夜》就是最棒的！华语电影给老子冲啊！"

"真的太不容易了，距离上一次华语电影拿金柏奖已经过去了二十多年，我想哭。"

"乌蔓和追野好甜啊，他俩是手牵手一起走上去的，并且还是十指紧扣，这个手型我差点儿嗑爆了！"

"国内快点上映吧，等着看了！"

此时此刻,戛城影节宫内,乌蔓被追野牵着走到了舞台侧方,静静地等待着汪城先发表获奖感言。

汪城真诚地感谢了一圈人,最后道:"我要感谢我的两位主演,是他们成就了最鲜活的邓荔枝和陈南。现在我想请他们来说几句。"

汪城退到一边,示意两个人一起过来。

两人并肩走到颁奖台的位置,乌蔓看着底下黑压压的人群,所有准备的措辞都离家出走了。

追野借着颁奖台的遮掩,轻轻捏了捏她的手,率先垂首对着话筒说道:"这是我第二次站在这里了,但远比第一次站在这里时激动,因为这一次不是我个人的荣誉。我很幸运,遇上了一位非常优秀的导演。"他看了一眼汪城,"还有非常优秀的演员。"他又看向乌蔓,"那就请我的阿姐来说说吧。"

乌蔓内心的紧张被他不疾不徐的语气驱走了,她深吸了一口气,对准话筒,抛弃所有准备的陈词滥调,即兴说了一段最真实的感受。

"我只想告诉大家,这是一部非常优秀的电影。每个人或许都会有身处无边黑暗,不知道该怎么办的时候,但不要着急,也不要放弃,倾听自己内心的声音,那黑就不是纯粹的黑……"她说着,藏在颁奖台下的手和追野的手交缠,"而是春天来临前的夜晚。"

这一幕,没有人发现。

他们快速地抽回手,若无其事地结束了发言。

接着,所有获奖者上台,拍了合照。《春夜》剧组作为头奖获得者,被包围在了中心。追野本应该站到汪城旁边,却不合时宜地非要站到乌蔓旁边,最好的合影位反而让给了钟岳清。但追野笑得心满意足。

乌蔓也悄悄地向他挪近了一些,他们手臂挨着手臂,心照不宣。

台下的掌声经久不息,荣耀在手,爱人在侧。

哪怕很多年后想起今夜,他们都会做辉煌的好梦。

颁奖礼结束时已经非常晚了,汪城也没想到真能拿奖,虽然做梦都在想这件事,但真的拿了奖他还有点恍惚。谁不是呢?大家都需要消化一下这份惊喜,于是定好今晚先回房休息,明晚再举办庆功宴。

众人在酒店大堂分开,乌蔓和追野遥遥对视了一眼。

半个小时后，追野敲开了乌蔓的房门，他身穿一件简单的白T恤，浑身散发着沐浴后的清爽。

彼时乌蔓也已经脱下了礼服，梳洗后换上了月白色的吊带衫，很短，只到大腿根。

他敲门的时候，她正在黑暗的阳台上抽烟，根本睡不着。酒店订的房间是高层的海景套房，她便赤着脚坐在阳台上，俯瞰深夜的海面发呆。

她不想睡，怕刚睡下就会醒来。

追野看她脚边落了好几个烟头，微微蹙了下眉，说："这么一会儿就抽了这么多？"

乌蔓朝他脸上吐了一个烟圈，说道："你明明也抽，还教训我。"

他摸着黑坐到她身边，一只手撑住冰凉的大理石，探身从她嘴边叼过烟，微微眯起眼沉默地看着她。

烟头闪烁的红光如同远处海岸边的信号塔，一闪一闪，而他们是两条静默的船，在暗涌中打旋，等待那个一触即发的信号。

然而，这个信号来临前是那么寂静，连细微的声音都变得特别明显，像是百叶窗细微的响动，烟头燃掉烟丝的噼啪声，甚至是晚风吹过吊带从胳膊滑落的动静。

五月的春夜带着一种湿热的沉闷，海风送来了腥咸的气味，那是欲望的味道。

这个阳台成了一条赛道，他们站在起跑线上，等着不知道谁手中的号令枪鸣响。

最后，乌蔓决定把号令枪抢到自己手中。

她直勾勾地看着追野，轻轻地移动脚尖，撩开他的裤管。

他没有躲，也没有动，像一个迟钝的小朋友。这让乌蔓变得有些局促，不知道该不该往下进行。

她仔细地盯着他看了一会儿，忽然笑了。

她伸出手，借着要拿回烟的姿势，一点一点摸上他的嘴唇，从上到下，游移着碰到烟屁股，顺势掀开他的唇瓣伸了进去。

只是，她手还没伸到，便被追野擒住了。

他另一只手环住她的腰，单手把她整个人举了起来，摁到了冰冷的墙上。

他动作粗暴，但手掌始终贴在她的背后，免得撞疼了她。

乌蔓发出短促的小声惊呼，裸露的腿肉贴着冰凉的墙面，该是很冷的，身体却像着了火。追野仰起头，嘴里依旧叼着烟，看上去从容不迫。然而，他忽然流下一道鼻血。

乌蔓扑哧笑出了声。

"笑吧。"追野尴尬地擦了一把，盯着她，眼神很危险，"因为阿姐一会儿得哭。"

乌蔓脸上的笑容瞬间消散："学坏了你？"

追野将她放下来，贴到自己怀里，声音沉沉地说："我会尽量克制的。"

风里潮湿的味道更浓重了，似乎要下雨了。

阳台上已经没有人影，只能虚虚地看见落地窗前贴着一个瘦骨伶仃的背影，暗红的发已经染成了纯粹的黑，漂亮的蝴蝶骨上丑陋的胎记是那么鲜明，两根肩带都滑了下来，月白色的吊带裙在腰间堆成几片鱼鳞般的褶皱，缎面的丝绸在暗夜中闪着冷光。

地上散落着揉皱的白T恤，世界上的一切在此刻都变得不重要。

白窗纱晃啊晃，他是一粒解药，被她吞下，彼此交融于舌尖。

次日，剧组包下了戛城海岸边的一家餐厅庆功，众人在二楼的露台上从傍晚一直喝到了深夜。

考虑到汪城老爷子的身体，他们喝的是度数不高的红酒。喝到最后，乌蔓虽然只是半醉，但是小解的欲望非常强烈。

她悄悄地起身，默不作声地下到一楼的卫生间，洗完手后顺势解开扣到最上面的扣子检查了一下，肌肤上有好几处红痕，过了一天都没有消退的迹象。

第一次尝到禁果的小孩儿根本克制不住自己，兴奋过了头，不知轻重地留下自己的标记。

乌蔓咬着牙，恨恨地咕哝："禽兽。"

"我有吗？"她身后忽然响起追野的声音，他倚在门口，笑得餍足。

"今晚……"

"做梦！"

乌蔓走过去拍了一下他的头，他抱住她的腰，猛地埋下头在她脖子上吸了一大口。

侍者都上了二楼待命，一楼没有人，也没有开张的座位，只亮着一盏会旋转的玫瑰花灯，还有一小片空地。玫瑰花灯照下来，格子方砖上便多出了一束横躺的玫瑰。

二楼放着的爵士乐隐隐地传来，追野拉着乌蔓，两人默契地以一种微醺的姿势在空地上依偎着轻晃，慵懒地跳舞，一不小心就踩碎了地上的玫瑰，它便残缺地落在他们的脸上，玫瑰花瓣在她的眼周，花叶在他的唇边，将他们紧密地连在一起。

乌蔓靠着他的肩头，忽然说："昨晚你睡着后，我又醒了。"她抬起眼看向他，"然后我翻出手机反复看着那张青梅竹马图，终于想起了小时候的你。"

追野愕然地停下脚步。

乌蔓埋进他怀里，闷声笑道："天哪，我一想到当年的那个小孩子现在居然和我睡同一张床，就感觉丢死人了。"

他紧张地问："阿姐，你真的想起我了吗？"

乌蔓抬起头，抓着他的胳膊道："你跟我来。"

她拉着他出了店门，店铺外，停着一辆电摩托。

"小孩儿，要不要坐？阿姐带你兜风啊。"

她跨坐上车，扬起下巴，笑得神采飞扬。

酒意似乎从追野的脸庞泛到了眼睛里，他的眼圈不知不觉就红了。

他似乎变成了当年那个孩子，笨拙地坐上她的后座。

然而，还没等他坐好，电摩托的重心就偏了。

当年的小孩已经是个大男人了。

嘶，这似乎不太对劲。

乌蔓怕一发动就翻车，灰溜溜地从前座下来，一脸尴尬道："还是你带我吧。尊老爱幼，以前我爱幼，现在轮到你尊老了。"

追野笑眼弯弯地看着她，又用那种蚂蚁挠心的声线说道："遵命。"

乌蔓坐到了后座，抱上青年劲瘦的腰身，侧脸贴上他宽阔的背脊。摩托开动，晚风呼啸，都绕过她。

他们沿着戛城那平整的海岸疾驰,金棕榈的长叶哗啦啦摇摆,山丘上人家的灯火泛着旧世纪的光,车子转了个弯,拐进暗巷。路面不平,两边的路很狭窄,墙壁古老昏黄。

这一刻,他们不约而同地想起了十四年前那个破落的小县城。

两个手无寸铁的孩子抱着彼此,绝望又充满希望地从死亡、贫穷、痛苦中逃亡。

当年的他们会想到吗?十四年后,他们会在地球的另一端,在某个古老的小城,再度紧紧拥抱彼此,不再是不起眼的孩子,全世界的目光都为他们停留。

他们再也不需要逃亡,身后无追兵,前方有星光。

昨晚他们相拥亲吻的露台上,此时已空无一人。昏暗的房间里困住的只有轻薄的窗帘,还有楼下月色映照的海面。

而相爱的人呢?早已相拥着离去,坠落于这春夜。

- 正文完 -

Fall on the spring night

番外 —— 双人床

《春夜》一举拿下戛城金柏大奖，无论是主创人员还是电影本身，一时间都名声大噪。

制片方决定提前定档，为了配合宣传，两位主演也得参加一些短期综艺节目增加曝光度，毕竟还有很大一部分观众根本不关心所谓的艺术成就高级奖项，若要吸引这些人走进电影院，他们就需要上一些好玩的接地气的综艺节目。

而他们要上的一档综艺节目，叫作《双人床》。

这原本是 C 国的一档综艺节目——邀请两位艺人住进同一间公寓，为期一周。房间里除了卫生间以外，其他地方都安装了摄像头，借此观察两个人的关系是否会因为共处一室而升温。

国内的平台买下了这个综艺节目的版权，为了制造爆点，又在内容上进行了改动。节目组把公寓扩展成了别墅，同时安排六位并非情侣关系的艺人入住。去年一经播出，节目火爆全网。

有趣的地方在于，最开始分到同一个房间的两两配对，观众是不知道的，这是第一个悬念。节目进行到中间，还有交换房间的机会，也就是观众喜闻乐见的修罗场，这是第二个悬念。两个人的关系走向，就是节目最后的悬念了。

当然，全程都是有综艺剧本的，艺人的任务就是在细节上即兴发挥。

这档节目的综艺编剧完全不知道乌蔓和追野的真实关系，因此追野一拿到剧本，翻开看到第一页就皱紧了眉头。

入住的第一天当晚，被分到同一间房的不是他和阿姐。

"这合理吗？我们不是上节目去秀恩爱的吗，为什么要把我们拆开？"

追野拿着剧本再三质问赵博语，反观一边的乌蔓还在慢吞吞地往下翻台本。

赵博语无语地翻了个了白眼："当然是追求节目效果啊，反转你懂吗？中间不是有次交换机会吗，当然是那次换过来了。"

追野将台本反扣在桌上，说道："我觉得没必要。"

"怎么没必要！综艺节目也要讲究戏剧性，你俩一上这节目名单，大家都以为你们会住在一起，结果怎么着，你们偏偏没有分到一起，那不就有期待了嘛！你们第一天就住在一起了，大家还看个啥啊。"

"那也不……"

追野还要继续争论,乌蔓抬手打断了他,道:"没有规定必须在同一间房里睡吧?"

"啊……就三间房啊,没有多余的客房。"

"不是还有沙发吗?"

赵博语顿时语塞。

"这不行啊,参加节目第一季的人都老实地在床上睡呢。"

"所以第二季来个变通不是很好吗?"

追野喜上眉梢,朝她竖起大拇指:"阿姐,聪明!"

赵博语连忙摇头:"虽然允许睡沙发,但你们俩绝对不能一起去睡沙发!这样一下子就暴露你们的关系了懂吗?你们要牢记你们上这个节目的宗旨:虽然你们是情侣,但你们不能真的撒狗粮,制造一点硌牙的工业糖精就行了,最好还能隐隐约约地透出点其实你们都是被节目组按头才发糖的那种感觉。"

两人听完后,几乎异口同声道:"这就是五彩斑斓的黑吗?"

追野不死心地问了一句:"就不能把这个综艺节目推了?"

"这是火爆全网的综艺节目,第二季万众瞩目呢,又只需要录七天,无论从哪方面来说都是最适合咱们宣传的,把你的任性收一收啊,接这个是板上钉钉的事!你们就当演情景剧好了。"

追野委委屈屈地和乌蔓对视一眼,没有再继续反驳。

他们心里有共识,如果接下这个综艺节目能让《春夜》的宣传效果达到最优,那他们都愿意尝试。

他已经不是当初那个不羁的少年,为了阿姐,他已经逐渐习得名为隐忍的人生哲学。

于乌蔓而言,那简直是家常便饭了。

这个综艺节目乍听上去似乎不错,可以公费谈恋爱,但对想要隐藏关系的真情侣来说,无疑是一场灾难,尤其是已经开始同居的情侣。

从夏城回来之后,追野就以获奖为借口向乌蔓求奖励。当时他们窝在夜晚的阁楼上,时值盛夏,没有开空调的阁楼非常闷热,结束一场欢爱像泡完一场温泉。他浑身汗津津地伏在她身上,用一头蓬乱的头发拱她的脸颊,惹得她哈哈直笑。

他趁机诱哄说:"奖励就是让我搬进来,好不好?"

她装出一副很为难的样子,小腿勾上他的腿肚轻轻一踢,说道:"那我要'赃物',你去楼下给我拿个冰西瓜上来。"

"我下去拿可以,那我能先偷偷咬一口最甜的部分吗?"

乌蔓失笑:"笨蛋,你都说出来了还问我,这就不叫偷偷了!"

"啊……那我就不问了。"追野轻轻挑眉,突然将她腾空公主抱起,用他的小虎牙轻咬她的肩膀,"咬到了。"

他得意地扬起嘴角。

乌蔓将脸缩进他怀里,道:"幼不幼稚。"她一边说着一边头往里躲了躲,挡住自己因窃喜而上扬的嘴角。

她根本没有阻拦追野搬进来的意思,毕竟两个人都是演员,每次进组常常都要个把月,不进组的日子也会有各种通告,聚少离多。即便有空闲下来的时间,他们也不可能手牵手地在外头约会,最后只能选在对方的家里,倒不如就此同居。

虽然从那天开始到现在,他们同住的日子并不长,但怕就怕这种同住一个屋檐下的综艺节目会将一些生活的细枝末节暴露出去。

就像忍住喷嚏比假装咳嗽更难,装不熟永远比装熟更难。

赵博语把这个综艺节目详细介绍了一遍之后便离开了,两个人心照不宣地坐在沙发上,低头假装漫不经心地刷手机,实际上都在刷微博,着重查找将会和对方分在一起的嘉宾们。

和追野分在一起的女嘉宾叫季思佳,是平台签下的一个艺人。她去年在平台的某个说唱节目中以说唱王后的冠军身份出道,表面看上去桀骜不驯,节目组就想把她和追野搭在一起以博眼球,同时也存着借机力捧自家新人的心思。

乌蔓看了眼她的照片,大脏辫,小麦皮,牛仔裤靠屁股兜的地方破着大洞,浑圆的臀部若隐若现。

这妹子,真的够辣。

重点是,还很年轻。

乌蔓瞅了两眼就觉得心里不舒服,换作以往,追野早就敏感地发现他的阿姐情绪低落了下去，但此时此刻，他自己也深陷在某种情绪中，以至于没能发现。

他正盯着资料上的翁邵远，陷入了深思。

翁邵远，歌坛著名的老牌唱将，为不少电影和电视剧演唱过主题曲。这两年因喉咙动过一场手术，他逐渐淡圈休养，没想到他会通过这样的方式重回大众视野。

追野搜了搜，发现翁邵远如日中天那会儿，在各大杂志和网络投票中，排名高居女人们最想嫁的老公之首。

温柔，成熟，风度翩翩，这些都是他身上被贴得最多的标签。

这回他复出，营销号故意搞了个投票活动，问小鲜肉和成熟男，大家偏爱哪一款。

追野立刻用小号投票给小鲜肉，转发评论道："当然是小鲜肉，老不正经谁爱！"

乌蔓瞧见他像小包子一样鼓起来的侧脸，心头的郁闷不知不觉就散了。

她懒洋洋地往沙发背上一靠，眯着眼看他："第一天我们去别墅的时候，我就躺这上面吧。"她指了指沙发。

追野抬起头，惊愕地看着她。

"赵哥说得对，我们不能两个人都睡沙发，那样太明显了。"

追野沉默了片刻，开口道："那你睡床，我睡沙发。"

乌蔓愣了愣。

这个瞬间，她忽然就体会到了刚才追野怔住时的情绪……

"如果必须要有一个人睡床的话，那我当然让你去了。"追野的神色突然变得认真起来，"反正我目中无规则惯了，就算去睡沙发也不会让人觉得奇怪。可你不一样，大家对你观感一般，再加上你的对象是翁邵远，如果你抛下他睡沙发，只会让人觉得你故作姿态。我不希望你被骂。"

乌蔓心头一震，她之所以会提出睡沙发，是因为察觉到了他的不高兴。

她就像一条巴甫洛夫的狗，惯性思维还停留在身边是郁家泽的那个时候，怕身边人会因此吃醋，因此嫉妒，总是百分百地想要占有她。

然而，追野并不是郁家泽，他再一次明确地告诉她，从此她的疆土只属于她自己。

"要是这样的话,我们都没有必要睡沙发。"乌蔓回过神,接着道,"难保不会有观众说你第一天就耍大牌,不给女孩子面子。我也不希望你被骂。"

追野微微一怔,他挨到她身边,语气莫测地问:"你真的不介意我和季思佳单独相处?"

"那你又介不介意我和翁邵远单独相处?"

两个人大眼瞪小眼,咬牙切齿地异口同声吐出三个字——不介意。

不介意才怪。他们各自在心里道。

综艺节目的录制地点在申市,节目组特地选了一栋带花园的民国风格小洋房。据说节目组将多余的房间都锁上了,只空出三间房。

出发前,乌蔓特地买了和追野不是一趟航班的机票,两人一前一后抵达虹桥机场,非常刻意地错开。

她抵达时追野还没到,前来接她的工作人员陈茜小心翼翼地问:"追野老师就在下一班航班上,咱们另一辆车去虹桥接其他几位老师了,不知道您是否可以等个十来分钟,接上追野老师一起?"

乌蔓毫不犹豫地摇头:"不用了,你们把我的行李还有我的团队送过去就可以了。"

陈茜呆住了:"啊……您的意思是……您不坐?"

"对。"乌蔓把行李扔给赵博语,转身利落地走了。

陈茜盯着她的背影,内心惴惴不安,慌忙问赵博语:"乌蔓老师不会是生气了吧?"

赵博语趁势说:"她和追野关系不好,你们下次别安排他们一起了,知道了吗?"

唉,他为了帮两人掩盖关系着实煞费苦心。

陈茜骤然听到这话,心里猛地咯噔一下,小声道:"我还以为……还以为……"还以为他们对彼此而言是特别的存在。

她虽然是出于公事公办的目的问乌蔓要不要和追野坐一辆车,但也存了一点私心……她没有告诉过任何人,她其实是春夜夫妇的粉丝,而且是最早"入股"的那一拨。

早在《春夜》开拍的时候,她就凭着那张路透图偷偷嗑起了他俩。无他,化学反应实在太强烈了。她也没真的觉得这两人有什么关系,就连微博都没互关呢。

直到前阵子的视频爆出,原本都已经给自己"合上棺材"的她"垂死病中惊坐起",大喊一声:"我还能嗑!"

夏城颁奖典礼那天她全程蹲守着结果,看到他们十指相扣走上领奖台的背影,她不知道自己在共情个什么劲儿,泪眼迷蒙地去抽纸巾擤鼻涕,还失手把桌上的可乐给打翻了。

她就是在那一刹那觉得,她嗑的组合还是有别于其他组合的吧。他们可是水乳交融过的关系,又一同走上巅峰,获得荣耀时身边陪伴的是那个人,在心里也必定会留下鲜艳的色彩吧?

我们在戏里扮演相爱的人,在某一时刻,谁又说得清我不是真的爱你呢?

她就是抱着如此的信念,坚信他们之间存在着某种特殊的情感,无论是不是爱情,对方一定是特别的。

这种信念一直维持到乌蔓转身离开的前一秒。

在没有镜头,不需要伪装的人后,乌蔓表现出来的反应是最真实的。

陈茜真的没有想到,乌蔓会连和追野同坐一辆车都不愿意。

接近两年的信仰在赵博语开口解释的那一刻彻底崩塌,所有的侥幸都灰飞烟灭。

明明是与她无关的情感,明明从头到尾都是她自己臆想出来的海市蜃楼,可为什么还会有一种怅然若失的难受,如同经历了一场盛大又悄无声息的单恋。

大约二十分钟后,追野的助理联系上她,他到了。

然而,陈茜连他人影都没见着,只接到了他的行李和随行工作人员。

这个操作怎么有点似曾相识。

追野的助理见怪不怪地说:"他这人经常想到一出是一出,说要先去见一个朋友,不会耽搁太久的,让我们先过去。"

陈茜只能"哦"了一声,心里不由得咯噔一下。

追野助理口中的朋友……不会是追野的地下女友吧?!

车内的赵博语觑见陈茜的脸色,特别机智地一笑。

他就怕这两人的相同操作让工作人员产生遐想，赶紧打了预防针。现在看来这预防针效果着实不错，啧，不愧是我。

机场附近的地铁入口处，乌蔓背对着人群在刷手机。微信里追野发消息说飞机延误了一小会儿，他还被关在机舱里，让她再等等。

她无奈地回道："早说了我自己也可以的，你干脆就坐节目组的车走，也可以避免他们起疑。"她知道追野肯定不会同意，先斩后奏道，"你不同意也没辙，我先走了。"

她刚要收起手机，他的语音通话请求就发过来了。

"喂。"乌蔓边接电话边往一旁的卖票机器走去，"你发来语音也没用，我已经进站了。"

她眼睛一眨也不眨地撒谎，听到听筒那头追野的声音悠悠传来。

"是吗？我看你还在笨拙地捣鼓那个机器呢。"

乌蔓一惊，立刻环顾四周。

汹涌的人潮里，追野站在不远处。在他的映衬下，周遭的人变成了一道道流线，从她的眼中闪过。

她对着手机道："你骗我？"

"想给你个小意外。"他举着手机，小声呢喃，隔着远远的人群，那声音无比清晰地传入她耳中，"才两三个小时不见，我就特别特别想你。"

乌蔓藏在口罩下的面孔微微发红。

一定是缺氧了。

她不自在地咳嗽两声，说道："那你还不赶快过来？"

他们没有一块儿上地铁，毕竟这里比不得国外，他们待在一起太惹眼，如果哪个火眼金睛的粉丝认出来，那就不太好收场了。所以他们非常谨慎地隔着点距离，但还是在同一个车厢里，站在对方可以看见的位置。

下车的时候，他们才假装被人流冲到一起，手背碰到手背，轻轻勾起小指。

快走到小洋房时，两人也打了个时间差，没有同时进去。

此时屋内的摄像机已经全部开启，第一天的录制拍摄已经悄然开始。

乌蔓抵达时，有两人已经到了，分别是简群和秦凡蕾，在台本上他们是今晚的配对嘉宾。

简群是童星出身,算上小时候的演戏经历,乌蔓还得喊他一声前辈。不过到现在为止他给观众留下的印象还是童星,那也就意味着长大之后并没有一部足够优秀的作品来证明自己,让他摆脱曾经的童星身份。

看到乌蔓进门,他开口就是有备而来的一句:"哇,大红人来了!赶紧让我蹭蹭好运,祈祷我也能接下这么牛的本子。"他说得阴阳怪气的。

也许他的想法也是很大一部分人的想法吧,这些年来她的名声并不好,不会因为有了一部A类电影节的获奖作品就迅速让大众改观。

她要做的,就是以此为起点,继续努力,总有一天会让这些人心服口服。

乌蔓想明白这些,根本不动气,开玩笑道:"少蹭一点啊,我还得祈祷哪个导演再瞎了眼看上我。"

简群微微一怔,有些不太好意思。

一旁的秦凡蕾见场面有些尴尬,赶紧出来打圆场。她的年纪介于乌蔓和季思佳之间,是很多娱乐晚会御用的金牌主持,平台会选用她也是怕大牌艺人聚集在一起容易尴尬,故意挑了个会活跃气氛的主持人。

她非常自来熟地开口说:"蔓姐,要不要我带你看看房子?我和小群刚才看了一圈房间,太可怕了,节目组安排的都是最小的房间,还没我家猫窝大!"

"真的吗?"

追野恰好走进来,听到了秦凡蕾的最后一句话。

秦凡蕾看向门口,眼睛一亮:"这不是传说中的追野弟弟吗,可算让我见到真人了!"

追野笑道:"凡蕾姐好。"

秦凡蕾笑逐颜开:"我的少女心哟……如果能和弟弟你分到一起的话,我还觉得房间有点大呢。"

她知道自己的台本对象不是追野,但这并不妨碍她说些暧昧的话。

为了节目效果嘛,要的就是大乱炖。

追野不动声色地瞥了一眼乌蔓,露出一副玩世不恭的神情,回答道:"那就期待今晚抽到凡蕾姐了。"

这时候外头传来响动,最后的二人组到了。

追野和乌蔓默默地对视了一眼，如临大敌地看向门口。

最先进来的是季思佳，她穿着露脐吊带，身上的皮肤有一块极为扎眼，和乌蔓的那处胎记同样引人注目。不过她那一处是刺青，图案是哪吒的两个风火轮。

她嘴里还嚼着口香糖，斜睨了一眼众人，点了点头就坐到了一边的沙发上。

在她身后慢一拍进来的，则是温文尔雅的翁邵远。

他两只手各提着几个袋子，落落大方地和大家打招呼。

"不知道你们的喜好，小小礼物，不要嫌弃。"

他把袋子一一发给大家，轮到乌蔓时，冲她轻眨眼睛。

"上一次见你的时候，你还是个小女孩呢。"

乌蔓微微一愣。

"上一次……大概是四年前？"乌蔓回忆了一下，她记得是在某家电视台的跨年晚会上，"那个时候我明明才二十八九岁，被你一说我成天山童姥了。"

翁邵远曾为她出演的几部电影献唱，只不过近几年因为他淡出娱乐圈，再加上郁家泽的关系，两人才几乎没有联络，但彼此见面还是会打趣几句。

这些她事先已经和追野透过底，然而他一看到翁邵远和阿姐有说有笑，眉头还是忍不住微微蹙起来。

他余光忍不住往那边瞟，视线却突然被一个人影挡住了。

"听说你二十岁就拿了影帝？"

季思佳嚼着口香糖，声音含混不清地和他搭话。

追野意外地挑眉，他还以为这姐姐要一直在沙发上冷酷到底。

然而，他此时无心聊天，敷衍地"嗯"了一声，借着环顾客厅的动作不时看向久别重逢貌似很有话聊的两个人。

"去年我二十岁的时候，拿下了说唱王。"季思佳忽然来了一句，"所以我们还是挺搭的。"

追野的视线停止转动，终于仔仔细细地看了季思佳一眼。

她趾高气扬地说："我对搭档的要求可是很高的，能被我认可的人不多，但你是其中之一。"

追野恍然大悟："我自己都不知道，原来我拿的戛城影帝是一块成为你搭档的敲门砖?"

"你不要曲解我的意思。"季思佳挑眉,"我们是同一类人,不是吗?"

追野不置可否,语气淡淡地道:"那你也应该知道我们这样的人如果对一个人没有兴趣,会怎么做吧?"

她轻轻蹙起眉,嚼着口香糖的动作也慢了下来。

他比了个"让一让"的手势:"那就是,麻烦借过。"

季思佳盯着追野扬长而去的背影,丝毫没有被拂了面子的恼怒。

她嘴角勾起很浅的弧度,若有所思地呢喃:"有意思。"

第一天赶来,大家都很疲惫,谁都提不起兴致做饭,晚饭干脆直接叫了一桌子的小龙虾。

餐桌上男女各坐一列,乌蔓帮忙把龙虾端到桌上的时候,追野对面的位置就被人一屁股占了。

乌蔓不动声色地望过去,见那人赫然是季思佳。

她甩着手什么也没干,抢到了她最想坐的位置。

那个位置原本是秦凡蕾的,但秦凡蕾很圆滑,见此情景只是微微一愣,坐到了边上。

乌蔓假装没注意到这一幕,若无其事地在中间的位置坐下。她的对面恰好是简群,看到她坐下来还有些许尴尬,干脆拍了拍翁邵远,示意他和自己换个位置。

翁邵远很乐于助人,没有异议地坐到了乌蔓对面,顺带把自己手中剥好的小龙虾放到了她的碟子里。

乌蔓一怔,抬眼看到他神色自然地又往秦凡蕾和季思佳的碟子里各放了一只小龙虾。

高手。

乌蔓礼貌地说了声"谢谢",同一时间,桌子底下的小腿被谁不经意踢到了。

她没在意,拿起碟子里那只剥好的小龙虾送到嘴边,刚要咬下去,腿肚又被人若有似无地蹭了一下。

这下乌蔓再迟钝也该反应过来了。

她斜睨了追野一眼，见他故作正经地同手中的小龙虾战斗，不用想也知道是他在整个客厅唯一没有摄像头的桌底下使坏心眼儿。

乌蔓直起身，故意抽他身前的纸巾，顺势瞪了他一眼。

追野假装没看见，盯着小龙虾的眼睛却微微弯起来。

乌蔓坐回原位，一直观察着追野的季思佳费解地问："你看龙虾都这么深情吗？怪不得他们都说你是浪蝶。"

追野轻笑了下，没说话。

他依旧专注地看着手中的小龙虾，一点一点去掉干净坚硬的外壳，露出里头柔软的红白嫩肉，咬住尾部，慢慢将之拆吃入腹。

饭吃到一半时，秦凡蕾拿来了玄关处节目组放置的任务字条。

"大家停一停，我们的任务来了！"她展开字条，说道，"上面说，请大家看一下自己的餐盘底部。图案一样的两个人，将是接下来一周内的搭档。"

众人心里都已经很清楚是谁了，但还要装模作样地满面期待地翻看盘子底部。

翁邵远举起盘子，莞尔道："看来我的运气不错。"

乌蔓回以一个造作的笑容："我也是。"

追野则是连盘子都没翻，慢吞吞地吃完了小龙虾，扫视一圈桌子，视线瞥向季思佳："是你？"

无比自然的演技。

相比之下季思佳的神情就显得相当浮夸了："惊喜吗？"

气氛凝滞了一秒钟，追野实在不知道该怎么接她这句充满自信的话语。

最右侧的秦凡蕾见缝插针地开玩笑，一脸遗憾地指了指自己面前的盘子道："追野弟弟，看来我们暂时有缘无分了。"

追野轻佻地眨了下眼睛："没关系，过两天我就去找你。"

他对着秦凡蕾的方向，但那个方向还有一个人，便是乌蔓。

秦凡蕾捂住心口，看了眼简群，说道："不要诱惑我！我觉得小群也蛮好的！"

简群翻了个白眼："我谢谢你现在才想起我。"

翁邵远开了瓶红酒,给每个人都倒了一杯。

他率先举起杯子说:"第一天大家可能都不太自在,我提议大家都喝一点,微醺助兴。"

酒确实是个好东西。它是点燃荷尔蒙的催化剂,多少食色男女即便看不对眼,只消互相灌几杯酒,就好像给对方做了一场整容手术,整到能够抱着啃下去的程度。

大家纷纷举起酒杯,只有两个人不太配合。

追野头也不抬地说:"配龙虾,我只喜欢啤酒。"

季思佳支着下巴,无所谓地道:"我不需要酒也能放得开。"

嘶——此话一出,简群不由得轻轻吸了一口气。

翁邵远微微怔愣,回过神来后打趣道:"你们俩的磁场真是相似,怪不得能被分到一起。"

追野擦了擦手指,盯着他看:"难道你认为被分到一起的人是因为磁场相似吗?"

一旁的秦凡蕾开始擦汗,这位语出惊人的年轻影帝不会直接抖出这都是节目组安排好的吧?那她直接放弃补救了,节目组自己剪掉吧。

乌蔓拿着红酒杯的手一抖,满含威胁的眼神扫向追野。

翁邵远捉摸不透追野的心思,斟酌说:"能被分到一起,总归是缘分。"

追野点点头,又摇头。

"缘分分很多种,其中有一种叫孽缘。"他接收到乌蔓的视线,顿时笑得人畜无害,"哦,我没有让你对号入座的意思。大家能坐在这里,当然是好的缘分了。"

他举起被冷落的酒杯,说道:"敬今夜。"

众人被这反转搞得一愣一愣的,回过神后跟着碰杯,连季思佳也撇了撇嘴加入,僵硬的气氛霎时间荡然无存,比之前更和谐了。

墙壁上的时钟缓慢指向十一点,六个人结束了漫长的聚餐,准备从客厅离开去往房间。

第一天的重头戏就要来了。

即便把今晚当作一场"亲密戏"看待,乌蔓心里也还是有点打鼓。

毕竟算上《春夜》，这是她第二次暴露在镜头下的"亲密戏"。更何况不是简单几分钟的镜头，而是需要实打实经历一整晚。

尤其知道隔壁房间，追野和另一个女生独处，这气氛就更诡异了。

乌蔓乱七八糟地想着这些走进房间，听到身后咔嗒一声轻响。

翁邵远走了进来，关上了门。

乌蔓捕捉到这细微的声响，背脊不自觉地挺得笔直。

翁邵远走到她跟前，没话找话道："你脸挺红的，看来是喝酒容易上脸的体质。"他用手背贴了贴自己的脸，"和我一样。"

乌蔓也没话找话道："你嗓子现在好多了吧？"

"好多了，但还是不能过度使用。"翁邵远调侃道，"不过为我们的乌蔓小姐唱一首歌的余力还是有的。"

乌蔓沉默了一下。

"那我可以点歌吗？"

"当然。"

"我想想啊。"乌蔓清了清嗓子，说道，"我要听……《青藏高原》。"

"……"

饶是翁邵远修养良好，也在此刻露出了迷惑的表情。

乌蔓哈哈一笑："我逗你的。"

翁邵远恍然大悟地跟着笑起来。

她轻巧地回避了他刚才带着些许暧昧的言辞，气氛也没有刚才进门时那么尴尬。

翁邵远走到床边坐下，压了压床垫，说道："这床还挺舒服的，你要不要也坐下试试？我还担心会睡不好。"

乌蔓赶紧摇头："我不习惯没洗澡就碰床。"

"啊……是我唐突了。"翁邵远立刻站起来，有点不太好意思地说道，"我先去洗澡吧，不对，还是你先。"

他指了指房间内自带的独立卫浴，乌蔓忽然想到三楼有公用的卫生间，此刻应该没人用，便提议道："没关系，我去三楼的卫生间洗，顺便去天台上抽支烟，咱们就不用分先后了。"

翁邵远似乎还想坚持，乌蔓立刻拿上东西出门了。

脚刚迈出房门,她就长出了一口气。

老天,真人秀比拍戏难多了。没有任何预设的台词和动作,她都不知道该给怎样的反应才最合适。

今晚再这样下去肯定会严重失眠,要不然去睡沙发算了。

乌蔓在天台上点燃一支烟抽着,盘算完毕,掐灭烟头,走下楼梯,在拐角处猝不及防地被拉入一片黑暗。

熟悉的气息将她包裹。

青年将她拉入怀中,挨着她轻蹭。

他把自己的麦关掉,舒服地叹了口气:"我忍了一晚上。"

乌蔓一颗心怦怦直跳,也赶紧把自己的麦关了。

"你疯啦?有摄像头!"

"我刚刚观察了一圈,这个地方是死角。"追野摸着她发烫的脸颊说道,"你刚刚和翁邵远在房间里说了什么?"

"就随便的客套。"乌蔓还是不放心地左看看右看看,问道,"这里真的是死角?"

"当然是。"追野心虚地咳嗽一声,说道,"这儿的摄像头刚刚被我蒙了块布。"

"……"

"没关系的,节目组肯定会把我蒙布的这段剪掉。"

乌蔓伸出手掐他的脸:"你说你净添乱,刚刚在餐桌上也是。"

追野包住她的手背,让她的手心贴住他的脸,摩挲着把玩:"其实我还可以添更多乱,比如……"

"比如什么?"

"半夜摸进你的房间,把你偷走。"

乌蔓把自己的手从他的手心里抽出来,支吾道:"我要去洗澡了。"她扭头就走,走出两步又别扭地回头道,"晚上睡觉规矩点。"

追野微微一愣,随后靠在墙上歪着头笑:"还说不介意?"

还没等乌蔓开口,追野就举起双手说:"我投降,阿姐,我很介意。"他顿了一下,又道,"所以作为补偿,今晚你要梦到我。最好说梦话喊我的名字让那个老不正经的听见。"

两个月后的匿名区论坛内。
主题帖:"第二季平台上线啦,大家速速集合!"
"光看预告我就嗑死了!一个人看太寂寞了,有没有人陪我一起?"
"我来了我来了,离正式开始三分钟倒计时。"
"你们最喜欢谁啊?"
"我眼里只有春夜夫妇。"
"看预告我买股追野和季思佳了,双野组合就是最野的!"
"滚啊,我们春夜夫妇才是最牛的!"
……
"哈哈哈,笑死人了,这现世报来得要不要这么快啊,乌蔓和追野真的被拆开了!"
"节目组出来挨打,棒打鸳鸯是人干的事吗?我在查节目组在哪儿,我有点人脉,拆散小情侣都给我等着,我把你们的台本都撕碎!"
"醒醒吧,谁跟你们家乌蔓是小情侣,我们野子哥又朝秦快嘴放电了,看见没?他根本不在乎乌蔓。"
"楼上别假装影帝的粉丝了,你就是嫉妒,有本事让你家大花也手握一个A类电影大奖的实绩,不然请闭嘴!"
"吵架能不能别来这里啊,我们都圈地自萌了,你们还闻着味儿过来,是不是狗?要打去外面打!"
"附议!"
……
"天哪,天哪,天哪,老男人太懂了吧,'我嗓子不行,但我可以为你唱歌'!"
"乌蔓是真木头还是装木头,这回答笑死我了,青藏高原,哈哈哈!"
"我觉得翁邵远好像对乌蔓有点意思,但乌蔓一副这工作真不是人干的社畜脸,我仿佛看见了我和我领导同在一个屋檐下的画面……"
"终于切到双野的房间了。"
"他是冲了,直接冲出门外了,哈哈哈哈……"

"季思佳直接倒贴啊,我替人尴尬的毛病又犯了。"
……
"嗯?追野在外面溜达干吗?"
"他凑这么近干吗,这么帅一张脸冲到屏幕面前害我心跳加速。"
"镜头咋黑了?"
"他要做什么坏事吗?"
"重金求黑屏之后的画面!"
……
"哇哇哇,终于要到熄灯的时间了,我可太期待这一幕了。"
"我看简群和秦凡蕾在一起总有一种罪恶感,我总感觉简群还是个小屁孩……"
"简群比追野还大三岁呢。"
"我不要看这个房间,赶紧给我切到乌蔓和翁邵远的,或者双野的!"
"来了来了,等等……这……"
"这是我可以看的吗?"
"救命,我已经嗑死了!"
"为什么画面这么黑,细节都看不到了……"

两个月前的录制当日。

乌蔓在卫生间洗漱,磨蹭了许久才回到房间里。

开门前她默默祈祷对方已经睡了,结果推开门一看,翁邵远还倚靠在床头,戴着眼镜在看书。

他抬起眼,打趣说:"我还担心你在浴缸里睡着了。"

乌蔓干脆道:"我来是跟你说,今晚我打算去外边的沙发上睡。"

翁邵远表情一凝,欲言又止片刻,从床上下来。

"这不好,这是我自己的问题,不能连累你去睡沙发,这样我更睡不着。"

乌蔓强硬地做了一个"您请止步"的手势,"你赶紧躺回去吧!"

"这怎么行?我一个大男人睡床,让女士睡沙发?"他连连摇头,"这也太不绅士了!"

"但我觉得,真正的绅士不是说必须要让女士享受优待。"乌蔓斟酌着说,

"而是尊重女士的决定。你觉得呢？"

翁邵远语塞。

"那……那好吧。"

乌蔓笑着挥挥手："晚安，祝你有个好梦。"

她抱起自己的枕头，又从柜子里拿出毛毯，心中一块大石头落地，哼着歌愉悦地走向一楼客厅里的大沙发。

被观众骂也无所谓，在这一刻，她只想遵从自己的内心。

虽然两人嘴上说着不介意，但其实都介意得要死。追野在拐角处说的那句话，直接把她的心戳烂了。

她还是不舍得让他委屈。

反正这也不是拍戏，娱乐至上，就原谅一下她暂时的恋爱脑吧。

乌蔓走到关了灯的客厅，漆黑又空旷，但可以模糊地看到沙发上有个拱起来的形状。

那个形状听到脚步声，支起乱蓬蓬的脑袋，迷蒙地看向她。

在看清她和她手上的物件后，原本半眯起来的眼睛陡然睁大了。

他的眼神就像天色晦暗时的路灯，等到了某个特定的点儿，毫无预兆地亮起，明晃晃的，藏着积蓄了一整天的光亮。

"阿姐……你怎么下来了？"

"我也想问你。"

两个人都扫了一眼黑暗中还亮着红点的摄像头，乌蔓干笑道："真是太巧了。幸好沙发够大，我睡到那一边去。"

追野招了招手："我们换换吧，那边对着空调的出风口。"

"可那就变成你正对着空调出风口了，不行！"

追野小声地笑道："那怎么办呢，只能让你睡到我旁边了。"

那语气滑溜溜的，像一尾游鱼，等到了诱人的钩，一口咬了上去。

乌蔓抓着枕头的手指瞬间蜷缩起来。

他拉了一把她的毯子，她没有想到他会直接出手，脚步踉跄，不期然地倒进他的怀中。

"抱歉，我只是想把你手里的毯子接过来。"追野在黑暗中狡黠地眨眼，语气很无辜，"阿姐，下次要站稳。"

"我谢谢你啊。"

乌蔓咬牙切齿地微笑,借着毯子的遮挡伸出手去挠他的敏感点。

"噗……"追野一下没忍住,破功之后又硬生生忍住。

乌蔓把毯子从他手中抽回来,挪到一边,装模作样地说:"你嗓子不舒服啊?少说点欠揍的话就行了。"

他背对着摄像头,用口型无声地说:你欺负我。

乌蔓也无声地回答:谁让你私自下来。

你不也是。他无声回应。

两个人心虚地对视了一眼,都在对方的眼里读到了几个字:还不是因为你。

乌蔓比往常睡得还要晚。

她是在追野入睡之后才睡着的,她有些心惊胆战,就怕他顺手将她抱过去搂在怀里,因此他一动,她就忙往旁边挪。

挪得累了,她困得不行,迷迷糊糊睡过去了。

后来追看《双人床》第一期的组合粉们,看到这一幕就像坐过山车。

本来不抱希望以为他们各自要和别人睡,结果转脸两人在客厅相逢,虽然是各睡各的,但四舍五入也算睡在一起了,还是他们自己创造的,这比节目按头好嗑多了!

当时组合粉们激动得把大腿都快拍烂了。

然而,画面一转,只见原本还挨得挺近的两个人,渐渐地离得越来越远……乌蔓就像条扭动的毛毛虫,只要追野一动,她就急忙往旁边扭开。

她每扭一下,就像一把刀往粉丝们心口插进一寸。

仅仅看了第一期,他们就尝到了乐极生悲的滋味。

用两个字形容,就是酸爽!

第二天的录制,节目组很俗套地选了游乐园,邀请六位嘉宾一同前往游玩。

原本编导想选迪士尼,但客流量实在太大,可以想象到时候嘉宾会寸步难行,于是选择了远郊的一处过气的游乐园。这里人不多,好拍摄。

乌蔓依旧无法坐车,只能坐地铁去。她不断地用眼神暗示追野不用陪她,他干脆装瞎，一本正经地说自己昨晚睡沙发没睡好，怕晕车，提出也要去坐地铁。

节目组别无他法，为了不引人注目，就只派出陈茜一人帮忙引路。

当陈茜听到乌蔓和追野要脱离大部队单独坐地铁过去的时候，她心里的CP雷达开始疯狂作响。

不对劲，这一定不对劲！

一路上，她完全控制不住瞥向那两人的双眼，然而越看越失望。

他们俩只有几句简单的交流，除此之外便没再说话。他们甚至连站都没有站一起，一直隔着点距离。

陈茜沮丧地垂下头，还是心有不甘，不愿意接受自己偶像的感情已经是坏结局的事实。

此时已经过了上班高峰时间段，车厢里没有那么拥挤，但也座无虚席。直到列车驶过一个换乘站，终于空出了一个位置。

陈茜为人机灵，上前一步想把位置占下来让给他们坐，但是晚了一步。

追野自食其力，长腿一迈，瞬间就把位置占了。

只见他冲着不远处挥了挥手，而那个方向……陈茜的心提到了嗓子眼，顺着望过去，看见了捂着口罩小幅度摇头的乌蔓。

追野却锲而不舍地示意乌蔓过来，乌蔓在原地磨蹭了几秒，左右看了看，在引起更多人的注目前低着头坐到了空着的位置上。

陈茜掐了一把自己的大腿，忍住了想要尖叫的欲望。

我的天，我的偶像在帮对方抢座位！过年了过年了！

追野仿佛这时候才想起来旁边还有个可怜兮兮的女性工作人员，却见她神情扭曲，吓了他一跳。

"你没事吧？"

陈茜猝不及防地对上追野专注地看向自己的视线，身心都跟着飞驰的地铁眩晕起来。活到这把年纪，她头一次体会到心动的感觉。

她迅速甩了甩头，内心疯狂叫嚣着：你清醒一点！你可不是女友粉啊！

"没事没事！"

他轻轻眨了下眼："刚刚只占到一个座位，先给阿姐了，等下我再帮你占?"

她像个卡壳的机器人,结结巴巴地道:"啊……好……不……不用……没关系!千万不要!"

我可求求您别帮我占座位!我才刚嗑上您对乌蔓的保护欲呢,这要是帮我占,不就变成人人都可享受的中央空调了吗!那还有什么好嗑的!

嗑糖的精髓就在于双标,就在于我对你的独一无二!

她绝不允许这好不容易到嘴边的糖被自己破坏了。

追野完全没想到陈茜反应那么大,淡淡地说:"哦……好。"

陈茜默默地缩到一边去证明自己的决心,眼神却偷偷摸摸地看向追野和乌蔓。因为她的离开,他们俩好像自在了一些,追野半弯着手臂抓着吊环,不知道是有意还是无意,正好站在乌蔓的座位前,将她包围。

两人都戴着口罩,由于离得远,陈茜无法看清他们的表情。

偶尔,乌蔓会抬起头看一眼追野。而追野一直看着车窗上的倒影,微微低着头,视线的落点分明不是他自己。

陈茜只是远远看着,就感受到一种静谧的安心。

明明他们没有做任何亲密的举动,明明只是眼神的几个交错,却让她觉得自己是多余的,整节车厢的人是多余的,甚至整个世界都是。

他们眼中似乎只有彼此。

他们三人坐地铁到得比节目组还早,游乐园门口冷冷清清的。过了二十分钟,那一车人才姗姗来迟。

众人顺利进入园内,工作日大部分是家长带着孩子在里头玩,看到他们也只是凑热闹地掏出手机随便拍张照,没有狂热地围着他们转。因此,他们只是在刚入园的时候遭遇了一些困难,之后便顺畅起来。

秦凡蕾手上拿着今天的任务卡,她几乎充当了主持人的角色,对大家道:"节目组让我们一起先去玩鬼屋。"

简群顿时崩溃了,捂住额头说道:"我就猜到是这个,节目组就不能整点正常的东西吗?"

乌蔓不信神明,所以对鬼屋一点不害怕,听完之后内心毫无波动。然而,翁绍远似乎觉得她会怕,走到她身边说:"不用担心,如果你害怕就直接抓住我的手。"

乌蔓尴尬得脸色微变,还没等她回答,追野便挤到两人中间,手搭上翁邵远的肩头说:"我也害怕,我可以抓住你的手吗?"

这下轮到翁邵远脸色微变。

他勉强挤出一丝微笑,指了指走在最前头的季思佳:"我觉得她胆子也挺大的,不如……"

追野挑眉:"怎么可以让女孩子打头冲锋呢,对不对?所以我只能躲在像你这样的大男人后面了。"

他精准地击中翁邵远的弱点,让他无话可说。

翁邵远点头道:"那好吧,一会儿你就……害怕就……抓住我的袖子。"

"不行哦。"秦凡蕾忽然插话,"节目组规定必须要一男一女一起走。"

追野的脸一下子垮了下来。

翁邵远笑声爽朗:"我觉得节目组的安排非常合理。"

乌蔓忽然出声道:"我不怕这些,我走第一个吧。"

她扭头看了看一脸委屈的追野,说道:"你走我后面就行。"

追野一愣,而后微微扬起唇,脸上的表情生动起来。

他挺直胸膛,趾高气扬地瞅了眼翁邵远:"我也觉得节目组的安排非常合理!"

翁邵远再次无语凝噎。

于是六人排成一队,由乌蔓打头,依次走进黑漆漆的甬道。

她不知道追野是真的害怕还是故意捣乱才那样说,但她知道他可能多少还是会有些畏惧。走进去没多久,她转头小声对他说:"都是工作人员扮演的,不要怕。"

然而,她一回头,对上的是他笑得有点憨的一张脸,哪里有半分害怕。

"嗯?"

"我还在回味你刚才的话。"追野压住麦,俯下身对着她耳语,"果然是阿姐,不论什么时候,我都会对你心动。"

怦怦——怦怦——

刚走进鬼屋,还没遇上任何一个鬼影,乌蔓就感到自己的心脏被击中了。

鬼屋的前段路风平浪静,等到后方的光亮完全消失时,他们看见了一片空地，四周打着幽蓝色的冷光，像是沉入海底，通往前路的门关着。

"怎么回事？这鬼屋还带解谜的吗？"队伍里秦凡蕾声音颤抖地发问。

然而，没人回答她，所有人的视线都集中到了空地中心。那里摆放着一台老式电视机，只有几个按钮的那种。屏幕闪了两下后，出现了一个只有眼白的残破布偶。

"啊——"秦凡蕾立刻尖叫起来，连带着简群一起尖叫着唱起了"二人转"。

这时，稚嫩的童声响了起来：

> London bridge is falling down（伦敦大桥要倒了），
> Falling down, falling down（要倒了，要倒了），
> London bridge is falling down（伦敦大桥要倒了），
> My fair lady（我美丽的淑女）⋯

每唱一句，玩偶的眼白就消失一块，眼黑回来一点。

那声音断断续续的，配合着秦凡蕾和简群的"高低尖叫二人转"，还挺有滋有味。简群直接吼道："别再唱伦敦桥崩了！再唱下去，我心态先崩了！"

乌蔓压住笑意，这个时候笑出声就太不厚道了。

她的手臂忽然被炽热的手掌贴上，她侧过头一看，追野紧抓着她，如临大敌地说："阿姐，我怕。"

他的声音却中气十足。

乌蔓暗中翻了个白眼，已经摸清追野的套路。他被人称道的演技在她面前没用，总是会被她一眼看穿。

她拍了拍他的胳膊，敷衍道："不用怕，阿姐在。"

追野趁机将她往怀里搂得更紧点。

电视中，那个玩偶唱到了尾声，它的瞳仁变得一片漆黑，歌声戛然而止，身后的门开了。

门开的那一瞬间，和电视里妆容相似的玩偶赫然出现在他们面前，没有眼白，只有眼黑。

它不给他们反应时间，直直冲着他们扑来，首当其冲的就是领头的乌蔓。

她虽然不害怕，但下意识地抗拒这种身体接触，她刚想躲，追野揽住她的腰往自己腰侧一带，转瞬间两人就交换了位置。刚才还瑟瑟发抖故作姿态说着好怕的人，毫不犹豫地挺身上前挡住玩偶。

光线太暗，他把握得不太准，只觉得手上抓住了什么东西，滑溜溜的，让他感觉手痒痒的。

幽蓝的射灯恰好一闪而过，照亮了面前的玩偶。这本来是为了烘托玩偶的出场，让游客能够看清他的样子，从而感到害怕。

这下子大家借着那光的确是看清了，包括他被追野揪下假发之后那锃亮的脑门子。

一行人都沉默了，玩偶大叔也沉默了。

追野尴尬地笑了一下，毕恭毕敬地把假发送回他的头顶。

"我知道舒然牌的洗发水不错，你要不要试试？"

这个牌子怎么听上去有点耳熟。玩偶大叔茫然地想。

两个月后的弹幕区内，这一幕上的弹幕除了清一色的"哈哈哈哈"，还有好几条弹幕唰唰飞过——这不是乌蔓代言的洗发水吗？

这位哥，你自己身上还有一个洗发水代言呢，绝口不提自己代言的产品，还推竞品，品牌方没有意见吗？

追野把人假发一揪，玩偶大叔捂着头就往里跑了。不知道是不是他给同伴们通风报信的缘故，后面一路上"鬼怪"都不敢靠追野太近。乌蔓也沾了他的光，一路大摇大摆地出了鬼屋。

后面的四个人就没这么幸运了，"鬼怪"没有冲着追野来，所有的捉弄都纷纷往他们身上招呼，出来之后连刚进鬼屋时一副老娘拽上天模样的季思佳都白了脸。

秦凡蕾无奈地揭开下一张任务字条，看完之后顿时松了口气："太好了，我还以为下一个是海盗船什么的，幸好只是射击游戏。"

追野立刻皱起眉，拉过乌蔓小声问："这个你是不是……"

乌蔓小幅度摇头："别担心，这个好像没问题。"她莞尔一笑，"毕竟不是真的手枪，只是气枪。在我的记忆里，它被一段温暖的回忆强力覆盖了。"

秦凡蕾按字条上写的内容继续念道："嘉宾们将分成三组展开对抗，成绩最差的那组必须接受惩罚——大摆钟，第二名得坐海盗船，获胜的那组则可以悠闲地坐摩天轮，在上头欣赏其他两组的尖叫……"

简群脸色一黑："是不是也要男女分开来啊……"

秦凡蕾理所当然地一笑："加油小群，虽然姐姐很爱你，但是我知道你在这方面就是个废物，别怪我抛弃你了。"

她快步跑到追野身边，笑道："我看追野弟弟这方面肯定很行！"

追野摇摇头，摸着鼻子说："我不擅长射击游戏，我记得小时候我们老家的夜市上有那种气枪小摊位，我玩过几次，但没一次打中的。"想到刚才乌蔓和自己说的后半句话，他忍不住骄傲地道，"后来我有幸碰上一个人，她信誓旦旦地说要帮我拿到大奖……"

"拿到了吗？"

追野意有所指地道："拿到了，而且是我这辈子收到的最高奖。"

"这也太夸张了吧？你比我还会跑火车，快嘴这个名头让给你好了。"

追野笑着摇摇头，一本正经地道："我没在开玩笑。"他摸了摸心脏的位置，又道，"这个奖好到什么程度呢？是我百年后埋进土里，唯一会刻进墓志铭的存在。"

他说完，假装不经意地转头，视线温柔地瞥过角落里的乌蔓。

她正在发语音消息，没有注意到他们的交谈。

他只是扫了她一眼，脸上就浮现出幸福的笑容，哪管身边的秦凡蕾还在叨叨："夏城那座小金人该哭死了。"

乌蔓处理完工作室的事情，才发现其余四个人已经分好组了。秦凡蕾不相信追野的说辞，硬要和他一组，翁邵远不知道是不是因为被乌蔓接二连三地拒绝，也识趣地不再来求组队，转而去邀请季思佳。

剩下的，就是射术极差的简群了。

他充满希冀地望向乌蔓："蔓姐，你技术咋样？"

乌蔓扭了扭脖子晃了晃腰，得意扬扬道："小意思，十多年前我就接触过这个东西了！"

追野听到她的话，觉得她可爱极了。

乌蔓几乎是说完话就立刻瞥向了追野，捕捉到了他脸上的笑意。

她一定要一雪前耻！

一行人往射击摊移动，走到拐角的分岔口时，乌蔓特地停下来看了看板子上的地图，很肯定地说："我们得往那边走。"

摄像组的人早就踩过点，一看乌蔓指了一个完全相反的方向，滴下一滴汗，举起手小声地道："乌蔓老师，您指的方向好像不太对……"

乌蔓笑得特别温和，眯起眼找了找开口的那个人，笑道："你是在说我路痴吗？"

"没有……可能是我记错了吧。"他默默退下，和旁边的工作人员小声吐槽，"切，还真把自己当根葱了。"

这个时候，季思佳站出来看了眼地图，毫不客气地说："你就是路痴，他说得没错，你指的方向反了。"

翁邵远跟着看了一眼，犹豫道："的确反了，但也可以到达射击摊，只不过要绕一大圈。蔓蔓，还是别走那条路了吧。"

众人发生分歧的时候追野并不在，他从卫生间回来，看到的已经是乌蔓一人单挑群雄的场面。

"怎么回事？"

秦凡蕾吐了吐舌头，说道："蔓姐非说她指的那条路是对的，可是看地图得绕一大圈呢，不知道她是不是地理没学好，东西南北不分。"

这明明不是阿姐的作风。

追野疑惑地抬头凝视地图，忽然就明白了。

顺着他们走的这条路往前，有一处旋转木马。

追野说不出话来，从思绪纷乱的脑海中扒拉出一句经典的台词——"她可以褪色，可以枯萎。我不在乎。只要她一眼，万般柔情，涌上心头。"

他对她的感觉就是如此。

因为他深知，她的阿姐有一颗让人无法忽视的种子，会在某个时刻长成参天大树。

乌蔓背对着他，梗着脖子，依旧固执地坚持说："是你们看反了，反正我就决定走这条道了。你们先走吧，我等等追野。"

这才是她说这番话的目的，故意唱反调留下来，等追野回来再若无其事地带他走上不同的道路。

只不过,他回来得比她想象中快,这帮人又比她想象中难缠,他这才凑巧看到她为他默默所做的一切。

季思佳撇嘴说:"他已经回来了,你倒是问问他跟不跟你这个路痴走。"

乌蔓诧异地回过头,对上追野毫不遮掩地凝视着她的眼神。

她当即有一种心思被看穿的尴尬。

"我当然跟。"追野毫不犹豫地道,"我不跟我的阿姐走,还跟谁走?"

季思佳顿时哑口无言。

最后,队伍因乌蔓的坚持己见分成了两队,她和追野一组走向她指的"正确的路",其余四人按原定的路线继续往前。

节目编导对这个结果很满意,嘀咕道:"这个乌蔓挺会玩的嘛,还知道闹分歧可以把综艺效果拉满。不错,真懂事。"

她刚夸完,就听到对讲机里传来了跟着乌蔓和追野那组的摄影师慌里慌张的声音。

"他们不见了啊!"

"啥啥啥……啥意思?!"

"追野拉着乌蔓突然跑了起来,他们跑得太快,我们根本追不上!"

此刻,乌蔓也很蒙。

她被追野扣紧手指,忽然就被带着朝前飞奔。夏日的晚风擦过面颊,他们两个人就像两台失控的碰碰车撞在一起,擦出噼里啪啦的火花,烧得整座游乐园都充满了电流。

把后面的摄像师甩掉之后,追野才轻松地停下脚步,乌蔓却累得直喘气。

"突然……跑什么……"

他慢条斯理地说:"希望和你的这场约会更逼真一些。"

就在这普普通通的游乐园里,两人手牵着手,不用担心曝光。

就算被人拍下来,也可以拍摄节目的借口掩盖过去。

"逼真是逼真了……只是连摄像师都给甩掉就有些过分了吧?"乌蔓被他说得心痒痒的,但还是保持着一丝理智,说道,"你不觉得我们现在……暴露得有点多吗?"

"我当然想好借口了,不会让阿姐为难的。"他捏着她汗湿的手心说道,

"就说我们走着走着，终于反应过来确实走错了，需要绕一大圈，为了不让他们等我们太久，所以我们才跑起来的。"

"你果然学坏了。"

"阿姐，我知道你为什么要选这条路。"他收敛了玩笑的表情，神色认真地道，"我真的很开心，但是下次不要再让自己成为众矢之的了。"

乌蔓微怔："但那个东西……"

"那个东西是我的弱点没错。"追野抿起的嘴角露出一丝苦笑，"但阿姐，你对我而言……是比那个东西还要致命的弱点。"

乌蔓抠着自己的手心，远处的跳楼机上传来一声尖叫，倒是像在替她呐喊。

从她口中说出的话细如蚊蝇，她像个小女孩一样喃喃着："知道了。"

他们不敢在这条路上逗留太久，一路小跑着来到了射击摊。

看着跑得汗流浃背的两个人，季思佳迫不及待地出言嘲讽道："一个盲目，一个盲从。"

已经察觉出一丝猫腻的简群顺口接道："爱情不都是这样。"

他话音刚落，所有人齐齐看向他。

他挠了挠头："怎么了？"

乌蔓拍了拍他的肩头，和蔼地道："若是不想输，就别乱说话。"

简群立刻做了个把嘴巴封起来的动作。

追野准备去往秦凡蕾身边，离开前他在乌蔓耳边留下一句话："不指望阿姐能拿第一，只要打出的小球别往天上飞就行了。"

这话差点让乌蔓鼻子气歪。

她撸起袖子，端起气枪，姿势一如十几年前有模有样的，震得一旁的简群泪眼汪汪。

他仿佛已经预见到自己端坐在摩天轮里轻晃着红酒杯，跷着二郎腿，睥睨其余两组被晃到面瘫的高贵身姿。

"蔓姐，你真是深藏不露啊！"

他狗腿地竖起拇指，隔壁摊的追野闻言向他投去了一个怜悯的眼神。

简群臭屁地反看过去，对着乌蔓说："看吧，追野还在嫉妒我呢。"

乌蔓却不言不语，只是眯起半只眼，专注地瞄准她的目标。

啧啧，看看，这才是高手风范。

这个想法一直维持到乌蔓将小气球打出去为止。

"球呢？"

简群看着对面纹丝不动的沙包，蒙了。

乌蔓擦了擦汗，指了指天："好像……往上飞了。"

隔壁摊传来笑声。追野用手臂抵着气枪的手柄，下巴支在胳膊上，全程注视着她。

乌蔓咬牙道："再来。"那神态像极了当年的她。

追野就这么看愣了，听到秦凡蕾的叫唤才回过神。

"哇，我居然超常发挥了！你看见没有！"

他含糊道："我在刺探军情。"

秦凡蕾跟着围观乌蔓击沙包击了个寂寞，笑道："我觉得……他们这组一看就知道没戏了，比较有威胁的是右边那组。"

她指了指翁邵远和季思佳那组，却拉不回半点追野的注意力。

秦凡蕾鬼使神差地想到了简群嘟囔的那句话……爱情不都是这样。

乌蔓最后丢脸地罢手，把气枪丢给了简群，扭头去看追野他们的表现。

此时轮到追野上手，他的姿势模仿的她，却是一种截然不同的风格。

他干脆利落地瞄准，耐心等待着最合适的时机，稳准狠地击中目标。

从前那个身高只到她胳膊肘，需要仰望着她祈求中奖的小男孩，如今摇身一变，成了能轻而易举摘下桂冠的风华青年。

沙包应声而落，追野侧过头，发丝飞扬，向乌蔓抛来一个志在必得的眼神。

最后的结果是追野和秦凡蕾那一组获得了胜利，抱走了摊位上的熊猫公仔。

追野把公仔给了秦凡蕾，她欢天喜地地抱过公仔，连声说："谢谢弟弟呀！哎哟，我好久没收到这么纯真的礼物了！"

简群幽怨地盯着那只公仔道："那是礼物吗？那分明是免死金牌！"

"拜拜了您。"秦凡蕾挥舞着熊猫公仔，耀武扬威地继续插上一刀。

三组朝不同的方向而去，简群走在乌蔓身边，哭丧着脸说道："我真的受不了晃啊晃啊的，万一直接在大摆锤上吐了可怎么办啊！"

乌蔓声音凉凉地道："那就飞流直下三千尺，疑似'银河'落九天了。"

"那挺好,我直接从娱乐新闻转到社会新闻了。"

他一脸绝望的表情,越走越慢,似乎这样就走不到大摆锤那里,可以躲过一劫。

不知道是不是上天听到了他强烈的祈祷,他的后背忽然被人拍了一下。

简群回过身,看见了小跑过来呼吸还有点急促的追野。

"简群哥,你去我那组吧。"

"啥情况?"

乌蔓也呆住了,追野应该去坐摩天轮了啊。

追野轻描淡写地道:"你不是特别怕坐大摆锤吗?其实我还挺喜欢玩这种刺激性项目的,不如我俩干脆换换。编导也答应了,毕竟我是获胜者,我有权交换。"

"爸爸!"简群脱口而出,满含热泪,"你就是我的再生父母!"

追野嘴角一抽:"那倒不必……"

简群一反刚才的磨蹭模样,欢天喜地地朝着摩天轮狂奔而去。等他一离开,追野一直背在身后的双手终于伸了出来,配合着嘴里"噔噔噔噔"的拟声词。

"看!"

一个粉红色的猪玩偶。

"干吗……"

乌蔓瞪着那个猪玩偶,又瞪向他。

"送你的。我刚才在射击摊位的时候就注意到了这只猪。"

追野掏出手机,指着自己的屏保,是一张她缩在副驾驶位上睡着的照片,被 App 滤镜装上了猪鼻子和腮红。

"是不是很像?"

乌蔓吃惊地问道:"这什么时候拍的?!"

"那次在西北……"

他还没说完,乌蔓就扑上来捂住了他的嘴。

追野这会儿也反应过来,"呜呜"叫唤两声,表示自己知道了。

乌蔓松开手,压低声音问:"你贴了防窥膜没有?"

"没……"

怪不得刚才简群那样说,也许他已经看到了追野的屏保。

"赶紧换掉,不贴防窥膜不许用。"乌蔓嘀咕道,"还有哪里像了,我脸上长肉了?"

她掐了掐自己的脸,完全陷入了自己的思维怪圈。

她不知道,他喜欢用一切圆滚滚的傻乎乎的东西去类比她。他觉得,即便这样也无法体现她万分之一的可爱。

追野只能无奈地道:"好啦,不像,你脸也没发胖。"他把猪猪玩偶轻轻地放到乌蔓头顶,说道,"那个熊猫给了凡蕾姐,是我作为队友给的。这只小猪给你,是我作为……"他用口型说,"男朋友。"

乌蔓的呼吸微微一滞。

她把小猪抱到怀里,偷偷捏紧了小猪的脚。下午五点的阳光是一种温柔的金色,涂抹在青年因为跑动而汗湿的鬓角,仿佛散发出烤面包上黄油的香气。

她手伸进口袋想掏出纸巾给他擦汗,却只摸到空空如也的塑料外包装。

"你等一下。"乌蔓说完便跑向一边的摊位,买了纸巾,还有两瓶橘子汽水。

她将带着冷气的玻璃瓶贴向追野的脸,水珠和汗水混在一起,沿着他的下巴滑落。她又抽出纸巾慢条斯理地将那道潮湿的水线擦干净。

追野始终乖顺地垂着头,任乌蔓摆弄。

两人的磨蹭和黏腻快把一边的摄像师气死了,他忍不住出声提醒,两人才恍然惊觉还在拍摄中,匆忙分开。

摄像大哥不禁有点恍惚,自己到底是来拍综艺节目的,还是来拍恋爱纪录片的。

节目第二期播出之后,"春夜夫妇"的粉丝们几乎一个个嗑晕在屏幕前。

"这还不是在谈?这模样要是同事,那我和我男朋友都是陌生人了。"

"不是吧不是吧,如果乌蔓不是追野的女朋友,追野为什么要把偷拍照设置成屏保啊,这不合适吧?"

"重点是被捂住的话……难道是乌蔓在西北拍摄的时候,追野偷偷去了?"

嗑点实在数不过来,尤其是最后一幕两个人共同乘坐大摆锤的画面,如果有年度十大组合经典画面排行榜,这一幕绝对光荣登顶。

玫瑰色的火烧云下,摆锤飞到半空,像闯入一团棉花糖的软梦。乌蔓和追野两个人混在尖叫的人群中,远远看去那么渺小,仅是两个小黑点。他们像普通的情侣一般,她望着他轻笑,用手指抹掉他嘴角挂着的橘子汽水的残汁。

春天过去了,落日之后即将是燥热的夏夜。

夜晚来临,他们终于结束了在游乐园的录制,但并不能回去休息,节目组还安排了晚上的录制。

录制的地点在江边,节目组包下了一艘游轮。追野他们几个男生被节目组先行叫到了船上,不知道在搞些什么。乌蔓她们则等在岸边,不一会儿就引起了大量路人的围观。

而当甲板上出现了翁邵远时,围观的人群骚动起来,规模变得更大。

他们纷纷交头接耳:"天哪,是翁邵远?!"

"好久没看到他了!"

"穿白西装的他好帅!"

翁邵远换了身装束,白色的西装,胸口别了一枚香槟色的玫瑰胸针。

原来他们先上船,是偷偷摸摸换装去了。

翁邵远绅士地伸出手,对着岸上的三人道:"不知道我有没有荣幸邀请一位女士上船?"

岸上的三个人面面相觑,还没动呢,一堆路人纷纷举手。

翁邵远对着人群愣住了,他太久没有体会过这种被包围被热爱的感觉,一时之间几欲落泪。

乌蔓瞥了眼人群,在这么多人的注视下,如果她们三个没有一个人回应翁邵远,那翁邵远的处境可就尴尬了。

她琢磨着,打算伸出手,旁边的季思佳居然比她更快地伸出了手。

似乎两人坐海盗船坐出了那么一点情谊。

季思佳上船之后,第二个人出来了,是简群。

他穿着浅蓝色的西装,配着他那张显嫩的脸倒很相宜。这回他还没伸出手呢,秦凡蕾就翻了个白眼说:"得了,我上去吧。"

简群大怒:"你怎么不让我耍一下帅,你是人吗?"

秦凡蕾"呵呵"一笑:"你在摩天轮上差点晕厥的时候就该知道自己和帅这个字无缘了,好吗?"

简群脸色一黑。

秦凡蕾上船前快速地对着乌蔓耳语:"我识相吧?"

她调皮地眨了下眼睛,惹得乌蔓脸色赧然。

乌蔓垂下头调整表情,以至于错过了追野的压轴出场。

女孩子们的尖叫声猛烈地击打她的耳膜,乌蔓预感到了,立刻抬起头,趴在栏杆上的追野便映入眼帘。

他穿着黑色的燕尾服,系着黑色蝴蝶领结,长长的衣摆垂在他笔直的腿侧。夏夜的风吹乱了他的头发,使得那双动人的眼睛更加吸引人,衬得身后外滩的灯火仿佛都失色了。

小王子冲着岸边的乌蔓挥了挥手:"不好意思,让我的公主久等了。"

"啊——"四周发出尖叫,唯独公主本人害羞得只想让他闭嘴。

乌蔓赶紧逃上了船,凑近了一看,发现他的眼角还有闪烁的亮片,头一转动,脸颊就和月色下的江面一样跳跃着光。

"这是什么?"她指了指他脸上亮晶晶的东西。

"造型师带着的紫色眼影,我觉得好玩儿就抹在了这儿。"追野弯下身子凑近她的脸颊,笑问,"有没有精灵王子的感觉?"

他趁着所有人不注意身子又往前靠近了一点,脸颊顺势贴上去蹭了蹭,让她的腮边也染上了一点。

"又来偷袭!"乌蔓抱怨了一句,脸上却是笑着的。

三人全部上船之后,游轮终于开动了,逐渐远离岸边,向江中心驶去,划碎了波光粼粼的霓虹灯影。

甲板上设着长桌,桌上放置着精致的白瓷盘,盘中是如同装饰品的美食。他们正想入座,却发现每个人的座位上都放着一张任务字条。

简群一见那个字条就觉得头疼:"这是要完成任务才能吃饭?"

他已经愤怒到录完直接要和编导打起来的程度。

乌蔓也有点头疼,这都被折腾一天了,怎么还不让好好吃饭。

综艺节目真是折腾人，宣传完《春夜》，她决定短时间内再也不接真人秀节目了。

掀开字条，只见上面写着：抽到这张字条，您必须在大家面前展示一项才艺，获得大于等于三票的好评，就有资格吃饭。

"每张字条上的内容还不一样吗？"秦凡蕾嚷道，"我的好无语啊，要大象转鼻子十圈再大喊双人床是最厉害的才可以吃饭……"

简群后怕地抚胸口："幸好我没抽到这个，在船上就够晕了，再要这么转，我光是想想就要吐了。"

秦凡蕾说到每张字条上的内容不一样的时候，追野就伸长脖子往乌蔓手中的字条上扫了一眼，立刻露出失望的神色。

"怎么了？"乌蔓好奇地摊开手心，等着追野自觉地把他的字条放上来。

"抽到这张字条，您必须和在场另一位抽到同样任务的嘉宾还原《泰坦尼克号》中的经典场景，你跳，我跳！获得大于等于两票的好评，就有资格吃饭。"

乌蔓看完了他那张字条上的内容，光是想象了一下那画面就忍俊不禁。

这也太搞笑了，演出来一定很傻。

"你还笑得出来哦？"追野撇了撇嘴，说道，"我就要和别人生死相许了。"

"这个别人挺有意思的啊。"

乌蔓示意追野看向翁邵远，他正举着字条小心翼翼又很期待地问："谁抽到了'泰坦尼克'？"

追野的眼皮跳了两下，他艰难地开口道："是我。"

翁邵远闻言，呆愣了几秒。

他很快调整好表情，笑道："我们果然是有缘分的。我 Jack，你 Rose，怎么样？"

"行啊，我无所谓。"

追野把碍事的燕尾服一脱，领结一摘，露出干干净净的白衬衫。

然而，他并没有把燕尾服放在自己的椅子上，而是转手交给了乌蔓。他把燕尾服往她手臂上一搭，还将领结虚虚地挂在她的脖子上。

简群将这一幕尽收眼底，莫名觉得脸颊滚烫。

尽管追野离开座位去了船头，但是他留下的领结存在感极强，凹陷的锁骨上盛放着丝绸黑带子。深黑和莹白碰撞，像某种暧昧的项圈，圈住乌蔓修长的脖颈，无比好看。

他不敢再看，暗骂自己思想龌龊，转眼看见船头准备就绪的两个人，顿时又精神分裂地笑喷了。

这也太搞笑了吧！

翁邵远比追野矮，他站在追野身后，下巴根本放不到追野的肩头。

他们摆出来的姿势非常奇怪，一点也没有电影中男女主角生死相随的意味。

这个场面硬要描述，大概就是高挑的 Rose 在船头赏风景，伸了个懒腰，挡住了后排游客 Jack 的视线。最后，两名游客因为争夺最佳赏景地胳膊拽着胳膊，就差没打起来。

一旁围观的众人鼻涕泡都笑出来了，理所当然，全票好评。

简群和季思佳两个人也是需要配合表演的，他们完成之后，轮到了乌蔓。

她被众人推到甲板上的一块突起的四方小台上，要在那上面进行表演。

乌蔓走上去，有种自己真的站在某个舞台上的错觉。

她深吸一口气，说："机会难得，我就给大家唱首歌吧。"

所有人都不由得一愣。

他们都知道乌蔓是出了名的不会唱歌，出道这么多年从来没在公众面前唱过，如今却突然要表演唱歌，确实是太阳打西边出来了。

秦凡蕾打趣道："我感觉我得拿手机录下来，这绝对是珍藏版。"

翁邵远似乎怕乌蔓出糗，忍不住说："其实你朗诵一首诗什么的就可以了，我们不会为难你的。"

季思佳哼笑："挺好，不怕丢人。"

简群道："加油，蔓姐，我们不会笑话你的！"

唯独追野沉默不语。

他的第一反应也是愣怔，但他的情绪和其余四人完全不同。

这是他和乌蔓重逢以来，第一次听到她说要唱歌。

乌蔓将他们的表情尽收眼底，却浑不在意，双手插入兜中，闭起眼睛，开嗓清唱。

今夜还吹着风，想起你好温柔。有你的日子分外的轻松。

她的嗓音很清冷，由于刚刚抽过烟，还带着微微的沙哑，声线就如同歌词里的晚风，吹散了夏夜的沉闷。

也不是无影踪，只是想你太浓，怎么会无时无刻把你梦。
爱的路上有你，我并不寂寞。你对我那么的好，这次真的不同。

她唱第一句时他们还有点蒙，到后面终于回过味来。

虽然刚开始能明显感受到她有些紧张，嗓音像一根紧绷的弦，不是那么放松，但随着不断唱下去，她越来越放松，渐入佳境。

这……像是不会唱的样子吗？众人愕然。

这么好的声线，这么扎实的技巧，最可贵的是歌词里饱含的情感，没有一处表达不到位。连唱歌十分专业的翁邵远也惊讶了，不带任何私心和偏见地说，乌蔓真的是唱歌的好苗子。

相比这些面带惊讶的人，追野就镇定很多。

他挺直脊背，凝视着台上充满风韵的女人。

说起来，这还是他第一次听她正经地唱歌。也许十多年前，她就是这样站在小县城浮夸的排档边，手握立麦，排档大棚上挂着的塑料小彩灯和着她的歌声一闪一闪的，在她明艳的面庞上投下光怪陆离的痕迹。

也许我应该好好把你拥有。就像你一直为我守候。
亲爱的人，亲密的爱人……

唱到这一句时，乌蔓忽然睁开了眼睛。

她直白又大胆，含情脉脉地看向了台下某个人。

这是我一生中最兴奋的时分。

小县城的霓虹与外滩今日的灯火重叠,晚风吹来一阵暴风雨即将来临的气息。

"好像要下雨了!"

不知是谁突然喊了一声,乌蔓的演唱被迫戛然而止,摄像师们赶紧抱起机器冲下楼梯,接着其他几位嘉宾也快速地跑到一楼的船舱躲雨。

偌大的甲板上,转眼间只剩下乌蔓和追野两个人。

追野却不肯起身,只道:"阿姐,你继续唱吧。"

这是夜莺阔别十多年的首唱,他是她唯一的忠实的听众。

两个半月后,第三期节目开播,这一期又恰逢《春夜》公映前日,乌蔓和追野这一对的热度空前高涨。

因为在上一期节目中,他们在甲板上淋了雨,回去后都以怕感冒传染给别人的理由,再次睡到了沙发上。

一回是巧合,两回可就非同寻常了。

如果说两人真的喜欢一个人睡也就罢了,到了第三天终于可以交换搭档的时候,两人迫不及待地将搭档的名字换成了对方。

到了就寝的时间,原本磨磨蹭蹭一直不愿意回房的两个人,这一天出现在房间的速度之快堪比拉开了小叮当的任意门。

而且,他们在房间里也丝毫没有和别人在一起时的那种尴尬。比如说要洗漱的时候,乌蔓问也没问追野,直接说了一声"我先洗",就进了房间里的卫生间。

姐,第一天你和翁邵远商量着谁先用,后来干脆直接去了公用卫生间的那股生疏劲儿哪去了?

而追野的反应也有种说不上的奇怪。他不是那种乖乖听话的人,季思佳的强硬和自我在他这里一点也不管用。

但面对乌蔓同样我行我素的态度,他只是"嗯"了一声,头也不抬地刷着手机。

好像这个场景已经发生过很多次,所以他毫不诧异,也完全包容她。

镜头到这里便切掉了,再次切回来时,乌蔓已经钻进被子里看书,头发却没干,只是用浴巾包着靠坐在床上,肩头的睡衣湿了一小片,是湿发从浴巾里探出一小撮留下的罪证。

追野洗完澡出来，瞥了她一眼，立刻皱起眉："又没吹干？"

这个"又"字意味深长啊！屏幕前的吃瓜群众顿时发现了可疑之处。

乌蔓立刻看了眼镜头，咳嗽了一声，说道："拍戏拍综艺很累啊，谁让你碰上我都是这种情况，在家我会吹干的。"

哦，原来说的是在剧组里也不吹干头发啊。

粉丝们失望地把瓜一扔。

但也有一部分粉丝并不相信，觉得事情并不简单。乌蔓的解释有点牵强吧，尤其细品乌蔓看向镜头的眼神，明显是此地无银三百两。

追野微微一怔，"哦"了一声，折回卫生间拿了吹风机出来。

他径直走到乌蔓那一侧的床边，把她手中的书"唰"一下抽出来放到床头柜上。接着，他的手顺势伸进了被子里，只见被子往外顶了两下，乌蔓被他捞起来，从正面挪向了侧面，变成了正对着他的姿势。

乌蔓的表情有点蒙，屏幕前的观众也有点蒙。

"先吹干头发再看书，看困了就可以直接睡。"

他嘴上念叨着，将吹风机插上床头的插座，暖风呼呼地小频率吹起来。乌蔓下意识地闭起眼，感受着头发被人不轻不重地揉捏和拂弄，如同沐浴在一场春风里。

同时，她懒洋洋地开口："没关系，我可以自己吹。"

可是手仍裹在被子里，根本没有要伸出来的意思。

"你后脑勺上的头发老是吹不干。"

"那是因为女人那块的头发最厚。"

"是吗？那更不能怪我了，毕竟我不是女人。"他的手插进她的发间，缓慢地在发丝里游移，"我也只摸过一个女人的头发。"

乌蔓语调古怪地轻哼了一声："'浪蝶'的话可不能轻信。"

之所以说语气古怪，是因为了解乌蔓的粉丝都知道，如果她真要冷嘲热讽一个人，不会这么故作姿态，还带着一丝忍俊不禁。这语气，听着倒像是故意调侃的嗔怪。

空调房门窗紧闭，以防冷气跑出去，凉爽的房间里，头顶的暖风让人不觉得干燥，只是让她感觉有些倦怠。

头发还没吹干，乌蔓就忍不住打了个哈欠。

"够了吧，差不多干了。"

为了能睡觉，她没意识到自己的语气此刻接近于撒娇。

追野握着吹风机的手一紧，胸口起伏了一下，复归平静，又撩了几下头发，便关掉了吹风机。

此刻屏幕前的粉丝们也都昏昏欲睡了，吹风机的噪声停息之后，他们立刻精神振奋了。

追野该休息了吧！

追野好像能隔空听到他们的呼喊，把吹风机拿回卫生间，出来后却直奔自己的床而去。

在他没有上床前的每一秒，屏幕前的大部分人都提心吊胆，生怕他只是去拎个枕头转身又去睡沙发了。那样就太无趣了。

终于，追野掀开了被子，一脸泰然地把自己卷了进去。

就这？

你们不是都演过激情戏了吗，就没有其他互动了？尤其追野还睡得笔直，被子像寿司上的鱼肉片，极为规整地盖在他身上。

你是"浪蝶"啊，你不是"和尚"！

粉丝们痛心疾首。

但这一回追野完全把他们的呐喊屏蔽了，安稳地伸了个懒腰就一动不动了，只有嘴唇微微张合了一下。

"阿姐，我睡啦。"

此刻的乌蔓比刚才被吹头发时精神，她拿过床头柜上的书又翻了一页，漫不经心地应声："睡吧。"说着手伸到床头把灯调暗了些。

这画面没有任何暧昧感，粉丝们却仿佛窥见了小情侣的睡前日常。

因为这一切都太自然了，甚至让人觉得他们所在的房间根本不是什么节目组录制节目的小洋房，而是属于他们自己的小窝。

镜头一切，再转回这个房间时熄了灯。乌蔓已经睡下，背对着追野睡在自己床上。

追野仍是仰面平躺的姿势，双手以示清白地放在被子外面。

空调吹出的风轻飘飘地刮过,追野可能是觉得冷,手便缩回了被子里。

粉丝们把屏幕调到最亮,也看不见他的手在被子里干了什么。

乌蔓迷迷糊糊地"嗯"了一声,似乎清醒了几分,手伸进被子里动了两下,又往前挪回原位,顺便把床上的靠枕往旁边一丢。

她居然一把丢到了追野的床上,追野心满意足地抓着那抱枕蹭了蹭。粉丝们则极为不满足地垮下脸。

抱枕能不能自动长脚给我滚啊!

画面切到另外两个房间,秦凡蕾和简群两个人睡着了都在踢被子,过了几分钟,秦凡蕾被冻醒了,气冲冲地下床把空调调成了热风二十八度。

另一个房间内,场面也没有温和多少。季思佳的睡姿比较霸道,呈大字形睡着,比她块头大很多的翁邵远睡得也不安稳,可能是他的床太小了,翻了个身,"哐"一下砸到地上,有些发蒙地眨巴了几下眼睛。

镜头再度切到乌蔓和追野的房间,现下数这两个人睡得最安生。刚才背对着追野的乌蔓此时已经翻过身,至于刚才的那个抱枕?早就可怜兮兮地被丢在地板上。

追野的下巴搁在乌蔓的头顶,手环着她的腰,两人居然睡到了一张床上。

这个睡姿,未免也太过自然和熟练了吧。

一看这两个人平常就不是自己单独睡的。

至于和谁睡,这个动作似乎已经很明显地暴露了真相。

就在大家开始怀疑两人的关系时,赵博语早就提前安排好了通稿。他已经被这两人的恋爱脑折磨得无可奈何,什么都不想说了,帮着擦屁股就完事儿了。

于是当晚,网络上好几个营销号发通稿如是写道:"《双人床》的剧本痕迹好像有点明显哦,这难道不是刻意安排的吗?为了电影宣传,两位真的好拼哦!"

然而,狠的是赵博语把当初收到的台本中无伤大雅的一页透漏出去了。

两方粉丝内心盛赞营销号,表面上还摆出一副恨不得抱走自家偶像,他人勿扰的样子在那儿控评。

"一切都是节目组的锅,和大帅哥没有关系,有这八婆心思不如关注一下《春夜》上映啦!"

"我们姐姐就是照剧本认真工作,私下不要再把两位同事放在一起。既然提到《春夜》了,那麻烦出场费结一下,不多,一张电影票就够!"

看着被逐渐扭转过来的舆论风向,赵博语松了一口气。

只要没有正式承认,没有被拍到私下里的亲密举动,例如牵手、接吻、过夜……所有综艺上的暧昧互动,都可以借着宣传的名义,推给剧本,推给营业。这大概就是圈内人恋爱的便利之处。

粉丝们虽然对这种说辞不屑一顾,但不乏一些"玻璃心",他们接受不了两人也许不相爱的任何可能。于是"营业论"一出来,这些人居然是骂得最狠的一批。

陈茜的朋友小八,就是其中之一。

两人是在某个超话里认识的,当时发现对方是在同城就互相加了微信,但并不知道对方在现实生活中是怎样一个人,还没见过,只是互相一起追星,分享八卦。结果,追着追着,她们一起嗑上了乌蔓和追野。

只不过因为太久没"粮",小八已经脱坑许久。她知道陈茜也是半脱坑的状态,却在两个月前无意间发现陈茜又开始在微博上狂发春夜夫妇的物料。

她并不知道陈茜是《双人床》的工作人员,早于她两个月就近距离感受了追野和乌蔓在一起的时候几乎要把别人溺毙的氛围。

小八疑惑地问起来时,陈茜只能含糊其辞地说:"我现在就当拉郎嗑。"

"我没你那么好的心态,没互动我完全嗑不下去,我可不是想象型选手。"

小八凉凉地回复,陈茜只能在心里冷笑,等着吧,两个月后你会哭着回来求我一起嗑的。

果不其然,《双人床》开播之后,小八火速陷进去了。

"嗑死我了,这怎么能是拉郎,必须得是真的!"

陈茜长出一口气,终于觉得爽了。

两人愉快地嗑了一阵子,小八天天给陈茜转发各种"大嗑学家"写的八百字小论文,详细分析某个动作在亲密关系里代表着什么,这句话又表现了乌蔓或者追野什么样的心思。

她们甚至约好了明天去蹲《春夜》的首映场,确切地说不是明天,而是几个小时后的凌晨时分。

乌蔓的工作室包了场，给《双人床》节目组送了好多票，陈茜有幸分到两张，正好她和小八一人一张。

陈茜怎么样也没有想到，小八会在电影开场的几个小时前跟她说去不了了。

"这么突然？"

"身体突然有点不舒服，不想熬夜了。"

陈茜皱起眉，居然是这种理由……

"那你好好休息吧。明天白天要不要我陪你再去看一场？"

她耐着性子回复，小八沉默了一阵子，忽然甩了一条微博链接过来。

居然是今晚营销号的那套剧本说辞。

"你啥意思？"

"我想出坑了。"

陈茜觉得匪夷所思，道："你不会以为他们在节目上的互动全是照着剧本演的吧？"

"难道不是吗？"

《双人床》有没有剧本，她作为工作人员还不清楚吗？可惜她不能直说。

陈茜只能暗示小八："综艺节目有剧本再正常不过啊，但是综艺节目剧本又不是电影电视剧本，会详细到把每一个动作都标示出来，他们的互动都是真实的啊。"

小八不为所动："你别忘了他们可是演员，一个影帝一个影后，想要演出相爱的感觉还不容易吗？"

"拜托，今晚的节目你没看吗？先不说台本没规定他们怎么睡，人在睡着的时候怎么会知道自己做了什么啊？要是这都能演，那他们离奥斯卡终身成就奖不远了！"

"要不咋说你天真呢。"小八发了个微笑的表情过来，"你怎么知道他们是真睡而不是装睡？"

陈茜很火大，她忍了又忍，最终没忍住，一拍大腿，道："我跟你坦白一件事吧，你千万千万不能和别人说。你上次不是问我为什么两个月前突然又开始嗑起他们了吗？因为我是《双人床》节目组的，我之前还和他俩对接过。他们私下相处的情景，我是亲眼看到过的。"

他们相处的每一个细节都深刻地封存在她的脑海中,过了两个月,她仍能原封不动地向小八还原。

"那可不是在录制节目,他们没必要再演戏吧。"

陈茜以为这样能让小八哑口无言,万万没想到,小八再度沉默了一阵子,给出回复。

"第一,他不是只给乌蔓抢座位,他后来也想帮你抢,你和乌蔓在他心里有差别吗?这只能说明他是个对女生比较绅士的人。"

"第二,虽然没有摄影机在录制,但你是工作人员,所以这不算完全的私下行为,说明不了什么。"

陈茜被说得差点要怀疑人生。

她彻底放弃和小八争论,发了个再见的表情。

距电影开映还有十分钟,陈茜拿着票准备进场。

场子不大,是个小厅,除了陈茜,只有寥寥几个人。毕竟包场的场次很多,大多数人选择了白天的场次。再者,虽然《春夜》名声很大,但归根结底还是晦涩的文艺片,熬夜来看首映的还是少数人。

陈茜习惯性地坐到最后一排,电影开始后,她粗粗扫了下全场,一共也就七八个人。

大屏幕一黑,她情不自禁地坐直了身子。

片头出现的时候,影厅的门被推了一下,外头走廊的白光往里头晃了一瞬,照见一高一矮两个身影往后排的方向走来。

陈茜最讨厌看电影迟到的人,非常影响她的观影体验。她皱着眉瞥了他们一眼,那两个人走到了她这排最角落的两个位置入座。

陈茜收回目光,不再在意他们,专心致志地看起了电影。

随着傍晚的湿风吹动衣衫,乌蔓出现的第一秒,陈茜就屏住了呼吸。奇怪的是,电影的画幅不知怎么回事,居然是逼仄的1:1正方形比例。

陈茜觉得这个视角看上去特别压抑,配上乌蔓闷声不响做家务的镜头,没有配乐,只有物品碰撞的声音,简直让人快要窒息了。

但也没有办法,她只能硬着头皮看下去。

少年陈南闯入之后,陈茜完全被镜头里追野鲜嫩的少年模样吸引了。周遭全是灰色、黑色,他湿透的白衬衫和眼睛一样发亮。那股窒息的感觉也因此减弱了一些。

电影往下进行,阳台上春雨般的初吻,水箱前带着蓝色气息的湿吻,沙发上交缠着从脚趾到小腿一路啄上去的吻,抑或是在沉闷的春雷之夜,在按摩店霓虹闪烁下意气用事的粗暴的吻……每一幕都有雨,或小或大,无一例外地把看客的心都打湿了。

他们彼此终于互通心意后的第一幕,是陈南上晚自习时被老师留下来训话,因此到了以往他该回来的点却不见踪影。

徐龙已经睡下了,他的呼噜声掩盖了门口的动静,让邓荔枝听不分明。她静悄悄地起身,走到厨房的窗边张望,那扇窗正对着路口。

夜晚的路灯明明灭灭,少年颀长的影子晃到墙上,人未到,影先至。

仅仅只是看到一个影子,邓荔枝脸上的表情骤然变得鲜活。

她推开毛玻璃窗户,大屏幕的画幅居然也被推开来,原先令人窒息的1∶1随着乌蔓张开的手势变成了16∶9。

那一刹那,陈茜心头的压抑感消失得无影无踪,不仅仅是视野上的开阔,更是一种情绪上的释放。

她瞬间起了一身的鸡皮疙瘩。

电影的尾声,陈南掉着眼泪拖着箱子离开。见证了他们隐秘情潮的黑鱼,成了砧板上的一块死肉。

窗外的雨还在淅淅沥沥地下着,却再也没有少年人的亲吻。

时长137分钟的《春夜》到此结束了。

屏幕上开始出现片尾字幕,陈茜却还回不过神来,在座位上哭成了泪人。

她想到的不仅是邓荔枝和陈南的分别,更是关于乌蔓和追野的关系。

如果他们也像电影里的陈南和邓荔枝那样最后分开,追寻各自的人生,抑或是像小八说的那样,那其实从头到尾他们的感情都是假的,一切只是海市蜃楼。

爱情这种东西,有时候连当事人也后知后觉,更别说隔着十万八千里围观的人。

因此,即便上一秒她还信誓旦旦地认为自己有幸见证了一份绝美爱情,下一秒也会动摇。

太难受了,为什么自己非要当他们的粉丝呢,完全是自虐。

陈茜哀叹,也许是因为只要看见他们的一个眼神、一个拥抱,就能获得巨大的幸福感,那是比自己谈恋爱还要上瘾的美好。

虽然从他人身上寻找难能可贵的真情似乎有点可笑,但这世间的伤害和孤独本来就太多了,至少她没那么幸运,可以获得真情。那么,通过这种方式,她还愿意去相信世界上的确会有人纯粹地相爱着。她也因此获得了前行的力量和温暖。

小厅里的观众没等字幕出完便走了,陈茜起身时,才发现角落里的那两个人还没动。

他们戴着口罩和鸭舌帽,遮住了大半张脸。

换了别人,估计完全认不出他们来,但陈茜觉得非常眼熟……她见过乌蔓和追野两个人戴着口罩的样子,还和他们一起坐了一路的地铁,那段经历成为她至今难以忘却的回忆。

再加上她刷了上百遍他们的视频,所以对两个人的身型非常熟悉。

影厅的灯光大亮,陈茜心头狂跳,一想到这本来就是乌蔓工作室的包场,她几乎可以肯定角落里的两人就是乌蔓和追野。

陈茜思量半晌,假装根本没认出他们来,自顾自地往外走。

出了放映厅,她没有立刻离开,余光注意着门口的动静。过了一会儿,那两人才走出来。

他们十指紧扣,凌晨两点半空无一人的影院似乎让他们很放松,不需要过多戒备。谁知陈茜还没离开,他们一愣,立刻松开了彼此。

陈茜丝毫不为所动,她此时正在佯装打电话,头都没转一下。

乌蔓和追野对视一眼,悄悄松了口气。

两人没有再次牵手,并肩往前走去。

陈茜这才回过头看向他们。

刚才有一瞬间她真的很想打电话给小八告诉她自己看到了什么,想得意扬扬地证明自己是对的,想狠狠地打碎她的"玻璃心"。

但是凝视着他们相偕离去的背影,她觉得那些都不再重要了。

追野和乌蔓越走越远,最终消失在夜色中。

陈茜没有追上去,即便这可能是她人生中唯一一次在工作之外这么近地看到他们私底下的样子,即便这之后她再也无缘看到他们私底下的样子。

陈南和邓荔枝走散了,但他们在人世间留下了追野和乌蔓,替代着他们深爱,成为俗世里的一对平凡爱人。

然而,你们又是独一无二的。

陈茜在内心默念。

终有一日,你们会再次肩并肩走上红毯,大大方方地昭告世人。不再是在凌晨两点半的深夜,而是在阳光明媚的白昼。有歌声,有花童,有汹涌的爱意与你们做伴。你们就像荒凉的土地上拔地而起的合欢树,肆意生长,向彼此靠拢。

祝你们前程似锦,我爱的人。

番外

—— 饲鸟日记

夜晚的停机坪笼罩着一片寂寥的橘色，唐映雪坐在飞机靠窗的位置向外望去，正好能看到一座廊桥。

一个穿着黑色大衣的男人从廊桥上走过，他梳着大背头，穿着锃亮的皮鞋，脸庞在橘色的光下显出妖冶的阴影。

唐映雪的心脏仿佛停跳了一拍，她以为看到了郁家泽。

但她知道不可能，事实上他离开这个世界已经一年三个月零四天了。

眼神一晃，她再次看过去时，消失在机舱里的男人就是一张平平的脸。

是她太魔怔，看见相似的黑色大衣，或在人群中闻见辛辣的木质调香水，恍惚间都会觉得是他回来了。

唐映雪失望地收回视线，她乘坐的这架飞机出了跑道，准备起飞。

为了打发漫长的夜航时间，她从随身的包里掏出了一个陈旧的黑色日记本。

这是她后来从郁家泽的别墅里找出来的遗物之一，因为它所在的位置实在是太隐蔽了。

日记本第一页上有一行钢笔字：饲鸟日记。字迹非常端正，字很大，是孩子笔下才会出现的那种端正硕大。字迹的边缘都有些不清楚了，很费劲才能看清写了什么。

唐映雪接着往后翻看。

××××年×月×日

今天，我收到了一只小鸟，是从国外回来的小叔叔送给我的生日礼物，好有意思啊，终于不是那种无聊的英文原版图书了，那些东西真是收够了，乏味得我真想一把火烧光（烧它们还浪费火呢）。

××××年×月×日

真的太有趣了，这只小鸟居然会说话，我进门的时候它突然跟我说了一句"您好"，搞得我前后左右看，甚至抬头看了眼天花板，想着谁藏在我房间，幸好没被刘姨看见这一幕。说实话，刘姨说话的语气还不如这只鸟像人，至少它说话有音调。

××××年×月×日

小鸟不仅会说话,还会拿小尖嘴啄我,脾气还挺大,难道是因为我说了它一句"你好像复读机"吗?但它确实很像一台复读机,除了"您好",就不会说别的了,我得教它几句新的。

××××年×月×日

我用录音机录了些词语,准备在我去上学的时候给它听。它也不能闲着,要跟我一起学习!

××××年×月×日

满怀期待地回来……它还是只会说一句"您好",笨鸟!它就这么傻乎乎地看着我,算了。

××××年×月×日

父亲又在和母亲吵架。小鸟,你多说几句吧,这样我就听不见他们吵架了。可是你好笨,真的学不会别的话了吗?

××××年×月×日

这一次的社会实践课,我们去了花鸟市场,看见了好多小鸟,但没有哪一只有我的小鸟漂亮,所以它们的笼子凭什么比我的小鸟的笼子要好呢,不行,我得把那个最漂亮的笼子买回去,给我的小鸟住。

××××年×月×日

它很开心,一整天都待在笼子里没乱飞。我就知道它会喜欢的!

××××年×月×日

小鸟好像变聪明了一点点,知道我今天不想说话,它也不乱叫了,还拿头蹭我的手指。原来这就是被安慰的感觉吗?痒痒的。

××××年×月×日

父亲问起了小鸟，难道他也想养吗？可我不舍得送给别人，哪怕是父亲……

日记到这里便断了。

她草草地翻了好多页，正打算将本子合上时，突然又看到了一行字。

这字体比起之前成熟了许多，一笔一画收放自如，宛如篆刻。墨水的痕迹也有晕开，但相较之下没那么难辨认。

××××年×月×日

一只灰扑扑的小笨鸟撞进了我的怀里，有点想养，是我的审美倒退了吗？

斟酌了很久，鬼使神差地写下这句话后，郁家泽合上了笔记本。

此时差不多是凌晨三点，他刚刚处理完手头的文件。在院子里乱放烟火的人已经回到房间呼呼大睡，整个别墅安静得可怕。

他没想过自己还会从地下室把这个笔记本翻出来，虽然当初搬出来时也把它从老宅里一并带了出来，但这么多年来他一次都没有打开过。

翻开看到前面的文字，他忍不住有些怔忪，又微微蹙起眉头。

在提笔写完这句话并合上日记本后，他想了想，又翻开来，补了一句："就当随便养着玩儿吧。"

他吩咐助理给乌蔓找了一处房子，让她搬了进去。

然后，他便再没找过她。

助理以为老板忘记了乌蔓，但在一次次无聊的宴会上，面对那么多讨好他的女人，他又兴致索然地一个没搭理。

太多人对助理旁敲侧击，想从他那儿打探郁家泽的心思，他只能硬着头皮委婉地问郁家泽："明天齐少的生日派对，您要不要带个女伴过去？我帮您列了几个人选，您看看？"

郁家泽望着车窗外，漫不经心地答道："不是有一个吗？"

"您说……乌蔓？"助理小心翼翼地说，"那我联系她。"

郁家泽闭上眼，沉默了片刻，懒懒地道："不必了。"

"您的意思是……"

郁家泽皱起眉头："当助理不仅需要嘴巴，还需要脑子。"

助理立刻噤声，明白他是决定一个人去。

次日傍晚，郁家泽果然独自一人去参加生日派对，所有人都有美女在侧，除了他。

有人好奇地凑过来问："郁少，大家都带了女伴，你的呢？"

寿星齐少忽然插进话题，含笑揶揄："你太孤陋寡闻了，我们郁少可是找了个天仙，过了这么些天都没换，算破例了，所以宝贝得很，也不肯带出来给我们看看。"

其他几个公子哥儿都等着齐少挑起话头，闻言都跟着附和。

"哎哟，那肯定是大美人！"

"郁少的品位那还用说。"

"演了什么片子啊？见不着真人，我看看电视过过眼瘾也行！"

郁家泽抿了口香槟，淡淡地扫视了一眼嬉笑的众人，说道："你们不提，我差点都忘了。我是那么吝啬的人吗？"他低头摁了几下手机，又道，"叫来了，人一会儿就到。"

"郁少够意思！"齐少吹起了口哨，搓了搓手，对身边衣着暴露的女人视而不见。

而另一头，乌蔓刚洗完澡，就收到了来自郁家泽的一条短信。

"小周一会儿去接你，在别墅里等着。不用化妆，穿的衣服他会给你带过去。"

同一时间，助理也收到了来自老板的命令："去接乌蔓过来。接她之前给她买一套难看的衣服带过去。"

难看的衣服？

看到短信上的内容，助理露出非常迷惑的表情。

难看到什么程度啊？

但他不敢问，只得求助网络。最后他忐忑地在路边的外贸服装店买了一件白底大红字的文化衫，再搭配一条荧光绿的萝卜裤，又买了一双塑料的粉红拖鞋，毫无章法地搭配成一套。

收到这套衣服的乌蔓的心情，已经无法用迷惑来形容。

她抬起头诚挚地问他："你确定没拿错衣服？"

助理心虚地别过脸，点点头，心里已经做好了随时找借口离开的准备。

乌蔓不懂这到底是什么安排，硬着头皮穿上了。她在心里安慰自己土到极致就是潮，说不准这么穿去参加时装周还能获得称赞。

然而，很明显只有她自己这么想，一边的助理极力憋住笑，抽搐着脸将她送到了齐家别墅。

车子还没驶近，乌蔓已经听见震耳欲聋的音响声和尖叫声。待看到夜色下张灯结彩的别墅，乌蔓顿时心生不妙。

她以为只是单独见一下郁家泽，没有想到会是这种大场面。

"老板他们都在顶层。"

助理将车开到地下车库，用同情的眼神示意她上去。

乌蔓心里一凛。

她已经猜到是什么把戏了，大概就是这些人的无聊癖好，把人叫来当众出丑，目睹人的自尊心被粉碎，以此获得快感。

她之前和一个小剧组的编剧聊天的时候，编剧跟她说过一句从书上看来的话："有人撑死，有人饿死。不公平已经把世界分割打包了，也没有什么分得公平，除了忧愁。"

可她觉得不对，世界上连忧愁都是不公平的，饿死的人多出来的那点忧愁，都是撑死的人附加的。

她能怎么办呢？她只能努力让自己先不被忧愁压垮，再不被饿死。

乌蔓昂首挺胸地下了车，拍了拍脸，气势如虹地冲上了顶层。

当她现身的那一秒，所有人的目光齐刷刷地投向她，毫不掩饰地嗤笑声此起彼伏。

只有一个人悠闲地坐在泳池边的吧台上，慢条斯理地转过头。

他上下瞥了一眼她的装束，借着酒杯的遮挡轻轻扬了下嘴角。

郁家泽放下酒杯，伸出食指勾了勾，示意乌蔓过去。

然而，乌蔓所有的注意力都被眼前的泳池吸引，她伪装出来的毫不在意和轻松自如在此刻溃不成军。

因此，她什么都看不见，双手发凉，下意识地后退。身体想在这一刻逃走，但她的视线对上了远处的郁家泽的视线，她看着他似乎没有丝毫情绪的瞳仁，被钉在了原地。

他不是粗俗的歌舞团老板，也不是暴发户出品人。

他是郁家泽，她惹不起这给过她一线生机的人。生活已经给了她很多顿毒打，她再次叫板，就不一定还能鼻青脸肿地活下来。

所以她不能逃，无论如何都要撑住。

同样坐在吧台边的齐少挑眉笑道："你的品位大变啊，这个还挺有个性。"

郁家泽默不作声，一只手摸着小指上的尾戒，依旧盯着远处的乌蔓。她白着一张脸，缩到了角落里，尽可能地远离泳池，仿佛泳池里藏了什么会吃人的远古巨兽。

他不动声色地压下心底的疑惑，对齐少道："所以我才觉得没必要带她出来，扫兴。"

"那还留着干什么？"

"驯服是件很有意思的事情。"

齐少若有所思地点头："也是。既然如此，郁少不嫌弃我帮你教一下吧？你现在这个女友，实在太不懂规矩了。"

郁家泽这才分出眼神看向他，嘴角挑起笑，懒懒地应道："别太过火。"他转着戒指的动作却越来越快。

齐少松开揽着的女人朝乌蔓走去，吊儿郎当地说："新来的吧，我是今儿的寿星，所有人都得敬我一杯酒。你还来迟了……啧，但我对美人很宽容的，你去吧台给我端两杯酒过来，咱们干一杯。"

乌蔓控制住发颤的双腿，没有动作，下意识地看向郁家泽所在的方向。

齐少左移一步挡住她的视线，说道："郁家泽刚才可是答应了的，你就不用看他脸色了。"

她脸上仅剩的一点血色消失了，顿了一下，她咬牙向吧台走去。

郁家泽注视着乌蔓绕着泳池最边上朝自己走来，转着戒指的手终于松开，换成双手交叠,不轻不重地冷哼:"现在才知道过来?"

乌蔓一言不发,神色冷淡地向服务生要了两杯酒。

郁家泽沉下脸,伸手掐住她的胳膊,把她拖到自己面前。

他冷冷地问:"跟我耍脾气?你有什么资格?"

她毫不示弱地瞪回去:"我当然有,现在的这段时间我不是被你安排让人调教吗,你又算什么?刚才的笑话你也看够了吧。"

郁家泽恍惚了一下。

他突然有一种很多年以前被自己的小鸟用小尖嘴啄到皮肤的感觉,虽然并不痛,但他记了好久,因为那感觉很鲜活。

他恍惚的空当,乌蔓一把挣脱开,端着两杯酒战战兢兢地又走向泳池那头。

郁家泽回过神时,触目所及即是乌蔓被人一把推下泳池的画面。

他坐在那儿没动,食指轻轻叩着吧台的桌面,看了一圈周边吵闹和哄笑的人。

他也无所谓地跟着笑了一下,挺好,不听话的女人就是要吃点苦头。这种惩罚,他还觉得太温柔了。

然而,蓝色泳池里的人使劲扑腾了两下,短促地叫了两声他的名字,便开始往下沉。

齐少饶有兴趣地蹲在池边,转过头对着郁家泽的方向说:"她这是戏瘾大发了?我这泳池也就一米深啊!"

郁家泽支着下巴沉吟道:"小家伙是有点调皮。"

时间一分一秒过去,快过了闭气的最长时间。

岸上的人纷纷变了脸色。

"不会真的出事了吧……"

齐少尴尬地咳嗽两声,指着旁边的人就要让他跳下去看看情况,却见一道人影从他眼前一闪而过,黑色的丝绸沉入幽蓝的池水。

过了片刻,郁家泽抱着已经昏过去的乌蔓浮出水面,他撩了一把湿发,眼神阴郁地盯着泳池边的人。

齐少打了个冷战,干笑道:"郁少,你自己不也没预料到这个情况嘛,这可不能怪我啊。你不至于因为她和哥们儿动气吧？"

郁家泽直直地盯了他好几秒，脸上绽开一抹笑，泳池边的霓虹打在他的脸上，半边是五光十色的明亮，半边是模糊的阴影。

他"嗯"了一声："那当然。不过看样子我得先回去了，把这个让人倒胃口的小东西留在这里，让寿星沾上晦气可不太好。"他爬上岸，身上湿答答的，俨然一只水鬼，神情森然地补了一句，"沾上晦气，指不定生日就变成了忌日。"

他将昏迷的乌蔓带回别墅，叫来了自己的私人医生检查了一番，医生说乌蔓的身体没什么大碍，之所以会溺水，大概是因为精神受到了什么刺激，但这就不属于他的专业范畴了。

郁家泽闻言不屑地撇了撇嘴，精神还能有什么大问题？真是一只脆弱的小乌鸦！

等他处理完了工作回来，乌蔓还睡着，只是睡得很不安生，嘴里胡乱地喊着什么。

郁家泽倾下身子，模糊地听到了她的呓语："妈妈，我会学会的……妈妈，我不能了……能不能别……头……"

他微微一愣，直起身，牵住她随着呓语而胡乱挥舞的手。

乌蔓似乎感觉到有人托着自己的手，紧紧蹙起的眉头慢慢放松下来。

过了半晌，她的眼皮抖了几下，眼睛倏然睁开。

他没来得及抽回手，神情却泰然自若，轻笑着道："梦到了什么？一直抓着我的手不放。"

乌蔓呆呆地问："是我抓的你吗？"

"不然呢？还抓得特别紧。"

乌蔓脸上闪过一丝尴尬，立刻松开了手。

郁家泽瞥了一眼她松开的手指，声音冷了几分："我问你呢，梦到了什么？"

乌蔓没有回答，空气凝滞，这一刻的气氛比水下还要令人窒息。

她大喘了一口气，说："梦到了小时候学游泳的事。"

"你学过游泳？那为什么现在还不会？"

"那一次我差点死掉。"乌蔓露出一抹自嘲的笑,"我被人按在水里,上不去,又下不来。我那时候想,如果我真的是条鱼,说不定我还能活得快乐一点呢。"

郁家泽冰凉的手指摸上她苍白的脸颊,他问道:"按着你的人,是你妈妈?"

乌蔓诧异地抬起眼,诧异于他居然一下就猜中,更诧异于他对这个事实丝毫不惊讶。

她犹豫片刻,点了点头。

他的手指从她的腮边游移到唇边,他的表情很平静,眼睛没有焦距。

过了半晌,郁家泽不带任何情绪地叹息说:"啧,真可怜。"

她闻言,似乎感到屈辱,侧了侧脸。

"我不需要假惺惺的关心。"

"怎么是假惺惺?"他的眼里染上笑意,"你破坏了人家的生日派对,我都还没有责怪你,这就是我对你的怜惜。你真是不识好歹。"

乌蔓的神色僵住了。

"下次还敢这么听别人的话吗?"

她咬了咬下唇,憋出一句话:"严格来说,我是听你的话。"

郁家泽终于满意地"嗯"了一声。

"记住,你永远只能听我的话。"他从床头端起一碗中药,作势要让乌蔓服下。

她顿时慌了,抓着他的手道:"对不起,我真的很怕水。"

他挑起眉,静待下文。

"我怕水的程度就和怕药一样,我喝了一定会再度晕过去的!"

郁家泽终于闷声笑起来:"你要是敢晕过去,我再给你灌一碗。"

"非喝不可吗?我根本没生病啊……"

他没说话,用行动代替了回答。

把一整碗药灌进乌蔓的肚子后,郁家泽一边用指腹擦干净她的嘴角,一边漫不经心地说道:"你注定无法变成鱼。"

"啊?什么?"

他俯下身,亲了亲她的额头。

"因为你注定要成为我的小乌鸦。"

××××年×月×日
是我大意了,怎么能让鸟下水呢?

生日派对结束后的第二天,郁家泽被父亲叫回了老宅吃饭。

他心里清楚,这是一场鸿门宴,他得为自己的冲动买单。

他揉了揉太阳穴,下了车,走向主宅。

现在才傍晚时分,距离他结束应酬不到一个小时,他胃里塞满了东西。可老头子才不管这些,他习惯早吃饭,而且这个点儿正是郁晨阳放学回来的时间,少年正长个儿,当然不能饿着肚子。

饭桌上的菜清清淡淡的,不合郁家泽的胃口,他没有一点下筷的欲望。

他懒懒地扫了一眼桌上的菜,就近夹了一筷子菜,仿佛嚼口香糖般在嘴里嚼了半天。

郁父喝了口松茸汤,瞥见郁家泽的动作,非常不满地道:"你比晨阳还没吃相。"

郁家泽似笑非笑地看了眼郁晨阳,男孩感受到他的视线,在这三伏天里打了个冷战,把头往饭碗里压低了些。

"那当然是您二位教得好了。"

郁家泽看向郁晨阳身边坐着的女人,他的"后妈"。

女人闻言,尴尬地笑道:"哪儿的话,我们晨阳跟哥哥比还差得远。"

郁家泽夸张地摇头:"在做小伏低这方面,我还真没学到一点皮毛。"

母子两人脸色僵硬,郁父把勺子往汤罐中一掷,发出"砰"的一声。

两人又被吓了一跳,而始作俑者脸色不变,把嚼得细碎的菜叶吞了下去。

"狗嘴里吐不出象牙!"郁父从旁夹起雪茄,狠狠地抽了一大口,说道,"你对着家里人说胡话也就算了,昨天在齐家那小子面前你说什么呢?是不给我脸,还是不给人家齐部长脸?"

郁家泽不动声色地坐远了一点，不想让那股恶臭的味道近身。

"我怎么了？我不过是表达了一下我的担忧。"

"别装傻充愣！你在外面玩，我睁一只眼闭一只眼，但你要是玩昏头了，你自己看着办！"

郁父拍桌而起，转身就上了楼。

女人赶紧跟了上去，郁晨阳嘴里塞满了饭，也呜呜叫嚷着跑进了房间。

郁家泽望着空荡的座位和仿佛供数十人享用的丰盛菜肴，对着用人房的方向大喊："刘姨！"

背部已经佝偻下去的刘姨很快过来，用恭敬的语气问道："大少爷，有什么事？"

"给我把胡椒粉拿过来。"

"大少爷，没有胡椒粉。"

"其他辣的调料呢？"

"都没有。"

郁家泽点点头："不错，老头子吃得很健康。"

他起身往门口的方向走出两步，突然回过身，面无表情地端起就近的一盘菜，往桌子的正中心砸去。

见瓷盘碎碴落入其他盘中，他才脸色稍霁地离开了。

出了郁家老宅，郁家泽将车开上了空无一人的国道。

他随手点开手机通讯录，翻了半天，眼神冰冷地准备摁灭屏幕时，手指忽然一顿，停在了乌蔓的名字旁边。

犹豫了仅仅一秒钟，他就按了下去。

电话响了两三下，通了。对面的人接起电话说的那声"您好"，混杂在吵嚷的背景音中。

他言简意赅地说了四个字："我要见你。"

乌蔓吃了一惊，思忖着他说话的语气，疑惑地道："您这是……"

"我现在回家了，你也过去吧。"

"等等、等等！"乌蔓提高音量，"我没法儿那么快赶过去。"

"多久？"

"最快也得……四个小时吧。"

郁家泽沉默了一下，问道："你不在京城？"

"嗯，我刚到申市，有个广告要拍。"

他的手指在方向盘上轻轻一捏，随后他笑道："既然如此，那就算了。"

他轻嗤了一声，干脆利落地挂断了电话，转道开往另一个方向，前往他的"解闷之地"。

夜色会所，某高级 VIP 包厢。

齐少推门而入，里头已经坐了一圈人，都是泳池派对上的那些人。其中郁家泽坐在主位，正抬眼看向他。

他吊儿郎当地倚在门边，没有入座的意思。

"难得啊，郁少居然主动组局。能被邀请过来，我真是荣幸。"

郁家泽自然地端起两杯龙舌兰酒，主动起身走到门边，将其中一杯递给齐少。

齐少挑了挑眉。

"上次小东西破坏了你的生日派对，我心里一直过意不去。"郁家泽仰头，将手中的酒一饮而尽，喉结在迷离的光中上下滚动，他笑道，"这一次我做东，你放开了玩儿，咱们今晚只讲究'痛快'两个字，怎么样？"

齐少接过酒，哈哈笑道："这可是你说的，咱们只讲究痛快。"他也干脆地把那一小杯酒灌下肚，舔了舔唇，勾着郁家泽的肩头入座。

郁家泽扫了一眼他搭上来的手，眉头不动声色地拢近半寸，脸上却笑得更加开心了。

酒过三巡，少不了助兴的节目。

包厢的门再次被推开，这一回进来的人非常多，一水儿的美人。

郁家泽对着齐少举了举酒杯，说道："都是美人，聊天助兴，你随意。"

齐少兴致高昂地站起身，在一字排开的美人面前慢慢晃过去。

"这个……还是这个？"

他恶趣味地在一个美人面前假意停留，状似要选她，惹得对方露出期待又惊喜的神色,再毫不留情地离开。

对此,郁家泽只是握着手中的骰子玩着,根本不在意他最后选了谁,就像一个人根本不会对别人点餐时选择哪道菜感兴趣。

齐少戏弄完了一圈,两手空空地回来,摇头道:"怎么办啊,郁少,这些人都不够味啊。"

"是吗?"郁家泽粗粗扫了一眼,伸手指着左边第二个女人,说道,"这个比泳池派对上你带着的那个漂亮多了,不喜欢?"

被点到的人立刻出列,仿佛郁家泽是她的教官,而她是渴望受训的士兵。

齐少沉吟道:"比起那个,她确实出色不少,但是我琢磨着比起那天泳池里的另一个人,她还是差太多了。"

郁家泽拿着骰子的手一顿:"哦?"

齐少凑过去,压低声音道:"郁少之前不是说想要我玩得痛快吗?既然如此,把上次的那个人送给我。"

郁家泽语气莫测地道:"我记得你说过她不怎么样。难道齐少的口味突然大变了?"

"也不是多喜欢,主要是上次让我丢面儿的事,是那个妞儿挑起来的。我就想看看她有多大本事,不然心里这口气,一杯酒可浇不灭。"

郁家泽闻言,向后倚靠着沙发软背,道:"你刚才不是点了一个漂亮的吗?"

他扭头对着出列的女人扬了扬下巴:"愣着干什么?这么不机灵,没听见郁少说看上你了吗?"

女人有些进退两难,但还是大着胆子走到了郁家泽身边,替他倒了杯酒,小心翼翼地献上。

郁家泽盯着齐少,两人的眼神在迷离的灯光中对峙了几秒:"齐少考虑得挺周到,备胎都帮我选好了,那我哪还有不放人的道理,对吧?"

他将手中的骰子交到齐少的手中,转而拿过女人递过来的酒。

女人见他轻啜一口,松了一口气。

郁家泽的手揽上她的腰,不轻不重地捏了一下,他笑道:"怕我?"

齐少将骰子扔到一边,心满意足地道:"别怕,我们郁少最怜香惜玉了。"

一行人折腾到午夜，有些人还要续下一摊，郁家泽打了个哈欠，女人在齐少的眼神示意下，软软地道："郁少，您累了，上面有房间，要不我扶您上去休息？"

"这里我睡不惯。"郁家泽懒懒地起身，对着众人道，"我就先回去了，你们继续玩。"

女人既尴尬又有些失望地站在原地，郁家泽推开包厢门前看了她一眼，有些不耐烦地道："还不走？"

女人一怔，随即神色明媚地快步跟上。

她跟着郁家泽坐上车后座，提心吊胆又满心雀跃。郁家泽上车后便闭上了眼睛，脸上没有任何表情，和刚才在包厢里时很不一样。

他显得非常疲倦。

女人不是很明白，这些公子哥儿不是来纵情享乐的吗，为什么会这么累？随便开一瓶酒就是上万，但在他们眼里这些酒连马桶里的清洁水都不如。

如果她有这样肆意挥洒的资本，根本不知道"闷"这个字怎么写。

但她管不了那些，现下是她的大好机会。

她坐得更近了一些，裸露的皮肤蹭上郁家泽的西装裤，轻声细语道："郁少，我学过按摩，很专业的，要不帮您按摩一下？"

他但笑不语，自始至终没睁开眼，任女人柔嫩的手指在他的肩头和脖子间来回游移。

车子驶入了别墅，女人眼神一晃，看见一个女人站在大门口。

仅仅是一瞬间的目光交错，她就觉得呼吸一滞。

对方的装扮比她朴素太多了，穿着粗糙的运动装，戴着鸭舌帽，拎着行李箱，脸上还有奔波的疲惫。

尽管对方这么狼狈，她还是觉得自己被比下去了。

开车的助理此时小声道："郁总……乌蔓小姐来了，在门口呢。"

郁家泽忽然就睁开了眼睛，透过车窗遥遥地看过去。

女人一直默不作声地观察着他，他的眼神就像在极夜里等候了很久的人，忽然等来了第一抹曙光，那似乎是一种振奋、期待又觉得不可思议的眼神。

她弄不清郁家泽和这个乌蔓小姐的关系,但潜意识让她产生了危机感,尤其是郁家泽的眼神让她预感到,如果今晚有人出局,那个人必定是自己。

她必须得搏一搏。

于是,她攀上郁家泽的手臂,柔声耳语:"郁少……"

郁家泽瞥了一眼她缠上来的手,不置一词,却让女人不由自主地缩回了手。

"小周,一会儿直接把人送回去。"

郁家泽理了理被女人扒乱的衣服,推开门下了车。

他走到乌蔓面前。

她刚刚似乎已经站在路边睡着了,听到车子驶动的声音才惊醒,揉了揉眼角说:"您回来了。"

郁家泽瞥了眼她还缠在腰上的旅途枕,笑道:"跟背了个小书包似的。"

她这才记起来腰枕还挂着,讪讪地取下来:"赶来得有些急……"

"我不是说过算了吗?"

乌蔓毫不犹豫地回答:"对你来说是算了,对我来说可不是。"

郁家泽沉默了半晌,嘴角扬起很浅的弧度。

不远处,车中的女人望着这一幕,才反应过来,郁家泽整晚在会所里放肆的笑容都是假的,都不及此刻浅到不易察觉的笑来得开心。

然而,这个笑容转瞬即逝。

郁家泽依旧是一副波澜不惊的表情,道:"你这只小乌鸦还挺能飞的,还真飞过来了。"

"哦,对了!"乌蔓就地把行李箱打开,里面是零零碎碎的衣服、化妆品,甚至掉出来一本《演员的自我修养》,她尴尬地塞进去,抽出来一个鼓鼓的塑料袋,递给郁家泽。

"这个是……"

"开心果!"

郁家泽瞅了一眼手中的袋子,又瞅了一眼乌蔓,匪夷所思地道:"难道你觉得……吃了开心果,就会开心?"

"我不知道你爱吃什么,就买了这个听上去象征意义好的。"乌蔓摸了摸鼻子,问道,"那你吃什么会开心呢?"

"辣椒。"

"辣椒?!"她闻言愣住了,小声嘀咕,"辣椒有什么好吃的。"

"辣代表着痛觉。"他轻描淡写地道,"而痛是最让人忘不了的。"

乌蔓不由得皱起眉:"那就更不应该吃辣椒了不是吗?"

"你不懂。"郁家泽抬头望了眼深黑的夜色,说道,"人是靠痛活着的。"

根本不会有真正开心的时候。

乌蔓自知说不过他,打开塑料袋,拿出一颗开心果剥开,递到郁家泽的唇边,像哄小孩子一样说:"吃一颗试试吧。"

郁家泽注视着那颗开心果,没有动。就在乌蔓尴尬地准备缩回手时,他张嘴咬住了果仁,舌尖轻扫过她的指尖。

下一秒,她被腾空抱起,落在男人的怀中。

他抵着她的鼻尖,嘴里还嚼着果仁,渡到她的嘴里,轻声道:"那不如我们一起开心?"

另一端,正美滋滋等待着乌蔓上门的齐少果真等来了人,只不过等来的不是乌蔓,而是被郁家泽领走又退回来的女人。

怒极之下他立刻给郁家泽拨去电话,却被直接挂断了。他更是怒火攻心,一个接一个地打。

郁家泽下了床,走到阳台上,看着不停振动的手机,脸上笑得非常愉悦。

他毫不在意地继续挂断,打开通讯录,欲将齐少的号码设置成免打扰。当手指滑动到乌蔓的名字上时,他下意识地向房内张望了一眼,她正缩成一团,栖息在他的巢中。

他静静地看着这一幕,低下头,将"乌蔓"的名称备注改成了"小乌鸦"。

××××年×月×日

开心果虽然比不上辣椒,但也勉强可以入口。

××××年×月×日

有点后悔养这么一只小鸟了，就知道到处乱飞。

郁家泽近来有些头疼。

自从他给了资源之后，乌蔓就开始四处飞行，刚从申市回来又去了庆都，终于从庆都返回，还没歇息两天，又接到了一个化妆品品牌的拍摄邀约，地点在洛城。

她兴奋得有些反常，知道消息的当天晚上跑来找他，说："我明天就要出国啦！"

他心里有些不满，冷哼一声："那又怎么样？"

跑来和他说她要离开好几天？这只小乌鸦是不是有毛病。

"这是我第一次出国……"她有些不太好意思，但又抑制不住内心的雀跃，"小周和我说您经常去洛城，我想来问问您有哪些好玩的地方，有哪些饭菜好吃的餐厅。我有一天的自由活动时间！"

郁家泽啼笑皆非，瞅了一眼她跃跃欲试的样子，心想自己到底收了一只什么小土鸟，出一趟国这种事儿都值得提前做功课？

他摇摇头，冷淡地道："没有，我去那儿都是开会，吃的工作餐，也没时间逛别的地方。"

乌蔓语塞，用同情的目光看了他一眼，看得他额头青筋一跳。

到底谁同情谁？这只没见过世面的小土鸟！

机缘巧合，就在几日之后，他也需要去一趟洛城出差。

但因为会议排得特别满，他根本没心思找乌蔓，两人虽然身在异国的同一片天空之下，却根本没有时间见面。

直到七月四日那一天，那是 M 国的节假日，他被迫跟着放一天假，还无法回国，隔天将继续参加未结束的会议。

无所事事的早晨，他醒得特别早，因为酒店的床太软了，他睡不惯。窗外很吵，即便住在高层，他也能听到街上的喧哗。

他起身到阳台上一看，模糊地看到街道两旁挤满了人，空出一条道来。

街道的尽头隐约有一支队伍打着鼓吹着小号声势浩大地走来，最前头的几个人挥着M国国旗，红白蓝的软布在风中飘动。

他在阳台上观望了一阵，眼见队伍越来越庞大，便打消了睡回笼觉的念头。给自己冲了一杯咖啡的空当，他忽然就想起了乌蔓。

不知道那只叽叽喳喳的小土鸟这几日有没有开开眼界，如果看到这一幕，大概又会像刘姥姥进大观园一样大呼小叫，以为自己看到了什么了不得的东西。

想到这里，连他自己都没有意识到，他的嘴角微微上扬。

他喝了一口咖啡，给乌蔓发去了一条短信："在哪儿？"

过了很久，乌蔓才回复："洛城啊！"

郁家泽揉了下太阳穴："废话，我是问你在洛城哪儿！"

乌蔓不明所以地说了个地点，他搜索了一下，发现不在市区，而是在远郊。

"怎么跑到那儿去了？"

"今天也有拍摄任务。"

他这才反应过来，乌蔓拍摄团队里全部都是中国人，才不管M国的节假日，每一秒烧的钱才是他们关心的。

看看两个地方之间并不算近的距离，他犹豫了一下，打消了去探班的念头。

可是该干什么呢？

他站在空落落的巨大阳台上，洛城的海风从沙滩一路吹向城市中心，从他的心脏穿过，又飘向未知的虚空。

手机的振动打断了他的发呆，他抬眼看了下来电显示，一股烦躁的感觉登时冲上天灵盖。

——老头子。

他任手机振动，对方比他更顽固，似乎非要等他接通。

最后，他投降地按下接听。

"父亲。"

"M国不是早晨时间吗？怎么这么久才接？"

"需要我提醒一下您吗，今天七月四日，是M国的节假日，所以我休息。现在不是工作时间，我不能多睡一会儿吗？"

电话那头传来郁父的嗤笑:"我当然知道今天你休息,所以我才打的电话!"他顿了一下,又道,"你今天也没事做吧,有几个学校需要你去实地考察一下,回来跟我汇报具体情况。名单等会儿我发给你。"

"您要投资学校?"

"当然不是。晨阳快升高中了,但他的成绩实在太差,留在国内花大价钱上个重点中学根本就是浪费,不如提早去国外,反正早晚也是要留学的,早点去国外适应语言环境也好。"

"所以,您是让我帮他看学校?"

"你粗粗扫一眼,告诉我个大概就行,下回我会亲自去看的。"他最后又补了一句,"晨阳就是不像你那么优秀,不然哪那么多麻烦事。"

郁父三言两语交代完,便直接挂了电话。

郁家泽听着电话那头传来的忙音,不知道是不是因为高层的氧气稀薄,所以感觉特别憋闷。他深深地吸了一口气,鼻尖都在微微发颤。

街道上聚集的人越来越多,都在高声欢呼,与之相反的是独自站在阳台上的郁家泽。

无论是楼下的世界,还是电话那头的世界,他都无法融入。

郁父随后发过来一长串名单,真是精准地算计了他一整天的时间。

而其中一所学校的地址,他觉得有点眼熟,就是刚才乌蔓发过来的地方附近。于是,他将这所学校安排到最后一个,任务结束之后已是黄昏,他顺道去了乌蔓所在的拍摄地。

到达地点后,触目是一块开阔的停机坪,堆满了各类拍摄器材,还有众多的工作人员,他在其中看见了赵博语,唯独不见乌蔓。

赵博语见到郁家泽也是一惊,连忙跑过来招呼:"郁总,您过来之前怎么不说一声?"

"怎么,我还要提前向你报备吗?"

赵博语抬手擦汗:"我不是这个意思……"

郁家泽在人群里扫视一圈,问道:"她人呢?"

"呃……"赵博语用手指着天空,"正在拍天上的素材,她坐在直升机里,这会儿快绕完圈了,马上就回来了。您稍等一会儿!"

不一会儿，的确有一个小黑点逐渐变大，慢慢显现出直升机的形状。乌蔓坐在里头，在即将落地的时候趴到了窗户上，似乎看见了他，惊讶地挥了挥手。

一股猛烈的风从直升机的周身四散开来，它落在了停机坪上，乌蔓从上头下来，小跑到郁家泽面前，睁大了眼："您来出差吗？"

"如果我说特意来看你呢？"郁家泽伸手捋了捋她被风吹乱的头发，像在整理鸟儿的羽毛。

乌蔓似乎相信了，有些动容，半晌才憋出一句："您为了我专门飞过来，多不划算。"

怎么办，他又想笑了。

这只小土鸟为什么会这么傻气？

摄制组的人已经准备好往空中飞第二趟，还有一些镜头要补拍，准备喊乌蔓过去。赵博语想着，这样一来郁家泽又要等大半天，这可不是个事儿啊！

他脑袋一转，同摄制组商量了一下，然后凑过来对郁家泽道："郁总，您有没有兴趣跟着一起坐一坐啊？我刚刚打过招呼了，直升机够大，再上去一个人没问题！这上面景色可好了。"

郁家泽本来打算转身就走的，坐上直升机赏风景这种附庸风雅的事情向来不是他的爱好，但瞥到乌蔓望着他的神色，他的脚步竟不自觉地慢了下来。

他手插在兜里，勉为其难地答应了。

一行人再度上了直升机，他和乌蔓一起坐到后排，摄像大哥则坐到他们的对面，方便拍摄乌蔓。

开拍前，乌蔓拿出一块黑色的布蒙住自己的眼睛。

郁家泽颇感意外，他还是第一次看见她这样的造型。

直升机腾空而起，乌蔓的神色随着摄像大哥的一声"开始"而骤变，虽然她已经把眼睛蒙住，但是她嘴角的微微上挑，面部轮廓轻微的变动，足以使整个人的气质变得与之前截然不同。

郁家泽用手托着脸，饶有兴致地看着她。

毫无疑问，眼前的小乌鸦远比外头的风景更具观赏性。

直升机向西飞行,追赶着西沉的太阳,似乎要撞上那半个荷包蛋。

金灿灿的阳光越来越耀眼,整架飞机都快被光吞噬。郁家泽有些受不了,眯起眼睛,躲进窗户和光线搭起来的三角阴影里,这才感觉舒服一点。

而乌蔓挺身而上,直视着太阳。

人怎么能够直视太阳呢?这一刻,他又在乌蔓身上发现了不可思议的一点。

她是因为蒙着眼睛,才敢直视太阳吧。他惊叹于她的不自量力和初生牛犊不怕虎,可刺眼的阳光并不会因为这份无畏而变得温柔。这是莽撞。

摘下布后,她的眼睛一定会疼的。

郁家泽如此想着。

果然,等到太阳完全落下去后,拍摄结束,乌蔓摘下黑布,"嘶"了一声,眼里不受控制地流出泪水。

他没有取出怀里的手帕,任凭她流着眼泪,问她:"何必这么拼?"

她理所当然地回答:"这是我的事业啊。"

事业?郁家泽对于从她嘴里吐出的这两个字非常不屑。

但他又觉得她郑重其事地说这句话时的神情有一种自以为是的可爱,他伸出手指弹了下她的脑门,说道:"有野心的小乌鸦。"

她没察觉到他言语里的毫不在意,还认真地说:"没野心做什么演员呢?我也不怕你笑话,我的梦想就是拿个影后啊什么的。"

说到后面,她又有点不好意思,声音小了下去。

太阳已经完全没影儿了,天地间是层层叠叠的暮色,直升机掉转了头,准备返航。

在他们的飞机下头,是一片广阔的原野。一帮M国年轻人开着敞篷车来到这里庆祝节日,车里满是大桶的烟花、啤酒和彩灯。

他们支起了烧烤架,蓝牙连着鼓点音乐,人群跟着节奏有律动地往烤肉上涂油,不一会儿就浓烟四起,一朵烟花混在其中,直冲上天空。

"噼——啪——"

有人点燃了刚垂下的夜幕,夜幕被烫到,卷起自己的一半身体,千树万树银花开。

直升机里的几个人被巨大的动静惊到,驾驶员甚至失神地多看了两眼,差点发生空中交通事故——事因是撞上烟花。

听起来还挺浪漫的事故,让人不忍苛责。

可惜,有个人不这么想。

郁家泽皱了皱眉,冷冷看了一眼那群人。

乌蔓趴到他那边,扒着窗户好奇地问:"为什么会突然有人在这里放烟花呢?"

"因为过节啊。"

"哦……那就是今天才有啦!"乌蔓身体前倾,整个人快倒进他的怀里,她说道,"我们现在离烟花好近啊。"

"越凑近看越会发现这是个无聊的东西。"他丝毫不解风情地泼冷水。

乌蔓撇撇嘴,拿起手边的黑布作势要给郁家泽蒙上眼睛。

他微微后仰,盯着她语带威胁地问:"你干什么?"

"既然你不喜欢,我也没法阻止烟花绽放,只能遮住你的眼睛不让你看了。"

她没有退缩,微凉的指尖覆上他凹陷的眼皮,布料柔柔地蒙上去,万花筒一般的璀璨光影变成了一片单纯的黑,隐约透出乌蔓窈窕的轮廓。

他总觉得这比刚才的阳光还刺眼。

他没有阻止她的动作,任黑布盖在自己眼睛上,等烟花燃放的动静消失,他才慢条斯理地出声:"赶紧给我摘下来。"

乌蔓"哦"了一声,帮他摘下黑布时,嘴角挂着一丝古怪的笑意。

他立刻觉得不对劲,刚刚给他蒙眼的时候,一定发生了什么奇怪的事。

"坦白交代。"

他讨厌这种被蒙在鼓里的感觉,声音立刻冷了下来。

乌蔓赶紧举起双手做投降状:"真没干什么,只是刚刚拜托摄像大哥拍了段小视频。"

她示意摄像大哥把摄像机递过来,把刚才拍的视频展示给他看。

屏幕里,一身黑西装的男人脸上蒙着一块黑布,坐在窗边。机舱内没有灯,近在咫尺又远在天边的烟火腾空,瞬间点亮了这片黑暗,赤橙黄绿青蓝,极有冲击感的明亮像夜空中的海浪,向暗处的男人席卷而去,淹没了他。

可他被蒙着眼,一无所觉地坐在位置上,迸溅的星火从天际垂下,却没有一簇能近得他身。

郁家泽看着视频里的自己,眉头皱得更紧了:"你居然偷拍我?"

乌蔓心虚地辩解:"难得你和烟花同框,拍下来做个纪念啊。"

郁家泽把摄像机还给摄影师,面无表情地道:"可当事人根本不想回忆,有什么纪念的必要?删了。"

摄影师看了郁家泽一眼,又看了乌蔓一眼。她再开口时,语气里带着若有似无的失落:"那就删了吧。对不起,我做多余的事了。"

光线昏暗的机舱里,气氛突然就冷了下来。

乌蔓的手指抚摸着口袋里黑下去的手机屏幕,她没有告诉郁家泽,其实她的手机里还存着一张照片。

那是一张自拍照,她傻乎乎地端着大脸在镜头前比了个小树杈,背后是因为眼睛上蒙上了一层黑布而显得有一丝乖巧的郁家泽。

这张才是她想拍的照片,摄影师拍摄的视频只不过是一个幌子。

那一刻她心中有一种冲动,想要纪念一下他们一起在直升机上和异国一场盛大的烟花的偶遇。人生里难得有这种不期而遇的时刻,一年只有这一天,恰好被他们撞上了,她觉得很有意义。

总会有这样一个人吧,哪怕是很无聊甚至是讨厌的事,却因为对方的加入而变得美好起来。

坏就坏在,对郁家泽而言,她似乎并不是这样的存在。

是她自找难堪了。

后半程,乌蔓都没有再开口说话。那张照片也被她挪进了相册垃圾箱。

她一直以为郁家泽不知道那张照片的存在。

但她忘记了一件事,当时她开通了照片自动存云盘的功能,因此照片在被删掉之前,已经备份到了云盘之上。

而在她把云盘上的照片清理掉之前,他无意间看到了那张照片。

照片里是有点憨头憨脑的小乌鸦,以及那一刹那被定格成底片而得以永恒的烟花。

原以为根本不会再回想起来的记忆,就像那场烟花一样,轰然在他的脑海里炸开,连烟花散尽后硝烟的味道都那么明显。

他想,如果小乌鸦可怜巴巴地来求他再陪她看一次的话,他会勉为其难地考虑一下。

只不过从那天开始,她再也没有提起过,他也就忘了这件事。

直到很多年后,他们才再次一同看见了烟花。

不过那是一朵用血色染成的烟花。

××××年×月×日

今年终于听到了一句"生日快乐",笼子里的小鸟当年没有学会的话,这只小鸟学会了。

乌蔓在电视上露脸的次数开始多了起来。

有时候郁家泽在办公室里午休时,打开电视,偶尔能看到她拍的广告一闪而过。最近她还上了一档综艺节目,去水乡体验慢生活的旅游节目,正好今天被他翻到了。

他靠在椅背上,趁下场会议开始前的半个小时瞄了两眼。

参加节目的除了乌蔓,还有两个主持人和三个演员,一行人进了小桥边临水的餐馆里吃饭。乌蔓扎着马尾,身上是简单的条纹衫和牛仔裤,脸上很素净,眼睛比廊下的水波还清亮。

菜一一端上来,有用花雕泡过的鲍鱼、个头硕大的螺蛳、半点腥味都无的蛋炒银鱼,以及四两醉蟹,画面特写显出醉蟹饱满的膏体,香味都快透过屏幕飘到郁家泽鼻端。

然而,屏幕中的几个人根本不在意那些美食,悠闲地吃着,重心全在聊天上,嘴上把美食夸得天花乱坠。

郁家泽看得皱眉,因为他最想看的人从上菜之后到现在都没有出现在镜头中。

什么破综艺节目,都不知道怎么给镜头!

他忍住关掉的欲望,等着那些人终于聊完了,镜头才扫到了乌蔓。

她坐在最边上,双手戴着皱巴巴的塑料手套,一只手拿着一个蟹壳,另一只手拿着一条蟹腿,嘴角还沾着蟹油。

别人上节目都是想着怎么多点镜头,她倒好,吭哧吭哧地在那儿剥蟹,全然不顾正经事。

郁家泽看着这短短的一秒镜头,忍不住闷笑出声。

这一行人从餐馆出来后,又沿街开始逛,进了一家刺绣坊。

节目组按照惯例给大家分配了任务——学习制作一件简单的刺绣作品。

郁家泽算是看出来了,他的小乌鸦没有半点贤良温婉的品质,拿到针线不出一分钟,指尖就见了红,呈现出来的绣线也歪歪扭扭的。她皱起眉头,像是不信邪一样偏和针线较劲,结果把自己扎得伤痕累累。

节目还在往下进行,而他的午休时间结束了。

郁家泽关掉电视,打了个哈欠,原本只是打算瞄两眼就睡的,居然莫名其妙地一直看了下去。

这场会议一直持续到了晚上十点,把接下来的头部项目过了一遍后,郁家泽疲倦地坐在座椅上放空自己的脑袋。

助理小心翼翼地敲了敲已经空了的会议室的门,提醒郁家泽:"会所那边约的是十一点,正好还有半个小时开车过去,时间有点紧了,您现在就得动身。"

郁家泽懒洋洋地应了一声:"急什么,让那帮人等着吧。"

话虽如此说,他还是得去。

郁家泽迟到了半个小时,一进包厢,就被人逮着准备一通猛灌,他皮笑肉不笑地道:"今儿有点感冒,吃了头孢,改天吧。"

"哎……郁少这也太扫兴了。"

另一个人赶紧煽风点火:"可不能这么算了,再过几天就是郁少生日,到时候得一并还了啊!"

"今年在哪儿办聚会啊,郁少?"

"可得邀请我啊!"

"去年那酒太带劲了!"

众人纷纷议论起来,而被议论的人丝毫没有要当寿星的喜悦。

他似乎才想起来自己生日快到了,转头问旁边的助理:"怎么安排?"

助理早有准备,立刻说:"我正要和您商量这事儿呢,那天您刚好出差在香港。您觉得在维多利亚港包一艘游轮可以吗?"

对郁家泽而言,生日没有必要别出心裁地准备些什么,对此他也没有任何期待,每年都是差不多的配置和流程,无聊的人来来去去,重复同样的过场。在他看来,这样的生日会还不如开会有意思。

于是,他不假思索地回答:"随便。"

生日当天,他原本简单到毫无人气的办公室里堆满了各路人送来的鲜花和奢侈品,他人在异地,拆都没拆,直接让行政人员分给了办公室里的同事们。

收到礼物的人纷纷在群里恭祝老板生日快乐,转头就在小群里道:"这钱包就当作免骂金牌了,我宣布今天一天不骂他!"

"同上。"

而此时,在维多利亚港,登上游轮的郁家泽莫名其妙地打了个喷嚏。

因为这次生日派对在香港举办,特意前来参加的人并不多。

有闲心赶来的,大部分是为了巴结郁家泽,无论地位还是财力都与之悬殊。而那几个算是已经结下梁子的,比如齐少,断不可能特意赶过来。

但并不代表他能乐得轻松,苍蝇虽然不起眼,但贴上来嗡嗡叫的时候可不能小觑。郁家泽被嗡嗡了一整晚,整个人已经到了暴躁的临界点。

大厅里的钢琴在弹奏着生日歌,众人围着他的同心圆出现了小缺口,助理顺着这个缺口推着华而不实的蛋糕走了进来,停在他面前。

"这是郁老特意给您订的蛋糕。"助理道。

缭乱的灯光在这一瞬间消失了,只剩下蛋糕上插着的蜡烛摇曳着微弱的光芒,映在郁家泽的黑色瞳仁里,一簇一簇地跳跃。

"郁少,快许愿吹蜡烛呀!"

许愿?

郁家泽闭上眼睛,大脑和闭上的眼睛一起陷入漆黑。

停顿了几秒钟,他快速地睁开眼,却没有吹灭蜡烛。

众人疑惑地道:"怎么不吹呀?"

郁家泽没有回答,只是似笑非笑地瞥了说话的人一眼。他实在不想回答,因为他没有许愿望,那有吹蜡烛的必要吗?

他伸手抓起推车上的餐刀,嘴角挂着讽刺的笑,连着蜡烛和蛋糕一起砍成两半。

他取出其中一块带着蜡烛的蛋糕，递给刚才问话的人："第一块给你了，要吃光哦。"

"吃光是……"

郁家泽拍了拍他的肩，说道："全部，包括蜡烛。"他看向众人，"我继续切了？"

围观的人心头一紧，纷纷摇头："不用了，郁少，我们自己动手分吧，您休息休息！"

郁家泽遗憾地把餐刀往蛋糕上一扔，摸着黑走出了船舱。

他刚上顶层甲板，就听到楼梯那儿有脚步声传过来。

郁家泽脸上的阴郁终于毫不掩饰地透出来，这才几分钟，又上赶着来了？

"滚！"他头也不回地向身后扔出一个字。

已经上了甲板的脚步声一顿，熟悉的声音不太有底气地传来。

"对不起，您没邀请我，但我还是找小周打听到地址偷偷过来了。"

是小乌鸦的声音。

郁家泽背对着她的身体微微一晃，他侧过身，抬头瞥向阶梯的方向。

乌蔓手上拎着一个袋子，身上又是那套上不了台面的登机装，配着身后维多利亚港湾的辉煌夜景，着实让人觉得好笑。

他靠在栏杆上，把她从头到脚瞥了一眼："你穿成这样就过来了？没看到下面的人都穿的什么样子吗？"

乌蔓倒丝毫没有露出尴尬的表情，大大方方地说："我要是再打扮一下就赶不上了，如果赶不上给您送祝福，那样就算穿得再漂亮也没有意义。"

郁家泽冷哼了一声。

他没要求乌蔓做出什么表示，就是想看她会怎么做。还行，还知道赶过来给他过生日，勉强算及格吧。

"你的主意倒是挺大。"他不由自主地放软语气，"还给我准备了礼物？"

她这下反倒有些扭捏："这个东西和别人送的礼物相比确实比较简陋，毕竟我也没什么钱。拿您的钱买更没有意义，所以就准备了这个。"

"你别是心疼钱吧？小财迷。"

他嘴上故意挑刺，眼睛却已经牢牢盯住她手里的袋子，满眼写着"你怎么还不拿给我"。

乌蔓仿佛故意吊他胃口,慢吞吞地将袋子递过去。

他一把抓过来,从袋子里取出了礼物。

是一幅刺绣,隐约能看出绣的是两只眼睛、一个鼻子和一张上扬的嘴巴。

他努力辨认道:"这绣的……是人吗……"

乌蔓沉默了一下,说道:"不然呢?"

"你别告诉我,这绣的是我。"

乌蔓再度沉默,伸手过来就要抢。

郁家泽把刺绣往头顶一举,另一只手顺势揽住扑过来的乌蔓,将她搂到自己的怀中。

"怎么这么大反应?不是定制的刺绣吗?"

他在看到刺绣的第一眼,就猜到这是出自谁之手。

谁叫他凑巧看过那期节目呢,虽然没有看完,但凑巧看到她进了刺绣店,现在又收到一幅刺绣。看这粗糙丑陋的图案,他怀疑是出自小土鸟的手。

乌蔓一愣,眼珠一转,解释说:"是定制的啊,我给的还是您最好看的照片,但那个刺绣师傅可能是之前从来没绣过人像,所以绣出来不太对。再加上时间比较紧,我也来不及换个师傅的……"

郁家泽故意顺着她的话说:"那我应该给这个刺绣师颁发国家一级手残证书。"

乌蔓干笑了两声:"其实仔细看看很有独特风格啊,人家画画都有什么抽象派呢,刺绣也可以啊!"

他抬起眼,凝视着那幅粗糙的刺绣作品,语气莫测地道:"谁说不是呢?那麻烦你转告那位刺绣师,她精准地找到了我喜欢的风格。"

他不要一视同仁,也不要随处可见,更不需要冠冕堂皇。

他要的是独一无二,哪怕是最笨拙的。

"小乌鸦,告诉你一个秘密吧。"

"什么?"

郁家泽抬腕看了眼手表,离十二点还差一分钟。

"我的生日并不是今天。"

"啊……"

"我不想我生日这天太吵,所以对外提早了一天。"

久而久之,连郁父都以为自己记错了,将他的生日当成了这一天。

自从母亲死后,郁家泽很久没有在自己生日这一天听到一句"生日快乐"。

他也不需要。

可是有时候世界安静太久了,也会想要听到小鸟的叽叽喳喳。

乌蔓迅速地消化了这句话里的含义,紧张地拿出手机,此时离十二点只剩下十秒,九,八,七……三,二,一。

"祝您生日快乐!"

她在他怀里仰起头,小鸟扑棱棱地飞上他的心头。

第二天,郁家泽带着乌蔓一起返回京城。

在回程的飞机上,乌蔓枕着小枕头很快就睡着了。他点开平板电脑,打开上次没完看的综艺节目接着看了下去。

节目中,大家学习刺绣,乌蔓跑去问店主:"我能不能学习绣人像?"

店主瞅了一眼她刚才的练习作品,满头黑线地说:"如果你说的是火柴人,倒也不是不行……"

她掷地有声地回答:"我要绣的是真人!"

店主微微一笑,从柜子里摸出一包创可贴,递给乌蔓想打发她。

"你先把你手上被针戳出的伤口贴好再说吧。"

乌蔓接过创可贴,神情怏怏地回到座位上,下一刻又精神振奋起来。

郁家泽看到这一幕,侧过头看向身边呼吸平稳的乌蔓。

他抓了一下她缩在毯子底下的手,她立刻睁开了眼,拉下眼罩时眼神还有点迷糊。

"怎么了?"

他看着她的手指,仔细寻找着她为他刺绣留下的伤痕。

真是漂亮的伤口。

"没事,睡吧。"

乌蔓觉得莫名其妙,她拉上眼罩倒头继续睡。在飞行的后半程,她的手指一直被郁家泽抓在手心里把玩。

飞机落地之后，郁家泽出了机场带着乌蔓直接上了一辆车，助理没有跟上去。

他径直坐上驾驶座，示意乌蔓坐到副驾位置。

她以为是助理临时有事，才需要他亲自开车，于是也没有多问。

眼见车子开了很久，开到八宝山，她有些疑惑：生日这天……来墓园？

郁家泽感受到乌蔓投过来的惊诧目光，却压根没有解释的意思，简单说了一句"在车上等我"，便兀自下了车往园内而去。

他停在一座光秃秃的坟前，在四面堆满鲜花的地界上，这座坟墓显得很冷清。

郁家泽没有表情地垂眸，自言自语："我今年二十七岁了，可惜你看不到，也许你也不想看到。"他哂笑，"你这个妈当得真是轻松。"

当年她离开的时候，他才三岁。

人们都说小孩子的记忆是最无情的，但为什么她离开的那一幕他至今忘不掉呢？老实说他真的不太愿意回忆那个场景，可它就是会在午夜梦回时张牙舞爪地蹿出来。

关于那一幕的记忆是扁平而静默的，他偷偷扒开门缝，画面被压成长条，女人被掐住脖子时暴起的筋络顺着长条伸到幼小的他的眼中。

她翕动着嘴唇，已经无法说话。

她几乎是以被拎起来的姿势，被逼退到了楼梯边缘才被放开。她转身就往楼梯下逃。

而在这之后的画面，他看不到了。

扁长的门缝被父亲高高的背影遮住了。郁父双手垂在身侧，一动不动地望着楼梯下方。

警方后来断定，她是从楼梯上摔下，撞上摆放在楼梯平台中层的雕塑而死，是一场意外。

一场意外？郁家泽如今回想起来只是想笑。

但当年的他感到的只有恐惧。

母亲下葬的那一天也如今天这般，风和日丽，让人觉得在这样的天气掉眼泪似乎是一件非常不得体的事。

他一滴眼泪也没有流，他的父亲也是。

两人一齐上前献花的时候，父亲在他耳边轻描淡写地说："不要为这种女人伤心，她不值得我们父子难过。"

他忘记当时自己说什么了，总之大概是为什么之类的话。

他只记得父亲的回答——

"当然是她做错事了，所以连老天都要惩罚她。"他摸了摸郁家泽的脑袋，"人呢，千万不能走错路。她本来可以很幸福的。"

她会不会幸福郁家泽不知道，但至少他会过得比现在要好。

"既然早晚都是要死的，不如再早死三年。"

他轻笑着呢喃，转身离开了墓园。

墓园外，乌蔓还在车里等他。

他上车时，她正低头发消息，满脸抑制不住的激动。她瞄了他一眼，觉得眼下的场景大概不宜表达兴奋之情，便强忍着把手机塞回口袋里，脸颊还是通红的。

他倒是无所谓地发问："什么事让我的小乌鸦这么开心？"

她差点要蹦起来回答："我入选了！我入选了青年电影节的最佳新人！"

"哦？"他发动引擎，心里嗤笑，一个根本不入流的野鸡电影节，也值得她高兴成这样吗？

她满怀期待地问："颁奖典礼就在几天之后，您到时候有空吗？"

"怎么？"

"我想邀请您去……"

"让我见证你得奖？"郁家泽点着方向盘，斜睨了她一眼，"但如果你拿不了奖呢？我岂不是白去一趟。"

乌蔓不动声色地握紧拳，说道："我对自己有信心！"

郁家泽直视着前方,一只手把着方向盘,另一只手腾出来摸了摸她的脑袋，说道："我也对你有信心，你一定会拿奖的。"

乌蔓讷讷道："您这么说我就有压力了……"然而，在听到这句话后，她嘴角的弧度怎么也压不下去，像睡乱的刘海总是忍不住往上翘。

他瞥了一眼她带着欣喜的侧脸，觉得她天真可爱。

这世界上没有唯心的绝对，就像我希望下一刻下雨，可依然一片晴天。

但如果发射了一颗降雨弹,可能就不一样了。

事在人为,只有利益才能保住约定。

他的小乌鸦既然送给了他一份礼物,那他就还她一份吧,也当作他为她上的第一课。

××××年×月×日
不识好歹。

几日后,青年电影节颁奖典礼现场。

这是乌蔓头一次出席典礼,头一次穿着借来的高奢品牌礼服,头一次受到媒体长枪短炮的围攻。

那也是头一次,她的胎记暴露在镜头前,引起众人的惊叹。

为了这次的颁奖礼,她在一个星期前就开始控制饮食,只吃一些水果和低卡麦片,再补充一些维生素,以便在亮相中能维持最好的身材。

天气已经转寒,乌蔓身上只着单薄的布料也感觉不到丝毫冷意,因为镁光灯的温度让她有一种自己将被点燃的错觉。

所有人的目光都聚集到她身上的这一刻,乌蔓觉得即便被焚烧成灰也无所谓。

她迈开腿,走上红毯,练习了很多遍的走姿在这个过程中还是显得有些僵硬,但还好没有出现紧张到崴脚的重大事故。

平稳地走完红毯已经是极限,更别说找镜头或者展现身体最美的角度,她身体硬邦邦地来到展板前,背过身在展板上一笔一画地写下自己的名字。

乌蔓。

从今以后,你们会记住这个名字的。她踌躇满志地盼望着。

走过红毯后,乌蔓找到属于自己的位置坐下,两条腿在礼服裙下抖个不停。

她一边期待着接下来的颁奖礼,一边又想着邀请的那个人会不会来。她神情不自然地频频往身后的观众席望去,然而直到颁奖礼开始,她也没有看到那个熟悉的人影。

乌蔓略感失望地收回视线,专心地看向舞台。

摄影、音乐、美术、剪辑等奖项都颁发之后，便揭晓最佳新人奖了。

一整个晚上，这是乌蔓最期待的一刻，她从来不知道原来跳了二十来年的心脏居然会跳得这么剧烈。

她按住胸口，反复深呼吸，忽然眼角余光看见了一道慢悠悠从侧门进入的身影。

是郁家泽。

他怎么会坐到第一排？主办方的邀请名单上明明没有他。

接收到乌蔓困惑的视线，郁家泽却毫不意外。

但他没有理会，信步走到自己的座位前坐下。他是掐着点儿来的，打算看完乌蔓领奖就走。

舞台上，主持人开始宣布最佳新人奖。台下的郁家泽打了个哈欠，下一秒毫无悬念地听到了乌蔓的名字。

他抬头望着大屏幕，导播此时将镜头切给了乌蔓，这只小傻鸟脸上充满显而易见的惊喜，似乎真的以为自己是被上天眷顾的那一个，激动到甚至连上台的步履都不太稳。

郁家泽看着她喜不自胜的模样，心想今晚自己是来对了。

他乐于看到她被惊喜冲昏头脑，毕竟这份错乱是他赐予她的。

乌蔓接过话筒，眼周不知是眼影的闪片还是莹洁的泪光，显得格外楚楚动人。这让他有须臾的失神。

如果说偶像在舞台上最为迷人，那么演员最迷人的时刻必然是站在领奖台上。

这一刻，他从她的身上看到了光华，那份光华像月光，柔和不刺眼，但其背后是太阳。

若没有太阳，月亮也不会有光。

他对此很满意。

掌声雷动时，郁家泽悄无声息地往门口走去，功成身退。

当天晚上，郁家泽知道小乌鸦一定会按捺不住来跟自己分享她的荣耀，特意推掉了一个应酬，让助理送来米其林的餐食，摆上蜡烛，制造一点情调。

二十七年来，他从来没有过这样的雅兴。

他哼着歌，瞄了眼手机，下一刻手机振动起来，是乌蔓发过来的消息。

她问他在哪儿。

果然如他所料。

他回了个"在家"，等待着小乌鸦落网。

大约一个小时之后，门铃终于响了。郁家泽挑了挑眉，他记得自己告诉过她大门的密码。

他起身走向门口，眼神扫到大门屏幕显示器里乌蔓的样子，感觉到了一丝古怪。

她的神色没有半分喜悦，脸色沉郁，如同被全食的月亮，整个人被一片夜色裹挟，散发不出一点光芒。

他拉开门，乌蔓仰起脸，开门见山道："他们说我这个奖……是您帮我的，这是真的吗？"

郁家泽靠在门框上，说道："是，怎么了？"

"您为什么要这么做？！"她非常屈辱地诘问，"您就这么不相信我可以拿奖吗？！"

他怜悯地俯视着乌蔓，"这不是相信不相信的问题，没有绝对的公平，只有绝对的资本。"

乌蔓神色恍惚，有一种难以置信的无措。

"除非你的演技好到让没有人敢暗箱操作顶掉你，但是你觉得你的演技达到这个水平了吗？"郁家泽根本不在意她的答案，自顾自地说下去，"你必须得承认一个事实，你没有那样的天赋，不然早就一炮而红了，对不对？如果今天不是我在那儿，上台领奖的指不定是谁呢。也许是你，但更有可能是别人。那样你等来的就是一场空欢喜。"

乌蔓觉得备受打击，咬住下唇："所以，您在车上跟我说的话，什么相信我，都是骗我的吗？"

"这怎么能算骗呢？我相信是因为我知道我能给你。"

"我明白了。"乌蔓神情惨淡地勾了勾嘴角，"说到底，您相信的只是您自己。"

"我倒是不明白，你现在给我摆脸色是怎么回事？"郁家泽捉着她的下巴仔仔细细观察她的神色，"你拿了奖，还不开心？不谢谢我？"

"您当然是无法体会的，当我无比兴奋地拿着奖杯下台，却被人讥讽这一切都是偷来的，那是一种从天堂掉到地狱的无比丢脸的感觉。我以为我上的领奖台，结果上的耻辱柱。这是我等了二十年，终于等到证明自己的一次机会……"

郁家泽打断她，关注的却是她话里另外的重点。

"那个说你的人是谁？"

乌蔓噎住，半晌后幽幽地道："这不重要……因为人家说得没有错！您到底明不明白这个奖项对我的意义是什么？我邀请您去，是想让您见证我的荣耀和成长，是想感谢您曾经给过我的机会，不是让您……"

她说不下去了。

对上郁家泽越发冷淡的眼神，她感觉自己像在和一个黑洞对话。那黑洞扩张开来，不可阻挡地要将她吞噬。

"你知道你现在这个举动叫什么吗？"他一字一顿地道，"得了便宜还卖乖。"

夜空中，一朵流云悄悄接近，盖住了月亮。

他说完，立刻感觉到她的下巴开始发颤，他微微摩挲了两下，收回手，叹息道："好好的庆祝夜，就这么被你毁了。"

乌蔓突然从包里掏出奖杯，"砰"的一下砸向门框。

"那就毁得彻底一点好了。"

郁家泽扫了一眼四分五裂的奖杯，喉结微微一动。

"捡起来。"他压低声音，平静地下了命令。

"如果我说不呢？"

两人静静地对视了一会儿。

"镁光灯下的感觉很好吧。"郁家泽忽而俯下身子，在她耳边小声地说，"但也许这是你人生中第一次也是最后一次被众人注视了。"

乌蔓的身体一震，嘴唇咬出了血。

郁家泽直起身，头也不回地进了别墅。

他知道，他的小乌鸦最终会乖乖飞进来的。

他回到餐桌边坐下，气定神闲地望着桌上的时钟，嘀嗒嘀嗒，分针走了几圈后，乌蔓抱着残缺的奖杯低着头来到了他面前。

郁家泽吃了一口菜，又吐掉，喃喃道："这什么米其林，这么难吃！"

他故意装作没有看见她。

乌蔓握紧手心，像在徒劳地抓紧什么东西，最终握不住，手心里空荡荡的。

她张开嘴，顿了片刻，僵硬地说："对不起。"

郁家泽这才抬起头，说道："这是你第一次顶撞我，一句对不起就够了吗？"

"那您想我怎么做？"

他托着腮，兴奋地思考着该怎么给小乌鸦烙上烙印。若没有深刻的教训，她是很容易背叛记忆重蹈覆辙的。

他将视线放到餐桌上，非常遗憾地说："你看，为了庆祝你拿奖，我给你准备了这么一桌子菜，虽然难吃，但对于没有吃过米其林的你来说……应该算可以入口的水平。这样浪费可不行啊。"

他端起一盘菜，要递给乌蔓，突然手滑，精美的菜肴七零八落地撒了一地。

他啧啧道："我今天真是被你气得手抖，连盘子都拿不稳了。"

"但不管怎样，这盘菜，你必须吃光。"郁家泽脚尖点着地上的西蓝花，说道，"这是我的心意，懂吗？"

他要她跪下，匍匐在地，以最卑微的姿态接受他的施舍。

在这世上，她明明是第一个他主动馈赠的人，他不但没能收获感谢，还要被质问，这天底下有这么离谱的事情吗？

他无法容忍。

即便惩罚了她，他还是觉得不解气。

不听话的小乌鸦就该被冷落一段时间。

他将本来为她量身定制的大女主剧本给了应酬里某个贴上来的女艺人，最后将乌蔓"发配"到一部不入流的电视剧去演一个趾高气扬的恶毒女配。

女艺人拿到那个本子欢天喜地，她听说过只要能傍上郁家泽，郁家泽几乎有求必应，但她还没向他求呢，居然就能拿到资源，还是这么好的资源。

她便不知天高地厚地在外头宣扬，自己必然是得了郁家泽的青眼。

而郁家泽也睁一只眼闭一只眼，默认了她的说法，这让女艺人更加笃定自己的感觉没错。

她一向对自己的魅力很有自信，所以才能一路走到今天。

郁家泽是男人，那么他也不能例外。

最近的几次应酬中，原本不爱带女伴出席的郁家泽一直将她带在身侧。他温柔地揽着她的腰，亲她的额头，却也让她喝下害她胃出血的酒。

她开始惴惴不安，怀疑是不是自己的高调惹得这位太子爷不开心了。

"郁少，我真没把我们的事往外说，就和小姐妹分享了一下，我也没想到她会去外面乱吹。"

他无所谓地笑笑："这么说，圈子里都知道了？"

"我也不知道。"

郁家泽低头看了一眼手机，那只小破鸟还毫无动静。

他伸手掐了掐女人的脸蛋，说道："我怎么会生气呢，你不用收敛，想对外怎么说都可以。"

女人微微一愣，反应过来后抱住郁家泽的胳膊娇嗔："吓死我了，我还以为郁少会惩罚我。"

"你想多了。"

惩罚意味着对这个人有期待，意味着再来的机会，也意味着容忍。

对于这些人，他连惩罚的资格都不愿意给。她们只配直接出局。

有些人却身在福中不知福。

几个月后，郁家泽推开乌蔓住处的大门，迎接他的是空荡荡的房间。

他一下子没反应过来，直到看见粘在玄关茶几上的字条，上面是乌蔓的字迹，写着："我明白您的意思了，既然您有更好的选择，我就不再纠缠您，请放心。以后有机会我会想办法感谢您的，谢谢您！"

郁家泽沉默地来回看那两行字，把字条揉进手心。

明白他的意思？

荒谬至极！

暴怒退潮后，涌上心头的是一丝玩味……她显得非常意气用事，像是被什么东西刺激到，并不是在理智思考后做出的决定。

无论如何，他非得把这只小乌鸦亲手抓回来审问不可。

但是在把小乌鸦抓回来之前，他必须得做一些周密的准备。

他让人详细地调查了一遍乌蔓，拿到了关于她身世的详细资料，比当初在游轮里收到的资料详细得多。

资料中有她的出生年月、出生地址、成长经历，以及家庭背景。

他抬手弹了弹吴语兰的照片，问私家侦探："这是乌蔓的母亲？"

对方点了点头："是的，曾经她也是很出名的演员，只不过当年突然息影，从那之后就杳无音信了。息影前，她和唐嘉荣有过一段地下恋，但是两人在唐嘉荣决定订婚前就分手了。她息影估计和这个有点关系。"

资料上写着，这些年吴语兰生活很随意，草率地和一个男人结了婚又离婚，之后生下了乌蔓，独自抚养她长大，之后染上赌瘾，欠了一屁股高利贷，被打进医院。

而她入院这天，是乌蔓来到游轮上参加宴会的前一天。

郁家泽若有所思，似乎明白了什么。

找到你的软肋了，小乌鸦。

他翻了两页资料，看到高利贷的惊人数字，啧啧称奇。

"吴语兰的胃口倒是不小，现在这笔债谁在还？乌蔓？"

侦探点头："但是乌蔓小姐现在只还了零头，再加上吴语兰的医疗费，乌蔓小姐的经济情况目前看来并不是很乐观。"

"吴语兰还在住院？"

"她已经没有生命危险了，但是脑部功能受损，恐怕需要疗养很长一段时间。"

"那种小地方，能有什么好的疗养院？"郁家泽状似随口地提了一句，又拿起和吴语兰离婚的男人的资料翻看。

虽然乌蔓是在他们离婚后出生的，但理论上这人应该算是乌蔓的父亲。

仅存续了一个月的婚姻，值得吴语兰为他生下一个孩子吗？并且还是在离婚后！

郁家泽敏锐地察觉到其中的微妙之处。

他饶有兴趣地问:"吴语兰和唐嘉荣的地下恋,持续了多久?"

"大概两年。"

"她生下乌蔓,又是在他们分手多久以后?"

"这需要再深入地查一下,但估算一下差不多是一年的时间。"

郁家泽饶有兴趣地想,他似乎发现了她更隐秘的软肋。

原来这只小乌鸦的身世并不简单。

乌蔓从外地拍戏回来返回出租屋的当天,郁家泽正好来了个瓮中捉鳖。

他步步紧逼,非要从她嘴里撬出一个答案。

当乌蔓承认自己的确看到了照片感觉不舒服时,他突然就原谅了这些天她所有让他看不惯的地方。

他语气和蔼地道:"这些日子你确实受委屈了,那笔高利贷,我已经帮你还清了。"

乌蔓神色惊愕:"我没有要求您帮我还……"

"以你的偿还能力,这一辈子能还上利息就不错了。反正都是要欠别人的,那你欠我就行了。我不喜欢你欠别人。"

郁家泽继续恩威并施:"对了,你妈妈的病情我也了解了一下,在国内,尤其是在你老家那种小城里,她的身体根本没有痊愈的机会。我帮你在洛城找了个不错的医生,可以直接把她转去那里。"

乌蔓还没消化上一句,下一句让她更蒙了。

周遭的一切都已经被郁家泽安排好了去路,而她除了接受,没有第二种选择。

谁叫那些已经被他贴上了对她好的标签,她不领情,就是她的过错。

这份宠爱令人感到窒息。

"小乌鸦,你欠我的太多了。"他挨着她的脑袋轻蹭,一副亲昵的神情,"所以我不说结束,我们之间就没有结束,懂吗?"

他并不知道自己何时会按下那个暂停键,但他十分明确的一点是,如果这个按键不是由他自己按下,他一定无法忍受。

因为这是他的小乌鸦,世界再大,也只有他的屋檐才能让她栖息。

××××年×月×日

这世界上怎么能有除了我以外的人让我的小鸟掉眼泪呢?

乌蔓已经很久没有被郁家泽带去参加他们那个圈子的晚宴,因此,郁家泽突然通知她参加某个慈善晚宴的时候,她还觉得有点奇怪。

她的直觉告诉她,事出反常必有妖,郁家泽肯定没安好心。

难道是她哪里又得罪他了吗?

坐上开往会场的车时,乌蔓仔仔细细地捋了一遍自己最近的行为,似乎并没有触到他的逆鳞。

莫非是因为这次算是比较正式的慈善晚宴,所以他单纯地需要一个工具人女伴,仅此而已?

是她多想了吗?

郁家泽饶有兴味地观察着眼珠乱转、一直显得很不安的小乌鸦,他没有告诉她,这次宴会的嘉宾里有唐嘉荣。

他心里有个猜想,正要借此机会证实一下。

车子开到了会场,他搂着乌蔓的腰走进去,抬眼扫了下人群,唐嘉荣还没有来。

他不动声色地嘱咐她:"一会儿你跟在我身边,不要乱走。"

乌蔓以为他怕自己在这种场合失礼才这么说,点了下头示意自己会听话的。

他不说,她也没想乱走,如果有可能,她宁愿躲进厕所里直到晚宴结束。上一次参加这种慈善活动的经历已经撕裂了她内心一次,如今再次面对相似的环境,哪怕只是站在人群中,对乌蔓而言也是一件极具挑战的事情。

她拿了一杯酒握在手中,不时轻抿,试图缓解自己紧张的心情。

但这份强撑在看见唐嘉荣的身影时彻底溃不成军。

她手腕一抖,杯中酒洒了一地,还溅到了礼服上。

"我去洗手间整理一下……"

乌蔓趁势想要慌张地逃离,却被郁家泽揽在身侧。

"我刚刚说过了,不许乱走。"

他强硬地揽住她向前走去,乌蔓一看那个方向……就是奔着唐嘉荣而去的。

她脸色惨白,脚步几乎僵住了,被郁家泽强行带着往前挪动。

他心里已经了然,但面上故作不解地问:"怎么回事?突然不会走路了?"

乌蔓不管不顾地一把推开他,深吸一口气说:"我真的得去洗手间,肚子疼。"

这一回郁家泽没有再阻止,放任她落荒而逃。

他目视着她逃出会场,才转头向唐嘉荣走去,气定神闲地打招呼道:"唐伯伯好,别来无恙?"

唐嘉荣拍了拍他的肩头:"是家泽啊,好久没见你了。我身体还不错,你爸爸可好?"

"劳您费心,他过得挺滋润的。"

"有空来家里坐坐啊,叫了你这么多次,一直不来!"

郁家泽意味深长地笑道:"来,这回肯定来。"

和唐嘉荣随便聊了几句,郁家泽看了看时间,借故离开,去寻乌蔓。

他找不到人,直接发消息问:"这么久了,还在洗手间?"

她回了一句:"便秘。"

郁家泽不合时宜地笑出了声,惹得周围的人注目,毕竟鲜少看见郁家太子爷在人前笑得这么开怀。

她这一便秘直接到了活动结束,郁家泽也没有戳破她,看着她上车后就捂着肚子苦大仇深地使劲儿装。

"肚子还是不舒服。"

"你怀上了?"

他轻描淡写的问话吓了她一大跳,她立刻白着脸摇头:"哪儿跟哪儿啊!"

"那就是不想见唐嘉荣了?"

他这丝毫没有铺垫的转折,令乌蔓慌乱的神情无处遁形。

"您在说什么啊?唐嘉荣又是谁?"

她别过头去看车窗外,背对着郁家泽的线条笔直。

"小乌鸦,你的演技太差劲了。"郁家泽摇着头道,"不用在我面前伪装,我知道你的一切,包括你母亲和唐嘉荣的事情。"

"你又找人调查我?"

"饲养宠物前了解她的基本状况,难道不是理所应当的事情吗?"

乌蔓的背脊颤动,横过眼,目光如刀。

"你想知道什么?"

"那个和吴语兰结过婚的男人,根本不是你的父亲。"郁家泽轻松地扔下一颗重磅炸弹,"唐嘉荣才是,对吗?"

"不对。"她眼睛一眨也不眨地否认。

郁家泽做恍然状:"哦,那是我想多了。刚才我和唐嘉荣聊天,他还提到要我去唐家做客的事情呢,我本来想是不是不带你比较好,但既然不是我想的那样,那带上你也没关系吧?"

他一本正经地同她商量,实则语气里满满的都是打趣。

"这样有意思吗?"乌蔓忍无可忍地提高音量,泄露了她极度混乱的情绪。

郁家泽捏住她的后颈,安抚道:"怎么就让我的小乌鸦急了呢?不过是陪我去吃顿饭,以前可没见你这么大反应。"

乌蔓闭上眼睛,长长地吐出一口气,不再继续装下去。她深知自己已经被他看穿了,再装下去也没意思。

"他不是我的父亲。"她斩钉截铁地说道,"我只见过唐嘉荣两面,上一次见他,也是在类似的慈善活动中。"

她回忆起那个画面,眼眶还是不受控制地泛酸。

她无法描述当时的感觉,大概就像是一直靠着某种信念活下来的信徒,眼睁睁看着供奉的神庙在眼前坍塌。

"然后呢,你们说什么了?"

"我还没近他的身,"乌蔓低下头,抠着手心,语气平静地说,"他的秘书就先找上了我。"

言及此,郁家泽立刻就明白了。

他看着乌蔓垂眸缩在阴影里的模样,也许是光线太暗,他突然有些恍神,以为看见了小时候的自己。

疾驰的汽车里,黑漆漆的车后座上,还是孩子的他也是以这样的姿势坐着。

他问司机:"父亲不是说好今天来接我的吗,怎么又是你来?"

司机露出无措的表情,小心翼翼地看了一眼车内镜,如实道:"先生根本没有和我说过今天有变动的事情,当然还是由我来接少爷了。"

幼小的孩子一言不发地注视着手心里满分的卷子,慢慢将它揉成一团。

车内静得可怕,司机打开了电台,亦和今日的电台重叠——永远播报着拥堵的路况,但人在车里,却觉得空虚,好像全城都荒芜了,没有车,没有灯,没有人。

空了很多年的城池,没承想莽撞地飞进来一只鸟,同样孤零零的,郁家泽一把将她从天上拽了下来,拢进怀里。

两个人都没有再开口,乌蔓将脸埋进他的风衣,不一会儿,泪水便濡湿了布料。

郁家泽眼神放空地望向远处,低语道:"傻乌鸦。"

他们就这么拥抱着,一路寂静。

慈善活动已经过去一阵子了,唐嘉荣也没忘记口头上的约定,给郁家泽和郁父发来了聚餐的邀请。

以往郁家泽都以各种借口推拒,让两个老头凑一起喝茶下棋钓鱼,他从不掺和。

因此,这一回他答应下来要一起去,郁父倒是感到有些意外,居高临下地说:"不错,有些长进了,没那么任性了。"

任性?

郁家泽勾起嘴角笑了笑,他从三岁起就不知道这两个字是怎么写的。

他们驱车来到了唐家位于郊区的度假别墅,唐嘉荣派人接了他们进去,随行的还有他的夫人,两人一齐迎接郁父和郁家泽的到来。

唐嘉荣一脸得色道:"老郁啊,你这回来得可值了,这栋温泉别墅我买下来后自己都还没享受过呢,就把你招呼过来了。"

郁父哼了一声:"你葫芦里卖的什么药我还不知道?又想拉我做你那个新项目的LP(有限合伙人)吧?"

"你这人……刚来就聊工作,没劲。"唐嘉荣哈哈一笑。

他夫人立刻接过话茬:"这回家泽也来了,早知道我该让棠棠也过来,两家孩子见一面认识认识。"

郁家泽礼貌地颔首："见到您也是一样的，看面相和年轻小姑娘没什么区别。"

唐夫人被夸得心花怒放，捂住嘴笑，还没笑两声，笑容就僵在唇边。

因为郁家泽接着道："但女人的老气有时候不在面相，而在精神头。"

"家泽这是什么意思呢？"唐夫人明显不悦起来。

"哦，我的意思是说唐伯伯在外忙事业，您一个人打理唐家里里外外大大小小的事情，可不耗费精神嘛，如果有烦人的苍蝇贴上来，赶起来可真是麻烦。"

刚才还好好的气氛被郁家泽阴阳怪气的一句话弄得有些怪异，其余三人各异的表情交织在一起，拼成一幅诡异的画面。

始作俑者却仿若未觉，继续接着说："苍蝇不叮无缝的蛋，想必唐伯伯这么正派的一个人，断然不会给唐夫人带来这种困扰。他对您肯定用情至深。"他咬重"用情至深"四个字，语气相当认真，却越显讽刺，"所以您看上去这么年轻，不是没理由的。"

这番话乍听上去全是夸赞，可就是让人觉得不舒服。

郁父最知道他是什么德行，完全是在明褒暗贬，拐着弯儿硌硬人。

郁父不动声色地压下怒气，不想在外人面前丢人现眼，干脆道："家泽，我准备的两份礼物忘记带来了，你回家一趟，亲自取过来给唐伯伯他们。"

郁家泽耸了耸肩，没有异议地转身就走。

郁父从温泉别墅回来，把郁家泽叫到了书房，锁上门。

门一落锁，他一巴掌甩在郁家泽脸上。

"出息了，啊？！"郁父打得手掌发痛，甩着手在房内来回踱步，"我出门前刚夸了你两句，你就跟我对着干是不是？"

"父亲想多了。"

郁家泽纹丝不动，眉头都没皱一下。

"你真行，我还不知道你对人家家务事这么感兴趣！"

"做我们这一行，八卦难道不是必须掌握的一门学问吗？"

郁父听到他不正经的回答气不打一处来，反手又甩了他一巴掌。

"在这儿面壁思过！我看你就是自讨苦吃！"

郁父摁下窗户遥控，防盗板从内侧伸出来，整个房间慢慢聚拢成一副黑色的棺材。

这时候,郁家泽脚下趔趄了半步。

他望着被关上的厚重的门,仿佛又变成了十几年前被锁在这里的小孩。

不过他早就不会害怕了。

老头子还活在过去吗?十年如一日,毫无新意!

郁家泽脚踩着柔软的地毯,在黑暗中坐上宽大的真皮椅子,悠闲地转了一个圈。空气中弥漫着淡淡的烟味,他屏住呼吸,心想:这世界上怎么会有这么恶心的味道?

就这一点来说,他的确是自讨苦吃。

但他此时心里很痛快,也便不计较了。

想起唐嘉荣当时那张尴尬的老脸,郁家泽在黑暗中抖动肩膀,忍不住大笑出声。他手指抚上衬衫的胸口,这是上次慈善活动中穿的那一件,他摸上的位置仿佛还残留着小乌鸦的泪水。

郁家泽被郁父关在不见天日的书房一天一夜,滴水未进。好不容易出来,他却和他名义上的后妈在楼梯上狭路相逢。

她愣了愣,摆出十分关心的模样说:"饿了吧,留下来吃点东西再走?我让刘姨现在去做。"

"是挺饿。"他的肚子不给面子地叫了两声,他冷冷地道,"但是看见你这张脸,我就没胃口。"语毕扬长而去,留下面色铁青的女人恨恨地僵在原地。

他驾车往别墅的方向而去,临时又改了主意,开向乌蔓的住处。

她最近接的新戏正在筹备,一直待在家里研读剧本。

郁家泽猜她一定乱了作息,肯定还没起。于是他径直去了二楼主卧,推开门,一股熟悉的烟味飘了过来。

这才没过多久又闻到这股味道,郁家泽一下子就炸了。

他冷着脸,大跨步走到床边抓着乌蔓的头发将她从被窝里拎出来。

乌蔓瞬间就清醒了,大睁着眼眨巴了两下,不明所以地道:"您……怎么了……"

他大声说:"谁让你抽烟的?"

她反映了几秒,不太灵敏地解释:"我接的这个角色有点复杂,这部剧马上要开拍了,我有点焦虑……所以才抽了几支。"

"我跟你说过,我非常讨厌这个味道。"他对上乌蔓的眼睛,逼视她,"你怎么就是不听话?"

乌蔓嘴唇微抖,紧绷的气氛之下,郁家泽的肚子咕咕地又叫了好大一声。

她像听到了救命的钟声,连忙用讨好的语气说:"您还没吃早饭吧?我现在帮您叫个外卖吧!"

"不吃,气饱了。"

乌蔓举起手道:"我保证下次不抽了。"

"你以为我还会相信你吗?"郁家泽冷笑,"既然你是因为马上开拍内心焦虑想抽,那这个角色就别演了。"

乌蔓这下彻底慌了神,剧本她已经翻来覆去看了好几遍,台词都背得滚瓜烂熟,就等着开机。

焦虑是有,但那是因为这是目前为止她接的最有意思的角色,她怕演,但更怕不能演。

他怎么能一句话就轻而易举地毁掉她所有的努力呢?

之前她也被他抓到抽烟,他还没这么暴躁。她不明白为什么这次就无法饶恕,需要付出这么大的代价。

"我真的不……对不起……我真的不会再抽了。"

她语无伦次,急于为自己争得机会。

郁家泽置若罔闻,脱掉大衣后一头倒在床上,疲倦地说:"我累了,要睡一觉,不要吵我。别的事情等我醒了再说。"

乌蔓再怎么着急,此刻也只能噤声,咬牙掩门离开。这么些天和郁家泽相处下来,她知道火上浇油只会让自己骑虎难下。顺着他的意思,等他开心了,或许还有的商量。

"等等。"

郁家泽忽然出声让她以为事情有了转机,于是满怀期待地转过身来。

"把窗户打开再走。"

这个味道就这么让他难以忍受吗?

他越是表现出对烟味的抗拒,就越让乌蔓觉得希望渺茫。

她打开窗户,正要拉上窗帘时,郁家泽阻拦道:"不用,就这么着吧。"

"您确定?会有阳光进来。"

"我知道。"

几缕阳光穿过窗帘的缝隙在卧室辗转,郁家泽被刺得眉头紧皱,宁愿倔强地背过身,也要在光亮中入睡。

神经病。乌蔓只能想到这么个词去形容郁家泽的古怪。

她茫然地关上门,下了楼,坐在空荡荡的客厅里,烦躁得特别想抽一支烟缓解一下。但一想到是该死的烟导致了现在的局面,她就更加烦躁了。

但说到底,烟有什么错呢?它是无辜的。

乌蔓望着茶几上那沓厚厚的剧本,上面一句一句用记号笔标记出来的台词,被翻皱的边角,还有密密麻麻的人物注解,不由得鼻头一酸。

外头日光惨白,乌蔓看着二楼紧闭的房门,无助地捂住了眼睛。

厚重的门内,郁家泽正沉入梦乡。

他梦见他和乌蔓坐在无人驾驶的车辆上,四周只有他们,其余什么都没有。

乌蔓还在哭,他掏出手帕替她擦掉眼泪。

他听见自己用从来没有过的温柔语气说:"别哭了,小乌鸦,我已经帮你教训过那个老男人了。"

他的小乌鸦望着他,破涕为笑。

谢谢啊。她说。

乌蔓当然不会因为郁家泽的这么一句话就放弃,她感觉还有转圜的余地。

她想起郁家泽还饿着肚子,于是翻箱倒柜地找出两包泡面,又叫了一些蔬菜上门,想展现一下自己的诚意——虽然她只会煮泡面,但好歹也是亲手煮的,总比叫外卖讨巧。

郁家泽是被饿醒的。

他一下楼就闻到了客厅里的香味,肚子立刻抗议地乱叫。

乌蔓系着围裙,把香辣味的泡面端出来,里头加了西红柿、青菜,还有一个荷包蛋。

"您肯定饿了,我煮了点面,吃一点?"

郁家泽没说话,但径直朝着餐桌走去。路过垃圾桶,他看见里头有几包烟和好几只打火机。

乌蔓故意丢在那里,就是为了让他看见。

真是只有心机的小乌鸦。

郁家泽在这一刻其实已经消气,但他很享受乌蔓在他面前摆出依附他但其实又有点不甘心的造作姿态。

那种困兽般的姿态非常吸引人。

"我发誓我以后真的不会再抽烟了,您就再给我一次机会吧,好不好?"乌蔓看他坐下来拿起筷子,小心翼翼地试探着问。

对上她期盼的眼神,他一直没回答,慢悠悠地吃完最后一口面,才说:"行吧。"

刚说出口,他又有点后悔这么轻易地就放乌蔓去拍戏。据说那部戏要拍很久,拍摄地还是在大理,交通也非常不便。

他从来不会特意去探班,一般是顺道。像这种需要转机又转车的探班,他更是不会去。

所以助理打死也没料到,他会在某天深夜收到老板的消息,让他订去云南的机票。

出发前两天,郁家泽给乌蔓打了一通视频电话,故意隐瞒了自己要去探班的消息。

乌蔓跑上房车接通他的视频,此时是拍摄间隙,她脸上带着角色的妆容。

她扮演的是一个苗疆蛊女,头上戴着一顶厚重的银冠,头冠垂下一圈丁零当啷的铃铛,跟着她眨动的眼睛清脆作响,那声音跟风铃似的。

乌蔓的眼睛被那一圈"帘子"掩去一半,犹抱琵琶半遮面,衬得她的小眼神看上去格外抓人。

郁家泽从上到下审视了她几秒,皱眉问道:"这是什么造型?"

乌蔓老实回答:"这就是少数民族的服装啊,不好看吗?"

"很不怎么样。"

他在心里的备忘录上记下一笔:明天要和造型师好好说道说道。

乌蔓尴尬地转移话题:"说起来云南的风景特别好看哦,我昨天戏份少,去大理古城逛了逛,还去了趟洱海,水蓝得一点杂质都没有!"

郁家泽"嗯"了一声:"一个人去逛的,还是和别人?"

"和助理一起去的。"乌蔓说道,"这里虽然风景不错,但食物都好辣啊,不过会是你喜欢的味道。"

这句话莫名就让郁家泽的心情愉悦起来。

"那你带我去吃?"

她问道:"你要过来吗?"

"怎么可能。"他面不改色地撒谎,"我忙得很。"

"哦……那我寄点菌子罐头给你吧,是这儿的特产,有点辣,你可以试试。"她托着腮,离镜头更近了一点。

郁家泽看着她仰起脸打了个哈欠,脸颊鼓鼓的,特别想伸手捏住,拉扯得她叫痛。

这个瞬间他有想改签的冲动,想明天就飞去见他的小乌鸦。

不过他按捺住了,状似随口一问:"那你老家的特产是什么?我想吃你家那儿的特产。"

"啊,这我现在也没办法给你寄啊。"乌蔓想了想,报了几种她怀念的食物的名字,"深夜不能提这些东西,我口水都要流下来了。"

乌蔓说着说着,发现对面的郁家泽低着头根本没在听,便住嘴了。

她没有想到会在两日后的片场见到郁家泽,他手上拎着的几样东西,恰好就是视频聊天时她提到的想吃的那几样。

"今天的戏拍完了?"他风尘仆仆地赶来了,问道。

乌蔓还没反应过来,下意识地点头,就被他塞了满怀的食物。

"您……不是说不来吗?"

她抓着沉甸甸的袋子,一头银饰随风晃动,响声无比轻快。

"你不是说这里有我喜欢的味道吗,所以我想来尝尝。"

一旁的助理猛翻白眼,每天的工作餐几乎一模一样,对吃什么毫不在意的郁总,这会儿摇身一变成了大美食家?笑死人了。

乌蔓一愣,点点头说:"您真的……太喜欢吃辣。"她摘下银冠,说道,"您等我一下,我卸完妆马上就来!"

她换回了常服,准备带着郁家泽去大理古城里转一转。她和助理之前吃过的那家餐厅就在古城内,不是什么老字号名店,而是她无意间在巷弄里发现的意外之喜。

南门刻着"大理"二字的城楼上亮着通明的灯火,他们从城楼下走进去,被人潮冲挤着向彼此靠近。

郁家泽很反感地垮下脸:"怎么这么多人?"

"景区嘛,可能晚上人多吧……"

乌蔓也有点被吓到,前两天白天来的时候街道上没这么多人。

她正要继续往前走,郁家泽忽然从大衣口袋里伸出手,自然地抓住她的手放进自己的口袋。

乌蔓无言地看向他。

郁家泽看着前方说:"人太多,你这小身板被人潮一冲就没影儿了,我必须紧紧抓着你。"

他的手很冰,焐在口袋里半天依然很冰。

但那一刻,乌蔓心里觉得暖和。

乌蔓凭着记忆领着郁家泽找到了那家餐馆。

那是一家私房菜馆,外头有个小院子,夏天的时候老板会在小院子里放几套桌椅,客人们可以边吃饭边眺望远处的苍山。只不过现在是冬季,虽然在大理这个季节比起其他地方不算冷,但坐在外面吃饭还是有些不好受。

这个时候已经过了饭点,街道上的人多,餐馆里却冷冷清清的。两人在角落里靠近院子的落地窗边坐下。郁家泽注意到店内的中心位置有个小舞台,地上放着一把吉他和一把空椅子。

乌蔓注意到他的视线,解释说:"这家店有民谣表演,但只有客流量大的时段才有。"乌蔓有点遗憾地说,"我两次来都很不凑巧,没听到。"

"这还不简单?"

郁家泽起身走向柜台,和老板耳语了几句,不一会儿便气定神闲地回到原位。

"等着看吧。"

菜端上桌的时候,歌手也出现了。

乌蔓诧异地道:"这是专门叫来给我们演唱的?"

郁家泽笑着说:"小乌鸦,你要知道一件事——这世界上没有钱搞不定的东西。她不仅为我们唱拿手的,你还可以点你想听的歌。"

歌手闻言一脸黑线,连忙补充道:"但我也不是什么歌都会唱……KTV也没有全部的曲目呢。"

她的口音听上去有几分别扭,普通话并不是很标准。

乌蔓好奇道:"你是香港那边的吗?"

"对!"女歌手撩了撩头发,说道,"我是香港人,以前在铜锣湾街头唱,在那边唱腻了,就想来这边转转。大理是我的第一站,结果这里太舒服了,我就一直没走。"

乌蔓忍不住想起之前在三流歌舞团那一年多的日子,当时过的也是这种颠沛流离的生活。那个时候的她除了没钱,其实还挺开心的,无拘无束,浪迹天涯。

但没钱其实就是最大的问题。

从某种程度上说,郁家泽刚才说的话没有错。谁能免俗呢?女歌手再怎么自由,今夜还不是会为了几张票子单独为他们献唱,哪怕他们点《两只老虎》,她也得装疯卖傻地表演。

乌蔓突生感慨,回过神来说:"我也不指定什么曲目了,就请你唱你特别拿手的吧。"

女歌手拿起吉他,调了下麦,看向院子外,沉思了一会儿,说道:"苍山下雪了,我唱一首应景的歌吧,歌名叫《痴情司》。"

她低下头,弹了一段前奏,厚重的嗓音唱道:"梦还没有完,大寒尚有蝉,夜来冒风雪,叫唤着雨点……"

粤语歌词他们并不是听得很懂,乌蔓只觉得旋律带着几分无可奈何的悲怆。

郁家泽却听得不乐意,一曲还没唱完就抬手示意女歌手闭嘴:"唱的什么东西?倒胃口。"

女歌手顿时收声。

乌蔓还听得挺陶醉的,见他心生不满,也不敢说什么,和稀泥道:"那我们不吃了,去外面转转吧?"

郁家泽的手越过长桌,抚过她的眼角,暗示意味十足地说:"我觉得可以回酒店了。"

乌蔓脸色一赧，低下头扒了一口饭。

两人出了餐馆准备离开古城，路过复兴路，发现刚才如织的游人都聚集到了这里。

皑皑的苍山脚下，这一条路上满是粉色的冬樱。

怪不得今晚人特别多，原来是樱花开了。天地间的嘈杂都远去了，只剩下白雪与花海。

乌蔓情不自禁地停下脚步，扯着郁家泽的手说："这儿太漂亮了。"

郁家泽粗粗扫了一眼，有些不以为然："不就是花吗？"

"我第一次看见冬天里的樱花！"乌蔓仰起头，花影在她年轻的脸庞上摇曳，她说道，"我一直以为樱花只会在春天开放，原来也会在这个季节盛开啊。"

"这儿气温比较高，根本算不上冬天。"郁家泽没什么兴趣地猜测，"再冷一点肯定就枯萎了。"

"但至少现在开着呀！"

乌蔓从地上捡起一朵从枝头跌落的樱花，吹掉灰尘，捧到郁家泽面前："喏，送给您。"

郁家泽原本要离开的脚步一顿，他问道："给我这个？做什么？"

"您马上就要回京城啦，那儿可没有这么漂亮的冬樱，带着这朵花，让它陪您工作。"

"京城什么样的鲜花没有？我买就是了。"

"那也肯定是从大理的花店运过去的，干吗让中间商赚差价呢，我们从原产地直接拿走。"乌蔓扒开郁家泽的大衣口袋，小心翼翼地将樱花放进去，说道，"就算是在京城花店买的肯定也是温室培植的，不是这种纯天然的。"

郁家泽掐了一把她的脸，说道："你就用这种东西糊弄我吧。"

他低头看着口袋里的冬樱，脸上的表情很淡，似乎浑不在意。

郁家泽定的是第二天下午离开，在出发前，他还有时间再看一场她的拍摄。

而这一天，正好是一场重头戏，乌蔓饰演的苗疆蛊女要给男主角下情蛊，下的方式是接吻。

在这之前，对于乌蔓接到的剧本，郁家泽并没有替她把关，他没那个空闲，也没有那个意识。毕竟之前给资源都是说给就给了，他也不在乎她和谁演，演成什么样。

他对乌蔓现在拍的这部剧的细节同样一无所知，只是知道个大概，因此走进片场的时候一脸云淡风轻。

乌蔓刚做完妆发，有些奇怪地嘀咕着："今天的妆怎么好像有点淡啊？"

化妆师的眼神往监视器前的男人身上瞄，心想还不是你的男朋友吩咐的，嘴上却说道："导演说这场吻戏你的妆容需要换种感觉。"

乌蔓不知情地点点头。男演员那边已经准备完毕，机器就位，准备开拍。

郁家泽连日奔波有点累，起得又比较早，此时眼睛微眯地坐在折叠椅上，却犹如坐在真皮沙发上那般气势十足。

他盯着监视器，一直微合的眼睛在看到乌蔓和男演员的肢体动作越来越亲密时，慢慢睁大了。

他立刻直起身，对着导演耳语了一番。

导演面色一僵，拿出对讲机道："快，卡！"

镜头前的两个人不知发生了什么，茫然地面面相觑，停下了动作。

郁家泽一把拿过导演手里的对讲机，沉声说道："乌蔓，你给我到房车里来。"

他指名道姓地喊她的名字，声音透过对讲机，冰冷中又带着粗粝的杂音，不似人的语调。

乌蔓听到这句话，即刻就起了满身的鸡皮疙瘩，心脏在胸腔里狂跳。

她硬着头皮走上房车，看到郁家泽坐在房车里的沙发上，指尖在扶手上轻点，速度越来越快，突然毫无预警地将她拉到怀中，掐住她的脖子问："你敢亲他？"

乌蔓呼吸不上来，急促地回答："那是……剧本……演戏！"

"谁准你演这样的戏的？"

"您没有……反对啊……"

郁家泽长长地呼出了一口气，克制住自己想在这一刻掐死这只小乌鸦的欲望。

"我没有反对，你就可以做了？"郁家泽摇头，"你太让我失望了。"

他松开手，乌蔓咳嗽着问："我不懂，您之前给别人的那些资源里也有吻戏，还有更大尺度的戏，为什么到我这里就不行了？"

"你的记性这么差？我跟你说过，她们是谁我都不记得，就算她们直接在戏里真做我都无所谓。但你不一样，你是我的人。"郁家泽的额头青筋暴起，"我的人只能属于我，不能被其他人碰。"

乌蔓还在一边咳嗽着，哑着嗓子颤声问："在您眼里，我的梦想、我的自尊都不重要，是吗？"

"我有不让你拍戏吗？"郁家泽啧啧称奇，"我甚至圆了你拿奖的梦，那不就是你的梦想吗？我难道没有成全你？"

乌蔓哑口无言，只感到疲倦。

"今天的戏你可以照常拍，我不是那么不讲道理的人，但前提是那场吻戏你得借位拍。"

她猛地抬头："借位……"

他不容置喙地道："我已经做出让步了。你难道想临时被换掉？"

"……"

郁家泽垂首，看着乌蔓血色尽褪的嘴唇说道："你要是还想在演员这条路上走下去，有亲密戏的剧本你应该知道怎么做。"

他俯下身，恶狠狠地咬住她的嘴唇，两人嘴唇相接的地方沁出血丝。

他正要抽身，嘴上一痛，血腥味随着乌蔓报复性的回咬传过来。

郁家泽染着血丝的嘴角带笑，猛地翻身将她压住。

"还不愿意？"他拉住她的大腿根将她拖到自己面前，说道，"那今天别拍了。什么时候你想通了，我再放你走。"

乌蔓面上浮现出一丝绝望，又被她拼命压下去。

一切都是她的选择，她怨得了谁呢？她只能打落牙齿往肚里咽。

她当时以为，自己登上了一艘可以载着她暂时逃离眼下困境的船。

船的确往前开了，却裹挟着她到了无人岛。

从此，她可以预见生命的荒芜。

××××年×月×日

小鸟给我衔来了一朵冬天的樱花。太无聊了，想扔掉。

××××年×月×日

花扔了。把我气得不轻。

唐映雪翻过好几页日记，翻到这页时，除了这两行字，她还看到了一片早已经枯萎得不成样子的樱花花瓣。

鲜嫩的粉色早已模糊，死去的花瓣扁平又陈旧。

不过，它的外层被包上了一层塑料薄膜，因此才保存得非常完好。

唐映雪拿起它凑到飞机上的看书灯下，昏黄的灯光照出花瓣的脉络，像一条已经失去生命的血管。

空调的暖风吹下来，已经成为标本的花瓣在她手中摇曳了一下。

唐映雪一愣神，似乎看见樱花开在枝头上的样子。

她看着手中的笔记本，忍不住想，这本日记里的"小鸟"，真的是一只鸟吗？

如果仅仅是一只鸟，他对一只宠物倾注的感情未免也太多了些。

而她竟然比不上一只宠物。

唐映雪想到这一点，内心深处涌起一股无处宣泄的挫败感，手中这本日记也顿时不想再看下去。

她微微叹了口气，离飞机落地还有半个小时，她觉得有些无聊，揉了揉眼睛，继续看了下去。

然而，奇怪的是，从这页起，日记本上有很多页被撕毁的痕迹，直到后面才出现一行字，字迹相比前面又发生了变化，非常潦草。

××××年×月×日

翅膀硬了是吧。

郁家泽写下这行字，是在知道乌蔓私自去结扎之后。

他无法描述那一瞬间自己的心情。

在得知乌蔓怀孕时，他的第一反应是不可能，以及下意识的厌恶。

郁晨阳的妈妈用的什么方法进了郁家，他再清楚不过。她靠的不过是她肚子里的孩子。

虽然那个女人表面上是他后妈，但有实无名。父亲没有正式给过她郁夫人的身份，但她至少从那些女人当中脱颖而出，住进了郁家，躺在他的母亲曾经睡过的那张床上，觍着脸以他的家人自居。

郁家泽记得那一日他放学回来，在花园里看见一个挺着肚子浇花的女人。

他以为是新来的园丁，还很好奇为什么要招一个行动不便的孕妇。

女人忙停下手中的动作，抚摸着肚子冲他微笑："你是家泽吧？"

"你应该叫我少爷。"他冷着脸斥责她，"这么没规矩，你是刘姨招来的？"

女人脸上闪过一丝尴尬和无措。这时，他听见父亲的声音从阳台上传来："她是我招来的。"

郁家泽仰起头，看见男人在逆光中高大又模糊的轮廓。

"她以后就和我们一起生活。"郁父指间夹着雪茄，烟雾缓缓升腾，他说道，"你以后就是哥哥了。"

郁家泽的视线从阳台转至女人隆起的肚子上。

她又冲他露出了一抹令人无比恶心的微笑。

他眼神一暗，回以女人灿烂的笑容，说道："欢迎阿姨。"

女人没想到这个看似阴郁的少年会这么快接纳自己，早已想好的一万种对策瞬间无用武之地。看起来他和他父亲一样，都蛮好搞定的。

几日之后，她失足坠下楼梯，坠地的一刹那，她挣扎着抬头看向阶梯口，郁家泽身姿笔挺地站在那儿，冷漠地看着她。

下腹剧烈收缩，湿滑的腥气从女人的腿间散发出来。她晕过去前，脸上还带着战栗的惊恐。

郁家泽觉得非常遗憾，女人肚子里的那个孩子并未因此失去生命，只是提早了两个月出生。

郁父直接将郁家泽安排到学校寄宿，将他隔离。从那之后，郁家老宅成为郁家泽逢年过节才会去的地方。

可那明明是他的家。

鸠占鹊巢，郁家泽不明白为什么到头来被驱逐的人是自己，而早产的郁晨阳却受尽优待。

他知道以自己的能力，完全可以就此脱离这个家自立门户。但凭什么呢？那本来就是他的。他不甘心。

是他的，他就绝不会平白拱手让给别人，更遑论一个以色事人、心思龌龊的女人。

他最看不起这类倒贴的女人，因此他玩弄她们于股掌之间，但在有可能让她们受孕这件事情上，他向来很小心谨慎。像郁晨阳那样的蠢货，世界上有一个就已不堪负荷。

但似乎总有人想要冒险一试。她们把他当作套圈游戏里摆在末尾的大奖，以为用那种可笑的圈套就能套住他。

在乌蔓之前，他都不记得有多少个女人用这样的手段诈过他。

其他的他都忘得差不多了，但第一个来诈他的女人他倒是还依稀记得。

那个女人是个模特，声称自己正在事业上升期却怀了孕，这无疑是一个巨大的打击。她权衡再三不想打掉，因为孩子的父亲是他。

他当时问她："你觉得我会娶你吗？"

那个女人小心翼翼地说："但我怀的真的是你的孩子……"

郁家泽当时听完觉得特别可笑，他都没兴趣去判断女人的话的真伪。

可是当乌蔓对他说她怀孕了时，当难以置信和厌恶退去后，他内心涌现的是一种……非常奇妙的温热。

四肢的血液涌入心脏，疯狂地提醒着他，你的血脉现在在另一个女人的血液里，而这个人是他的小乌鸦。

光是想到这一点，他就浑身战栗。

这个孩子将成为他和她之间的纽带，将他们更紧密地联系在一起。如此一来，她便更离不开他。

这种感觉太陌生，让郁家泽觉得心慌。他故作平静，摆出对付那些女人时的姿态，如法炮制地问乌蔓："避孕套真的是自己破的吗？"

凭他的直觉，他的小乌鸦不会算计他。

但他所经历的一切又提醒着他，人与人之间都是利益关系，你不先发制人，就会因为那点天真受制于人，最后被杀得片甲不留。

乌蔓闻言，胸口剧烈地弹动了一下。

她一眨不眨地盯着他道:"你觉得,我会拿孩子这种事来图你的什么?"

"你已经跟了我三年,谋求的东西自然不一样了。"郁家泽回答得理所当然,"女人最好的青春也就这几年,不抓紧点可不就到头来一场空吗?"

"你以为我是想拿孩子当筹码,逼你和我结婚?"

"你不用否认,你母亲当年不就是缺了这么一个机会?"

"所以你觉得,我会效仿她,也希望自己嫁入豪门?"乌蔓露出一抹讽刺的笑容,"那你又知不知道,你们这种家庭在我眼里根本不算什么豪门,而是鬼门!里头的人都没有人气儿,活得像行尸!我不该来问你的,就算你同意我生下来,我也不会让孩子在那种环境里长大!"

她摔门离去,这还是第一次,小乌鸦这么直接地顶撞他。

但他没有自己预想之中的暴躁,而是怔然。

他忍不住想,她是为了他们的孩子在生他的气吗?

这个孩子,他应该让她打掉吗?

在这种事情上向来杀伐果决的郁家泽,第一次犹豫了。

那一阵子他收到了齐少的请帖。齐少去年结婚生子,孩子周岁宴请了圈子里的一群人参加,为了礼数,他也给郁家泽发来了一张。

毕竟和齐少有过摩擦,郁家泽压根不想参加,但在助理问他是否要将此事排进日程时,他迟疑了一会儿,还是点了点头。

周岁宴上,郁家泽走到齐少和他夫人面前,一双眼直直地盯着他们手里抱着的婴儿,专注的眼神看得齐少头皮一紧,以为这家伙又是哪根筋搭错了要抽风,连忙上前一步说:"别来无恙啊,郁总。"

郁家泽收回探究的视线,觉得婴儿真是好玩,脑袋小小的,手圆圆的,腿短短的,就是脸丑。

如果是他和小乌鸦的孩子,一定会非常可爱。

他不自觉地笑了下,齐少觑见他脸上的温柔表情,吓得浑身一哆嗦。

郁家泽敛起表情,淡淡地说:"恭喜你当父亲了。"

齐少哼了一声:"红包大一点,场面话就免了。"

郁家泽转身离开,临走前脚步一顿,转过身又望向那个孩子,问齐少:"当父亲的感觉……是什么样的?"

"这么想知道,自己去生一个嘛。你也三十了,是时候了。"

郁家泽欲言又止,离开宴会厅去天台上发了一会儿呆。

他不敢对自己承认,藏在对孩子厌恶情绪之下的是恐惧。

该如何当好一个父亲呢?他所见过的父亲形象,只有他的父亲。

可他潜意识里觉得,一个好父亲不该是郁父那样的。

他没有想到,他还在犹豫不决时,乌蔓的孩子已经没有了。

他急匆匆地赶往病房,原本要劈头盖脸撒向乌蔓的怒气却在看到她一脸憔悴地躺在病床上时冻结了。

她见到他开口的第一句话是:"我没有给您添麻烦。"

她将之当做工作一般,没有情绪地告知于他。失去的并不只有那个孩子,他并不知道,还有一些东西也跟着永远地消失了。

他站在病房门口,揣在大衣口袋里的手掌一点点握成拳。

"虽然是意外。"

"但我知道您也不想让我生下来。"乌蔓淡淡地笑着。

她越是笑,他心头越是难受。

郁家转身合上病房门,坐在门外的长廊上。这一层因为是高级病房,非常安静,他却听到了叽叽喳喳的鸟叫声。

郁家泽低下头,看见自己手中出现了一只血淋淋的小鸟。

它漆黑又清透的眼珠转向他,天真地叫着"您好"。

而他另一只手上出现了一把带血的刀。

郁家泽大惊失色,身子猛地向后一仰,贴到了冰冷的惨白墙壁上。

他喘着粗气,不一会儿额头上便沁出了大片的虚汗。他定睛再看向双手,只有微微发颤的手筋从手背上凸显出来。

他一直在长廊上坐到深夜,离开前,他通过病房门上的透明玻璃,凝望着乌蔓的睡颜。他的手下意识地伸向门把手,半途又顿住了。

最后,他抽回手,头也不回地离开了医院。

助理最近发现自家老板有些反常。

平常郁家泽就是个工作狂,这一阵子更是沉迷于工作,要不然就是把自己关在办公室里不知道在捣鼓些什么,总之就是常驻公司。连带着他的日子也苦不堪言，只能用惨无人道来形容。

难得今天郁家泽一天都没到办公室，他乐得快升天了。本以为可以快快乐乐下班回家躺着，不料突然收到了老板发来的消息。

这次郁家泽派发的任务极为过分——大晚上，让他去墓地，送东西。

他满脸忧愁，他是真的要升天了。

打工人难道就能被这么使唤吗？！去墓地？能不能不让他去这么阴森恐怖的地方？

助理就想怒呛一句："送什么东西？你咋不让我给你送终呢！"

骂了老板一番之后，他最终还是谨小慎微地给郁家泽发了两个字过去："好的。"

他按照郁家泽说的在他办公室的衣柜里翻找，终于在最上面一格里找到了一个长方形的木盒子。

他没有多看，外头天色已经越来越暗，他可不想深夜勇闯墓园，迅速伸手去够，想拿上就走。

然而，有时候越是着急，就越是手忙脚乱。

他够了一下，盒子劈头盖脸地砸向他的脸。

木盒子的盖子开了，里头的东西咕噜咕噜地在地毯上滚了小半米。

助理心想完了完了，要是摔坏了，他今晚去墓园就别想再回来，直接葬在那儿得了。

他满头大汗地捡起来，幸好那是个木雕的小玩偶，不是什么易碎品。

助理大大地松了一口气，对着那东西端详了一番，一时竟然分辨不出雕的是什么东西。

好像是只破壳的雏鸟？

到底是哪家精品店卖得这么粗糙的雕刻艺术品，还是这是什么新兴抽象派的艺术品，是他这个普通人不懂欣赏。

总而言之，没摔坏就好！

他揣上木盒，按照郁家泽给的地址赶了过去。

车子一路开往荒郊，大约一个小时之后停在了墓园门口。助理赶紧给郁家泽打电话示意自己到了。

死寂的墓园门口，一身黑衣的男人缓步向他走来。

郁家泽朝他伸出手:"东西呢?"

他"哦"了一声,赶紧小心翼翼地把木盒递过去。

郁家泽接过木盒,随口吩咐他"你可以走了",又重新走向墓园深处,背影渐渐远去。

又过了两年,他终于下定决心辞职,之后很久都没有听闻郁家泽的消息。

他怎么也没有想到,再次听到郁家泽的消息,居然是他的死讯。

郁氏弑父案虽然发生在国外,但在国内传得沸沸扬扬。很多人知道他曾经在郁家泽手下工作,拐着弯儿向他打探消息,不理解郁家泽怎么会这么丧心病狂。

他也不理解,虽然在郁家泽手底下工作时,天天在心里咒骂压迫他的资本家速速去死,但真的到了这一天,他分外怅惘,只觉得世事无常。

郁家泽也许不是个好儿子,但绝对算不上是多么差的老板。业务能力强是一方面,人也够有情有义。在他手底下工作时,助理曾因为家庭变故急需一大笔钱,走投无路时向郁家泽借,他二话不说就给了,没有考虑过以他的经济状况是否能还得上。

对郁家泽来说这笔钱或许只是零花钱,但这并不意味着他有义务借给助理。他感恩这份情分,所以才会在郁家泽身边待了那么多年。

对于这位老东家,他觉得自己还是应该去送他一程。

郁家泽的骨灰被他母亲那边的亲戚领了回来,下葬的那一天,来到略感熟悉的墓园时,助理才恍然发现,这就是当年他给郁家泽送木盒的地方。

郁家泽竟然在那时候就在这里为自己挑好了一块墓地。

而那个木盒,这些年一直封存在墓地里,成为他唯一的陪葬品。

黄土掩盖了木盒,还有黑漆漆的棺材。

大方盒和小方盒一起沉入地底,告别天日。

不知怎么的,助理忽然又想起郁家泽三十岁那一年,在墓园里渐渐远去的背影。

"亲爱的旅客们,您乘坐的航班很快就要降落了,请收起小桌板,调整桌椅靠背……"机舱内,广播开始播报。唐映雪又迅速翻了几页,发现笔记本上不再有任何记录,终是索然地合上了。

经过十几个小时的飞行，飞机降落时已经是白天。司机接她时问她要不要回唐家休息，她说不用，直接报了墓园的位置。

她本该在他周年忌日的时候去的，但因为一些事耽搁了，现在才回国。

她拐去花店买了束花，在接下来的漫长车程中，她戴上耳机，找了郁家泽日记中提到过的那首歌来听，是那首《痴情司》。

> 梦还没有完，大寒尚有蝉。
> 夜来冒风雪，叫唤着雨点。
> ……
> 梦还没有完，命途若不变。
> 你还能偏执，拖到几丈远。

车子驶过郁郁葱葱的树林，停在了墓园门口。

> 梦还没有完，恨还没有填。
> 牵挂像笔债，再聚又再添。
> ……
> 梦还没有完，愿还没有圆。
> 漫长地心算，快乐却太短。

唐映雪抱着鲜花，走向那荒凉的墓地。

> 其实你我这美梦。
> 气数早已尽。
> 重来也是无用……

她想忌日过去了这么久，早些时日送去的鲜花应该都枯萎了吧。

> 一片白茫茫里面。
> 让情痴一洗恨怨……

她停下了脚步,吃惊地看向前方。

一束不知是谁送来的鲜花,正盛放在他的墓前。

  今世若无权惦念,

  迟一点,天上见。

Fall on the spring night

番外

—— 夜车

小寒从三楼的窗户望下去，福利院的门口驶进一辆黑色轿车。

每当这样的车辆出现，对生活在这里的他们而言，就意味着离开的机会。虽然她心里很清楚，这样的机会一定落不到自己头上。

她的视线从楼下收回，定在玻璃窗户上，并不算干净的窗面映出十二岁女孩子的脸庞——清亮的眼睛，小巧的鼻子，饱满的苹果肌。如果不看嘴巴，搭在一起的五官勉强算得上可爱。

但是……所有人看到她的第一眼，无一例外只会看她的嘴巴。

上唇可怖地裂开，一直延伸到鼻孔，令她成为一只人见人厌的小怪兽。

她曾经在百科图书上看到过一张图，洁白无瑕的冰层因为地震裂开了一条巨大的黑色缝隙，和她这张脸何其相似。没有人会想要领走这样的小怪兽。就连她的生父生母都不想要她，所以才会把她遗弃。

她连自己的名字都没有，被捡到的那天是小寒，因此被随便地取了这个名字。

小，寒。她每天都会蹲在院子里望着天空，练习这两个字，终于能够做到将这两个音节说得漂亮又动听。

每次有车子进来，她都做好了准备。

但是从来没有人问过她，你叫什么名字？

虽然才十二岁，但她不知道自己的出路在哪里。

小寒是最后一个走进活动室的。

虽然她十二岁，是这群孩子里年纪最大的，但她发育得不好，个头矮小，站在最后一排只有被淹没的份儿。

她抬起头看向最前方，那里站着一男一女，和以往看似并无不同。

但比较奇怪的是，那两人都戴着墨镜。

他们是眼睛不太好吗？她心中刚闪过这样的念头，就见那两个人同时摘下了墨镜，好像他们的侧脸都长了眼睛可以看到对方的动作一般，默契得不需要示意。

孩子们看着他们，都纷纷抽气，她也不例外。

这么多年来，来领养的人不计其数，但小寒发誓，这是她见过的人中最登对的一对。

她贫瘠的词语无法描述他们摘下墨镜时那种让她惊为天人的感觉，她的心脏跳得极快，手心出汗，双腿发软，恨不得下一刻就冲出活动室。

她想起了自己丑陋的嘴唇，小寒深深地把头垂了下去。

他们没有和之前的人一样，随意地扫视孩子，像把孩子们当作柜台里的物品一般挑选。

看起来比女人年轻的男人依次走到每个孩子面前，蹲下身，揉揉孩子的脑袋，柔声问他们叫什么名字，连声音都软和得像春风。

小寒看着这个场景，不自觉地屏住了呼吸。

这个人也会走到她面前，用同样的方式问她吗？如果每个孩子都能被问到，是不是她也可以呢……她突然生出了这样的妄想。

不，不会的。她沮丧地轻晃脑袋，告诫自己不要抱有期待。

男人长得这么好看，一定更无法接受她畸形的嘴巴。

她躲到了更加隐蔽的角落，和人群拉开了一段距离，静静地等待着男人走到她面前再转身离开，没关系的，她早就习惯了失望。

"你叫什么名字？"

然而，那阵春风突然吹到她跟前。

小寒觉得难以置信，平常就迟钝的大脑此时此刻更是仿佛锈住了。她缓缓地抬起头，撞上男人好奇的眼神。

他站着的样子，比她想象的更加高大。

男人很快蹲下身子，消除了身高带给她的压迫感。他的大手揉上她的脑袋，他又耐心地问了一遍："你叫什么名字呀？"

他分明看到了她独特的嘴巴，但眼神没有任何异样，没有厌恶，没有惊愕，也没有同情。她在他眼里，似乎和其他孩子没有区别。

但就是这份没有区别，让她突然眼眶一酸。她张了张嘴，平常练习得很好的两个字在关键时刻却没能说出口。

她又气又急，眼眶迅速地红了。

男人微微一愣，有些无措地望了一直默默站在一边的女人一眼，发出了求助信号。女人本就一直看着他，接收到他的视线，便向一大一小走了过来。

她的表情并没有比男人自然多少，透着几分镇定，她蹲下身子，从包里掏出一袋糖果塞给女孩,说:"不要害怕,我们请你吃糖。"

男人凑过去咬耳朵:"阿姐,你这招有用吗?"

"不是说小孩儿都喜欢吃糖吗?"她斜睨了男人一眼,"某个小孩儿就是最好的例子,二十岁了还带糖进组。"

男人语塞,无奈地伸出手轻轻掐了一把女人的腰。

小寒手上拿着女人给的糖,眼眶已经不再红了。这并不是因为这包糖的作用,而是眼前这两个人的互动让她有点蒙。

他们似乎终于反应过来眼前还有个小孩,尴尬地咳嗽了一声,转开脸对着女孩说:"糖就给你啦。"

就在两个人起身离开的刹那,小寒鼓足勇气,结巴但清晰地说:"小……寒。我叫……小寒!"

男人脚步一顿,转过身来笑道:"你好呀,小寒,我叫追野。"

他自豪地指了指身旁的女人,小声又笃定地说:"这是我的爱人,她叫乌蔓。"

小寒感到无比激动。

虽然只是普通的两句对话,追野和其他的孩子都有过这样的对话,但她能拥有这份一视同仁,已经是这十二年来不可多得的好运了。

她蹦蹦跳跳地离开活动室,将那袋糖果捂在自己柔软的肚皮上。

这怎么舍得吃呢?小寒小心翼翼地将自己的铁盒从床下拿出来,把糖果放进去,和花绳还有毽子放在一起。

她还没盖上盖儿,管理阿姨就从门外急匆匆地走进来,嘟囔着:"你这孩子怎么到这儿来了,快跟我去院长办公室!"

那一刹那她怔住了,心头隐隐有一股奇怪的预感。但这怎么可能呢?

没给小寒反应的时间,阿姨拉上她的手快速地向院长办公室走去。

小寒心里茫然,直到站在办公室里还有些恍惚,对上追野和乌蔓的视线,她条件反射地垂下了脑袋,遮住自己的嘴巴。

"小寒。"院长的语气中带着迟疑,"有人想领养你,你和他们聊聊吧,熟悉一下。一切以你的意愿为主。"

说完,她便带上门离开了,留下小寒和他们独处。

小寒紧张地揪紧衣服,她有一种正在靠近太阳的感觉,那股灼热快让人无法承受。所以她根本无暇注意另外两个人,也就没发现他们的小动作并不比她少。

乌蔓不断地撩着自己的头发,追野摸了摸鼻子,彼此面面相觑,互相冲对方扬了扬下巴。在娱乐圈举足轻重的两个人站在办公室里,像两个被罚站的小朋友,试图甩锅给对方。

最后,追野认命地迈出一步,走到小女孩跟前。

"小寒,我再详细地自我介绍一下。"说话向来无所顾忌的追野头一次有些踌躇,"你可能不太认识我们,我和我的爱人都是演员,我们……"

他还在纠结要怎么说出他们想领养她的话,小寒用她含糊的声音颤抖着大声说道:"我想跟你们走!"

她怕自己说得晚了,面前的这两个人就反悔了。

因为她真的想不通他们为什么会选中自己,也许他们戴着墨镜真的是因为眼睛不好。

那她更得趁他们发现自己的不足之前,紧紧地抓住这个机会。

"这孩子……"

追野一愣,忽而笑了。

乌蔓的眼里也漾出笑意,她顿了一下,说:"小寒……那以后,我们就是一家人了。"

女人的语调有些僵硬,但小寒听出了女人话里的喜悦和温暖。

女孩慢慢地松开了手心里被绞成一团的衣角,郑重地点了下小脑袋。

来到新家,看到房子的大小时,小寒忍不住在心里揣测,领养她的这两个演员大概不是什么有名的人——要不然房子怎么会这么小呢?

她站在门口放眼望去,房间很拥挤,是简单的两室一厅。

客厅里因为塞满了各种小玩意儿,看上去狭窄得可怜:每走三步路,地毯上就有一只毛绒玩偶,茶几上还摆放着全新的乐高、拼图等。

小寒并不知道,这是追野和乌蔓在决定收养她之后的两天之内,疯狂上网搜索十二岁小孩喜欢什么样的玩具,火速把这些东西搬回了家。

如果空间足够大,他们兴许会把整个玩具城都搬回来。

此时两个人紧张地站在小寒身边，静静地观察着她的反应。

小寒怯生生地看了一圈，紧紧地抱住自己怀里的小铁盒。

她觉得自己和铁盒中的玩具是一样的，与这些崭新又耀眼的玩具站在一起，是那么格格不入。

她来之前还犹豫着该不该把铁盒带来，这些东西太破旧了，它们该是被遗弃的无用的东西。

可是它们陪了她这么多年，丢弃它们就好像丢弃了自己。她不忍心。

乌蔓观察着她的动作，声音柔和地问："盒子里是你喜欢的东西吗？你可以把它们拿出来，放到你喜欢的位置。"

她下意识地摇头，反应过来又小心翼翼地问："可以吗？"

"当然，别忘了现在这里是你的家了。"

小寒得到乌蔓的首肯，这才打开了盒子，露出里头的那袋糖果，以及陈旧的花绳和缺了两片羽毛的毽子。

"这是你的玩具吗？"

乌蔓看了一眼盒子，忽然看到了她送给她的糖果，眼波闪动。

女孩轻轻点头，声音细如蚊蝇："但是……已经很多年没有玩过了。"

追野上前两步，一把挥开茶几上的崭新玩具，空出位置来，然后接过小寒手中的旧铁盒，珍重地将它放了上去。

他拿出里头的花绳把玩了几下，嘴里嘀咕着："这个看上去还挺好玩的，你不介意我们偶尔也拿来玩吧？"

小寒睁大眼问道："你们……会想玩这些吗？"

乌蔓拿起毽子踢了两下，笑着说："怎么不会？这些东西我小时候也玩的，很怀念呢。"

小寒眨巴着大眼睛，不想让眼泪掉下来。

真好，她的玩具和她一起，都终于不用遭受被遗弃的命运。虽然破旧的铁盒放在洁净的茶几上显得那么突兀，可冥冥之中又让人感觉到一种难言的融洽。

穿过客厅之后，小寒来到了她的房间。

房门口挂着一块小黑板，上面用粉笔写了两行字："欢迎我们的小孩儿。"

字是一样的，字迹却不同，由乌蔓和追野各自亲手写下。

小寒仰头，伸出手抚摸着黑板边缘。

她第一次有了实感，身边的这两个人将成为她的爸爸和妈妈。虽然……她一时之间还很难叫出口。

从出生到现在，她从来没有对谁喊过这两个词语。

他们是不是也会很奇怪呢，突然之间多出了一个这么大的孩子……

追野似乎猜到了她在想什么，拍了拍她的肩膀，毫不介意地说："不用纠结称谓，你以后可以直接叫我们的名字，或者叔叔阿姨、哥哥姐姐，都可以。"他眨了下眼睛，"自在是第一位的。"

她无措地点了点头。

两人示意她自己推开门，门内并没有藏着什么惊喜，布置得也并不花哨，床单和被罩都是白色的。

"我本来想把你的房间布置成公主房的样子。"乌蔓点了一下追野的胳膊，说道，"这家伙告诉我，女孩子不一定会喜欢粉粉的公主风，也许我们的孩子很特别，就喜欢酷酷的风格也不一定。我想想觉得也对，就把装饰换成了最简单的白色。"

追野补充道："虽然我们不知道你喜欢哪种风格，也许你喜欢公主风，也许你喜欢冷淡一点的颜色，但现在你可以告诉我们了，我们再帮你一点一点地布置。"

小寒抠紧手心，用力摇头。

"我觉得现在这样就很好了！"她侧头看向窗户，"这里好暖和呀。"

听到这句话，站在一边的乌蔓神情怔忪，表情似乎有些绷不住。

追野只是轻轻一瞥，便察觉到她情绪的变化，抬手将她的脑袋压到自己的肩头，小声哄道："瞧瞧，这儿有个小女孩怎么要哭了。"

乌蔓顺势用脑袋顶了一下追野的脖子，说道："被某个爱哭鬼传染的。"

"谁爱哭了？你毁我名声。"

"我都没说是你呢，你这么着急对号入座？"

追野语塞，碍于小寒在不好拿乌蔓怎么样，便低声对着她耳语了一句："那晚上阿姐可千万别哭。"

乌蔓立刻弹起身子，拨了拨头发，遮住绯红的半张脸。

为了庆祝小寒的到来，追野和乌蔓准备了很多食材，今晚准备下厨露一手。

乌蔓的厨艺在这八年里根本没多少长进，都是被追野惯的，毕竟家里已经有一个大厨，另一个等着被投喂就行了。

因此，今晚她虽然说着也要亲自下厨，但其实还是帮追野打下手，顺便照顾一下小寒的情绪，怕她刚来到新环境会不适应。

小寒被招呼着坐到沙发上，她却对着客厅里的大电视机发愣。乌蔓洗完菜从厨房里走出来，就看到她对着电视机干瞪眼。

"不喜欢看电视吗？"

遥控器就放在她的手边，但是小女孩完全没有打开的意思。

"一个人也可以看吗？"小寒小心翼翼地问，"福利院里面都是大家一起看的。"

乌蔓微微一顿，坐到小寒旁边，帮她把电视打开。

"一个人当然可以看，我们也会陪你一起看。"乌蔓把遥控器塞到小寒手中，"来，现在选你喜欢的频道吧。"

小寒虚虚地抓着遥控器，似乎没有按下去的自信。

乌蔓见状，伸出手环住她，大手覆着她的小手，帮她按了下去。

电视屏幕上的画面开始变换，广告叫卖，家长里短的台词，谍战剧中的炮火，还有厨房里传来的油烟机的声音，世界这么吵闹，却有一种让人昏昏欲睡的安静。

小寒目不转睛地盯着电视，每一个频道对她来说都很新奇。

让人眼花缭乱的频道里，她突然意识到，乌蔓和追野是演员。那是不是意味着可以在电视里找到他们呢？她满怀期待地转起了遥控，一个接一个频道地找，直到把电视节目换了个遍。

没有……

她不禁有些失望，又替乌蔓和追野难过。为什么这么好看的两个人没有戏拍呢？会有人不喜欢他们吗？

在她单调的人生经历里，她还从来没有去电影院看过电影。在她的认知中，电视就是全部了。

乌蔓看着小女孩垂下去的脑袋，不明白她的情绪怎么突然就低落了下去。

果然孩子是她完全不懂的领域。

她抓了抓脑袋，束手无策，好在这时候追野端着菜从厨房里出来了，他对着沙发上的她们喊道："两位小女孩，洗洗手过来吃饭。"

"不许再这么喊我！"乌蔓迅速走过去想捂住他的嘴，老天爷啊，被人这样喊不害臊？

追野似笑非笑地享受着乌蔓的投怀送抱，还从端着的芹菜炒肉里夹起一筷，塞到她的嘴巴里。

乌蔓顿时忘了想说的话，津津有味地嚼了起来。

电视仍然开着，三个人入了座。

小寒看着满满一桌菜有点慌张，结果就是拼命往自己嘴里扒饭。

追野和乌蔓对视了一眼，不动声色地跟着往嘴里扒饭，一桌好菜却没一个人去动。

小寒拿眼角余光偷看他们的反应，然后停下了动作，疑惑地问："你们都不吃菜吗？"

那多浪费啊……

追野叹了口气："这本来就是我们做给你吃的，你不吃，我们也不想吃了。一定是这些菜让你没有胃口。"

乌蔓配合地点点头，可怜兮兮地又扒了一口饭。

两个戏精配合得很默契，小女孩头皮一紧，连忙摇头："当然不是！我想吃！"

她终于不再克制自己的食欲，狼吞虎咽起来。

小寒欲哭无泪，她明明想表现出自己很好养活，不会给他们增添负担，结果事与愿违。他们会不会以为自己很能吃呢？

她放下碗筷，小声解释："我平常的饭量没这么大……"

"一定是我做的菜太好吃了对不对？"

追野非常嘚瑟地邀功，被乌蔓白了一眼。

小寒用力地点头："嗯！这是我吃过的最好吃的一顿饭！"

追野翘起嘴角，抬手勾了下小女孩的鼻子。乌蔓看着两人的互动，弯了弯眼睛。

入夜时分，客厅里已经安静下来，只有主卧里还亮着灯。

属于小寒的卧室已经熄灯，小寒直挺挺地躺在床上，望着黑漆漆的天花板，怎么都无法入睡。

白天发生的一切在脑海里回放，让她怀疑这一切才是梦境，如果闭上眼，梦就醒了。

所以她不敢睡，哪怕这是梦境，也是十二年来她从未做过的好梦。

寂静的空间里传来很轻微的叩门声，接着门外传来女人带点烟嗓的声音："小寒，你睡了吗？"

女孩愣了一下，迅速一翻身，跑下床替乌蔓开门。

乌蔓穿着湖蓝色的丝绸睡袍，黑色的长发盘了一半上去，垂下几缕弯曲的头发卷在耳侧，整个人在夜色里显得十分慵懒。

她弯下腰摸了摸小寒的脸，笑着说："你果然没睡，是不是睡不着？"

她指尖拂过的那一瞬间，小寒觉得自己仿佛踩在云朵上。

小寒晕乎乎地点了点头。

乌蔓将她牵回床上，自己挨着靠枕占了一小片位置，笑道："和你聊聊天，等你睡着了我再走。"

小寒把半张脸埋进被子里，挡住嘴巴，心想，这样我更睡不着啦！

乌蔓伸出手轻轻捋着女孩凌乱的发丝，说道："我和追野……我们两个人都是第一次和孩子相处，如果这一天相处下来有让你觉得不舒服的地方，请你一定要和我们说。"

其实这一天，恍惚的不只是小寒，还有他们。

领养孩子这个想法，乌蔓思索了好几年。

她是个亲缘关系淡薄的人，和母亲的相处经历曾经让她感觉血缘亲情也不过如此。大概也是因为这段经历，她才会在那一年做下结扎的决定，以至于此生再也不会有亲生的孩子。

她知道她这辈子也就这样了，她也认命，但她并不希望追野因为她的选择而承受人生的空白。

她花了一段时间来消化他结扎这件事带给她的冲击，然后选择摊开来和他仔细聊了聊，建议他去复通。

她也觉得这么说很伤情分，就像一个人还没和对方结婚，就开始讨论离婚之后怎么分家产。她并不怀疑追野对自己的感情，只是三十岁和二十岁，站在人生的角度去看问题的确会有很大不同。

二十岁不懂得瞻前顾后，做事决绝，到了三十岁想要找条后路遍寻无果，人生却不会因为少年意气而重来。

追野还没到这个年龄，所以他不理解，她完全体谅。但她已经到了这个年纪，她必须为他领一下路。

他是她爱的人，就算以后分开，她也希望他不会后悔，人生能够圆满。

她把这些后果理智地分析给他听，跟他说："不要轻易放弃自己成为一个父亲的权利。虽然我对世俗的那套东西很不屑，但是……从某种程度上来说，一个人来到这个世界上，有一个自己的孩子，没有过这种体验真的是一件十分遗憾的事情。不想要是一回事，没有选择又是另一回事。现在复通还来得及，过两年再做也没多大用了。"

追野有点生气，他冷着脸，斩钉截铁地道："我确信我不会想要。"

"你再好好考虑一下，缺失这一部分经历，你的人生终究不是完整的。尤其是对一个演员而言。"乌蔓顿了一下，接着道，"不要考虑我，你的人生就该由你自己来决定。"

"我就是认认真真想过，所以我明确地知道，如果真的有我要和别人生孩子的那一天，那意味着我失去你了。"追野毅然决然地说道，"那我的人生缺了可不只一小块，而是毁灭性的坍塌，还谈什么完整呢？"

乌蔓望着他无比专注的眼神，鼻头一酸。

她深吸了一口气，摇头道："不会有那一天的。"

追野这才笑了一下："阿姐，我知道你在顾虑什么。但这真的不是什么大事，我本来就不喜欢孩子，有没有都一样。"

他说那句话的语气太自然随意了，是他在她面前难得使用演技而没被她发现的时刻，以至于她真的以为他不喜欢孩子。

直到后来某一年，追野接到了一个角色，演一个孩子的父亲，他一直把握不好这个角色，头一次陷入表演瓶颈。

于是她陪着他去了附近的福利院，他试图通过和孩子的相处来体会一下角色的人物情感。

追野在整个过程中都表现得非常克制。他和孩子们聊天，陪孩子们玩橡皮泥，给他们念诗歌。他的耐心和喜悦都可以解释为他进入了角色，和他本人的情绪无关。

但乌蔓注意到了一点，他离开福利院时那抹转瞬即逝的神情，那是非常明显的欢喜。

和孩子们的相处，真的让他发自内心地感到愉快。

然而，这是他必须要对她隐藏的秘密。

这是好几年后，乌蔓才突然领悟的事实。很多时候看不到恋人的付出，并不是对方掩藏得多么巧妙，而是接受的那个人故作失明。这是被爱者的特权，但对给予爱的那个人而言，太不公平了。

从那时候起，她就明白自己不能再那么心安理得下去。她自顾自地决定不再成为母亲，连累追野改变他的人生轨迹。那不仅仅是他的缺憾，也将会是她的。

因此，在接下来的几年里，她不断地思考这件事，同自己的内心做斗争。

她决定提出领养一个孩子的时机，是在追野二十九岁生日的时候。

那天在家里，他吹完蜡烛，许完愿睁开眼睛，乌蔓轻描淡写地问他："你有没有许过当爸爸的愿望？"

他一愣，露出费解的神色。

"怎么会呢，我说过我不喜欢小孩的。"

乌蔓没有戳穿他，只是"嗯"了一声，说："但如果我跟你说，我有点想领养一个属于我们的孩子，你会讨厌吗？"

追野愣了一会儿，难以置信地问："阿姐……"

他是知道她的心理阴影的，所以才会这么诧异。

"我当初选择结扎是不希望又一个无辜的孩子降临人间，这是我对那个未出世的孩子的承诺。他将是我唯一的亲生的孩子。"乌蔓缓慢地说，"但这并不代表我不能成为一个母亲了，对吗？"

乌蔓提到那个孩子，眼眶还是红了。

"当然。"追野上前一把将乌蔓搂进怀里，轻拍她的背，一下又一下，安慰道，"他一定也希望阿姐能够走出来，因为那是你的孩子，他也永远爱着你。"

追野当时并没有立刻答应她的提议,他让她再好好想想。

他哪里知道,她已经想了好几年了。

领养孩子这件事,也不光是为了追野。无论是她自己,还是追野的童年经历,都让她深刻地意识到,这世界上不幸的孩子太多了。不是所有人都能受到上帝的偏爱,在阳光和鲜花中长大。还有很多孩子,是在狂风暴雨中艰难求生。

她不想再让孩子们遭受这份苦难。

世界上能少一个受苦的孩子,是一个。

最后,两人约定在追野三十岁这一年,领养一个孩子。

乌蔓回过神,拍了拍小寒的肩膀。

黑暗中两个不善言辞的人都没有说话,房内很安静。

小女孩僵硬的肩头在乌蔓的轻拍中逐渐放松下来,乌蔓以为她睡着了,正打算离开,却听见小寒缩在被子里问:"你们对我很好,我没有不满意,真的!"她声音闷闷的,"反而是我很想问你们,我很不好,你们为什么……会挑中我呢?"

乌蔓沉默了一会儿,回答说:"因为……不想让独自等待了十多年的小孩儿失望呀。害你等了那么久,是我们来迟了。"

她俯下身,吻了一下小寒的额头。

"希望我的小孩儿能永远得偿所愿。"

同一时间的主卧内,正在床上翻来覆去等乌蔓回来的追野,莫名的感觉自己的额头被触碰了一下,湿热,柔软,像是一个充满爱意的吻。

没过多久,小寒就适应了在新家的日子,因为真的很自在。

她那些并不算好的习惯一时半会儿改不过来,追野和乌蔓并不会第一时间用言语纠正她,而是亲身示范,让女孩知道原来生活可以是另外一种不受拘束的面貌。

当然,这需要他们花很大一部分时间在家庭上。为此,两个人把很多戏约推掉了。

结果,小寒更加认定他们俩没有工作,她还每餐吃得那么多,不禁羞愧难当。但是追野做的菜实在太好吃了,她根本控制不住自己的食欲。这一阵子下来,她干巴巴的身材肉眼可见地圆润了起来。

追野和乌蔓都对她的变化感到很高兴,在夏日即将来临的时候,追野提议全家出去度个假,想借机进一步拉近他们和孩子之间的距离。乌蔓也没有异议。

两个人此前一起去过很多地方,现在带着一个孩子,去哪里比较好呢?这个问题让他们犯了难。

他们想了一圈,都没有一个最终结果。

突然,乌蔓脑子里灵光一闪,她看向追野,还没有说出地名,追野立刻就懂了。

他眨眼道:"就去那儿吧。"

当小寒被告知明天要出远门的时候,她兴奋得一整晚都没睡着。

十二年来,她去过的最远的地方就是与福利院隔了一条街道的小超市。那时阿姨忙不过来,因为她是福利院里的大孩子,便差使她去跑腿,还额外给了她几块钱作为奖励,让她买冰棒吃。

树影婆娑的午后,她坐在路边的喷水池下,见不得光的嘴唇在甜丝丝的冰棒上游移。那段只有十几分钟的冒险经历,却是她最快乐的记忆之一。

她兴奋中带着一丝茫然,比小超市更远的世界……会是怎样的呢?

最重要的是,这次不是她独自一人出发了。

第二天,她带着发青的眼圈起床,精神却很不错,丝毫看不出整晚没睡的困倦。孩子若精神抖擞起来,可不是盖的。

他们计划吃过早饭就出发,由追野开车,自驾过去。开的车不是小寒之前看见过的那辆黑色轿车,而是一辆体积很大的白色的车。她张望了一眼,车里居然还有床和小沙发,以及各种零碎的摆件,堪比他们的小家。

"这是车子吗?"她极为震惊地问。

"这是房车,因为自驾去那里,路上花费的时间会比较久,开房车能方便我们休息。"乌蔓笑着摸了摸她的头,"你想坐前面还是后面?"

小寒仰起头,小声地道:"那……那我想和你们坐在一起。"

追野在驾驶座上拍了拍中间的位置,勾手道:"就等你这句话呢。"

小寒被乌蔓和追野夹在中间,座位因为容纳了三个人显得有些拥挤,但这种拥挤让人分外安心。

"我们要去哪里呢？"小寒此时才想起来问。

"青泠镇。"

一切故事开始的地方。

车子很快便驶上了通往城外的高速路，小寒的视野正前方就是开阔的车玻璃，能一览无余地欣赏到飞逝而过的景色。

她看了半天，道路两旁的风景逐渐变得单调，这才依依不舍地收回视线，转而看起了车内。

在她座位正前方有一个小夹篮，里头放着一张纸，上面写满了她看不懂的文字，一撇一捺不成形状。纸上印着的草莓蛋糕吸引了她的注意力。

她忍不住把那张纸拿出来，对着蛋糕咽了口口水，刚吃过早饭的胃似乎又在贪心地蠕动。哎，怪就怪最近她被养得太好，胃口都被撑大了。

"馋了？"乌蔓注意到她的吞咽动作，揶揄地问。

小寒连忙摇头："我刚刚已经吃饱了！我不是在看蛋糕……"

开车的追野忍不住笑出声，说："我和你一样也很喜欢吃蛋糕啊，这没什么的。我们可以看看沿途有没有蛋糕店，但是纸上的这个蛋糕现在的确没办法吃到了。"

小寒的语气带了点失望："为什么呀？"

"这是好几年前的传单了。"

"哦哦……我知道了！原来你们是拿它垫桌角的！"

福利院里那些桌子椅子破损了，阿姨就拿好几年前的报纸垫上。这么看来，她真的没猜错，追野他们的生活确实过得很拮据。

追野意味深长地看了一眼乌蔓，慢吞吞地道："我就算拿我自己垫桌角，也不舍得用这张传单。"

小寒微微一愣，心想，他比福利院的阿姨还要节省。

不行，她真的不能再多吃了。她在心里发誓，一定要替他们省钱。

事实上，追野心里想的是另一码事。

这张传单是五年前他们一起去目黑川看樱花的时候拿到的。乌蔓一直记着自己欠追野一场赏樱，《春夜》斩获戛城大奖之后，他们的戏约和通告纷至沓来，时间被排得满满当当，别说出国，就连一起在家里看场电影的机会都没有。除了参加综艺节目《双人床》那几天外，他们就是一对可怜的鹊桥情侣。

这种情况一直持续到第三年，两人的时间表终于对上了几天，正好又是在春天，乌蔓便提出抽出三天时间去东京。

追野开心得无法自控，兴致高昂地说一切交给他操办，她只要跟着他去就行了。

他在这方面很讲究，住处选的不是什么昂贵的五星级酒店，而是目黑川的一间短期公寓，位置就在河堤边上，能看见一片延绵不尽的粉色樱海。

在目黑川的第一天乌蔓照例醒得早，她走到窗台前，枝头快延伸上来的樱花塞满了她的视线，天空蓝得那么美好，是一个让人心旷神怡的早晨。

她没叫醒追野，轻轻带上门下了楼，想找家便利店给赖床的追野买早饭。

沿路满是垂下来的樱花，她手插在兜里随意地走着，很快在拐角处发现了一家便利店，门口站着"大型公仔"，正向路过的人发放传单。

这个时节樱花盛开，C国各地有赏花大会，大家习惯去赏樱野餐，便利店顺势推出了樱花口味的蛋糕供人购买。

乌蔓随手收下了那张传单，没有真的想买的意思，毕竟严格的身材管理让她早就养成了不吃甜食的习惯。尽管这款蛋糕看上去人气不错，短短几分钟时间，从店内走出的好几对青年男女人手一个。

她走进便利店，随手从货架上取了两个饭团，还有乌龙茶，正要走向柜台结账，只听店门口叮咚一声响，自动门开了，随之进来一对年迈的老夫妻。

他们的衣装非常整洁讲究，老奶奶戴了一顶贝雷帽，老爷子头上则是一顶画家帽，颜色搭配合宜，看起来极为相称。这两个人似乎还保持着昭和时期的精致以及仪式感。

他们经过乌蔓身边，走到店内深处，提起了一盒樱花蛋糕。

乌蔓是和他们同时结完账的，跟着他们一起出了便利店，一路同行，直到他们拐进了公园才分道扬镳。

她提着饭团，站在栅栏外，注视着那对老人慢悠悠地走向一株樱花树，在草丛上铺开毯子席地而坐。

老奶奶从布袋里掏出一个大保温杯，还有两个情侣茶杯，杯子上刻着对方的名字。她拧开盖子倒出茶，老爷子负责将蛋糕拆开，颤巍巍地拿着刀叉切成好几块。

两位老人家一手茶杯一手蛋糕，在春风中细品闲聊。他们脸上纵横的皱纹被斑驳的花影覆盖，叠加成无限温柔的油画。

草地上此时跑过一只白猫，它悄无声息地停在乌蔓跟前，又很快跑开。她被猫惊醒，从这幅画中回过神，心脏似乎变成了那只猫爪子下的草，被踩了好几下，泛着难以言喻的骚动。

乌蔓回到公寓，追野还在榻榻米上呼呼大睡。落地窗外的白纱窗不遮光，透亮的光线盈满了他的脸，没有杂质，一尘不染。

他在睡梦里打了个哈欠，低喃道："阿姐……"

乌蔓抱膝蹲在他身边，不忍心叫醒他，看样子他是在做有她的美梦，那她准许他做得久一点。

她静静地凝视着赖床的追野，忽然想起他对自己的恶作剧，决定以其人之道还治其人之身，拿出手机，打开某个拍照软件，调出了小狗的滤镜对准他。

"咔嚓——"

忘记调成静音状态的手机发出拍照的声响，追野敏感地掀起眼皮，没有聚焦的视线投向她，口齿不清地说："好啊，偷拍我……"他修长的手指抓住她细瘦的手腕，顺势一扯，将乌蔓扯到怀里蹭了两下，"让我看看是哪家的小狗仔。"

"狗仔我没看见，赖床不起的小狗倒是有一只。"

乌蔓伸手戳了戳他的胸肌，追野抓住她乱动的手指，叹了口气。

"想用这种方式把我喊醒，我警告你一会儿可能出不了门。"

乌蔓立刻麻溜地从他的身上爬了起来。

她走到厨房把凉了的饭团加热，温了两杯牛奶，一切准备就绪，就见追野身上套了一件白T恤从卫生间出来。他走过来揽住她的腰，黏糊地在她脸侧上落下一个早安吻。

"谢谢阿姐。"

他拉开椅子坐下，咬住饭团，乌蔓经过他身边时顺手把他翘起的头发压下去。

　　两个人难得面对面清静地吃着早餐，一时间只有杯子和桌面碰撞的声音，此时此刻不需要言语，只需要仰头喝一口牛奶，低头时望见对方怎么看都看不够的眼神，就幸福极了。

　　追野指着她的手机道："小狗仔，既然你刚刚偷拍了我，不付出点代价说不过去吧？"

　　"小狗仔都给你买早餐了，你这个大明星还要耍大牌？"

　　"不耍大牌怎么叫大明星？"他说道，"我不管，你得把偷拍的照片设置成屏保，让它发光发热！"

　　乌蔓暗自翻了个白眼，舔了舔唇转移话题："我刚刚去买早餐的时候，发现便利店在销售花见蛋糕，樱桃口味的，好像有点酸，不是你喜欢的口味。"

　　"啊，那怎么了？"

　　"但是看上去挺好吃的。"

　　追野失笑："那我们就去买来尝尝。"

　　乌蔓垂下眼，吃下最后一口饭团，意有所指地低喃道："好，那就买来尝尝。"

　　他们本来打算下午出门赏樱，但乌蔓突然说在东京的一个老朋友联系上她，想见她一面。

　　她急匆匆地向他道歉，临时更改行程，却没开口说让他陪同。追野也不想死皮赖脸地跟着，耸耸肩说自己随便找个地方转转，到晚上再一起赏夜樱就行。

　　然而，他说这话时嘴巴嘟得可以挂个油瓶，心里不免吃味，到底是哪个他不知道的朋友还得防着他？尤其是看着阿姐匆匆离开的背影，那么迫不及待，他心里就更不是滋味了。

　　他并不介意阿姐抛下他去见别人，他在意的是她对自己有所隐瞒。

　　但他又不能真的像个小孩儿一样撒泼打滚，要求她向他袒露所有，尽管他自己做到了这一点。

　　所以……如果拿自己跟她比较，他确实会有点失望，但更多的是不舍得生她的气。

　　追野忍不住反省自己，是不是因为自己给阿姐的安全感还不够，所以她才会有所保留。

那个下午他哪儿都没去，窝在目黑川的公寓里，感受着突如其来的伤感。

到了傍晚，乌蔓终于见完人联系了他。两人约定在新宿碰头，吃了热腾腾的寿喜锅，酒足饭饱后拎着从便利店买的花见蛋糕，来到一座公园，在长椅上落座。

他们很谨慎，藏在角落里，听到远处有人说话。

上一次追野单独前来，还不像现在火到随时可能被认出来，这一次他可不敢大意。

乌蔓回想起那段视频，哼唧道："我现在想起来还是有点生气。"

那时的她怎么也不会想到，樱树下趾高气扬、不可一世的青年，居然会在日后闯入她的生活，命运真是玄之又玄的东西。

"我道过很多次歉啦……"这是追野永远理亏的地方，他从袋子里掏出一罐啤酒拉开，故作豪迈地说，"那我自罚一瓶，阿姐你随意。"

"又是这套……"乌蔓貌似无奈地嘀咕，其实压根没有动气。她也跟着从袋子里拿出啤酒，拉开拉环，但只是悄悄搁在手心里，反复地磨蹭。

追野没注意到她的小动作，一口气喝完了啤酒，脸庞登时红扑扑的。

"真好。"他满足地喟叹，"终于能和你一起欣赏这片樱花了。"

"伸出手。"

乌蔓猛地喝了一口酒，突兀地冲追野说了这么一句。

"嗯？"他一脸茫然，呆呆地伸出手。

"给你的戒指。"

追野惊愕不已，大脑宕机，眼睛直直地看着手心里亮晶晶的……易拉罐铁环。

"……"

天堂和地狱，就在这一瞬间完成了转换。

乌蔓笑嘻嘻地捉弄他："喜欢吗？"

"我现在很怀疑我们之间到底谁是年纪小的那个。"追野被气笑了，但还是把易拉罐铁环勉强套在无名指上，卡在上层指节，就这么别扭地戴着。

乌蔓察觉出来他动作里的珍惜，突然笑不下去了。

她打开蛋糕外包装,转移话题道:"来尝尝这个。"

她切了两块,自己拿起一块吃了没几口,就皱起眉头说:"我果然还是不喜欢吃蛋糕。"

追野吃得津津有味:"那太可惜了,这个味道真的还可以,酸甜度刚刚好,还有樱桃的香气。"

"你还蛮适合做美食评论家的。如果是我的话,大概只会说两个字,好吃!"乌蔓不解风情地吐槽,"那这块别浪费,你帮我吃掉它。"

她把自己吃剩的那半块蛋糕推到追野面前,他理所当然地接过,就着她咬出的缺口往嘴里送。

他没发现乌蔓已经开始紧张起来,抬头望着满树的樱花,鲜花怒放,万物生长。

"咔——"

追野停止了咀嚼,眉头皱了皱,从嘴里吐出一枚坚硬的……真正的戒指。

他的目光聚焦在戒指上,因为太过集中而变得涣散。

乌蔓此时才敢看向他,神情庄重:"追野,这些年你一直送我礼物,无论是物质上的,还是精神上的,而我一直没有拿得出手的东西送给你……"

那一年在北市过圣诞节,他提前为她准备了礼物,而她只是在同他逛街时,临时挑选了一份礼物。

比起他的心意,她总是显得不那么用心。

"我一直想着,应该好好为你挑一份礼物……就在今天,我想到了。"乌蔓平静地直视着他,但发颤的尾音泄露了她内心的慌乱和期盼,"请和我结婚。"

请和我结婚。

无比朴实又充满力量的五个字,将追野击溃了。

樱花打着旋儿从枝头跌落,追野仰起头,似乎在看樱花。

他的沉默让乌蔓十分忐忑,心想难道这一回翻车了……

她已经三十六岁了,奔四的进程过了一半。而追野才二十五岁,这对男性而言是谈成熟都还嫌太早的年纪,很难说他会愿意被婚姻捆绑住。

再加上他现在所拥有的成就,换作谁都会想死命抓住不放。

那么求婚由她提出，好像显得她这个大龄女青年过分着急。

乌蔓这会儿才反应过来这些微妙的地方，但是在说出那五个字的时候，她根本没考虑到这些。矜持、立场、条件……这些都不重要。

这一刻，她只是一个想紧紧将爱抓住的小女孩。她想以更紧密的身份待在他身边，永不离散。

追野眨了一下眼睛，重新低下头和乌蔓对视，脸上的表情看不出太多的情绪。

他轻佻地笑着说："阿姐，你都演过那么多戏了，怎么求婚的招数这么老土？"

乌蔓有点懊恼："土归土，你答不答应？"

"我若说不答应呢？"他轻轻晃着脑袋道，"以后老了回忆起来，别人问我你怎么结的婚，我说我老婆把戒指塞到蛋糕里，别人可能会笑掉大牙。"

乌蔓面色一沉，感到有些难堪，伸手就要把他手中的戒指抢回来。

"我还没说完呢！"追野立刻攥紧戒指，笑道，"你难道不问问我，什么是不土的求婚方式吗？"

"不想知道。"

他叹了口气："那我主动示范给你看，你赏脸看一眼，好不好？"

追野边说边从外套口袋里掏出一个蓝丝绒的小方盒，打开，里头是两枚戒指圆环，环的内侧刻着两人名字的首字母缩写。

虽然造型朴素，但这一看就知道是提早定做的，不像她送的戒指，再怎么精致，也是临时在银座挑选的。

她傻眼了，问："这是你什么时候准备的？"

"你答应和我在一起的时候，我就偷偷订了戒指。"追野有点不太好意思地说道，"我怕你觉得我草率冲动，所以一直没敢拿给你，就带在身上。"

所以，他才能够在此时掏出来。

他怀揣的小小戒指，犹如他无比炽热的心。

这下，抬头看樱花久久不敢低头的人变成了她。

乌蔓眨了一下眼睛，樱花被雾气晕成湿版画，她听见自己故作镇定的声音在嘲讽他："臭小子，明明你的求婚方法比我的还老土。"

"那说明我们天生一对。"

青年咧开嘴笑了,眼眶红红的,她的小狗又变成一个爱哭鬼了。

"如果我不说,你打算什么时候给我?"

追野听到她的提问,怔怔了片刻,摇头道:"说真的,我不知道。"他反过来问,"阿姐又为什么会选择在今天向我……求婚?"

他说到最后两个字时,克制不住的笑意从眼里、嘴角溢了出来。

"也没什么。我今天在便利店看到一对老夫妻,两个人看上去都七十多岁了,步履蹒跚的。"乌蔓回忆着早上的场景,说道,"他们是买蛋糕的人里年龄最大的,然后两个人提着蛋糕,像我们一样在樱花树下赏花、聊天。我不自觉地就想到,如果这世界上有人愿意这么老还陪着我有仪式感地看一次樱花,那这个人只能是你。"

有的时候,爱上一个人可以罗列出很多冠冕堂皇的理由,但决定和他一起生活一辈子的时候,其实就是非常微小的瞬间。

而人离开这个世界的时候,能带走的无非就是那么几个难忘的瞬间。

那一天,追野的粉丝发现许久没更新动态的正主"诈尸"了。

他发了一张夜樱图,配文:"樱花瓣飘散,落在乌鸦翅膀上。"

粉丝们火速赶到发表评论。

"啊啊啊,哥哥你终于想起账号密码了吗?"

"又是一个人看樱花!下次我就去樱花树下守株待帅哥!!"

"樱花哪有你好看!你才是人间四月天!"

粉丝们吹起了彩虹屁,他发的微博莫名其妙又登上了热搜——追野赏樱。

连追野自己看了都有点无语,为什么不大点事就上了热搜。

这也是两人迟迟没有公开关系的原因。一开始是为了保护阿姐,但后来他们名声大噪,他的一举一动都会引起极大的关注,更遑论乌蔓也是招黑体质,两个人搅和在一起,只会让网络天翻地覆。

而乌蔓是不愿意被人这样评头论足的,更不愿意他们的感情被外人说三道四,或许他们一个随意的小动作都会被过分解读。譬如两人在微博上没有互动是不是吵架了,和别人吃饭被拍到是不是分手了。他们注定是一对不被看好的情侣,毕竟年龄差距确实太大了。

说起来也挺无奈的，娱乐圈里的老少配并不算新鲜，但大家似乎对男人大女孩十多岁习以为常，因为更夸张的也屡见不鲜。而女人一旦找了小自己这么多岁的男孩，就会被视作了不得的举动。

这种了不得，既是一种褒义，也是一种贬义。明明只是两个普通人相爱，怎么就成了双方发生观点撕扯的奇观？这其实就意味着歧视，而爱是不需要被争议的。这个世界对女性的苛责总是令人望而生畏，往往让人忽略了爱本身。

果不其然，追野上热搜还没几分钟，乌蔓也跟着上了热搜，但并不是什么好词条——乌蔓恨嫁。

点进去一看，不知道谁偷拍了她下午在银座选购戒指的场景。

网友们这下可来劲了，对着这张图浮想联翩，谁让她是知名大花里面唯一没有结婚的呢，可不得逮着机会炮轰她。

"你们看啊，她虽然有钱，有成就，有相貌，可她还是嫁不出去啊，还不如我呢。"

部分网友凭着这种奇妙的优越感肆意地嘲讽乌蔓，在匿名区开起了帖子。

主楼："喜报——某剩花终于要把自己嫁出去啦！"

"锣鼓喧天，鞭炮齐鸣！"

"真的要结婚了？"

"这都买戒指了还不算前兆吗？这明显的私人行程。我估计过不了多久她就会公布婚讯了。"

"但凡有点尊严的男人都不会娶她……"

"所以沦落到一个人去买戒指啊，正常情况下要么两个人一起买，要么男方买，哪有女的自己去买哦，一看就知道乌蔓这是要给男的下套，巴不得赶紧结婚呢。"

"我提前给那个可怜的男人点蜡。"

"别扯淡了，搞笑，我看你是看不得女明星嫁人！"

"楼上，我劝你别蹦跶了，有这闲工夫，不如操心一下你家连买戒指都不陪着的姐夫吧，典型的渣男。"

"我好像知道姐夫是谁了。"

"有人发现翁邵远同一天也在银座逛街。"

"他俩有什么交集吗？"

"乌蔓新电影的主题曲就是翁邵远唱的吧。"

"三年前他们一起上过《双人床》，我本来还挺想嗑他们俩的，结果第一期看下来他俩尴尬得不行，毫无化学反应，我就放弃了！"

"同感，我当时也一直追这个节目呢，我先说句对不起，但就算是你拿刀架到我脖子上，我也得说乌蔓和追野在节目里的默契指数吊打现在榜单上所有的！"

"那看来就是翁绍远了，说不定三年前两人就在一起了……真能藏啊。"

"依我看说不定就是炒作，乌蔓新电影路演就在后天，偏偏赶在这个时候爆出两张图？"

"是炒作就解释得通了，我就说嘛，她都这把年纪了有谁要啊！"

营销号把这个帖子的内容搬运到微博上，不多时，乌蔓和翁邵远的名字双双冲上热搜，一个"爆"字显示出这条消息的轰动性。

在乌蔓新电影路演当天，不少媒体压根不是冲着电影去的，身处绯闻中心的男女主角非但没有避嫌，还一起出现在活动现场，这是要官宣啊。

一众媒体记者摩拳擦掌，通稿都写好了，就等从两位嘴里挖出一句正式承认的话了。

终于熬到影片放映完毕，底下一个个跃跃欲试地直起身，恨不得长出八张嘴提问。

"请问两位是不是好事将近？"

"你们是从什么时候开始谈恋爱的呢？"

"请问是谁先提出的求婚，是乌蔓吗？自己这么大年纪还没有步入婚姻，是不是有点着急了？"

台上的翁绍远有苦难言，那张照片其实是片方为了宣传故意放出来的，他和乌蔓出现在银座的时间根本不是同一天。这一切确实是一场为了电影宣传而进行的炒作。

他以为乌蔓也是为了配合宣传，不免有些同情地看了她一眼，更加对她肃然起敬。

他根本猜不到，出这个主意的人就是她自己。

她和追野既然已经决定结婚,这段关系就没有隐藏的必要。可是被人偷拍到放出照片,事态的发展完全在她意料之外,打乱了他们的计划。

那在澄清之前,倒不如顺水推舟,先为新电影造一下势,让她和追野的关系再藏一藏。

乌蔓淡定自若地拿起话筒道:"各位问的问题似乎都和电影无关,这是放映交流会,因此恕我无法回答你们的问题。"她看了一圈场内的座席,说道,"还有没有人要问与电影有关的问题?"

面面相觑的观众中,最后一排有人举起了手。

还没等乌蔓再开口,那人就手插着兜站了起来。

他脱掉卫衣兜帽,摘下口罩,四周起了骚动,惊叹声四起,记者的长枪短炮纷纷转向了他所在的方向。

"我有一个问题,想问这部电影的女主角。"追野笑意盈盈地道,"在家里的时候你跟我商量的结尾的表演方法和演出来的不一样,这是为什么呢?"

等等,在家里?这都什么和什么啊!

追野颇为做作地皱了下眉:"我是不是占用了观众提问名额,那就当我没问过吧,让给其他人。至于这个问题的答案,你回家后告诉我吧,可以吗,老婆?"

他的骤然出现,惊到的不只是媒体和观众,还有乌蔓。

他们原本商量着等婚礼筹备好再放出风声,而不是现在这个时候。今天他还跟她说有个广告要拍,没法儿来参加首映会,在微信上发了一连串哭的表情包,装得像模像样的。

好啊,他居然骗她。

乌蔓被气笑了,但此刻她没工夫跟他算账。众人刚才被追野的话砸蒙了,安静了一会儿,现在已经反应过来,巨大的影厅仿佛一锅煮沸的水,蒸汽灼烧得人面红耳赤,兴奋不已。

出于安全考虑,映后交流被迫暂停,乌蔓被请到了影院的 VIP 包厢暂避,不然那些媒体围着她简直要把她一层皮都剥下来。

追野在提完问题后就从观众席的安全通道出去了,乌蔓赶紧发消息问他:"人呢?我在 VIP 包厢,你绕道过来。"

他没有回复,怕是已经被人堵住了。于是,她赶紧让助理出去找人,上网想看一下风向,结果发现根本刷不出来微博界面。

服务器不堪重负,直接瘫痪了。小众匿名论坛虽然得以幸免,但也被屠版了。

主楼:"我人没了,没了没了没了!"
"我也傻了……"
"咋回事啊,为啥微博瘫痪了?"
"是我疯了,还是这个世界疯了?奶奶,您当年追的星终于修成正果了,真的嗑到真的了!"
"我就知道他不是一个人去看的樱花!其实他发他在目黑川的照片,我又看到乌蔓在东京的时候心里就感到不对劲了。追野,你杀人诛心!"
"所以,三年前和乌蔓搞在一起的不是翁绍远,而是追野?"
"恐怕不止三年前,若按微博上的蛛丝马迹推测,他最早发的一段关于海子的诗,我看也是发给乌蔓看的。"
"震惊,追野暗戳戳谈了这么久的恋爱还'英年早婚'?!到底是谁跟我说他很浪的……"
"这一定是炒作!大妈别来蹭帅哥啊!"
"影帝粉丝有毛病吧,'老婆'两个字可是从你哥哥嘴里说出来的好吗?还有叫人家大妈你也不嫌脸大,是活不到三十六岁了吗?"
"三十岁的我有被冒犯到,我们就喜欢弟弟怎么了!"
"笑死人啦,一群有红眼病的人前两天还嘲讽人家美女,说自己都有对象呢,牛气哄哄多了不起,那确实挺了不起的,只知道下班往沙发上一躺打游戏满嘴骚话,你做饭拖地还得让他高抬贵脚。他那么普通,你那么自信,真是天作之合。"
"楼上的姐妹也太损了,嘎嘎嘎嘎,子非鱼安知鱼之乐?祝全天下有情人都幸福!"

助理找了一圈回来,苦恼地说没看到追野,可能已经离开电影院了。
乌蔓这下是真的有点生气了,前一秒他还在告白,后一秒就玩失踪?
助理小声地说:"估计手机没电了吧……"

乌蔓沉着脸，把手机往兜里一塞，对着余下众人说："我先走了。"

翁绍远拉住她："再等等吧，外面现在围满了媒体和粉丝，别说正门了，后门都是人。"

"没事儿，我继续待在这里会害得你们也走不了。"乌蔓套上薄风衣，头也不回地摆了摆手，"媒体的长枪短炮我也不是第一次接了，炸不死。"

她就这么单枪匹马地往大门的方向走去。

待乌蔓一现身，捕食的蚊蝇们争先恐后地扑了上来，密不透风地将乌蔓堵在门口，不让她有机会逃走。助理本来在帮忙开路，但她身材弱小，没走出两步就被挤到了一边，倒是乌蔓还得护着她，以防她摔倒。

"请问你和追野是怎么一回事？你们是什么关系？"

"他为什么叫你'老婆'，是开玩笑吗？还是你们真的领证了？"

"请问追野在哪里，为什么是你一个人出来？"

乌蔓翻了个白眼，倒是愿意对最后这位记者说一句：我也很想知道他现在跑到哪儿去了，不如你帮我联系一下？

"大家冷静一点，具体事宜我会召开新闻发布会进行说明，今晚就请各位先回去休息吧。"她清了清嗓子大声说了一句，但这些宛如饿死鬼的媒体记者可不会这么轻易地放过她这块红烧肉。

"不能再详细说说吗？"

"这么说是变相承认了？"

"为什么会这么突然公布？是不是因为你怀孕了？"

有记者不怀好意地扫过她被风衣挡得严实的小腹。

乌蔓脸色一冷，周遭变得更加混乱，场面逐渐失控。

沸反盈天的电影院外，突然起了更大的骚动——几乎要将人耳膜震裂的大排量摩托轰隆隆地一往无前，霸道地冲开人群，杀出一条道来，停在了乌蔓面前。

她错愕地看着失踪的人浮夸地出现，仿佛从天而降。

前座上的追野换了一套黑色西装，领口的扣子解开两颗，头发在一路的飞驰中炸成小狮子，那气势像是要冲到人群中收保护费的黑手党。

乌蔓已经不必再开口问他刚才去哪里了，眼前所见已经说明了一切。

他不知道从哪儿搞来了一辆重型摩托,狂野的车身上突兀地缀着两大束纯白的茉莉花,让这辆不羁的摩托看上去似乎变得有些温柔。

他将其中一束茉莉花取下来,然后朝人群中抛去,同时举起扩音喇叭。

无论是电影院门口聚集的媒体和粉丝,还是街头行走的路人,都能听到青年有些吊儿郎当的声音在夜空中回荡,淹没了一切纷扰。

"很遗憾无法邀请每一个人来参加我们的婚礼,提前送你们婚礼捧花,作为回报,我的新娘就还给我吧。"

粉丝们纷纷去抢捧花,连带着媒体记者都被冲开了。原本寸步难行的大门口,眼下终于畅通无阻。

乌蔓很想发作,想把眼前这个始作俑者吊起来狠狠地打屁股,然而冲到他面前时,追野轻轻地从车上侧过半边身子,亲了亲她的侧脸。

"阿姐上车,我们趁机快溜。"

他随便的一句话,就让她的怒气无处可施。

她能拿这个小孩儿怎么办呢?

算了,破罐子破摔吧。她认命地跳上车后座,追野发动引擎,机车轰鸣,将人群抛在身后。记者和粉丝反应过来时,只看见摩托扬长而去吐出的淡白尾气,以及融入昏黄车流中的淡淡身影。

乌蔓回头看了一眼身后黑压压的人群,长吐出一口气:"总算出来了。"

"臣有罪,救驾来迟了。"

她佯装愤怒地说:"还不都是因你而起。"

追野心中立刻警铃大作,瞥向后视镜,里头映着女人纷飞的发丝,格子风衣领被晚风吹起,发丝贴着她白嫩的脸颊,穿过她扬起的嘴角。

他松了口气,不自觉地笑了:"那很简单,我把下半辈子赔给你啊。"

乌蔓按着他的肩头,说:"太吵了,我听不见。"

她坏心眼地拿起车上的扩音喇叭,双手从他手臂下穿过,以环抱着他的姿势递到他嘴边。

追野气沉丹田,稍稍侧过头,对着喇叭一字一顿地大喊:"我、爱、你——"

那些藏在诗句里的告白,那些藏在公众眼皮底下的隐秘,终于有一日能无所顾忌地呐喊出声,用力到希望所有人都能听见。

最重要的是，能被所爱之人听见。

那一日，在浮光掠影的城市里，人们看到一辆摩托车载着一个穿着黑色西装的青年和穿着格子风衣的女人。他们嚣张地穿过高架桥，仿佛想要惊动世界一般。因为车速太快，车身上扎着的白色茉莉被风吹散了花瓣，一些落在他们的头顶，更多的窸窸窣窣地抖落，从金台夕照一路飘至百花深处。

几日后，乌蔓举行了正式的新闻发布会，出席者还有追野。两人三言两语公布了婚讯，当记者问到婚礼一事时，两人默契地缄口不言。

不是故作神秘，而是他们的婚礼不打算公开。

彼时他们还在东京，求完婚的当天两个人都很兴奋，回到公寓后在阳台上意犹未尽地喝酒，聊着婚礼的事。

"阿姐想要盛大一点的还是低调一点的？"

听到追野的询问，乌蔓低头捏着手中的酒罐子，咔嚓作响，一时间不知道该如何回答。

在电影里她当过很多次的新娘，穿过很多漂亮的婚纱，甚至连婚礼都是在别出心裁的地点：美轮美奂的游轮、肃穆堂皇的教堂、华丽古老的宫楼……

久而久之，她对这种仪式已经麻木了，也根本说不上来想要什么样的婚礼。

她想了想，为难地说："都可以。或许就像何慧语他们那样，包个场地，举办海滩婚礼之类的？"

追野沉吟半晌，说道："如果按我的想法，就简单一些，甚至只有我们两个人都可以。"

乌蔓失笑："那还能叫婚礼吗？"

"婚礼是婚约的仪式，而结婚不就是我和你的事吗？这是只关乎我们两个人的仪式。"

乌蔓很意外，她认为以追野的性格，必然是会想要一场惊世骇俗、与众不同又令人印象深刻的婚礼。

"可是这样不会太草率了吗？"

"不会啊。"追野仰头喝了一口酒，趴在栏杆上，长臂晃晃悠悠的，带着几分少年气，"有些电影为了戏剧效果，想方设法编造出完美婚礼，那些阿姐都体验过了。那么我想为你打造一场编剧都不稀罕写的渺小而简单的婚礼,这才是我们的人生。"

闻言,她把啤酒瓶往追野脸上一贴,说道:"这不是我一个人的婚礼,我不要你给我,我也想给你最美好的回忆。"

追野蓦地凑过来,亲掉她嘴边啤酒的湿痕,目光灼灼地盯着她。

"阿姐……你已经给我最好的了。"

他们越神秘,媒体越是想要打听他们的婚礼地点。这可不是十八线小明星的婚礼,两人是娱乐圈中如日中天的大红人,光是结婚的消息放出来就吸引了极大的流量,如果能拍到婚礼现场,媒体记者们今年的年终奖就不用愁了。

狗仔们铆足了劲,利用人脉资源打听五星级酒店的宴席预订情况,更有老狗仔飞往国外,去蹲守明星们最爱包场的几个结婚胜地,试图守株待兔,可结果都扑了个空。

谁都不会想到,两个人放着好山好水不去,静悄悄地回到了破旧的小镇——青泠。

这是两人确定关系后,乌蔓第一次来青泠。之前她多次想来,最终都因为工作忙碌而作罢。而上一次她来这里,还是十九岁那年。

这样算来,她阔别此地竟达十七年之久。往事模糊了,小县城也大变样了,但比起其他地方还是显得落后,连飞机场都没有,得飞到省会再租车开到青泠,太折腾了。

他们开着崭新的房车,一路聊天听歌,狗仔们根本打听不到他们的航班信息。大半程路是追野在开车,累了就换她开。

开了两天两夜后,车子从国道驶进隧道,开出千米,他们逐渐看到了熟悉的人烟。狭窄的马路边是陈旧的卷帘门,有人把饭桌搬到外头,几个赤膊的男人围在一起喝酒打牌,脚上趿拉着拖鞋,手上夹着的烟露出一截烟灰,抖落在湿滑的地上,那一块地刚被泼过洗衣服的水。

乌蔓收回视线,心想,这就是青泠啊,它还保留着一些原始的不怎么讲究的习惯。

明明记忆里的青泠落后又破败,不知道是她的记忆出现了问题,还是这次她的心境已经不同,她竟然觉得,即便那些粗糙的东西显得它很不上台面,但与之相对的是随心所欲的自由。

一方水土养一方人,这是养育了追野的地方,她爱屋及乌地觉得亲切。

车子开过了平缓的地段,准备往山上行进,他们要去追野家的老房子那里看看。

车越往上开越荒凉,乌蔓惊讶于房子建在这么高的地方,出行该有多么不方便。

她疑惑地问:"你以前每天上下学都要走这条路吗?"

追野开着车,随口应道:"对啊。"

乌蔓咋舌:"别人最多每天上下五六层楼梯,你倒好,每天上下山。"

"因为这儿地段偏,所以房子很便宜。"追野说道,"这些年我一直找人看护着房子,但是没改变它,所以它还保持着原样……很简陋。"

"那又怎么了?"

"我怕你住不惯。"

"我现在已经不挑剔床了。"乌蔓手撑着车窗,歪着头注视着开车的青年,说道,"谁让我有一个很踏实的怀抱呢。"

驾驶座上的人嗦瑟得腿一抖,踩住油门,车往前蹿出了一大段路。

大约过了五分钟,车子停在了一幢很不起眼的老房子前。

这儿就是追野曾经生活了十多年的地方。

乌蔓跟在追野身后,迫不及待地走进这幢房子,触目便是墙壁上挂着的全家福。

照片里,背景像是动物园的海洋馆,小小的追野被爸爸举在头顶比着小树杈,妈妈手里拿着一只海豚公仔,俄罗斯套娃似的举在小追野的头顶。她也同时偷偷地伸出个小树杈,佯装是公仔比画的。

照片已经泛黄,却浮动着令人无比怀念的气息。

追野站在门口愣了半晌才回过神,指着照片说:"那时候我大概六岁,是不是很可爱?"

乌蔓伸出手掐他的脸:"确实是,现在婴儿肥都没了。"

他配合地撅嘴:"阿姐不喜欢了吗?"

"不喜欢了。"

追野脸色一变:"不许开这种玩笑。"

乌蔓抱住他的腰,用宠溺的语气说道:"没开玩笑,因为现在不是喜欢,是爱啊。"

追野这才哼唧着反手紧紧地回抱住她。

两人在空旷的客厅里静静相拥,阳光顺着窗户的缝隙偷溜进来,混合着空气里的浮尘笼罩了他们,温柔得像一幅油画。

乌蔓拍了拍他的背:"别傻站着了,带我看看吧。"

追野这才依依不舍地收回手,拉着她走向二楼。

他们踏着水泥砌成的台阶往上走,二楼共有两个房间,还有一个小露台。虽然露台现在很荒芜,除了一张空落落的圆桌和两把藤椅之外什么都没有,乌蔓却可以想象到追野妈妈还在的时候,这里一定摆满了鲜花。

果然,追野回忆道:"我妈妈很爱养花,她从来没有喷香水的习惯,但身上常年都是香的,因为她总是泡在这里。"他在椅子上坐下,给乌蔓模仿了一下姿势,"就这么坐着,有时候会织毛衣,有时候发呆,有时候和我爸聊天。"

"那你呢?"

"我怎么闲得住,都是跑到外面疯玩儿。"追野不好意思地摸了下鼻子,接着道,"有时候我错过了饭点,她就会站在这里盯着坡路看我什么时候回来。我一出现,她就噌一下站起来,脸色臭臭的,抱着手臂大喊我的名字。我就很乖地垂下头。"他说着笑了一下,"但其实呢,她背后开满了花,一点威慑力都没有。我也是装的。"

"不让人省心的小孩儿。"

"我是不太让人省心。"他笑了笑,语气平淡地说,"所以八岁之后,我再也不贪玩了。"

这一刻,乌蔓像是坐在一个跷跷板上,本来玩得挺开心,突然从天空中掉下一块巨石,压到另一头,她被高高抛起,心脏骤缩。

"阿姐你瞧,我拿了那么多奖状呢。"追野推开他的房间门,只见墙壁上贴着一张又一张奖状,他沮丧地道,"可是就算拿了这么多奖状,也没能让我爸高兴起来。"

他的语气轻松,就像开玩笑一样,她却觉得心酸。

她迅速调整好自己的情绪，走到奖状前，一张一张仔细看着。

"短跑第一名、文艺标兵、三好学生……"

她仔仔细细看了一圈，回过头说："我的小孩儿真的好厉害。"

追野不知所措地靠在门框上，别过了头。

那些年缺失的夸奖，神明用另外一种方式补偿给他，补偿当年那个凡事都想咬牙做到最好，希望爸爸脸上能多一些笑容的小男孩。

乌蔓看着他的样子更觉得难过，想到了他二十岁那年，独自站上戛城领奖台，获得了最高的荣誉。

世人都羡慕他，因此更容易忽略他的落寞。上天眷顾的那个人，怎么会值得人同情呢？可事实上他最想与之分享这份荣耀的人早已不在了。

六岁那年，他莽莽撞撞地在山坡上奔跑，知道有个人在家里为自己准备好热腾腾的晚饭，也知道那个人虽然恼怒但不会真的发火，只会装装样子，站在开满鲜花的露台上等他回来。

人在少年，梦中不觉，醒后回首，露台上已空空荡荡。

乌蔓压下心中的所思所想，故作轻松地扑过去拨乱了追野的头发："还害羞了？"

他趁机抱住她，脑袋埋在她的脖子上撒着娇，嘴硬道："没有！"

乌蔓笑着抬手抚上他的头发，毛茸茸的，手感特别好，她爱不释手地来回轻轻抚摸："好饿，我们是不是该吃晚饭了？去街上逛逛吧？"

"我带阿姐去我最喜欢吃的一家店！"

他顿时精神起来，肚子也很配合地叫了起来。

"是什么菜？"

"一家做丸子的小吃店，贡丸和鱼丸都特别好吃。"追野怀念地舔了舔嘴唇，说道，"我刚刚开车过来的时候看到那家店了，还开着门。"

他们在房子里稍加休息，在夜幕降临时戴上口罩出了门。虽然这里有些落后，但难免会有人认出他们，还是小心为上。

他们没有选择开车，动静太大了，就这么手牵手走下山坡，到了街上。追野口中的丸子店就在街口。店面似乎扩张了一倍，由于过了饭点，人不算多，显得很宽敞。

追野领着乌蔓熟门熟路地走进去，对着里头的窗口喊了一句："两份全家福，都不要辣，其中一份多放一点芹菜沫子。"

"好咧！"里头的老板围着围裙大喊了一声，开始动手准备。

"要不要坐外头？"

"好。"

两个人走到支起来的桌椅边入座，夜幕下的整条街和大城市一样闪烁着霓虹，不同的是这霓虹灯粗制滥造，颜色扎眼又俗气，每隔几个商铺就能见到。隔壁是一家外贸服装店，橱窗里的衣服感觉都要结蛛网了，为了揽客，店家不断地放着小广告："跳楼价，清仓大甩卖啦，九十九块买真貂啦！"

乌蔓支着下巴无奈地笑："好吵啊。"但不是抱怨的语气，相反，她觉得特别有烟火味，挺有意思的。

追野指着隔壁说道："以前更吵，我记得小时候那家是理发店，每次在这里吃丸子汤的时候都能听到'动次打次'的音乐，吃得我满头大汗。"

"丸子汤这么好吃吗？能让你锲而不舍地过来吃。"

"好吃啊，重点是便宜，几块钱一大碗。"追野托着腮回忆道，"我有时候懒得做饭，就会拉着我爸过来一起吃。他喜欢牛肉丸，我就把牛肉丸都给他。"

乌蔓略一思索，说道："你刚刚跟我说，鱼丸和贡丸都特别好吃，是不是因为你的碗里就只剩下这两种丸子了？"

追野又摸了下鼻子，说道："这都被阿姐猜到了。"

两人有一搭没一搭地闲聊，很快老板就端来了两碗热气腾腾的全家福，里头总共三种丸子，鱼丸、牛肉丸和贡丸，撒上葱花、芝麻还有芹菜沫，香气四溢。

追野把芹菜沫多的那一碗推到乌蔓面前，又给她碗里加了点醋，说这样更入味。

乌蔓闷声不吭地把牛肉丸都挑出来，放进了追野的碗里。

追野愣住了，拿筷子拨了拨那些牛肉丸，说："干吗都给我？我碗里也有。"

"那是给小追野的。我给他补上他从前没能吃到的牛肉丸。"

听到她这么说，追野"哦"了一声，低下头，夹起牛肉丸囫囵地咬住。

丸子汤升腾起的白雾裹住了他的脸,他擦了一把眼睛,随口道:"熏得慌。"

两个人快速地解决掉丸子汤,主要是旁边的广告轰炸实在太疯狂,刚听几遍还觉得有趣,几十遍循环听下来就非常难受了。

乌蔓擦了擦嘴巴,说:"我想去那家唱片行看看。"

追野回想了一下,说道:"前几年我回来的时候那家店还在,不知道现在还开着没。"

"一定开着的!"

嘴上这么说,乌蔓心里却有点忐忑。现在是数字影像化的时代了,大家很少能见到碟片和磁带了,它们已经变成"时代的眼泪"。

他们按照记忆中的地址找过去时,发现唱片行已经荡然无存,取而代之的是一家书店。但在如今这个时代,书店也是生意惨淡。

既然来了,两个人决定还是进去转一转。店里冷冷清清的,只有两三个家长在教辅书那块焦头烂额地为孩子选购。追野直奔诗集扎堆的地方,乌蔓在一楼看了一圈,便走向二楼。

刚踏上二楼,她就呆住了。

上面不是书,而是如当年的样子,放着一排一排的影音磁带和碟片,每个架子上还挂着头戴式的大耳机,供顾客试听用。

她看向柜台,坐着打盹的人早已经不是当年经她软磨硬泡才放她进来的大叔,而是一个有点瘦弱的中年男人。

"请问……这是原来的唱片行吗?"她问道。

店家从小憩中惊醒,打着哈欠懒洋洋地道:"对啊,你是老顾客?这几年生意不好,就和楼下书店共用店面。你想买什么自己挑就行了。"

说完,他又往躺椅上一靠。

得到老板肯定的答复,一种失而复得的喜悦涌上乌蔓的心头。时光如水,可见证了他们过去的那些古老痕迹仍在,没有什么比这更让人开心。

她往架子深处走去,里头放的都是陈年的压舱磁带,还有些是盗版磁带,都卖不出去,堆在这里吃灰。她看得正入神,一片寂静里,萨克斯的前奏在她耳边骤然响起。

一个大耳机从天而降,被戴在了她的耳朵上。

乌蔓被吓了一大跳，身体不自觉地往后一仰，跌入了一个怀抱。

追野顺势从背后抱住她，捉弄得逞后促狭地笑了。

乌蔓摘下耳机，转过身怒目而视："行啊你，又搞恶作剧！"

"阿姐，你仔细听我放的歌啊。"

追野又一次帮她戴上耳机，自己在那儿轻哼："Met you by surprise,didn't realize,That my life would change forever。"

初次在这里相遇的时候，我还没有意识到，我人生的轨迹将因你而改变。

乌蔓了然，"你这是在模仿《初吻》吗？"

那是他们一起窝在阁楼上看的法国老电影，有一幕是女孩第一次参加派对，百无聊赖地独自站着，穿着衬衣的少年也是这样，偷偷拿着耳机，里头放着这首歌，男孩从背后将耳机戴到了女孩的耳朵上。

出其不意，又小鹿乱撞。

电影里可是十三岁春心萌动的少女，而她都三十六岁了，被这样的把戏玩弄只觉得丢人现眼。

她压下胸口的躁动情绪，取下耳机，故作嫌弃地皱起眉道："小女孩才会心动。"

他蓦地蹲下身，头贴到她的胸腔上，怪声怪气地说："是吗，谁的心跳声比耳机里的歌声还大呢？"

乌蔓翻了个白眼，追野笑着起身，余光瞥了一眼柜台后打盹的老板，猛地将她拉进架子和架子之间的死角。

任何人都看不见他们，也不会有人知道两人偷偷干了什么。

只有缝隙里交错得紧密的两双腿，还有背部不小心撞上货架，碟片掉落的轻微声响，昭示了一丝蠢蠢欲动。

青年手中的耳机垂下来，里头的歌放到了尾声，优雅的萨克斯旋律还在隐隐约约地响着，飘荡在这个被人遗忘的唱片行。

一片暧昧里，忽然有人从一楼上来，不轻不重的脚步声越来越近，木质的楼梯嘎吱作响，同时也传到了追野和乌蔓的耳朵里。

对方刚走上二楼，就有两个戴着口罩的人擦着他的身体跑下楼梯。

他看不清他们的脸，却能感觉到他们身上散发出来的无法抑制的快乐。

两个胆大地做了坏事的人跑出了唱片行，又飞跑出一段路，才气喘吁吁地停下，望着对方心照不宣地笑了。

追野有些心猿意马，哑着嗓子道："阿姐，我们赶快回家吧。"

从前追野没觉得回家的上坡路这么长。

他甚至开始后悔，为什么自己选择了不开车呢，这样也不至于心急如焚。但是如果有车，也许他们就等不到回家了。

他一边胡思乱想，一边忍耐着，感觉过了得有一个世纪那么久，终于看见了熟悉的房子。他准备提前掏出钥匙，可是在裤兜里摸到一堆东西，纸巾、糖果、耳机……就是摸不着至关重要的东西。

他很想在这一刻把裤兜里的东西都翻出来，但那样实在有点丢脸，等于明晃晃地把"急不可耐"四个字写在脑门上。

于是他非常克制地、装作漫不经心地在口袋里翻找。

然而，他旁边的人忍不住直接伸手到他的口袋里，和他的手指纠缠在一起，勾勾搭搭地拎出那串钥匙。

乌蔓看了他一眼，小声地说："慢死了。"

门一打开，他便拉着人迫不及待地上了二楼，同时去拉扯乌蔓碍事的针织薄衫，毛线球在两人互相挨近的过程中起了静电，从她手臂上脱下来时噼里啪啦直响，电流仿佛一场雷暴，在他们的眼睛里乱窜。

两人的视线里似乎只剩下彼此，乌蔓连脚下的台阶都没看清，踉跄着差点崴了脚踝。追野干脆将她一把抱起，双手托着她的腿根，以抬头仰望她的姿势一路进了房间。

刚踏入房间，乌蔓一眼就看到了房间里那张存在感极强的单人小床。

她的背部猛地一颤，青涩的少年追野躺在床上的画面浮现在眼前。这让她无端地感到羞耻，以及难以启齿的兴奋。

"要在这儿吗？"她抱着追野的后脑勺，在他的耳后轻声问。

追野没有吱声，他和她看到了差不多的画面——少年时代的他赤条条地躺在床上，也是这样的季节。但他想到的是完全不同的事。

他想到的是自己如何将头蒙在被中，还未到夏季，薄薄的被子里已经炎热得如同一座迸裂着岩浆的火山。他回想着电影中的乌蔓，她的双颊像刚从冰柜里拿出来的樱桃味大福，粉色的冰皮上还裹着一层霜，视线一路往下，旗袍里若隐若现的莹白的腿,如同雪山上刚融化的春水。

回忆的画面越是冰冷,他的喉咙越是滚烫,逼得年少的他发出无法压抑的喘息。

而此时此刻,春水淌进了他的怀里,将他打湿了。

乌蔓帮他脱掉汗津津的上衣,他的背部对着月光下的窗户,泛着一种漂亮的光泽,让她忍不住想起草原上毛色鲜亮的猎豹,危险又迷人。

她随手将他的上衣扔向那张窄窄的小床,只是角度有偏差,一半扔上了床,另一半可怜兮兮地拖到地上。

这本来没什么,追野却突然计较起来,轻轻捏着她的下巴说:"阿姐把我的衣服弄脏了。"他话里好像带着责怪的意味,热气喷向她的耳郭,"你该怎么赔我?"

他终于将乌蔓放了下来,却故意放在半边衣服的位置上。她的身下是他的衣服,身上是他。她脆弱得像跌进猎豹挖好的陷阱的小兽,牢牢地被控制住。

这是追野和她在一起之后,毫无顾忌地展现出他的侵略性的时刻。

一定是这个房间的缘故。

其实她又何尝不是呢。她故意起了坏心眼,吊着他,慢悠悠地从裤兜里掏出一支烟,放进追野的唇中。

"那赔你这个?"

他咬着烟,含混不清地道:"不够。"

两人无声地对视了几秒钟,窗外隐约地回荡着山间夜里的虫鸣,显得聒噪,她突然望了一下床头的窗户,问道:"是不是没关紧?"

追野忍无可忍地扳回她的脸,一把将她按倒。

"还没检查窗户……"

她的后半句话被吞进了凶猛的吻中,青年的攻势在后半段柔和下来,他亲了亲她的鼻尖,说:"窗后就是山,除了山神,没有人会看我们。"

乌蔓便在青年起落的曲线之间,见缝插针地看向窗外。天地肃穆,黑黢黢的树影中仿佛藏了无数双窥伺的眼睛。

既然神明手眼通天,关上窗也没用,那她干脆闭上眼睛,眼不见为净吧。

两人累到精疲力竭时，才想起那支被冷落的烟。

他们懒洋洋地挤在单人床上不想动，脚都张不开，小腿肚互相挨着。乌蔓枕在追野的肩头，目睹着他变戏法似的将刚才不知所终的烟又叼进嘴里。

他撑起身子，伸直一只胳膊去够刚才被扔到水泥地上的裤子，另一只手则有一搭没一搭地捏着她腰上刚被咬出青紫的软肉。

乌蔓一把拍掉他的手，轻哼着说："痒。"

追野笑了笑，手心仍不依不饶地贴着，去够裤子的手终于艰难地摸到了口袋里的打火机，然后点燃了那支皱巴巴的烟。

"来一口吗？"他吐出一个烟圈，看向乌蔓。

她扬起下巴，微微张开唇，示意他把烟递过来。

追野用手指夹走烟，头倾过来，将一口未吐出的烟尽数吐在她的嘴里，没裹住，逸出几缕，飘出窗户。

她的视线跟随烟一同飘出，看见后山上也起了白色的雾，虫鸣渐渐消失，清晨快要来了。

等换完床单洗完澡，天色已经大亮，但追野还是迷迷糊糊地枕着日光睡了几个小时。

挤了两个成人的单人床应该很拥挤，可他完全感觉不到逼仄，手无意识地摸着床铺，才发现身旁没有人。

他顿时清醒了。

上衣都没套，他慌里慌张地赤脚跑出房门，被露台上的花海吸引了目光。

乌蔓正躬着腰，把地上的一排花盆逐个搬到空着的花架上。她搬得很专心，小腿和手臂上布满了泥点。

追野喉结滚动，喊了一声："阿姐。"

乌蔓停下动作，回身看了他一眼："醒了？"

"你没睡吗？"

"睡不着，干脆起来捣鼓这些，空落落的多不好看。"她皱起眉头，"快回去把上衣穿好，小心感冒。"

他乖顺地点头，回到屋里，站在窗前一边套衣服，一边不舍得错过一眼地凝视着露台。

窗户上有老式的雕花，凹凸不平，连带着远处的人影和花盆都显现出一种模糊的美感。但一切又是那么真切，告诉他从梦里醒来也不必害怕，因为露台上已经重新栽种了四季的花。它们会就此开下去，永不凋零。

吃过午饭，在这个有太阳的温暖午后，两人出发往更高的山上走。

山上有很多坟，而其中有一处，就埋葬着追野的双亲。

追野带着乌蔓来到了坟前，他虽然不能常来，但一直托人打理着，因此坟前开满了花，干干净净的。坟后是一棵百年老树，垂下的大片绿荫庇护着他们，无论是烈日还是狂风都被阻隔开来。

两人献上新买的花束，追野牵起乌蔓的手，一脸自豪地对着坟墓介绍起来。

"爸、妈，给你们郑重介绍一下，这是你们的儿媳妇。"

天地安静，在听完追野的这句话之后，蓦然吹过一阵风，似乎这世界上一切逼近永恒的事物都在为他们做证，枝头抽出的新芽，被踏过依然顽强的野草，微风，蓝天，白云，已经逝去但爱意永存的亲人。

"我终于遇到了我宁愿呕吐也会想让她开心的女孩。她并不是一个完美的人，有很多缺点，具体有什么……"他看了一眼身边人的脸色，默默把话憋了回去，接着道，"但是呢，我也不是一个完美的人，我也有很多缺点。我和她在一起，我们会慢慢变得更好。"

乌蔓又向着坟墓深深地鞠了一躬。

"谢谢你们，我会帮忙照顾好这个让人不省心的小孩儿。"

追野皱了皱鼻子，嘟囔道："那就劳烦老婆了。"

风吹动树叶，洒在墓碑上的树影也跟着晃动，像是照片上的人在对他们做出回应。

两人离开了山头，准备晚上开夜车返京。

距离夕阳落山还有两三个小时，他们打算去镇中心逛逛，这一逛就走到了从前追野最喜欢去的那家动物园。

他远远地就看见了那个牌子，原本鲜红的漆已经淡成橘红色，字体上残留着风吹雨打的痕迹。他的脚步慢下来，既怀念，又不敢接近。

因为生日那天，他和爸妈本该吃完饭就来这里的。

这个地方会勾起他心中的恐惧,让坍塌灾难在他脑海里重演。

她想拉着他离开,他却在原地站了一会儿,说:"想不想进去逛逛?"

"你可以吗?"

"当然,我已经不害怕旋转木马了,就像阿姐也已经不再怕坐车。只要你在我身边,我哪儿都能去。"说完,他径直走向那无人问津的售票窗口,泰然自若地买了两张成人票。

青泠的动物园在十多年前非常火爆,这些年客流量大不如前,大家都看腻了那些动物,园区也没有资金再引进别的动物,而最初的那些动物生病的生病,老死的老死,如今留下来还能一看的,大概也就剩下海洋馆里的动物,这也是动物园最初的金字招牌。

他们走过空荡荡的展览馆,直奔海洋馆。

海洋馆内还是有几个孩子和大人的,他们在水蓝色的通道里疯跑,兴奋地尖叫。追野状似无意地说了一句:"小孩子还是挺吵的,一天下来会很让人头疼吧,幸好我们不会有小孩。"一副对小孩子退避三舍的模样。

乌蔓打趣他:"说不定你小的时候比他们还吵。"

"但我长得比他们可爱!"

乌蔓回想起全家福上那个粉雕玉琢的小男孩,诚实地点了点头:"也是。"

追野一乐,嘴角扬起一抹傻乎乎的笑,在她看来,他和那些孩子一样幼稚。

海洋馆的两侧墙壁上内置着水箱,里头有各种各样的水母,它们在幽蓝色的水中收缩又伸展。乌蔓凑到水箱前仔细地观察着水母的运动路径,鼻尖都快顶上玻璃了。

追野从背后伸出脑袋,下巴抵在她的肩头上。

乌蔓在玻璃上看到这隐隐约约的一幕,不禁有点恍惚。

他眨了眨眼睛:"有没有觉得这一幕很熟悉?"

乌蔓哼笑道:"看来我们的陈南长大了。"

当年,他们在广州拍摄外景的第一天,在水箱前,他们第一次接吻。

"我现在来找阿姐还算晚吗?"

他们俩突然在水箱前非常有默契地演了起来。

"晚了。"乌蔓露出遗憾的神情,"就晚了那么一点点,就在一个小时前,我和别的男人结婚了。"

追野面色一沉,依稀还能看出陈南身上的那份冲动劲儿。

"哪个男人?他有我好吗?"

她沉吟了一会儿,说:"嗯……他和你年纪差不多呢,就大你两岁,长得也和你差不多。"说到一半她就绷不住了,赶紧举起手投降,"好了好了,再说下去邓荔枝会掐死我的,居然敢放着她的宝贝陈南不要,和'野'男人结婚。"她意有所指地咬重"野"字。

追野却突然问了一个问题:"你说,陈南会在四年后回去找邓荔枝吗?我当时问过汪导,他说:'你才是陈南,你觉得呢?'我回答说我不知道。"

乌蔓好奇地问:"那现在你怎么想呢?"

他怔忪了一会儿,忽然摇摇头:"不重要了,我希望他回去找她。他一定会的。"

乌蔓闭上眼睛,轻轻往后靠在他的肩头上,心里暗道,这真是非常追野的回答。他跨越十载光阴来找寻她,世间的纷纷扰扰于他不过是过眼云烟,因他永远赤诚,永远热情,永远少年。

她回答道:"我也觉得不重要了,她能遇上陈南,已经是她人生中最幸运的一件事。无论陈南会不会回来,邓荔枝都已经从寂寞的深渊里出来了。"

他们走到了海洋馆的最深处,那里有一个巨大的水箱,里头游动着一只海豚。旁边有工作人员支着小摊售卖海豚公仔,和十多年前一模一样,毫无变化。

乌蔓走到摊位前买了一只公仔回来。

"我们拿着它拍张和全家福差不多的照片吧!"

追野"啊"了一声,说:"行。"

他双手抱住她的脖子似乎想往上跳,乌蔓傻眼了:"你干吗?"

"我当时的姿势是骑在我爸头上。"

"我是说我把公仔放你头上比树杈!"

追野撇了撇嘴,故作恍然道:"哦!我说呢!"

靓女无语。

最后,他们在工作人员的帮助下,拍摄了一张照片。

照片的后景依然是水族馆陈旧的"海洋",但前景的人不一样了。男孩长大成男人,头上顶着崭新的公仔玩偶。而把玩偶放在他头上的女人眉眼间都是浓浓的爱意,她没有看镜头,而是看着他,在那一瞬间只拍到了她的侧脸。

这不是乌蔓的本意,她是想认真盯着镜头的,但那一瞬间,她鬼使神差地转过头看了一眼追野,就这么一眼的偷看,被相机毫不留情地抓拍下来了。

她嚷嚷着重新拍一张,追野却对阴差阳错拍下来的这一张非常满意,不舍得删掉。

回京之后,他把那张照片当作他们的婚纱照,放在了他们卧室的床头,还分出一小张贴到了房车上。

乌蔓把五年前的那张照片翻出来给小寒看,说道:"这张照片就是在我们即将去的那个地方拍的,你喜欢水族馆吗?你若喜欢,下次我们带你去。"

小寒摸着照片,好奇地问:"水族馆是有很多鱼的地方,对不对?"

"对,有很多鱼,还有水母、海星……你看过《海底总动员》吗?水族馆里还有小丑鱼呢。"

小寒听着乌蔓的解说,有些羞于启齿,她觉得自己不懂的东西实在太多了。

"'海底总动员'又是什么呀?"

乌蔓耐心地解释:"那是一部动画电影。没关系,那确实是比较早的电影了,下次我们再带你看。"

小寒眼睛亮亮的:"好!"

她还从来没有看过电影呢。但是如果把这个也说出来,那就真的太丢人了吧。她垂下脑袋想。

追野这时插嘴道:"小寒,你肯定也没看过《春夜》吧?"

"'春夜'?"

女孩一脸茫然,乌蔓急忙伸出手捂住他的嘴。

"别听他瞎说。你现在还不适合看那个,等你长大一些再看。"

追野还试图辩解:"谁说的,《春夜》是前无古人后无来者的优秀电影,男女老少都不能错过的……"

"闭嘴吧你!"

乌蔓直接掐住他的上下唇瓣,彻底让他收了声。

荒芜的公路上，太阳这个荷包蛋煮熟了，被夜幕一口一口吃掉。灰蓝色的餐布垫了上来，渐渐地，天地间只余下一束他们的车前灯发出的光。

乌蔓怕追野开了一天的车太累，和他交换了位置。停车的间隙，他们背着小寒，躲到草丛里蹲着抽了两支烟，又趁机交换了一个带着烟草味的吻。

夜车再次启程，追野坐在副驾位置按开了车窗，想要让烟味散掉。野风扑进车厢，吹乱了三个人的头发。

徐徐的夜风里，小寒又听到了一种非常清脆的乐器声。这次她终于辨别出来了，是口琴。

追野从抽屉里拿了口琴出来，熟练地吹起了一首悠扬的曲子。

乌蔓的手指在方向盘上打着节拍，她跟着轻和："夕阳照着我的小茉莉，海风吹起她的发……月亮下的细语都睡着，我的茉莉也睡了，寄给她一份美梦，好让她不要忘记我……"

小寒不会唱，傻傻地跟着旋律摇头晃脑。

车上三个人同时昂起头，透过挡风玻璃看向高悬的夜空，今晚的月亮好圆啊，一定会做个温柔的美梦。

一觉睡醒，就离家不远啦。

番外 —— 从前慢

追野离开青泠镇那一年，刚满十六岁。

在法律上来看，十六岁的人若能有独立经济来源作为自己生活的支撑，就不算孩子了，而是一个具有完全民事行为能力的人。

那他也算吧，毕竟他已经没有可以依靠的大人了，得自己讨生活。

家里本就很穷，他爸抑郁的那四年也不怎么跑货车了，他也担心以他爸的精神状态，钱还没赚来，人先死在路上了，也劝他爸少跑。一年下来，只跑几趟线，父子俩的生活过得相当紧巴，但也能勉强度日。

他爸走了以后，他就跟着爷爷奶奶生活。老人家白发人送黑发人，精神头比起他爸在的时候更差了。但为了养活他这个孙子，两位老人还是操起锄头下田种地。

他们都是农民出身，只能出卖劳动力。年轻的时候无所谓，老了腰腿显而易见不太好，爷爷的脊柱和弯弯的桥拱有的一拼，走路的时候需要把手背在身后，不然身体前倾，压根走不动。

可就是凭着这样一副身体，为了小追野，他偷偷摸摸地扛着农具上了山，而追野被蒙在鼓里毫不知情。

直到后来一次偶然的机会，他被人拉着上了集市，看到拐角处有一个背影十分熟悉的老人，佝偻地坐在小马扎上，面前是一筐刚摘的鲜翠欲滴的青菜。

追野怔在原地，看着有大妈过来买菜，一毛一毛地跟爷爷杀价。大妈刚挑过鱼，从兜里掏出一把零钱，上面还沾着难闻的腥味。爷爷却万分珍惜地将那些毛票塞进铁盒中，一毛都不敢怠慢。

那天之后，他小心翼翼地跟着爷爷上了山，知道了田地的位置。他比爷爷更早起床，抢过农具，学着爷爷的动作，有样学样地种地。

他就这么种了一年的菜，直到二老去世。他们攒下来的钱，他都用来给他们办后事，剩下的只够交初中最后一年的学费。

靠着这笔钱，他顺利地读完了初中。

初中毕业典礼结束的傍晚，班上的同学们勾肩搭背地商量着暑期去海边露营，一帮毛头小子也没能力去多远的地方，青泠那片并不漂亮的海滩已经算是他们毕业旅行的最佳地点了。

一个人起了头,众人都跟着呼应,统计人数时问到追野,他神情尴尬,把洗了无数次的旧背包往身后一甩,毫不犹豫地摇了摇头说:"去不了,很忙。"

话音未落,人已经疾步走了出去,丝毫没有今天是最后一天初中生活的伤感和留恋。

起头的人尴尬不已,嘟囔着:"都毕业了,他还忙什么啊!"

追野只当耳旁风,骑上单车风风火火地赶往一家饭店。

他没撒谎,他确实很忙,忙着打工。

他找到在一家饭店后厨帮工的工作,时薪高,因为饭店不光经营晚饭还有消夜,总是很晚才关门。

年纪大的人熬不住,他的年龄就占了优势,再加上厨艺不错,老板就雇用了他。

他早早地来到店里,撸起袖子把今晚大厨要做的菜都一一备好。最繁忙的饭点来临,拥挤的厨房里香气四溢,他的胃被勾得咕咕直叫,但哪有空停下来吃一口饭呢?外头的单子一张接一张地递来。有时候碗根本不够用,都是现收现洗,速度必须要快。

他头两回还不是很熟练,被催促之下手一打滑,打碎了好几个盘子,为此被扣掉了两天的工资,他也跟着心疼了两天。

但是现在,他已经能熟练地边洗盘子边腾出一只手偷一口菜果腹。凡事不能太亏待自己,苦中也要作乐嘛。

比如饭店终于结束营业的夜晚,大约是夜里一点,店里的人都走了,后厨就剩他一个人收拾残局,他就把肮脏油腻的厨房当作他一个人的游乐场,拿出双肩包里的录音机,把阿姐送给他的那盘磁带放进去,跟着小茉莉轻哼舞动,不一会儿就把盘子洗完了。

那个灼热的盛夏,追野的记忆几乎只和油烟有关,泡沫、清洁剂,还有泡得发胀的双手,是那个夏天零散的细节。

店里实在忙不过来的时候,他还会被差遣出厨房,在人声鼎沸的前厅点单端菜。这本来不是什么困难的工作,但尴尬的是,他遇到了他的初中班主任。

她带着老公和孩子来吃饭,没想到会遇上班里的学生在这里打工。

"追野?"

他掉头就想走,却被女人喊住了,只得无奈地转回头,给面子地喊了一声"老师"。

她忧心忡忡地道:"我给你家里打了好几次电话,你一直不接,我以为你是不愿意上学,难道是一直在这里打工的缘故?"

他点了点头,问道:"老师找我有什么事吗?"

"我听说……你还没决定上哪所高中?如果经济上有困难的话,你可以来找我,除此之外,还有国家的贫困助学金,这些都可以帮到你。"

他还未来得及回答,后厨里就有人火急火燎地大喊了一声他的名字。

"谢谢老师。"他指了指后厨,说道,"有点忙,我先过去了。"

"等等!"班主任扯住追野的袖子,匆忙地在餐桌上扯了张纸巾,快速地写下一行电话号码,塞到追野的口袋中,说道,"你可以随时打给我。"

追野摸了一下口袋,大步走向后厨,掀开帘子进去了。

他始终没有打那通电话。

饭店全年无休,但赶上夏天的雷雨天气,由于没有客人,便放了一次假。山上雨水更加充沛,甚至有些漏水。追野直挺挺地躺在床上,观察着雨水浸入天花板,张牙舞爪地显现出奇形怪状的形象。

两层楼的平房里充斥着风雨声,却安静得可怕。

他一骨碌从床上爬了起来,抄起一把伞,刚打开家门,并不结实的伞就被扑面而来的烈风吹坏了。

见状,他干脆把伞往门口一扔,手插着兜一头栽进了暴雨里。

等他走到网吧时,整个人都湿透了,甩一下头雨水能溅得人退避三舍。

他大摇大摆地让网管开了台机子,窝到角落里,戴上耳机,网吧外面噼里啪啦的雨声消失得一干二净,取而代之的是女人微哑的声音:"这怎么就是异想天开?"

说话的人是屏幕里的乌蔓,她瞪着眼睛,漂亮的瞳孔泛着灰色。她看着镜头,却又像什么都没看。

"就你这副样子，还想给观众老爷们唱曲儿？"

"我只是瞎了，没有哑，为何不能？"

"你以为唱曲儿靠的是嗓子吗？错！演戏，也是要靠眼神的。"男人嗤之以鼻，"不明白这一点，你就算眼睛完好，也唱不了戏！"

乌蔓脸色涨红，沉默了半响，气沉丹田，开嗓唱道："小尼姑年方二八，正青春，被师傅削了头发。每日里，在佛殿上烧香换水，见几个子弟游戏在山门下。"

男人一愣："好端端的……你干什么……"

乌蔓不理睬，自顾自地在原地打着转儿，继续念白道："从今去把钟鼓楼佛殿远离却，下山去寻一个少哥哥，凭他打我，骂我，说我，笑我，一心不愿成佛，不念弥陀般若波罗！"

最后，她再次看向镜头，眼睛炯炯有神，仿佛未曾瞎过。

"却不道是快活煞了我！"

这是去年的一部电影，讲戏子名伶，上映后口碑却很一般。观众吐槽乌蔓有时候演得太像个盲人，无神的眼睛压根就是本色出演，该有情绪释放的地方也看不出任何情绪，一点不灵动。

追野觉得瞎的根本不是戏中人，而是戏外的看客。他觉得乌蔓演得很好，这个片段他翻来覆去看了不下十次，她唱的这首《思凡》深深地震撼了他。

他不知道演技这个东西算是个什么玩意儿，但他感同身受了。她的情绪在这一刻传递给了屏幕外的他，让他斗志昂扬，立刻在网页上搜索——要怎么样才能成为一个演员。

其实，这个念头已经不是第一次盘旋在他的脑海里。

早在第一次在大屏幕里看见当年还是少女的阿姐以这种高高在上的姿态和他"重逢"之时，他就在想，如果她无法走下屏幕，那或许他可以走进去。

当时他还把这个想法写进了作文，结果班主任当堂将他的作文念出来，作为反面教材加以批判。

她说："孩子们，有梦想是好事，但梦想不是白日做梦，更不是让你们追星啊！"

追野在底下面无表情地听着,懒得辩解他这不是追星。

他是思凡。

追野当日在网上冲浪许久,还真的搜到了一条消息,是一则公开选角的信息。他犹豫了片刻,鼓起勇气将自己的个人简介和照片发给了对方。

接下来的每一天,他都会在下工后去一趟网吧,查看自己那个除了广告就是广告的邮箱会不会收到什么意外之喜。

一个星期之后,他等到了。

对方发来了一封邮件,说觉得他外形条件很不错,有个角色适合他,如果有可能的话,希望亲自见他一面。下面附了那个剧组的联系方式和地址。

他战战兢兢地打开邮件,当看到那个地址时又呆住了。

这是一个他从来没听说过的地方。

他在网页上输入那两个字,那个地方位于遥远的西北。从地图上看,青泠与那个地方之间都那么遥远,更别说实际距离……若要坐绿皮火车,恐怕得坐几十个小时。

那是一个他从未踏足过的世界。

他趴在电脑桌前,椅子跟着少年单薄的身体晃来晃去,就像一颗摇摆不定的心。

追野闭上眼睛,眼前出现了戏台,咿咿呀呀的女声从他的左耳穿进,甚至洞穿了他的心脏。

好吧,阿姐。小尼姑削断了头发又如何,还是愿为了寻少哥哥下山,痴笑怒骂都不怕。他是顶天立地的大男孩了,还有什么好怕的。别说是大西北,哪怕是刀山火海,他都要闯一闯。

阿姐,你且等着,我这便去寻你。

他学做戏中人,装腔作势地对着屏幕中电影里的乌蔓作了个揖。

他离开青泠镇时,只拿走了亲人的照片、两三件换洗的衣服、打工挣来的钱,还有一本贴满了乌蔓照片的手账本。

那些照片都是这些年他从报纸上剪下来的,每次路过报刊亭,他都会停下看一眼娱乐报，如果这一期刊登了乌蔓的消息，他就会买走，只留下乌蔓的部分，剩下的卖给收废品的。这样攒下来的钱又能多买一份报纸，争取做到每一分都花给阿姐。

这些简单又纯粹的东西，成了十六岁的追野所有的家当。

他紧紧地拥抱着它们，坐上了开往西北的绿皮火车。

虽然买的是最便宜的硬座，但胜在年轻气盛，他一点也不觉得累。他挑了个靠窗的位置，看着车窗外的景色不断变换，有时是郁郁葱葱的树林，有时是一望无际的田野，有时则是星光闪耀的夜空。

这些景色都很新奇，也很美，却依旧比不上八岁那年他坐在阿姐的电摩托后座上看到的夕阳。

如今这辆火车，正载着他向那片夕阳奔去。

颠簸了几十个小时之后，车上的人都懒懒散散的，他却精神抖擞地从座位上跃起来，轻快地飞出站台。

追野照着邮件里的那个地址找过去。那个地方非常偏僻，他坐了将近四十分钟的车，公交车开出了还算有点人烟的市区，晃晃悠悠地开到郊外，沿途扬起大片的黄土，把本就朦胧的车窗遮盖得更加迷离。

他凑近窗户，勉强能看见一栋灰扑扑的楼房被淹没在黄色的风沙下。

"到站了。"司机看追野有些迟疑，带着浓重的口音出声提醒他。追野迟疑了片刻，还是下了车。

他听说很多影视棚都会搭建在郊区，筹备办公室设在这里也不奇怪。

定了定神，他抬步走向那栋楼。

接待追野的，是自称副导演的章子。

他先问追野有没有通信工具，有的话得立刻上交，因为剧组的前期筹备工作还在保密阶段。追野耸了耸肩，说自己什么都没有。

章子让人检查了他的书包，果然没有通信工具，便放下心，又随口问了几个有没有表演经验之类的问题，结束后让人带追野去了他接下来要入住的房间。

追野有些蒙，问道："面试还管住宿吗？"

"年轻人，你以为挑演员那么容易吗？我们需要更深入地了解你们。这两三天就是我们彼此接触的机会,如果觉得合适,就这么住着,等于进组了。如果不合适呢,你想住我们也不会让你住下去。"说着他把追野推进了房间,关上了门。

追野总觉得这个地方哪里透着一丝古怪,可他又说不上来。他看了一圈房间,发现这里只有墙壁,没有窗户,不像是住人的,倒像是牢房。

房间里总共四个床位,分上下铺。床位上老实又规矩地坐着三个和他年纪相仿的少年,他们手中各捧着一本书,一双眼睛藏在书后面,露出半只,直勾勾地盯着他瞧。

他一转身,就迎上那三只眼睛,跟瞧见二郎神似的,吓得他一激灵。

追野见这三人没开口搭话的意思,他也懒得开口。扫了一圈见右边上铺还空着,他就把书包往上面一扔,自顾自地往上爬。

他已经几个小时没睡过囫囵觉,此刻背部沾上床板,即便硬得堪比水泥地,他也像跌进了云朵里,一下子没了知觉。

不知过了多久,睡得昏天暗地的他被人晃醒了。

天花板上的白炽灯依然和进来时一样亮着,没有窗户看不到天色,也不知道现在几点。

叫醒追野的人爬上一半的床梯,露出半个身子,眼神呆滞地说:"该上晚课了。"

"晚课?"追野支起胳膊,兴奋起来,"表演课吗?"

那人没回应,只是沉默地盯着追野下床,带着他去往顶楼。

走出房门,追野看了看天色,已经黑了。

顶楼有个被打通的大房间,是没装修过的毛坯房,被布置成一个简陋的小礼堂。那个副导演章子此时站在略高的台子上,俯视着台下众人。

聚集起来的听众总共有几十个,年纪都不大,有男孩,也有女孩,个别的年纪比较大,看着有二十来岁。

追野皱起眉,听着章子放开嗓门,严肃地说:"我知道大家都想进娱乐圈,但有时候呢,角色就那么几个,千军万马过独木桥,冲不到对岸的就要被活活摔死吗?"

"不——"除了追野,其他人齐声喊道。

章子的视线锁定了他，呵斥道："那个人，你怎么不回答？"

　　追野直视着他道："就算摔死，我也会从地狱里爬回来。"他扫视了一圈神情各异的众人，说出的话掷地有声，"无论如何，我都要做一个演员。"

　　章子和他僵持了几秒，眼神软化下来："年轻人，何必这么倔呢？你只看到了娱乐圈光鲜亮丽的一面，以为人人都能赚大钱。天真！我告诉你，这圈子啊，吃人都不吐骨头。"他"啧啧"几声，装出一副心有余悸的模样，"如果你想赚大钱，还不如跟着我，我给你指一条明路……"

　　话已至此，追野终于反应过来，他被人骗了。

　　这是一个传销组织。

　　他莽撞地冲向门口，守在那儿的几个彪形大汉利索地将他双手反剪，往地上一摁。

　　追野的脸被挤压着贴向冰凉的水泥地，视线里是倾斜的一双双脚。章子锃亮的皮鞋从台上下来，一步步悠闲地踱到他跟前。

　　"不要这么抗拒，我只是想教你们发财的方法，大家互利互惠。实话告诉你，你这么个没背景没资源的毛头小屁孩，能进得了演艺圈就怪了！"

　　当晚，追野被章子丢进了一个单独的房间，里面黑漆漆的，只能听到自己的喘息声，一般被骗来的人在里面待上几个小时，就会受不了投降。

　　然而，一整夜过去了，禁闭室内毫无动静。

　　章子一早醒来，好奇地直奔禁闭室，就看见追野呈"大"字躺在地上，睡得比谁都香。

　　他气得后槽牙直响。

　　从这一天开始，追野和章子之间展开了长达两个月的拉锯战。

　　章子坚决要驯服追野这头不合群的小野豹，不然他在其他人心中树立起来的威严就会荡然无存。

　　他不让追野吃饭，吊着那小子只剩下一口气的时候，再扒开他的嘴往里倒泔水。控制了他的行动，再控制他的精神——整日整夜地把他关在禁闭室里，其他人轮流站在外面，拿着大喇叭给追野念那套洗脑的言论。

　　两个月之后，原本就单薄的少年被折磨得瘦骨嶙峋，他也不再气势汹汹地说"我要做演员"。

对此，章子格外得意，心想自己的方法还是奏效了。小屁孩还想跟自己斗，也不看看自己毛长齐了没有！

为了测试追野是不是真的听话，下一次的发展下线活动中，他特意安排了追野也跟着去。

出发之前，他还特地饿了追野三天，只给他喝一点点水，不饿死就成，免得人有力气跑掉了。

追野眉眼低垂地上了车，来时穿的衣服挂在身上显得十分宽大。而坐在他两边将他夹在中间的，都是体型大他两倍的成年男人。

"老实点，不然回来有你好果子吃！"

"别那么犟啦，以你这张脸肯定能发展到下线，回去待遇就不一样了。人干吗要和自己过不去嘛！"

两人一个唱红脸一个唱白脸，追野看似麻木地"嗯"了一声，他们这才对视一眼，松了一口气。

一路上追野真的没再闹腾，直到快回去时，他才说："我能上趟厕所吗？"

"回去再上！"其中一人不耐烦地道。

他恳求道："我真的忍不住了，要是在车上……你们不想一路都是屎尿味吧？"

另一人想象了那个画面，脸色铁青地说："我们带你去。"

他们把他带进一家百货商场，两人站在厕所门口守着。

追野故作镇定地走进去，快速地观察四周，瞄准了一面小天窗。

他动作有些笨拙地爬上洗手台子，深吸一口气，用力往上跳，想扒住窗户的边缘，结果够是够到了，但手腕发软，一下子没抓稳，跌回泛着消毒水味儿的瓷砖地上。

门口的两个人隐约听到了重物落地的声音，其中一人疑惑地道："那小子在里面搞什么？不会想跳窗逃跑吧？"

"怎么可能？"另一人不屑地道，"我特意选了这里，从三楼跳下去，想自杀吗？"

结果过去了五分钟，也没见人出来。

两人脸色一变，预感不妙地闯入门内，一个隔间一个隔间地踢开门查看，空无一人。他们齐齐看向大开的天窗，对视一眼，冲下三楼，来到追野跳下去的那条巷子。

"不能让他跑掉,他会去报警!"

"他肯定跑不远,我们分头追。"

等两个男人高大的背影消失在马路的尽头,巷子里的一个大垃圾桶微微动了一下,又安静下来。

夜半时分,巷子里灯火通明,饭店的大厨拿着两大包厨余垃圾走到垃圾桶前,刚打开盖子,手一抖差点把垃圾丢到自个儿脚上。

垃圾桶内窝着一个膝盖血淋淋的少年。

他察觉到光亮,迷迷糊糊地睁开眼睛,念叨了一句:"天这么黑了啊。"

"小伙子……你没事吧?"

追野手脚并用地从臭烘烘的垃圾桶里爬出来,不答反问:"大叔,派出所在哪里?"

报完警,追野悄无声息地离开了派出所。

他是在警察问他"你的家人呢?我们联系他们把你接回去"的时候,选择悄悄离开的。出了大门,夜色茫茫,他后知后觉地萌生出劫后余生的庆幸。

他不知道那样的日子自己还能坚持多久,一旦被洗脑,人生轨迹又会走向哪里,又或者是在那个黑色的禁闭室戛然而止。

想想就令人后怕,他从身上摸出仅剩的钱投币打了公用电话,拿起听筒,特别想给家人打一通电话。

但这是一通注定打不出去的电话。

只有十六岁的少年背脊僵硬地捏着听筒,听着持续不断的忙音,肩头微微颤动。

那一晚,他无处可去,在电话亭里抱膝坐着,直到东方既白。

他茫然地走上清晨空荡荡的马路,一瘸一拐的,无意识地朝着火车站的方向走去。

明明在传销组织那儿他硬如钢筋铁骨,一口咬定要当个演员,现在逃出生天,他却泄了气,心中陡然生出了一种无可奈何的感觉。

明明他才十六岁,生活却像是把他当成六十岁在玩弄,给予他痛苦和离别。无论是家人,还是梦中的阿姐,都让他觉得无比遥远。

太阳升起,车辆逐渐增多,但没有一辆为追野停下。

毕竟他现在的样子看上去太像个小乞丐了。

后来一辆吉普车停在他面前,车主满脸大胡子,看上去相当颓废又不靠谱。

他说:"我可以让你搭便车去火车站,但你得陪我进趟沙漠。"

"为什么?"已经被人骗过的追野警惕地问。

"因为我想去沙漠里喝酒。"他懒懒散散地说,"但是一个人太寂寞了。"

追野听完后,犹豫了两秒钟,选择跳上了他的车。

吉普车风风火火地驶向沙漠,风中的沙粒灌满了追野的脸和脖子,火辣辣地疼。

车主拧开酒壶灌了一大口,又扔给追野,说:"尝尝。"

他观察着大胡子吞下酒,这才放下戒心,好奇地尝了一口,喉咙便跟脸感受到了相同的滋味。

车主欣赏着他的狼狈相,哈哈大笑道:"小子,你不太行啊!"

追野蹙起眉,又憋闷地灌下一大口。

"别小瞧人!"

这一大口之后,他便感觉自己全身轻盈起来,跳楼的疼痛也烟消云散。

追野扭过头,看向驾驶座。

好奇怪啊,开车的人变成了他的阿姐。

她依旧穿着那日那件明黄色的吊带,而不是屏幕里高不可攀的那副样子,与他近在咫尺。

她扬起眉,笑得肆意:"小孩儿,又见面了。"

他手脚并用地攀上她的身子,号啕大哭。

驾驶座上的车主有些无措,刚刚还一脸倔强的少年突然扑上来抱住他,一边哭,一边还荒腔走板地唱着歌——小茉莉,不要把我忘记……

一番折腾之后,少年终于醒酒,晃着一条瘸腿,躺在吉普车的车盖上。

他望着看不见尽头的荒漠,忽然斩钉截铁地对车主说:"我不去火车站了。"

"那你去哪儿?"

"总之,不去火车站了。"

总之,他不回青泠了。

回去便能开启最简单也是最顺利的人生模式,重新上学,申请补助金,总能凑合着把日子过完,还能挑个风和日丽的日子,干一碗白酒,和阿姐如见海市蜃楼一般见上一面。

酒醒之后,像现在这样,人去楼空。

甘心吗?怎么可能?

他不甘心!

纵然这是一趟艰难的迁徙,一次和险恶的世界对抗的长征,他也发誓要把旗帜拿下,堂堂正正、真真切切地插到阿姐的胸口。

来到南方影视城这一年,追野十八岁,终于成年。

他南下打工,在社会上摸爬滚打,也逐渐摸清了娱乐圈的一些门道。

那年章子虽然是骗他干传销,但有句话他没说错,没人脉没资源,想要入行太难了。

不是没有星探来挖他,但要么是皮包公司,签了合同就等于自毁前程,要么是想挖他做偶像,让他去唱跳。

他想也没想就拒绝了:"对不起,我只想做演员。"

对方听着他死脑筋的回答,翻了个白眼说:"你怎么这么不懂得变通啊,做偶像火了就可以转型当演员呀。有了人气,你之后想演戏就比现在容易多了。"

追野沉默了一下,还是摇头。

他固执地认为,自己必须得以演员身份出道,这样才算和阿姐同路。

至于该如何以演员的身份出道……那些有名有姓的角色的确轮不到他,但是,跑龙套的群众演员总能分到吧?

无所谓角色大小,只要能演就行。

抱着这样的念头,他只身来到了影视城,以为这样就能开始演戏生涯。他想,凭借着星探挖他的经历,去剧组当个群演应该不是什么难事。

但他还是太天真了。

群众演员也有他们的一套潜规则：所有拍戏通告，当日需要多少群演，都有专门的群演地头蛇把控分配。而像他这样莽撞闯进来的愣头青，若不选择被地头蛇纳入麾下，是不可能从那些头头手里分到残羹的。

追野一开始不知道这一点，终日在影视城内晃悠，但他又无法进入剧组拍摄的棚里，碰不到有话语权的导演，只能被游走在门口的几个场工轰走。

"赶紧滚，不要耽误我们拍摄。"

他们才不管人长得如何，有没有演技，要是拍摄被打扰，他们可是要被扣工资的。

追野已经颗粒无收多日，这一回不肯轻易走掉，硬着头皮说："你们真的不缺人吗？我戏路很宽，演什么都行。"

"那你演条狗，赶紧滚远点吧！"

两方僵持不下的时候，一个穿着戏服的丫鬟从棚内走了出来，探头探脑地问："怎么了这是，火气这么大？"

她眉眼弯弯，三言两语就把那个不耐烦的场工哄得眉头舒展。

"没事儿，一个捣乱的。"

女人的视线落在追野身上，失神了片刻，就听见追野直接来了一句："你是演员？"

"我叫齐悦。"她苦涩地笑了笑，"演员吗？如果背景板也算演员的话，那就是吧。"

接着，她听见这个英俊的大男孩问："那你们还缺背景板吗？"

齐悦当时拍的戏已经不缺群演，但她还是把追野介绍给了龙哥。

龙哥是这一片最知名的群演头头，他除了多拿抽成这一点为人诟病，资源方面是没话说的。

"跟了他，当个背景板还是不用愁的。"

"谢谢，我请你吃饭。"追野从口袋里摸出几块钱，尴尬地说，"泡面可以吗？"

齐悦"扑哧"笑出声，觉得这个男孩实在太可爱了。

"你今年几岁？"

"十八。"

"好年轻。"齐悦咋舌,"这么小就出来混了?"

"因为我要当演员。"

我要,而不是我想。

一字之差,就让齐悦感觉这实在是个非常狂妄的小子。但这份狂妄又不会让人心生讨厌,好像这就该是从他嘴里说出来的话。

"我当初也是这么想的,结果到现在两年了……"齐悦微不可察地叹了口气,内心十分欣赏追野初生牛犊不怕虎的冲劲,"我拥有过的最好的角色,就是现在这个,主角房里的丫鬟,能够说上几句词儿。"

追野不知道该怎么安慰她,把泡好的杯面塞到她手中,还把自己那碗面里能捞到的一丁点牛肉粒挑出来放到她碗里。

齐悦看着他的脸,斩钉截铁地说:"但你不像我,我觉得你会红的。你是我在这个影视城里看到过的最好看的男孩子。"

龙哥资源好,意味着名声也大,投奔他的人也多。

追野作为新来的,压根排不上号。等了好几天,他才等来一个大组,要的群演人数特别多。正好马上要开拍一个大场面戏,这才轮到他。

终于要演第一个角色了!

开拍前的那天晚上,追野搬到了龙哥统一安排的招待所里,听着上铺震天的鼾声,还有隔壁房间传来的嘈杂声,一切的声响都在折磨着他紧绷的神经,但他充耳不闻,开着床头的小夜灯,盯着龙哥给的剧本看。

严格来说,那仅仅是一张字条,写着:欢呼即可。

他们饰演的是观看体育比赛的观众,被安放在万人体育馆内,不需要表情,也不需要台词,高声欢呼就好了。

这比背景板还背景板,人少一点至少还能勉强带到张脸,人一多,场子一大,就像用放大镜找蚂蚁一般,每个人都一样。

他将那张字条翻来覆去看了好几遍,折好,妥帖地放进口袋里,仿佛担心它会消失,手总是有意无意地碰着那儿,睁着眼睛怎么也睡不着。

他静悄悄地下了床,来到走廊上,外面反而比房间内安静很多。

因此,从楼梯上方传来的说话声和拖拽声就非常明显。

追野立刻走过去查看情况,发现齐悦被人拽着往房里拖,拖她的人正是龙哥。

他使力将她往房间里拖,齐悦还在挣扎,明显不愿意,手腕都被箍出一圈红痕。

两人拉扯的工夫,龙哥从楼梯的缝隙里看到了下方的追野,冲他大吼了一句:"看什么看,滚远点!"

追野神色轻松,活动了一下四肢,不退反进,一步一步踏上楼梯。

"喂,你别做傻事啊!"齐悦预感到不妙,大叫一声,但已经晚了。

追野将拳头捏得嘎吱响,猛地砸向龙哥的脸。

自从那年被骗进传销组织之后,他就明白了防身的重要性,这两年从不疏于锻炼。再加上在社会上这两年总是有地痞看他孤身一人好欺负,想找他的麻烦,因此他最熟练的就是打架,挥出去的骨节锋利得像一把小刀。

龙哥挨了一拳,怒极反笑,看向齐悦说:"行啊,我说怎么给我介绍这人呢,敢情是新姘头。你行,你真行!"

他拿起墙角的板砖,一砖头扔向追野,骂道:"滚吧你们两个!有我在,你们就别想继续在这片混了,懂吗!"

龙哥骂骂咧咧地甩上房门,门一关上,齐悦就挨着墙角滑下来,她后背湿透了,觉得心里乱糟糟的,抓了抓头。

她从怀里掏出一包烟,抽出一支扔给追野,问道:"会抽吗?"

他摇头,随手把烟揣进兜里,很关心地问:"你还好吗?"

她点燃烟,熟练地吐出一个烟圈,说道:"没事的,今晚谢谢你。"

"你报警,我可以帮你做证,不然他下次还会这样。"

"弟弟,真没必要。我和龙哥不是第一次了。"

追野疑惑地歪头看向她:"你们……是情侣?"

"当然不是了!"齐悦背靠着墙咯咯笑出声,"我和他就是互利互惠的关系。"

闻言,追野怔住了。

"别露出那么惊讶的表情。"她咧开嘴,嘲讽地说,"我就是运气差了点,遇上龙哥这样的人而已。如果我能像乌蔓那样,找到郁家泽这种太子爷就好了。"

追野垂在身侧的手指微微颤动了一下。

"你在说谁？"

"乌蔓啊，现在很火的那个女演员，你不知道？"

追野加重语气，神色严肃地道："我不许你在背后这么污蔑她！"

他刚为她打过一架，现在却又对着她恶声恶气的，少年人都是这么喜怒无常、阴晴不定的吗？齐悦心里纳闷。

"污蔑？这是谁都知道的八卦，不信你去问别人，可不是我在背后抹黑她。况且我是亲眼看见过的。"她信誓旦旦地道，"我之前在乌蔓主演的电影里当群演，亲眼见到郁家泽来探班，揽着她上了房车。当时她还给我们每个人都送了一杯奶茶呢。"

追野咬紧牙关，呼吸都变得粗重起来，连着说了两声"这不可能"。

齐悦略一思索，恍然大悟："她是你的偶像吧？听了这么点料就受不了了？我跟你说，你多待几年就知道了。"

追野反复地深呼吸，额头的青筋暴起又落下。

他低声警告她："你不许再传播这样的谣言。别再让我听到你污蔑她，不然我不会再顾及你曾经帮过我。"

"可笑！你能堵住我的嘴，堵得住别人的嘴吗？"齐悦被他说得也来了气，口不择言，"弟弟，别以为自己无所不能，你连龙哥都打不过。怎么，现在来教训我了吗？路见不平不是这么用的！"

追野没有再和齐悦纠缠不清，转过身跑下了楼梯。

他跑的速度越来越快，越来越快，就好像一辆失控的老式大货车，最后没油了，沉重地停在一家烟酒小铺前，气喘吁吁地撑着膝盖，抹了一把额头和眼角的汗水。

口袋里的那支香烟顺势掉了出来，追野将它捡起，怔怔地盯着它看了一会儿，这附近有剧组还在拍大夜，所以店铺还开着。他犹豫了一会儿，走进店里买了一包火柴。

不一会儿，店铺外黑漆漆的电线杆子下忽然亮起了一簇火光，照亮了少年倚靠在电线杆旁的身形。

他姿势不太熟练地夹着烟，将火柴棒燃着的微火靠近烟头，劣质香烟的气味飘出来，令人几欲作呕。

他一只手夹着烟被呛得咳嗽起来，另一只手还捏着火柴，观察着它在风中摇曳,一副随时会熄掉的样子。

每次它堪堪将灭,最后又顽强地燃烧,燃烧在这哈气成冰的冷夜里,就像他心里的那点火光。

汪城从棚里出来的时候,看到的就是这么一幅画面。

少年哆哆嗦嗦地抽着烟,恶心到快要吐出来,却还是一口接一口,表情复杂又痴迷,似乎烟草是这个世界上唯一能缓解他内心痛苦的东西。

汪城原本准备离开的步伐一顿,好奇地驻足观看。

他有观察人类活动的兴趣,这是一个导演的必备素养,观察复杂的人性,再展现人性。

他等着少年抽完了那支劣质香烟,对方抬起眼,和暗处的他对上眼神。

汪城为之一震。

少年的面相看上去那么年轻,怎么会有这么忧伤的眼神呢?

汪城忍不住想,这要是放在大屏幕上,真是一双什么都不必说就会让人觉得有故事的眼睛。

重点是,这个场景让他迅速想起了自己即将完稿的剧本——《孽子》。里头有一幕,男主角也是这么抽着烟,抽下去的是闷痛,吐出来的是痛快,一种天地不仁势要抗争的狠戾。

他心里其实已经有人选了,但这一刻,敏锐的直觉告诉他,不能错过这个人。

就这样,追野在他人生又一次遭遇没顶之灾的无边黑夜里,那根未灭的火柴棒在风里熬到了最后,给他的人生带来了转机。

汪城抛来了试镜的橄榄枝,但没有给他剧本。

直到去面试场地,追野也不知道自己会出演什么角色,但他猜想应该是没什么台词的背景板吧。

他已经上网查过汪城的信息,对方是很了不得的大导演,大概是出于对作品的负责,汪城才会连龙套都要亲自费心思地面试。

追野根本没想过会有除龙套之外的角色给他演,他只知道,哪怕这个角色再渺小,他都得拿下。

进圈的愿望从来没有像此刻这般强烈,他必须当面问问阿姐,那些传言是不是真的。

但前提是,他得有站在她面前问出口,且被她另眼相看的资格。

和他一同来参加试镜的,还有好几个男孩子。他们彼此都认识,毕竟全是当下圈内最有热度的小生。打过招呼之后,众人齐齐看向坐在角落里的追野,然后小声讨论起来。

"你认识他吗?"

"不认识啊,从没见过。"

知道追野没什么来历之后,他们放下了心,不将这个名不见经传的少年放在眼里。纵然追野的相貌出色,但比起相貌,演技和背后的东西才是至关重要的。

若论这些,其他有名有姓的小生才是劲敌。

他们本以为这只是一次普普通通的试镜,汪城没有提前给他们发剧本,估计是考验他们的即兴发挥能力。直到导演助理现身,说让大家坐车去另一个地方,汪城在那里等他们,大家才感觉到这次试镜不一般。

众人一头雾水,但还是依言坐上车。

追野被排挤到司机旁边的副驾位置,听着车厢内一帮人开始吹嘘"你拿了个什么奖,我拍了个什么片"。

追野忍不住有些好奇,这些厉害的人为什么要来和他抢一个龙套角色?

他很费解,神情也更加紧绷。

车子一路开往郊外,最后停在了一片草原上。

这儿是一座马场,很多剧组喜欢在这儿拍骑马戏。唯一不好的是马场旁边就是铁路,每次拍完都需要把画面中的铁路抹掉。

汪城牵着几匹马向刚下车的这群少年走来,说道:"今天给你们的考题,就是骑马。"

"骑马?"众人面面相觑,"只要骑马就可以了吗?"

这也太过简单了,他们都有拍古装戏或者民国戏的经历,骑马简直是小菜一碟。

追野默默地抿紧下唇。

他并不会骑马,但他不会示弱。

汪城半遮半掩地说："你们要演的这个角色很狂妄，很野性，是一个大逆不道的孽子。带上这个人物性格，你们用你们的方式表现骑马这个动作吧。"

追野此时举起手说："我可以最后一个来吗？"

这样他就有充足的时间观察和学习。

汪城不在意地点点头，视线已经集中到了第一个上马的少年身上。他意气风发，游刃有余地快马加鞭。

汪城失望地垂下眼，叫了下一个上场。

下一个人吸取了教训，仗着骑术好，在马上做了一些夸张又危险的动作。汪城在底下看着，皱着眉吐出几个字："流于表面，哗众取宠。"

剩下的人听他这么说，头皮都麻了。到底要怎么骑马才能让这位大导满意啊？

一圈下来，汪城的神色中已经显现出疲倦。但在看到最后一个上马的人是追野之后，他还是露出了一丝期待。

结果……汪城有些哭笑不得地看着屡次上马都不成功的追野，脸迅速垮了下来。

"算了，你别上马了。今天就到这儿吧。"

他一出声，其他几个少年都忍俊不禁。虽然他们猜不到今天谁会是汪城心中最满意的，但至少垫底人选定是这位骑马都不会的老兄。

追野却在汪城说话间死皮赖脸地爬了上去，粗暴地抱住马脖子，冲着众人大喊："我可以的！"

汪城看得心惊胆战，追野完全是新手啊，出了事可怎么办。

他立刻让人去牵马，追野却有样学样地举起马鞭抽了马屁股一鞭子，马儿吃痛，撒丫子往前狂奔。

众人又是好笑又是担心，也有的在看好戏，这一切简直太滑稽了，让人忍不住怀疑追野是不是以为自己在试镜某部贺岁喜剧。

追野在马背上颠簸得厉害，他深知自己此时的背影绝对称不上潇洒，确切地说是无比狼狈。

但对他而言，只要不被马甩下去，就是一种胜利。

只是若要脱颖而出，这还远远不够。

旁边的铁路上，一辆火车疾驰而来。追野摸着马鬃毛，心头狂跳。

他只有这一次机会，该怎么取胜呢？

追野的视线掠过冰冷的节节车厢，它气势雄壮，如一条逼人的钢筋游龙从身后追上来，瞬间打通了追野闭塞的神经。

他在马背上大笑道："龙和马，谁跑得更快？不如我们来比一比。"说着，他手臂发力，连抽了马屁股好几鞭。

围观的众人已经目瞪口呆，只是试个镜，他这是在玩命吗？以他这样的技术，居然还无限制地加速，真是找死！

追野根本想不了那么多，他只知道他要赢。

命又算得了什么呢，人生是比弹指还短的东西，该豁出去时就豁出去吧，因为有比命更永恒的存在，它可以超越时间。

在渺小的马身超过庞大的钢筋游龙时，追野激动得振臂欢呼。

下场就是，那一刻他感觉天旋地转。

他直接被马甩了出去，在空中转了一圈，接着重重地跌落在地。

追野感觉到身体内部的骨头似乎断了，刺破了什么东西，使得被关押的疼痛争先恐后地涌出来。但是，被束缚的压抑和沉闷也同时被解放出来，他躺在地上气若游丝地笑，觉得无比痛快。

他连同马儿已经跑得没影，汪城他们顺着马蹄的足迹才找到了他。

而他一直清醒着，忍着疼痛，等着汪城找到他。

"导演，马可以跑过龙。"追野瘫在地上，眼睛里充满了血丝，说道，"那这个龙套，我是不是也能跑？"

汪城深受震撼，呢喃道："这小子……不疯魔不成活啊。"

从此，这个世界上诞生了一个独一无二的孽子。

两年后，金影奖颁奖典礼前夕。

追野翻着典礼的嘉宾名单，看到了乌蔓的名字。

他放下名单，神经质地来回踱步，从口袋里掏出一支烟，内心才慢慢平静了下来。

他已经学会怎么用打火机点火，学会怎么抽烟不呛，但烟丝的味道沁到舌苔上的那一秒，他又变回了那个在光线昏暗的影厅里仰头看着大屏幕的孩子。

屏幕上，是他这些年来的人生追逐历程。

从青冷开始，到大西北，再到南方，那些曾经无望的钝痛都随着烟雾从嘴边逸出，留下来的，是难以一言说清的雀跃。是兴奋，是惶惑，是想要流泪的战栗。

这一出无人观看的独角戏终于落幕了。

台上一分钟，台下十年功。

终于，舞台的灯光打给了他，他最想邀请的观众已经在台下就座。

那么，他该如何出场呢？

既然是孽子，就大逆不道地出场吧。

不必害怕其中的曲折，因为在故事的最后，你一定会爱上我。